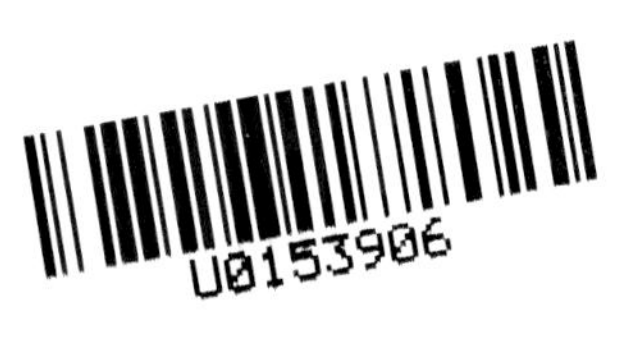
U0153906

張元奇集

張元奇 著

知稼軒詩

薑齋自題

《知稼軒詩》書影

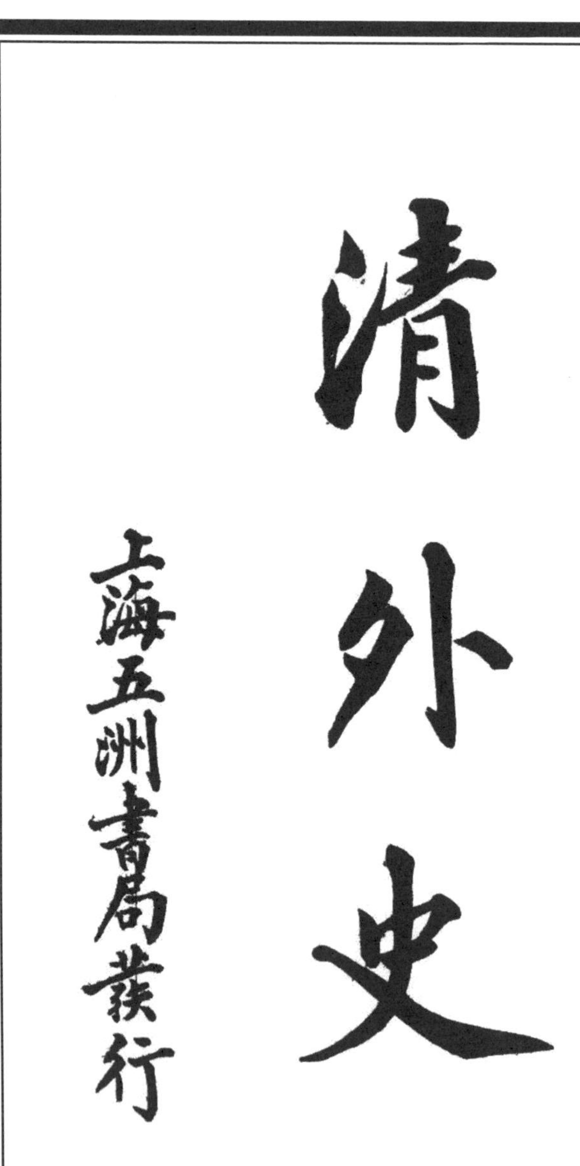

《清外史》書影

張元奇

始祖睦公 由河南光州固始縣入閩唐太師封梁國公

太高祖 諱積文

太高祖妣氏陳

高祖 諱淑奎 號星齋國學生候選直隸州州知

高祖妣氏鄧 誥封宜人 貤

曾祖 諱世東 號升旭 贈文林郎

曾祖妣氏王 貤贈孺人
嚴 貤贈孺人

字君常號珍五行二咸豐庚申

年三月初三日吉時生福建

福州府學增生侯官縣民籍

高叔祖淑芳

曾伯叔祖世厚 世熿 世傳 世晏

曾堂伯叔祖世亮 世章 世協 世卒 世華

胞叔祖朝瑞

堂伯叔祖朝與 朝選 朝波 朝存

從堂伯叔祖朝觀 朝見 朝康 朝可 朝卓

朝及 朝詳 朝禮 朝佑 朝立 朝鎔 朝

賓 朝順

胞伯叔國仕 國俊

一

張元奇《會試硃卷》首頁

《張元奇集》

總目錄

《知稼軒詩》

目　　錄

卷二《蘭臺集》起癸卯二月，訖乙巳九月 …… 55

卷十《遼東後集》起甲寅九月，訖乙卯九月 …………… 160

《清外史》

目　　錄

序
晚清民初中國讀書人

今年是我曾祖父張元奇（1860-1922）逝世一百週年，我們把他的二部著作《知稼軒詩》、《清外史》，以及〈張元奇會試硃卷〉、〈原任奉天巡案使張君墓誌銘〉，編輯成《張元奇集》。透過此書，讀者可以看到晚清民初那個大動盪、大變革的時代，中國讀書人是如何努力地堅持他們自己的理念，做他們認為利國利民之事。

張元奇，光緒十二年進士，本書中收錄的〈張元奇會試硃卷〉，是他二十六歲時在京城覆試，列一等第一名的考試卷。曾祖父是位在鄉村長大的孩子，他少年時的求知精神讓我欽佩，他為官時先天下之憂而憂的擇善固執精神更令我驕傲。

最初，我只是想把收集到的曾祖父資料翻譯成英語和日語，以便與看不懂中文的家人、朋友分享。此想法得到端木儀民女士（前東吳大學端木愷校長千金）的支持，她介紹我認識了東吳大學外語學院張上冠院長，輾轉聯繫上東吳大學中文系侯淑娟主任和前主任林伯謙教授。林教授專研古典文學。感謝他邀請了他的兩位學生將古老鉛字版印刷重新打字標點，為這本書的新點校版奠下了基石。

經由老朋友許明德主任的介紹，認識了清華大學出版社劉立葳編輯，獲常務編輯委員會楊儒賓教授等人的肯定，將此書定位為學術研究資料出版，並邀請了林伯謙教授和李卓穎院長為這本書撰寫導讀。

衷心地感謝各位的協助——除了以上提到的諸位，還要感謝美國加州石氏基金會：王國光、李自潔；東吳大學：張鑫誠、徐雅茵；清華大學：陳冠華、林泓任、邱逸凡、沈旻儒、徐菀臨；還有福州厚美村老家、北京、上海、臺灣、美國的親戚朋友們。

在此也紀念先夫黃龍彥：他是臺中一中畢業，第一志願考進清華大學在臺復校第一屆核子工程學系（核工68屆）。因為他，讓我和清華結了這份情緣！

張勝先（元奇公曾孫女）

2022年感恩節，美國加州矽谷

序
風範長存——紀念曾祖父元奇公

2017 年 10 月我與弟妹們由美國回到福建省的厚美村，為了尋訪我們失聯近百年的故里和悼念我們心目中欽佩的先祖——曾祖父張元奇。

這次返鄉，首次見到這掩映於荔紅榕綠的鄉間古村。這個樸實的古村，是我曾祖父生長的故鄉，是我們失聯了百年的老家。該村建於唐代，古稱洪洲，清末更名為閩侯縣上街鎮厚美村。居住在此的張氏，皆為赫赫有名唐朝張睦的後人。張睦是海上絲路甘棠港的建設者，後來被奉為「商神」。

曾祖父於 1912 年任中華民國第一任福建省省長（時稱民政長）時，福建閩江常有水患，曾祖父親自察看災情、慰問父老，立即撥款修堤、疏浚閩江河道、加固堤防，並修建閩江西岸部分新堤，使堤內面積擴大，堤外栽種竹子數排，以減輕洪水對堤的衝擊力。元奇公並捐出自家園地充作修建新堤之用。此項工程由水利局局長林炳章（林則徐曾孫、陳寶琛女婿）負責，該段防洪工程修復至今，百餘年來，堤防再也沒有決堤過。民國四年（1915）堤防竣工後，福建省水利局將治水修堤經過立碑於堰堤前以為紀念。到了上世紀五、六〇年代，石碑被移作他用後又被埋在泥土中，直至2013年被村民發現。經博物館館長等進行拓片研究，認為有極高的文物價值，需切實加以保護。該碑現立於厚美村張氏宗祠前，代表元奇公與林炳章「為官一任，造福一方」的精神。

光緒二十五年（1899）十月，元奇公丁父憂。回籍守制三年，受聘任福州鳳池、鼇峰書院山長。鼇峰書院是在 1707 年創建，為當時福建最高學府。至光緒三十一年（1905）廢除科舉為止，書院共考取進士 163 人，舉人 700 多人。鳳池書院則是在 1817 創建，與鼇峰書院並駕齊驅。科舉廢止後，鳳池書院與正誼書院合併，改為全閩大學堂，現為福州第一中學。

2017 年 10 月我與弟張德先、妹張兆先、張勝先四人回鄉，在離鄉前將曾祖父一生重要事蹟刻在石碑上，以為紀念。感謝上蒼，讓我們完成了張家百年未完成的心願。元奇公的紀念石碑與他在民國初年福建省省長任內治理福建閩江水患的功德碑，現併立於福建廈門閩候厚美張氏宗祠前，而今元奇公的著作將集成《張元奇集》出版，張公元奇的高超品德與在政壇上的膽識功績將留諸予世，其文章著述亦將流傳予後人。

張慶先（元奇公曾孫女）

2022 年 12 月於美國加州聖荷西

序
好人永生

在我童年的記憶裡，曾祖父是一種莊嚴的存在。他老人家的照片高懸在正房八仙桌的上方，正襟危坐，一絲不苟。

父親在談起曾祖父時，總是懷著景仰，說他自幼勤勉好學，就任後，更是敬業律己、盡職盡責，乘火車外出公幹從來都是提前進站上車。送行的人在候車室、月台遍尋不著，之後發現他已經穩穩地坐在車廂裡他的座位上了。

可歎的是，在我十一歲那年，曾祖父的照片和家裡的一切都在變故中離我們而去。我自己，也因為家庭的背景嘗到了種種磨難與艱辛。直到1978年，在當了七年半工人後喜獲機遇考入大學，我才欣然感覺，「家庭背景」不再是我生命中的障礙了。

再往後，曾經失去聯繫的親友，得以恢復往來。我也有更多的機會和途徑，加深對曾祖父的瞭解。

2020年，由君耀叔主編的《張元奇傳記》成書。書中以豐富的史料、文圖，展現了曾祖父的經歷和業績，並收錄了曾祖父的大部分詩作。

今年年底前，經過慶先姊、勝先姊、賢光兄等眾親友的共同努力，特別是得到了東吳大學、新竹的清華大學、新竹的清華大學出版社的專家、學者、教授的幫助支持，《張元奇集》又將付梓。

對於元奇公的親族後人，這些記述、彙集了祖先生平、遺跡的文圖無疑是珍貴的。我常常想，如果曾祖父那勤勉、好學，正直、自律、敬業、嚴謹的精神能夠在後輩代代傳承，他就獲得了永生。

張虹（元奇公曾孫女 北京日報退休編輯）

2022年11月22日寫於北京

序
晚清翰林張元奇游臺灣史跡

我是國立清華大學前財務規劃室主任，曾在清華科技管理學院任教，也曾擔任清華校友總會理事長。

2022年2月接到美國友人張勝先女士電話。張女士的先生黃龍彥是我清華1968級核工系的同班同學。

張女士告知，她的曾祖父張元奇是晚清翰林。張元奇生於咸豐十年（1860年），二十九歲任翰林編修（光緒十五年）。國民政府成立後於1912年擔任福建省第一任省主席（時年五十二歲）。一生官場經歷豐富，他平生好詩，作品充棟，張女士把他一生詩作重新整理，準備出書。

在這整理過程中，張女士發現張元奇於年輕時曾到過臺灣，停留時間長達近一年，從他這期間所留下許多詩作可看出他廣泛地和臺灣士林聚會交流，詩作也描述他所見所聞及臺灣各地的風土民情。

不過他沒清楚交代他在臺灣的時間，以至於後人對他何時到臺灣有兩種不同說法。張女士想趁著這次重新整理的機會，釐清這個疑點。

我向清華人社院李卓穎院長請教。李院長專精於地方史、明清史。果然他博學多聞，在他與歷史所博士生陳冠華同學詳細考證下，確認張元奇是在光緒十四年（1888年，時年二十八歲）到臺灣。

另外，從李院長的考證資料，張女士的臺灣親人作後續追蹤，發現了以下兩件事：

1. 在臺中市有座張家祠堂，建於光緒二十九年（1904年），現為三級古蹟。祠堂中堂題掛有一《翰林》牌匾，立牌人為張元奇。
2. 張元奇於1912年擔任福建省主席後，於同一年延攬臺灣進士許南英到福建省龍溪縣擔任縣長。可見張元奇在臺灣時有見到好友許南英。許南英的兒子是許地山（筆名落花生），早期的中學國文課本還收錄了他的文章。

從以上兩點珍貴的張元奇游臺灣史跡，可以看出張元奇的臺灣行內容著重在「心的自在」多於「觀光旅遊」，除了以文會友廣交臺灣士林，也兼顧瞭解臺灣各地風俗。語云「讀萬卷書，行萬里路」，真是一趟增長見聞、優游自在的豐富之旅。

是為序。

許明德

於清華梅園

壯懷隨處須馳放——張元奇《知稼軒詩》與《清外史》

林伯謙　東吳大學中國文學系

張元奇（1860-1922），字君常，號珍五（又作珍午、貞午），晚號薑齋，福建侯官上街鎮厚美村人。光緒十二年（1886）進士，歷任翰林院庶吉士、翰林院編修、監察御史、湖南岳州知府、奉天錦州知府、奉天民政使、學部副大臣；民國時期任內務部次長、福建省長（時稱民政長）、政事堂銓敘局局長、奉天巡按使（今遼寧省長）、內務部次長兼參政院參政、肅政廳都肅政史、中華民國第二屆國會議員、經濟調查局總裁等職。一生詩宦天涯，自偏鄉學優而仕，步入波詭雲譎的政壇，也走遍大江南北，結識各色人物，具膽識，篤情操，秉公任事，廉能自持。從宦三十餘年，不廢吟詠著述，有《知稼軒詩》、《清外史》等傳世。

一、詩寫日記——《知稼軒詩》

張元奇最早在光緒三十三年（1907）規劃出版《知稼軒詩稿》，收《遼東集》、《洞庭集》、《蘭臺集》三卷。至民國二年（1913）梓行六卷本《知稼軒詩》，除前述三卷，還加《翰林集》、《遼東續集》、《津門集》各一卷。民國七年（1918）新刊《知稼軒詩》，又增《南歸集》、《孟莊集》、《試院唱酬集》、《遼東後集》、《榆園集》，共十一卷。這是坊間流傳的三種版本。

在清代，王泰甡（1682-1748）有《知稼軒詩》九卷、黃子高（1794-1839）有《知稼軒詩鈔》一卷。張元奇詩集與之同名，是因出身鄉村，懂得農務耕作；也以「知稼軒」為居室稱號，〈榆園十首〉之九即說：

> 疇昔度此地，滿眼長蓬蒿。我來與謀始，畚鍤不辭勞。闢為知稼軒，佳處時一遭。北牕許高臥，得詩思和陶。

茲為方便檢視，將各卷集名、作時、命名緣由，表列如下：

集名	卷次	時間起訖	中西年號	備註
《翰林集》	一	丙戌－壬寅	光緒12年（1886）－光緒28年（1902）	光緒12年中進士，為翰林院庶吉士，經三年，授翰林院編修；21年考取御史；25年，任江南道監察御史。
《蘭臺集》	二	癸卯二月－乙巳九月	光緒29年（1903）－光緒31年（1905）	在御史任上。蘭臺本為漢代宮廷藏書之所，由御史中丞掌管，故以蘭臺代稱御史臺。

集名	卷次	時間起訖	中西年號	備註
《洞庭集》	三	丙午二月－丁未六月。	光緒32年（1906）－光緒33年（1907）	被貶岳州，洞庭是此地最廣闊湖泊。
《遼東集》	四	丁未六月－戊申九月	光緒33年（1907）－光緒34年（1908）	抵達奉天（今遼寧瀋陽），任錦州知府。
《遼東續集》	五	戊申十二月－辛亥	光緒34年（1908）－宣統3年（1911）	12月25日起，任奉天民政使（光緒33年4月，東三省總督徐世昌奏准設立奉天民政司，掌民治、巡警、緝捕）。
《津門集》	六	壬子正月－十月	民國元年（1912）	明成祖永樂二年（1404）築天津城，因地處畿輔門戶，故名「津門」。
《南歸集》	七	壬子十一月－癸丑四月	民國元年（1912）－民國2年（1913）	返閩任職第一任民政長。
《孟莊集》	八	癸丑五月－甲寅八月	民國2年（1913）－民國3年（1914）	「孟莊」為天津宅邸，因有孟莊河流經，故名。
《試院唱酬集》	九	甲寅八月	民國3年（1914）	時任政事堂銓敘局局長，負責考試業務。
《遼東後集》	十	甲寅九月－乙卯九月	民國3年（1914）－民國4年（1915）	任奉天巡按使。奉天至民國十八年（1929）更名「遼寧省」。

集名	卷次	時間起訖	中西年號	備註
《榆園集》	十一	乙卯九月－戊午十二月	民國 4 年（1914）－民國 7 年（1918）	「榆園」取《莊子・逍遙遊》：「我決起而飛搶榆枋」的典故，是後期居所，在北京西斜街（見童軒蓀〈往日童遊地「西城故事」〉，《傳記文學》十八卷第四期）。

張元奇與陳衍友好，兼有姻親之誼，陳衍為其詩集寫序，論蘇軾對清代詩壇影響深廣，並謂張元奇詩歌得之於蘇。當時福建詩人繼承宋詩（即同光體）聲勢極盛；張元奇學蘇，如陳寶琛、袁祖光都持有相同看法。蘇軾情感豪邁奔放，胸襟開朗灑脫，隨興搦筆，臧否時政，表達心之所感。他思緒敏銳，理念透徹，行動勇敢，不為私人利益而改節，不因俗見喧譁而移念。他學通多方，詩文擅美，是文學革新運動的代表，詩歌不受成規束縛，「以文為詩」、「以議論才學為詩」，作品流露莊諧兼濟，逸趣橫生的智慧。如此富於理趣的「東坡體」，開百代未有之格，騰一時獨詣之風，芳躅流徽，廣獲推崇。

蘇軾仕途坎坷，遷謫天南海北，無論居官何處，均以體恤人民疾苦為先，加上他富有魅力的才華，樂觀豁達的襟懷，熱愛生活的天性，所至之處深得百姓敬仰。反觀張元奇得東坡三昧，以文為詩、議論為詩、才學為詩，敘事性突出，更豐富深刻抒寫現實生活和人生哲理。他跟蘇軾一樣天才橫溢，如萬斛泉源，不擇地皆可出；尤其來自偏鄉，無身家背景，靠個人才學出仕，和蘇軾「宦遊直送江入海」同樣萬里寄蹤。他「南游吳越北燕齊」，北至東北，南抵台灣，隨處留下詩篇行跡；他擅長記事，小從庭間花木，大至家國要務，縱橫馳騁，無一不可入詩。以下分從記行寫景、感時憂國、遇險抒懷略作簡介。

（一）記行寫景

張元奇寫景詩不少，《翰林集》、《榆園集》俱不乏山水遊賞之作，而最特別的還是書寫遼寧風光，雄渾壯闊，瀟灑豪放，汪辟疆《光宣詩壇點將錄》即說：

> 珍午以疆吏而能詩，《遼東》一集，已具骨幹，入都返閩後，風骨益高，至自刻《知稼軒詩》，居然作手矣。

南朝謝靈運富豔精工的山水詩是刻意登山臨水，吟詠寄意；《遼東集》則多作於公務行役，如〈由鋼山嶺至鷺哥步，夜宿巡警分局，與紫垣、煥青、哲臣出門看山〉、〈曉發懷仁縣，復渡渾江〉、〈北風大作，行五十里至楊木川〉、〈渡靉河，原野平衍，縱眺可喜，山行一月，幾不知世間有平地〉，命題雅練，並不遜於興多才高的謝靈運。無論炎炎夏日，凜冽寒冬，大雨傾盆，冒雪衝風；不管道中、馬上或客舍，他都能快筆題詠，佳篇迭出。〈天色沈陰，乘馬過麻綫溝大嶺，欣然有作〉說：「山行最喜結層陰，嵐影風絲欲染襟。」道盡深秋天色陰沈，騎馬山行的歡快心情。〈榆樹林阻雨〉說：「主人燒鍋酒百缸，勸官禦寒一斟雅。官不飲酒但乞燈，登牀哦詩手自寫。詩成雨止不能寐，跨馬出門吾去也。」投憩民家，主人勸他喝酒暖身，他卻把握暴雨時刻，從事吟哦的雅興，待雨停歇，又繼續跨馬前行。〈錯草嶺〉說：「一日過一嶺，一嶺得一詩。我詩來無窮，嶺亦無盡時。」可見他穿山越嶺仍詩心盎然。〈挂牌嶺以西，岸巒略奇，至葡萄架嶺，復皆亂石矣〉說：「東行已逾月，日與山相見。山亦無足奇，延袤及數縣。」巡山行程，騎行一個多月，真難以想像箇中滋味！

（二）感時憂國

張元奇《遼東集．冒雨過藍盤嶺》曾說：「五嶽平生愧未經。」但回閩赴任，正巧途經泰山，《南歸集．過泰山下口占》說：「稍慰平生望嶽心，匆匆南下欠登臨。」東嶽近在咫尺，仍匆匆一瞥無法暢遊。他多年仕宦，較少閒情遊賞山水，但因公走過不少獨特地方，便藉詩筆敘事，感時抒懷。如卷四〈韓農行〉，中韓以鴨綠江為界，清初因照顧鄰邦，不介意韓人越江耕植，至張元奇來時，仍能見到人民雜處。至於圖們江，十五世紀江邊兩岸皆女真族領地，然而朝鮮李氏擴張領土，設立六鎮，於是圖們江亦為中韓界河。圖們江原是中國進入日本海的唯一通道，但在帝俄武力威脅下，瑷琿條約、北京條約簽訂，圖們江口也歸俄所有。張元奇在〈韓農行〉寄託領土被奪的感慨說：

> 豆滿圖們亦此例，奪主乃竟忘其賓。固知地必以力守，國勢一絀無由伸。

「豆滿圖們」為江名，朝鮮稱豆滿，中國稱圖們，是以合稱。張元奇認為國土無可退讓，這是對接壤鄰國發出的由衷心聲。

詩集還寫到中日海戰（1894）與日俄戰爭（1904-1905），表達對國事憂心。〈舟過劉公島感賦〉是甲午海戰後，他船經劉公島而寫詩哀悼：

> 東海無人蹈，中原士氣孤。藏舟真有壑，伏劍已為俘……。

甲午海戰就發生在劉公島東部海域，北洋水師戰敗，守劉公島待援，惜援軍不至，為了不讓受創的軍艦落入日軍之手，水師提督丁汝昌炸沉定遠艦，並自殺身亡，北洋水師以全軍覆沒收場。日本大敗清廷，晉身世界強權，才有後來因東北利益衝突而爆發的日俄戰爭諸事件；張元奇甚至在《試院酬唱集》第一首寫下闈內閱報，得悉日軍急攻青島，慨歎：「渤海鯨波連日惡，夜闌掩燭一長吁！」日本侵華野心太大了。

當光緒二十六年（1900），八國聯軍擊潰昏腐的清廷，簽下辛丑條約，俄國就已展開霸占東北的行動，張元奇有〈聞俄人驅黑龍江邊華人出境〉，這是繼「庚子俄難」華人在原屬中國土地海蘭泡遭砍殺、溺水之後又一慘事；相對在日方，〈冤塚〉寫七百多名商民因身懷「羌帖」（舊時東北對俄幣的俗稱），被日人誤會幫俄國做情報，竟全數坑殺。兩強鯨吞蠶食，終因利益不免一戰，清廷僅能聲明中立，任憑無辜百姓橫遭禍殃！

張元奇憑弔傷痕累累的土地，寫下〈同蔣枚生觀察赴旅順，登白玉山，觀日本表忠塔，並望二百零三高地戰迹〉、〈翌日同枚生觀戰勝陳列場〉、〈老嶺觀日俄戰處〉，皆有詩史代表性。白玉山山腳的旅順港原是北洋水師基地；表忠塔是日本為紀念戰死的官兵而興建，歷時兩年半，強徵三千餘民工才完成。二百零三高地是一座丘陵，因海拔203米得名，由於制高點位置特殊，雙方爭奪廝殺慘烈。至於老嶺尖聳陡峻，為中國、朝鮮邊境城市的天然屏障，亦具戰略地位。

遭受戰火侵襲的東北千瘡百孔，張元奇多年供職奉天，「華夷雜居，百廢待舉」，辛苦可想而知。《遼東後集》是他擔任巡按使的作品，如〈霪雨兼旬，大淩河、柳河同時漫溢，遼西諸縣被災尤重，籌賑發帑，夜不成寐，賦此自責〉，足見改朝換代，他依然關切民瘼，耗神難眠。

再如民國6年（1917），辮子軍張勳發動復辟，張元奇自京逃奔天津，《榆園集》〈五月二十一日，由京乘火車冒險來津有述〉、〈二十四日聞兩軍在京城巷戰〉正記錄此事。「五月」是農曆紀時，張勳入京擁戴宣統，段祺瑞以討逆軍總司令通電全國討伐，馮玉祥、吳佩孚部隊也加入戰鬥，復辟終以失敗收場。詩說：「吁嗟奪門功，談者盡變色。」奪門復辟是明英宗朱祁鎮的典故。明英宗征討瓦剌，反遭俘虜，史稱土木堡之變；其弟朱祁鈺繼立為帝，是為明景帝。後來英宗被釋，在景泰八年（1457）正月，成功奪回皇位。張元奇以典故比喻，說談者變色，正看出他冒險離京的憂慮與褒貶。

（三）遇險抒懷

張元奇在〈病足自嘲〉曾說因醉酒，從床上摔下傷了腿；他也曾不小心從馬背跌落，〈墜馬自嘲〉寫在奉天剛學騎馬就開始巡山考察，渡河越嶺也不礙寫詩，甚至冒著風雪揮鞭趕路，前後走過五千多里的崇山峻嶺，都平安無恙，卻不料在碧草如茵的平地走馬，反而失神墜馬，幸好馬有靈性，沒將他踩踏，逃過一厄。

他一生遭遇不少艱難，但都憑藉毅力解決難題；他數度遇險，最後也都化險為夷。其中在閩遇炸最廣為人知，他於事後寫〈萬壽橋遇險幸免感賦三首〉，其二云：

> 與人無深仇，橫加有毒手。云欲摧民官，不死亦當走……。

無深仇大恨卻遭毒手，這使他感到沮喪，不免萌生退意：「古訓高必危，勇退求耕耦。」不久即辭卸公職；當事件過後一年，他又賦〈小除日追憶〉，回憶當時，仍覺心驚，詩裡提及脫險繞道回公署，重見妻小，彷彿夢寐一場！

此事非因張元奇貪腐無能所致，《文史資料選編・第四卷・政治軍事編》第五冊收錄劉通〈彈炸第一任民政長張元奇〉，已道出爆炸案是方聲濤（方聲洞之兄）策劃，因不滿朝代更易，前清官員仍位居要津而痛下殺手。陳衍《石遺室詩話》說此事對張元奇心理造成影響：

> 憂患之餘，詩境較幽。余序君詩集，所謂「近作清苦不怡，遂足以感召憂患。中夜旁徨，良久而乃釋」者也。

除爆炸案外，他還遇過海難、車禍。車禍安然無恙，海難則幾與妻兒葬身海上。《翰林集・紀海難》序云：

> 碎舟成山，幸免於難。抵都後，來慰問者爭詰遇險情狀，因成斯篇。

張元奇搭船北上，不幸船頭觸礁，船體碎裂，所幸霧開浪平，否則便葬身魚腹。全家饑腸轆轆困守驢島待援，憂心無法安然脫險：

> 全家寄驢島，欲濟事恐妄。瘦妻水沒踝，心定語益愴。嬌兒面雍樹，抱持不肯放。

「驢島」是山東威海榮成市成山頭西北方小島，狀似瘦驢臥於海中。他們腳泡水裡，妻子驚魂甫定，益發愴然，幼兒則緊抱大人不放，「面雍樹」是用《史記》典故，指小兒「抱大人頸，似懸樹也。」張元奇還寫船懸雙旗，特別附註：「輪舟開泊，皆以單旗為號；惟遇險望救則升雙旗。」所幸死裡逃生，他形容像從墳裡穿出一般！全篇長詩記敘，情節生動而傳神。

綜上所述，張元奇才思敏銳，詩學東坡，敘事抒懷是最大特色。其他尚有許多未談的作品，如〈海東弔鄭延平〉、〈由臺南至臺北道中雜詩〉、〈京漢鐵道車中雜詩〉、〈車脫鎖行〉、〈綁票行〉、〈疫癘（辛亥）〉、〈防疫二首〉、〈園坐（肅政廳已明令裁撤）〉等，皆扣合時事，形貌鮮活，深具文學與史料價值。

二、秉筆直書——《清外史》

《清外史》是張元奇1912年5月離京之作。〈序言〉末題：

> 民國二年十一月三十號侯官古霝后人薑齋序于滬上寄蝸。

怎知蝸居上海的「侯官古霝后人薑齋」就是張元奇？且本書撰寫目的、體例、內容也須逐一釐清，以下簡要說明之。

（一）關於作者

張元奇是福建侯官人，號薑齋；草擬退位詔書不久，即辭官閉門著述，期間曾短暫返閩任民政長，郭曾炘〈原任奉天巡按使張君墓誌銘〉云：

> 奄值國變，偃轍杜門……。理治需賢，眾望攸推，歸主省政。

無論籍貫、名號、時間，都與書序脗合。至於「霝」字通「靈」，「古霝」是指撰寫《古靈集》，人稱古靈先生的陳襄。陳襄（1017-1080）字述古，北宋福州侯官人，一生為官，恤念百姓，《宋史》本傳說：「襄蒞官所至，必務興學校。平居存心以講求民間利病為急。」《四庫提要》也說：

> 其平生最可傳者，一在熙寧中彈劾王安石，併極論新法，反覆陳奏，若目覩後來之弊，其文今具載集中；一在居經筵時，神宗訪以人才，遂條上所知。

張元奇景仰這位公忠體國，不畏權臣的鄉賢，而他勇於彈劾權貴的經歷，也與之類似，所以自稱「古靁后（後）人」，相當妥適。

另在書中還有旁證。張元奇在翰林院受過修書編史訓練，還當過御史，對慶親王奕劻、載振父子遭到糾舉的過程非常了解，但他記述多位直言敢諫的御史，卻隻字不提自己彈劾過載振，明顯刻意迴避。又惲毓鼎《澄齋日記》說：

> 在農會借得《清外史》一冊，撰者不著姓名，但知其曾仕清朝，為刑部司員。

惲氏謂撰者任職刑部，比對書中〈徐承煜殺父駭聞〉即言：「余時在刑部，書吏聞徐之僕人言，頗確。」此時光緒27年（1901），張元奇是都察院監察御史，說在刑部，或因負責「彈舉官邪，敷陳治道，各覈本省刑名」，與掌管牢獄刑法的刑部有關涉，且都察院舊址在北京西城刑部街；只不過他那時還在服喪，尚未復職。

再從文字書寫習慣來看，本書與《知稼軒詩》有雷同之處，如「款項」的「款」，習慣寫「欵」；「藤花」寫「籐花」；「伊藤博文」則寫「伊籐博文」。

（二）體例與著作目的

此書記述、評論清代開國十朝史事，十朝之後，列典禮、樂章、度支、兵制、宗教、食貨、法律、河渠八章，然後有系統的記錄各地戰役，總結「滿朝武功，由朝鮮之役至西藏之役為盛時代；由中英之役至中俄密約之役為衰時代。」中間還穿插圖表，使簡明扼要；最末兩條則似正史納入邊裔列傳。至於各條之後常加按語褒貶，猶如「史臣曰」，結構和正史相比，可說具體而微；但〈例言〉卻強調據實援引，非有私怨，還引南宋衛正叔的話：

> 他人作書，惟恐不出諸己；某作書，惟恐不出諸人。

著作師法此意，恐有隱情，因書中對於朝局官箴多所批評，還牽涉周遭人事及熟識好友，如徐世昌、郭曾炘等人，甚是為難，難怪他要說是博採諸家，且不直書本名；然〈序言〉一開頭仍堅持史家不能沒有直筆褒貶，末尾甚至說他記實不加隱諱，無視世人笑罵批評，頗有孔子「知我罪我，其惟《春秋》」的勇毅：

> 作史不可以無貶，貶也者，直筆也。孔子作《春秋》而亂臣賊子懼，何懼乎？懼其貶己，直言不諱也。……暇取平日所見與海上所聞，拉雜記憶，隨而筆之，條而綴之，積久盈篋，得二百四十餘章。不諱者，記其實也；不專壹於揚者，公也；間以己意折中一二，論其世也。直筆與否，余不敢知，而取諸家之詳，補清史之略，其於頌揚、忌諱，兩無成心。非乎！是乎！笑乎！罵乎！世有通人，必能匡余不逮矣。

諺語云：「敗軍之將，不可以言勇；亡國之大夫，不可以圖存。」張元奇指斥滿清開國以來諸多陋習弊風，這對一個曾經身為朝臣，現又秉持良知直書不諱的儒士來說，內心必然感憤交集！

故述及西藏、緬甸、安南、西域諸地劃歸列強，基於愛國情操，無不深寄慨歎；臺灣割讓日本，更形容「不知涕之交睫」。〈靖海之役〉該條，張元奇詳記張煌言殉明，挺立受刃，有按語曰：「《明史》不為先生立傳，豈信史哉？又按清祚傾覆，內外大臣，如先生者何人？可愍！」由此便能感受他複雜的心緒，縱使要效忠清廷，但膏肓沉痾何能挽救？而這也引發擁清派史家惲毓鼎對他的不滿。惲毓鼎隨侍光緒左右十九年，負責皇帝起居注撰寫，認為此書直呼帝名，逕稱「滿朝」、「滿帝」、「清廷」，只說壞處不說好處，非常不該。《澄齋日記》對此「不著姓名」的作者大加抨擊：

> 今觀《清外史》於列聖廟號上皆標一清字，甚至直呼帝名，而滿朝、滿帝、清廷等字滿紙，可議處必醜詆之不遺餘力，而善處則一字不書，其不公平如此！若使此種人執筆而修清史，則是非倒置不堪問矣。嗚呼！史事豈可輕畀耶！

其實惲毓鼎與張元奇相識，並有詩歌往來，張元奇《遼東續集》就有〈次韻寄和澄齋學士初冬見憶，兼懷孟樂〉，因此惲毓鼎恐亦為了交情，虛稱不知著者；但他的評論已涉及兩人史觀與立場之殊。《清外史》條列242則，每則各立標題，如〈論順治一世〉、〈論康熙二世〉、〈論雍正三世〉……。確實有一二處直呼「清高宗」；然時運鼎革，各時代、各著作書寫體例本不盡同，封建思想也未必不能摒棄。此書〈例言〉第一條即直言：「記事不實，非信史也。是編力祛此病。」寫史應真實可信，不是為了歌功頌德或隱瞞真相；最後一條又說：「大事已見《東華錄》各本者，概不登載。」所以此書不似官方注重「朝章國典慶禮大政」，反而會記載請安、請託、鳴鑼、喝道等細事，書名「外史」，即別於官方國史。簡言之，此書與國史著眼仍有不同，惲氏大可不必以修國史義例來衡斷，反而應指出書中錯謬缺失為何，而不是以「其事之偏僻失實不必論」，將《清外史》直筆、求真精神一概抹殺；而既立場觀念迥異，各抒所懷，也不好說誰對誰錯了。

本書〈序言〉專從直筆曲筆、忌諱頌揚談起，彰顯他寫史不說假話；最終更道及著作宗旨：

> 抑又觀明思宗之言曰：「朕非亡國之君，諸臣皆亡國之臣！」惟清亦然。嗚呼！可以知是編之本旨矣。

明代最後一位崇禎皇帝自認不是亡國之君，他以為一切都是眾臣害國家滅亡。張元奇說，對清帝而言，也會這樣講，但誰才是國家土崩魚爛的禍首？北宋歐陽脩對後唐莊宗李存勖一生的總結，在所寫《新五代史・伶官傳序》說：「憂勞可以興國，逸豫可以亡身。」以此觀之，清朝的滅亡，不在宣統，而在歷代貪權享樂，失德失政的人事積累有以致之，所以他痛陳十朝諸多不當；那麼滿清滅亡，民國肇建，又何嘗不是順天應人？

我們再進一步思索，其中似有一層未說，也不好說的原因。此時還有許多遜清遺老，深抱亡國之痛，眷念不忍易代鼎革，例如他熟識的同鄉陳寶琛、鄭孝胥，兩人身為帝師，都擁戴清朝，深盼清帝重新主政（陳寶琛起初推薦鄭孝胥給溥儀，但他們立場大有不同，陳寶琛餘生致力於溥儀重登帝位，卻對鄭孝胥欲藉日本復國嗤之以鼻。）他們是飽讀詩書，赫赫知名的人物，卻時刻不忘重光清室，因此揭櫫歷史真相，進行思想開導，啟迪民心，扭轉錯誤認知，形成輿論風潮，實為當務之急。清室覆滅不久，張元奇迅速提筆撰史，或也是另一內在緣由的促成；〈序言〉說閒暇拉雜筆記成書，只是謙言，他的寫作實有意為之。

（三）內容概述

惲毓鼎抨擊本書「善處一字不書」，是否真確無誤？張元奇最痛恨貪腐，曾說：「清朝貪風之盛，幾於無世無之。」故即使康雍乾三朝盛世，他照樣撻伐。論康熙朝：「貪婪之風，傳染最盛。」論雍正也說：「以威御眾，獨於貪吏，失之過寬。」論乾隆又說：「耄期倦勤，信任巨奸和氏，珅也據內，琳也據外，兄弟弄權，顛倒錯亂。」他還認為滿族僅憑特權，把持朝政，大半無能：「滿大員之醜類接踵，若天厚其毒焉。」「同治初元，滿祚絕續，滿漢消長之交也。時滿人知釀禍由己，又無能為力以弭之也，於是始委任漢人。」但絕非善處不書，如讚美雍正：

> 即位之初，立頒十一道諭旨，戒飭各都撫提鎮，一時弊絕風清，乾綱獨攬，其整飭吏治、駕馭人材、清釐財政，切中時弊，有足多者。

褒揚乾隆：

> 滿朝至乾隆四世，海宇清宴，民物雍熙。六十年間，闢地數萬里，武功洋溢，號稱極盛。

公允評論同治：

> 滿朝中興之主也。論聰明福慧，亦足有為，惜受制母后，中興以後，無所表見。

對於光緒則滿懷同情，不忍多加苛責：

> 天不祚滿，使奮發有為之主，因改革而遭禁錮，則光緒三十四年與同治十三年，無以異也。而終其身無安樂之一

日，際遇視同治為難，福澤視同治尤遜。

甚至像忠心光緒，諫請慈禧勿掣其肘，又言國帑空虛，民力凋敝，請太后節約罷頤和園工程，卻遭杖殺的太監寇連材，也不因其身分卑微而捨棄他的口述見聞；特別是忠勤良臣、立功良將皆不吝褒揚。現以吳熊光、德楞泰事蹟為例：

在〈和珅之橫〉記吳熊光蒙受拔擢的機遇：乾隆午夜視事，宣軍機大臣未至，正巧吳熊光當值，入對稱旨而受擢用；不料和珅多番藉口阻撓，但乾隆不為所動，和珅害之適以助之。後來在〈記吳熊光奏對事〉則載其諫阻嘉慶巡遊，吳熊光感激乾隆重用，牢記上諭：皇帝南巡若不阻止，必無顏對先帝。於是勇敢諫言，語扣心弦。此兩條皆特意留下君臣應答以辨忠奸。〈記馬鷈岡之役〉敘述嘉慶五年，德楞泰、額勒登保率軍圍剿白蓮教匪酋冉天元於秦州，然教匪驍悍，人數眾多，官軍紛中埋伏，死傷慘重；德楞泰為救援友軍，也遭重重圍困，饑疲之餘，仍抱誓死決心，最後居然反敗為勝，擒獲匪酋，建立軍興以來第一功。由於此書留實存真，因此《清史稿》或《清朝野史大觀》也都有擇用史料。

雖然本書記史為主，但不乏收錄奏章詩文相互佐證。值得注意的是，並非佳作才收，在咸豐朝採用一篇御前侍衞玉明寫的〈侍游御園記〉，敘述呆板，意境拙劣，張元奇補加按語云：「此何以書？見小人親幸之日，即弄權亂政之端也。」因此書中「取諸家之詳，補清史之略」，所記都有憑據，並非臆度妄言。例如十四附表，皆採時人所作，再由他加以剪裁；怎知不是原文照搬，而是參酌裁剪不同資料？試看西藏自治區「協格爾」，表中就有「協葛爾」、「協噶爾」、「協各爾」三種不一致寫法，雖有瑕疵，卻由此可見用心。

至於採用書籍，偶爾也會提及書名，如《周禮》、楊衒之《洛陽伽藍記》、王世貞《觚不觚錄》、李希聖《光緒會計錄》、俄人著《滿洲金礦表》等；又像〈井西盲左〉謂李元度《（國朝）先正事略》於黃左君事迹頗不詳，另從別本摘錄，以補不足；〈書泰安徐文誥疑獄〉不從包世臣《安吳四種》，而取用靜海張君《宦海聞見錄》。再如〈記武大令事〉敘和珅秉政，手下「番役」（步軍統領衙門設，負責緝捕與差役工作）倚仗權勢，橫行州縣，博山縣令武億卻敢於嚴明執法，此條是取自姚鼐〈博山知縣武君墓表〉；〈書廣東水師提督關天培死事〉敘述名將關天培在鴉片戰爭中英勇殉職的事跡，是取自魯一同〈關忠節公家傳〉；〈書何桂珍死事〉記何桂珍率鄉團與捻軍作戰殉難的經過，痛陳何桂珍「行善獲禍」，死得慘烈，還遭人惡毒誹謗，是採用曾國藩〈何君殉難碑記〉。

當然，全書並非盡善盡美。書中條目有前後互見，交相補足的情況，可以節省筆墨，例如前述吳熊光事蹟，再如〈葉名琛之朽骨〉寫兩廣總督葉名琛死於印度，但他如何變成囚虜，身死異域？張元奇為何批評他「貪戀餘生，朽骨螻蟻，可鄙也」？則要待後文〈同盟軍之役〉敘述英人欲入廣東省城遭拒，便聯合俄、法、美軍攻陷省城，俘虜葉名琛而去；後更引發聯軍北上大沽口，竟至長驅入京，迫使咸豐帝后逃往熱河的劫難，兩段史料恰相照應。惟十朝史事與各項戰役前後複出的情形也不少見，像〈張廷玉之不知兵〉記載準噶爾部首領策零入寇，圍清軍於和通泊，「虜獲清兵均穿脛，盛以皮囊，繫馬後，唱胡歌返。」此事複見於〈青海之役〉。

再觀其將康雍乾文字獄案合輯於康熙朝〈文字之獄〉，則乾隆朝〈記尹嘉銓事〉也涉及文字獄，自不應獨立成一條；書中史事先後排列有序，但〈紀曉嵐之片語回天〉卻誤放入道光朝最後一條。

紀曉嵐生於雍正二年（1724），卒於嘉慶十年（1805），該條內容是他和嘉慶對話，理應移至嘉慶朝。

又書中倒數第二條〈記蒙古土風二十四事〉說：「清高宗有蒙古土風詩二十四首」，其實乾隆御製詩是分寫蒙古、吉林各十二首。阮葵生（1727—1789）《茶餘客話》卷十三〈清帝土風詩序〉、方濬師（1830—1889）《蕉軒續錄》卷一〈蒙古、吉林風土〉都有記載，兩人生卒都比張元奇早，說法也一致。自第十三事「威呼」以下，其實是吉林土風，而非蒙古。檢尋乾隆《御製詩二集》，此二組雜詠分收於卷五一、五二，詩前有序，說明蒙古雜詠是諮訪部落習俗；吉林雜詠是敬念發祥地舊俗，張元奇卻將二者混而為一。再者，吉林雜詠中的「斐」字，在書中皆誤為「苃」；而「賽斐」，乾隆是說：

> 古人食皆以匕，羹則以勺。國俗舊用木匕，長四寸許，曲柄豐末，猶古制也。

「國俗」明顯指滿清風俗，乾隆意思是滿人以木匕吃飯，仍和吉林古制一樣；張元奇卻將「國俗」改成「蒙俗」，不論地點、族俗均已失誤。

另關於〈法律〉附表中「拘拿被告之拘票，或查封票，或查封在逃被告財產票」言：「債欵在一百元以下者，每票費銀一元五錢，另差費錢五錢」；而更高的「債欵逾一百元至五百元者，每票費銀一元」，且未列差費錢，比對前後債款愈高，費用理應更多才是，惜無原始底稿，也僅能存疑了。

張元奇先生《清外史》導讀

李卓穎　國立清華大學歷史研究所

張元奇在《清外史》的序言中說，這本書是他在民國元年（1912）寓居上海時編撰的。在此之前，他曾於宣統三年（1911）十二月擔任袁世凱（1859-1916）內閣的學部副大臣，民國元年四月到五月之間，則在袁世凱政府中出任內務部次長。短暫的內務部次長任期之後，他移居上海，到十一月被任命為福建省民政長之前，他有半年左右的時間可以寫作。就任福建省民政長六個月以後，張元奇於民國二年（1913）五月開始請假，十一月二十日正式卸除職務。雖然現存資料無法斷定張元奇是否在請假的同時就離開了福建，但從《清外史》序言撰成於十一月三十日看來，他很有可能利用了五月到十一月沒有實質公務的時間繼續修訂其書。[1]

張元奇後來又擔任過袁世凱政府中隸屬於政事堂的銓敘局局長、調任奉天巡按史、復任內務部次長、出任參政院參事。短短幾

---

[1] 張元奇這段時間的經歷，參考卜永堅、李林主編，《科場・八股・世變——光緒十二年丙戌科進士群體研究》，香港：中華書局，2015，第十章，〈「不變」的士紳張元奇〉，頁437-439。

年，歷任要職，可見張元奇和袁世凱的關係堪稱密切。根據林志宏的研究，清朝遺臣之中與民國政府官員維持良好關係，甚至進入民國政府中工作者，不乏其人。[2] 又因為溥儀「依臨時政府頒布的優待辦法而退，其間並無造成任何人員的傷亡」，遺臣頗可藉民國的政治訴求，以「國民」而非「臣民」自居，為其供職於民國政府脫去「事二姓」的譏評。[3] 換言之，曾任清朝翰林院編修、監察御史、知府的張元奇，在時代轉換期中，不僅以行動支持民國，也在理念上贊成共和。徵諸《清外史》的〈革命之役〉條目：「革命之事……為一姓專制告終，而五族共和告始。中國數千年之創局也」，則其態度更是顯而易見。

張元奇將其態度形諸文字時，以「滿朝」、「滿帝」等字眼指稱清朝，也對清朝語多批評，引來曾在清朝翰林院及國史館任職、民國建立後以遺老自居的惲毓鼎（1862-1917）的非議。這是「兩種迥異的態度」，映照出不同的「政治認知」。[4] 然而，張元奇的態度尚有值得探討的複雜性，欲究明其曲折，須有專文或專書才能竟其功。本導讀權就兩個角度略加探析，望能拋磚引玉。

一、民初的脈絡與張元奇的意向

民國肇建，湧現了許多關於清朝歷史的書籍。所以，張元奇的《清外史》不是絕無僅有的特例。[5] 自清末以來即為廣益書局編

---

[2] 林志宏，《民國乃敵國也：政治文化轉型下的清遺民》，臺北：聯經出版事業股份有限公司，2009，頁41-42。

[3] 林志宏，《民國乃敵國也：政治文化轉型下的清遺民》，頁35。

[4] 林志宏，《民國乃敵國也：政治文化轉型下的清遺民》，頁35-36。

[5] 關於民國初年的「清史熱」現象，可參考蔡炯昊，《共和時代的清代

輯主任的陸保璿，便在民國元年蒐羅了《滿清興亡史》等十六種書共二十餘卷，輯為《滿清稗史》。目前可見的民國三年版《滿清稗史》之書首印有袁世凱肖像與其民國元年三月的總統誓詞、黎元洪（1864-1928）肖像和民國元年十月國慶袁世凱頒授黎氏大勳位的證書全文、時任參政院參政蔡鍔（1882-1916）的肖像，締造民國三烈士、光復會陶成章（1878-1912）、黃花崗十傑、熊成基（1887-1910）烈士的遺像，其後則有身著朝服的滿清親貴頭像。就《滿清稗史》編成的時間和書首的安排看來，陸保璿藉此向袁世凱示好並慶賀民國代清朝而立的意圖是昭然若揭的。他在民國元年的序言裡則特別強調了官史與私史的對立，說明清朝的官史「歌功頌德者多，據事直書者少」，而私史反是，卻因為「政府惡其不便於己也，務去之以為快」，以致有關清朝的歷史必須等到民國成立之後，才能再無顧忌，透過出版各類「稗史」，廣羅「遺聞軼說」、呈現「公是公非」。[6]

就張元奇批評官史「不脫頌揚，忌諱尤甚。欲申其義，故曲其文；因曲其文，寧失其實」，以及期許自己作《清外史》「不諱者，記其實也；不專壹於揚者，公也」的見解來說，張元奇和陸保璿是相互呼應的。然而，日後成為明清史大家的孟森曾於民國五年（1916）評論清朝野史叢出的現象，他指出：由於清朝「文網太密」，民國成立之後禁網一開，「反動之力遂成無數不經誣衊之

歷史記憶與政治文化：以清史館、《清史稿》、故宮為中心》，華東師範大學思勉人文高等研究院，博士論文，2017。尤其是第一章，〈眾聲喧嘩中的清代歷史記憶〉。

[6] 陸保璿，〈滿清稗史序〉，收入陸保璿輯，《滿清稗史》，臺北：文海出版社，1969，頁21-22。

談」。[7]《滿清稗史》可說是其中的一個例證，因為其中收有諸如「血滴子之猛厲」、「雍和宮之誨淫」之類聳人聽聞的內容。[8] 以此觀之，陸保璿序言稱《滿清稗史》沒有「顧忌而不敢言」，也沒有「歌功頌德之陋習」是實，但是否真如陸氏所言，該書乃「董狐重作，獨伸直筆於千秋」、唯事實是講，則未必然。其所以如此，除了有孟森分析的「物極必反」的原因之外，更有可能是為了追求商業利益所致。廣益書局於民國元年五月二十七日第一次在《申報》上刊登廣告，以「各體兼備、宗旨純正、體例謹嚴」為詞推銷該書，同時預告將於七月底正式發行，書價大洋二元五角，預售可享半價優待。[9] 到七月底之前的兩個月，又密集地刊登了七次廣告。[10] 民國二年十二月三日，昭告讀者將增錄《清華集》和《暗殺史》兩種書之後再版（再版的售價不變，但無預售優待）。[11] 那麼，廣益書局實際上是兼採著述嚴謹詳備的宣稱和內容窺探獵奇的手法，達成提升銷售量與利潤的目的。

依此脈絡回過頭來注意張元奇著手寫作《清外史》的時間點，則饒有意味。他是民國元年四五月間到達上海的，和《申報》上第一次出現《滿清稗史》的廣告可說是幾乎同時。有著在清朝朝廷服務第一手經驗而文采過人、寓居滬上的張元奇，或許不能不受當時

---

[7] 孟森，〈序〉，收入孟森，《心史叢刊》，台北縣：文海出版社，1982，頁1。

[8] 天嘏，《滿清外史》，收入陸保璿輯，《滿清稗史》，頁206-208。

[9] 《申報》，1912年5月27日，第一版。

[10] 《申報》，1912年5月29日，第一版；1912年5月31日，第一版；1912年6月19日，第二版；1912年6月26日，第八版；1912年6月30日，第三版；1912年7月1日，第五版；1912年7月8日，第八版。

[11] 《申報》，1913年12月3日，第四版。

「清史熱」的激盪，或許因而動念著述並付諸實行了。民國二年十一月底，張元奇撰成《清外史》的序，四個月之後，《清外史》也在《申報》上有了第一次的廣告。廣告詞一方面推崇張元奇學養豐贍，另方面則左批清朝官史的缺漏，右批新出私史的疏略不可徵。[12] 到四月十一日為止，每隔一天即有一次廣告，前後總共刊登了七次。書的售價是大洋八角。[13] 既然付諸書市發行，則無論書商或張元奇本人不可能完全沒有商業上的考量。可是，從該書未得再版看來，售價低於《滿清稗史》的《清外史》，顯然遠不如《滿清稗史》風行。

儘管《清外史》沒有《滿清稗史》受歡迎，但張元奇據以撰述的原則仍值得留意。他在〈序言〉中說：「史之義貴嚴，而其例貴寬」。從表面上看來，「例貴寬」使《清外史》和《滿清稗史》一樣具有「各體兼備」的特質。然而，作為總編輯和序言作者的陸保璿沒有說明何以《滿清稗史》容納了紀事本末體、傳記體、日記體、實錄體等不同類型的書，但張元奇卻措意解說其書體例。該書〈例言〉有一條：「凡記事能使閱者有興會之趣，腦力既省，記憶尤易，必摭新擇要，而敘事尤必簡潔，文法尤必流轉」，張元奇為了確保可讀性與可記性，因此不以繁重詳細而以簡要流暢為其寫作準則。這是他有意將其讀者設定為一般的識字者而非學問高深者的表現，也顯現出他將《清外史》訴諸書市的意願。〈例言〉的另一條又說：「史有體例，固不可越。然必拘於本紀、列傳、書、志，徵引必多，故變例以求直捷」，為了閱讀的直截可親，他放棄了傳

12 《申報》，1914年3月31日，第四版。

13 《申報》，1914年4月1日，第五版；1914年4月3日，第四版；1914年4月5日，第四版；1914年4月7日，第五版；1914年4月9日，第九版；1914年4月11日，第九版。

統史書的嚴謹體例，轉以較自由的隨筆形式涵納各式各樣的內容。儘管如此，張元奇基本上不採取渲染的筆法，這是《清外史》有別於早兩年刊行的《滿清稗史》的一個突出要點。不過，這還不足以盡明張元奇兼採眾體的用心。

《清外史》的〈例言〉陳述了其所以必須寬於體例的原因之後，緊接著就說：

> ＊每朝必系總論，以清朝代。
>
> ＊交涉一門，非有專書，不能完璧。是編所引，擇要而言。
>
> ＊典禮以下八章，略仿班志例，以詳掌故。
>
> ＊滿朝武功，由「朝鮮之役」至「西藏之役」為盛，時代由「中英之役」至「中俄密約之役」為衰。時代雖陳，事必彙記。
>
> ＊集中所載，間有關個人事者，均眾所周知，且有見報章者，故據實援引，非有私怨於其間也。
>
> ＊十四表均關要事，採自時人所作，便學者考證。

綜合來看，這幾條撰述之例呈現了張元奇撰寫《清外史》時，除了書市利潤和擴大接受度之外的另一層意向。若檢視《清外史》的目錄，將會發現這本書可依「每朝必系總論」、「典禮下八章」、「滿朝武功」大致分為三個部分：第一、是按照清朝皇帝世系順序的記事，而每一位皇帝的統治都有一篇專論，陳述張元奇對該朝的總體看法。第二、是關乎制度的八篇文章。第三則是按著先後次序，記錄張元奇認為清初以降與清朝盛衰關係重大的二十二場戰役。

深入地看，《清外史》敘及諸皇帝統治的第一部分固然不具有以清楚紀年繫該朝大事的樣貌，但其中的事件大致上是依照時序編列的，而他為每一朝統治作議論也近似於許多史書作者或編者為本紀作贊的做法。換言之，這個部分可說是仍具有傳統官方史書以「本紀」為綱要的影子。第二部分則張元奇說得非常清楚，是仿效班固《漢書》「志」之例，專門記載清朝制度的淵源與流變。他在第三部分特別標出「武功」，就其諸條目分述各戰役過程，似乎頗有採取紀事本末體的意思，但是，就其依序敘述以見諸事與清朝國勢之相應性又在〈例言〉中以「武功」一專門之詞統稱諸事而言，則同樣具有「志」的性質。此外，張元奇又特意提及「交涉一門」，雖然他承認與外國交涉的事務非常繁複必須有專書才能盡其曲折，不過，他還是堅持必須在《清外史》的有限篇幅中，擇要述評。儘管沒有在書中將「交涉」聚攏為一類，但張元奇在〈例言〉處表而出之以引導讀者注意閱讀，則他藉《清外史》為涉外工作存其事以備自己或他人來日採入專門之書的意願，是隱約可見的。簡而言之，交涉、典禮、武功三種類型的文字乃是呼應著「志」的體裁而作的篇章。

至於十四個表，張元奇用了司馬遷在《史記》中所創的體裁之名，但就其實際內容來看則不是《史記》繫事於時、寓有褒貶之意的「表」，而是呈現人物、制度、數值的「表」。張元奇以舊有之詞凸顯其對清朝關鍵要務的見解，不能不說是舊瓶裝新酒的巧妙手法。若論及人物，則張元奇確實無意為任何人專立傳記，也無意立類傳涵括可歸於一類的人士。他的做法是記錄他認為最能顯現該人物個性或對時代造成重要影響的事蹟，多半的篇幅都不長，但也有幾個例外。比方說，李鴻章（1823-1901）一人就有「發軔」、「殺降」、「極盛」、「末路」、「論定」五則。張元奇在〈例言〉中說凡與人物相關之事都是「眾所周知」的，以此可以推想他之所以記錄這些事情並不是為了獵奇，也不是為了防範散逸，而更是為了彰顯他知人論世、予褒予貶的史識。就這一點而言，張元奇也體現了書寫「列傳」的基本精神。

因此，即使張元奇自陳《清外史》沒有嚴格遵守傳統之朝代史的編纂體例，究其實質，則仍以「本紀」「志」、「表」、「列傳」存心，只不過是「變例以求直捷」而已。張元奇之所有此存心並不令人意外，畢竟新朝為勝朝作史，是所謂的「不刊之大法」。[14] 雖然清史館要待民國三年三月九日才由袁世凱下令開設，但依照歷代的慣例，民國既已成立，自然就出現了修史之期待。張元奇與袁世凱關係親近，又有清朝舊臣身分和充分的學識。在此情況下，展現自己的史才，希望將來若開清史館得以參與其事或是備詢顧問，也就是個不難想見的意向了。

倘若具體地再多加考察《清外史》可歸諸「志」、「表」二體的內容，又可探知張元奇著力於此的用心。以宗教志為例，張元奇首先敘述上古時代世界上出現了中國的「三代之盛」、印度的「婆羅門之道」、巴勒斯坦的「摩西之教」、波斯的「造樂阿士堆〔Zoroaster〕之賢」；其次，說明中古時代分別有佛教立於印度、孔教立於中國、耶教立於猶太、回教立於麥加。各個宗教，都是該地區「集其大成」者。[15] 他認為四大宗教各有所屬之地，而孔教以「完全無缺」而較其他諸教高明。他也指出，現今當以孔教重新檢視「三千年政治沿革，何者合孔子之制？何者非孔子之制？」，也強調「當知歷代法度，皆保主者一家而設，與孔子教悖」。第三，

---

14 鍾廣生，〈擬開清史館議〉，收入 郭紹虞編，《近代文編》，遼寧人民出版社，2012，頁124-125。

15 張元奇此處的議論參考了徐勤（1873-1945），〈地球大勢公論總序〉，收入邵之棠編，《皇朝經世文統編》，卷16，〈地輿部一．地球事勢通論〉，台北縣：文海出版社，頁486-487。

他批評清朝的涉外工作與相應制度的變遷，使得「外教入中國」，終於造成「堤防大潰」而「入教之民，藉此橫行，與平民沖突無已，而地方官或震於牧師之恫愒，或訴訟之不持平，從此多事」的險惡局面。最後，張元奇作了個結論：「吾教不昌，他教乘機而入，嗚呼！誰之咎乎！」本段文字從世界的角度將中國放在幾大宗教傳統之中，雖然主張孔教優於其他宗教，但沒有以孔教涵攝他教的意思。不僅如此，張元奇更認為應該以真實的孔子之教來批判中國歷朝政治制度，尤其明確指出向來的君主制度只是為了保障一家一姓而設，與生民福利無涉，也與孔子之教大相逕庭。張元奇的這個見解，和清末梁啟超（1873-1929）起黃宗羲（1610-1695）《明夷待訪錄》於二百年之沉寂、發黃氏〈原君〉等說的意旨，[16] 有如響之應聲，亦可證明張元奇之傾心民國、贊成共和，有其思想根柢之所在。除此之外，張元奇記述宗教之淵源流變也有強烈的現實關懷。他點出了清朝政府對於天主基督教的政策有五變，節節退讓與開放，終於不可收拾，但他同時呼籲人們注意：是「吾教不昌」才使他教有「乘機而入」的縫隙。言下之意，自然是鼓吹讀者應該了解世界、重估傳統，明白之所以有當時處境的制度與政策原因，也尋求自我昌盛之道以因應外國之強勢。

法律志在八種志之中佔的篇幅最多，書寫方式與宗教志不完全相同，但現實的關切是同樣強烈的。張元奇敘述了法律在中國的來由之後，有以下的一段話：

> 海通以來，外國人居留吾國者，不守中律，設領事署於通商

[16] 相關討論可參考王遠義，〈試論黃宗羲政治思想的歷史意義：中西公私觀演變的一個比較〉，《臺大歷史學報》38（2006.12），頁65-104，以及該文所引學界諸論述。

> 馬頭。凡外人歸其裁判，又設公堂，以判斷華洋訴訟，中西官並坐，嗣華洋訟案日多。外人以中律審判，與彼不同，時存歧視，官民又不諳外國法制，疑為偏袒，積不能平，每因尋常細故，釀成交涉問題。三十二年，清廷特派侍郎沈家本、伍廷芳，編訂新律，拆為民事、刑事二項。凡關於錢債、房屋、田畝、契約，及索取賠償者，屬諸民事裁判；關於叛逆，偽造貨幣、官印、謀殺、故殺、強刦、竊盜、欺詐、恐嚇取財者，屬諸刑事裁判。

這段話言簡意賅地說明了中國編訂新律是為了讓華洋訟案有較為一致的依歸。因此，他在法律志中最深加措意的也是涉外的新律。比方說，他講述沈家本、伍廷芳所訂新律之第五章：「中外交涉案件十條，又附頒行例三條」，然後說明「其最關鍵，參以西律，為舊律所未及者」，共包括以下幾節：訴訟時限；公堂；各類懲罰；拘票、搜查票、傳票；拘留及取保；判案後查封產物；判案後監禁被告；減成償債及破產；律師；陪審員；証人；上控。各節之中，詳盡包羅了相關制度、運作方式、文書種類等細節，令人讀之而能想見實務之大概。

張元奇藉由撰史表述對現實議題的關心及觀點的意向，在食貨志中也有充分的體現。該志計有錢法、鈔法、沙蓬米、鹽、絲、茶、紡織、礦、畜牧諸節。以「絲」之一節為例，張元奇先概括性地評比中國外銷絲品大宗的來源地，然後，話鋒一轉說：「然近來此項貿易，一落千丈，推原其故，雖天時地利不同，亦栽植飼畜之工未究也。」張元奇並不是只單就中國本土情況分析問題，而是引述「日本視察絲業情形」的報告而將中國絲業面臨的挑戰放置於世界競爭的格局中考察。在陳述競爭之發展與情態時，他逐漸歸納出幾個要點：切實研究方法與技術、政府推出獎勵措施、擴大勞動力之來源、設置傳習所推廣新知與新技術。張元奇最後說在歐洲日新月異的發展中，中國絲業「恐不免江河日下」，他因而大聲疾呼：「願商界急起而圖之。」其他關於茶、紡織等自清末開埠以來深受西方衝擊的產業，張元奇也以類似的方式分析問題、尋求解方、提出呼籲。其現實之關懷，歷歷可見、不言而喻。[17]

值得注意的還有十四個「表」，而且必須立即指出的是這十四個表，除了「二臣表」與清初相關以外，其他都是和清朝晚期情況密切關聯的表，而且有九個穿插於「典禮以下八章」，兩個列於「武功」之內。即以食貨志的「絲」一節觀之，其中就有「歐洲及小亞細亞絲產出數表」並附「東方諸國輸出數」（後者，張元奇未計入十四表之中），綱舉而目張，一目而了然。為了更清楚地呈現消長態勢，張元奇在「歐洲及小亞細亞絲產出數表」中註記了該表所用的計量單位「基」，乃是「法國量名，一基當日本二百六十六目七分。日本一目，合中國 一錢五毛二絲又十二絲之一」。張元奇當然不是自己做了這些調查，而是徵引他人的報告，但若不是他有意以記錄清朝歷史為立足點而擴大眼界，增進對當時問題的實質掌握，裨益謀求行動方案，則這些表是不會出現在他編纂的《清外史》中的。

綜而言之，在民國初建書市推波助瀾「清史熱」的脈絡中，張元奇彈性採取了傳統官修史書體例，以肆應商業出版和企求擴大普

[17] 張元奇在清末戰役和對外交涉的條目中，經常有國際局勢的分析和清朝政府對策的評論，同樣可見其經世之熱心。此處不引述，請讀者依目錄尋相關條目閱讀。

及度，同時落實其以著史關切當世迫切課題的志向，因而有了此一兼備眾體、注重實務的《清外史》。

二、張元奇的撰述手法與見解

陸保璿出版《滿清稗史》時，自己寫了一篇序，也另請彭秉彝寫了一篇。彭氏批評其他類似的書有「勦襲報章，彙集舊刻」的缺陷，而推崇《滿清稗史》全無這種問題，並以「偉哉」盛讚其為難得的「傑作」。張元奇次年完成《清外史》，再次一年才付梓出版，但在其〈例言〉中彷彿與彭秉彝針鋒相對地有以下的這句話：

> 衛正叔有言曰：「他人作書，惟恐不出諸己；某作書，惟恐不出諸人。」是編亦師其意。

衛正叔是南宋理學學者衛湜，他為自己的《禮記集說》作了前序，引用張栻（1133-1180）的主張為自己的編撰方法辯護：「張宣公謂諸先生之見雖不同，然各自有意，在學者玩味如何爾。蓋盡載程張呂楊之說，而諸家有取者亦兼存之。」也就是說，衛湜說明其所以蒐羅彼此意見有異的《禮記》註解諸家之說，目的是為了讓學者善加斟酌、有所折衷。當然，他也不是完全沒有揀擇，像是王安石（1021-1086）的學說就被他認為「于義舛駁，悉置弗取」。[18] 總而言之，衛湜的取向是儘可能廣泛弗遺，並不認為非要以己意與前賢爭強鬥勝才算是貢獻。張元奇撰述《清外史》的基本態度和張栻、

[18] 衛湜，〈禮記集說序〉，收於衛湜，《禮記集說》，收入徐乾學輯，納蘭成德校訂，《通志堂經解》，台北：漢京文化事業有限公司：1971，頁16852。張元奇所引衛湜語句，出自〈禮記集說後序〉，同上，頁16853。

衛湜是一致的。[19] 因此，若要了解張元奇對於清朝歷史的具體看法，可以採取史源學的研究方法，追索他採用的既有資料，一方面能勾勒出他的知識與訊息來源，另方面經過資料的比對，也能看出他以何種眼光進行裁錄，其中又透顯了甚麼樣的見解。當然，張元奇在《清外史》中直截了當表達其看法的情況所在多有，未必需要經過比對他書才能曲折地看出他的意見。以下，我們先看幾種較為直接的情形，最後再回過頭來討論需費考究工夫方能揭顯其剪裁之旨的條目。

〈例言〉的第二條：「國家之敗由官；邪官之失德，由寵賂。是編於此，志之特詳」，直白陳述了他對清朝衰敗原因的總體判斷。因此，這一類的記載在其書中真是不勝枚舉。不過，張元奇除了以此類條目痛責清朝的官箴敗壞以外，更關鍵的是他將這些問題歸諸制度的缺失。比方說，〈財神舁入文廟〉有此描述：「滿朝考試，莫壞於翰林考差，廣交詩片，至後來考軍機御史，亦時有通關節事。若各省鄉試更賄賂朋興，其神通廣大者，主試一出都門，即有消息到手」，暴露了清朝考試制度缺少嚴密的防弊措施。又比方說，〈捐輸粃政〉：「捐輸，粃政也，而滿朝開國即行之。……貪官墨吏，投貲一倍而來，挾貲百倍而去，吏治愈不可問」，指斥清朝政府為了徵集經費以應付急務竟然實施捐輸制度，給予貪官汙吏遂行其攘奪之欲的正式管道。所以，這不只是問責於官吏個人操守，更是對制度設計的深刻關注。

---

[19] 值得在此作個註記的是民國五年（1916）寓居上海的徐珂為其《清稗類鈔》作序時也引用了衛湜同樣的一段話。而且，這篇序的開頭針對「稗史」作了定義，更力主抄錄編纂的努力，對於商榷、考證，乃至寓以「微旨」，不為無功。可說是贊同張元奇而反對彭秉彝的看法。徐珂之序，見《清稗類鈔》，北京：中華書局，1981，頁7。

張元奇另一種明白表示其態度的方式是引述他人意見之後再予以批駁。〈論康熙二世〉是他對康熙朝的總論，一開始便引用曾國藩（1811-1872）的兩個論點：其一、「我朝六祖一宗，集大成於康熙，而雍、乾以降，英賢輩出，皆沐聖祖之教」，其二、「緝熙典學，日有孜孜，上而天象、地輿、曆算、音律、考禮、行師、刑律、農曹；下而射、御、醫、藥、奇門壬遁。滿蒙、西域、外洋文字，無一不通，且無一不創新法、啟津涂」。從這兩個論點看來，曾國藩對康熙的成就是推崇備至的。然而，張元奇甚不以為然，從多方面進行了批判。首先，他認為康熙肇端而乾隆成之的獎掖文章學術政策有相當的侷限性，因為他們「重在考據、訓詁，未能發明新理」，以致眾多知名學者「雖博雅兼賅」，其作用卻僅在於「解經」而已。其次，他批評康熙的「用人行政」大有問題。在他看來，康熙任用鰲拜（c.1610-1669）、索額圖（1636-1703）、明珠（1635-1708）等人，令他們握有大權，簡直是「羣小彙升」，所以「幾釀大禍」。他又進一步說，康熙本來有機會「厲精圖治，以培元氣」而大有作為，但是他卻放任「貪婪之風，傳染最盛」，加上屢興「文字之獄，以摧折士氣」，終究難臻恢弘境界。最後，他抨擊康熙在「家庭教育」上的無能，導致「理密太子及其子弘晳之變」。在張元奇筆下，清朝皇帝之中最被人稱道的康熙，既不能把握用人與施政的大關節，也不能善用時機大展鴻圖，更不能齊家而為萬民表率，充其量不過是個識見有限的庸碌君主而已。而且，既然康熙也僅能如此，遑論其他更為遜色的皇帝，那麼，清朝整體的格局之小，自然也就顯而易見了。

在上述兩種較為直白的撰述手法之外，張元奇有時會讓不同的條目之間產生互文的張力，藉以呈現他複雜的觀點。最足以說明此一手法的例子之一是張元奇關於雍正的評價。〈論雍正三世〉

是總論雍正朝的一篇文字。他從幾個方面做出了評價：一、雍正的統治是「君權極端」的時代，使「群臣惴惴，惟恐獲戾」，但他認為雍正的嚴厲是「承康熙政寬之後」不得不然的措施。二、張元奇因此肯定其政策效應，認為「一時弊絕風清，乾綱獨攬，其整飭吏治、駕馭人材、清釐財政，切中時弊，有足多者」。三、他對雍正兄弟鬩牆所造成的殘酷結果深致哀嘆。四、他以「按語」的形式，對雍正的施政成效做了稍有保留的評論：「清世宗以威御眾，獨於貪吏，失之過寬。高其倬斥為柔奸，而信任如故；隆科多贓穢狼籍，而竟貸一死。惟懲幕友下四事，辦理痛快淋漓，惜後世不克奉行。特書之，見猛以濟寬，國大夫所以遺愛也」。除了第三點屬於皇室內部的矛盾以外，其他的兩點和按語其實都指向一個共同的看法：雍正雷厲風行的做法是值得稱頌的。若要說有遺憾，則是雍正不能推行徹底，竟然寬貸而縱放了高其倬（1676-1738）和隆科多（c.1658-1728）兩個柔奸貪婪的大臣；以及後世未能繼承雍正的成規，不能讓「猛以濟寬」的措施得到更大的成效。

徵諸《清外史》接下來的幾個條目，包括〈懲幕友〉、〈飭部吏〉、〈禁部費〉、〈誡外省書吏〉，都是正面呼應上述見解的記載。然而，張元奇以〈兔死狗烹〉為題，記雍正對年羹堯（1679-1726）的處置：「令自裁，其父遐齡、弟希堯免死，子年富立斬，餘子十五歲以上，極邊充軍，產入官」，又對此處置做了一段評論：「年羹堯之剛愎驕恣，固不學無術，然清廷以細故褫之，亦欲加之罪，何患無詞也」。以此來看，則張元奇似乎未必毫無疑義地贊同威猛手段了。張元奇對雍正嚴厲風格的質疑，可以參看〈李紱之崛強到底〉。張元奇說：「當時廟堂痛懲朋黨之習」，而行事很能體現雍正雷厲風格的河南巡撫田文鏡（1662-1733），「由縣丞歷官巡撫，察察為明，眷隆甚，嚴吏治，一劾動數十員」。這樣一位雍正朝的典範官員，張元奇卻藉著直隸總督李紱（1673-1750）之口發出了尖銳的質問：「公身任封疆，有心蹂踐讀書人，何耶？」在另一條〈布蘭泰〉的按語，張元奇則說：「當時廟堂苛察，內外臣工，極意希旨」，這就更將批評指向了威猛治術所招致的「苛察」風氣，甚至可說此種治術帶來了反噬的效應。最明顯表現出張元奇對雍正統治風格的抨擊的是〈符命〉這一個條目。他駁斥了符命之說以後，下了個按語：「雍正十餘年政治，不過嚴厲二字，有何德化？」這簡直是將他對雍正的肯定全然收了回來。

在這些彼此頗有牴觸記載之中，張元奇的核心態度究竟是甚麼？這個問題，應該留給讀者們據其文字、仔細推敲，做出自己的判斷。不過，有一點應該特別標舉出來：由於張元奇善於運用此種互文張力的手法，所以，若要了解他對具體人、事、物的看法，便不能僅選取其一而不顧其他，務必綜合考量所有相關的說法，方能體察其見解的複雜性。

閱讀《清外史》最富挑戰性但也最饒富趣味的，是張元奇採取傳統「筆記」的寫作方式，不明言徵引他人著作，卻藉著剪裁增補的手法與他人商榷或爭辯並表達其獨特的想法。我們且以歸屬於乾隆朝的〈書倪宏文賒欠英裔貸銀事〉和歸屬於咸豐朝的〈記美國借事〉為例說明。這兩條記事出自方濬師（1830-1889）的《蕉軒隨錄》，但在《蕉軒隨錄》中是以〈書用外國銀兩事〉為題的一個條目。[20] 換言之，張元奇選用《蕉軒隨錄》時，將該條目一分為二，分別錄入不同的時期。表面上看起來，這只是為了符合《清外史》依皇帝繫事的慣例所不得不作的調整而已。可是，若細繹方濬師和

---

[20] 方濬師，《蕉軒隨錄》，卷10，頁389-392，北京：中華書局，1995。

張元奇的敘事差異，卻會發現張元奇實際上是透過此一調整傳達他對清朝國勢變遷的意見。

就方濬師的寫法來看，他的目在於說明他如何謹慎地處理涉外事務。當時，他的工作是解決同治朝歸還美國款項的事情。方濬師主張：「余以天朝之待外國，首重誠信。此項既歸官用，自應由官給還」。為了證明他的主張正確，他不僅抄錄了乾隆的諭旨，還在最後加上按語：「恭繹天語，知聖人用心周密，得長駕遠馭之方，非庸愚所能管窺蠡測也。余從事洋務有年，遇事稟承堂官，每擬一奏疏、一公牘，惴惴焉惟恐稍失其平。不知者或以措置太弱、論事過瑣誚之，然而臣之心在揚水卒章之四言矣」。所謂「揚水卒章之四言」，指的是「我聞有命」，放在這個脈絡中的意思是方濬師自認是戮力從公的人。而他之所以抄錄乾隆諭旨，最重要的目的是呼應其中「中國撫御遠人，全在秉公持正，令其感而生畏。……凡沿海、沿邊等省分，洋商貿易之事，皆所常有。各該將軍督撫等，幷當體朕此意，實心籌辦。遇有交涉、詞訟之事，斷不可徇民人以抑外夷」的說法，據以證成其歸還美國款項的主張是有乾隆皇帝的諭旨為憑依的。

但是，張元奇不以方濬師之說為然。分列二事於二朝的關鍵原因在於他認為乾隆時期訓令倪宏文歸還賒欠英商之款項和同治年間歸還欠美之借款，兩事的性質不同。乾隆朝的事情，展現的是清朝泱泱大國的風度：皇帝不迴護國人而要懲治欺詐行為的平民，而且要求官員務必確保洋商的損失得到完全的補償。相對的，同治時期的事情，則是因應戰事而向美國人借款，顯現清朝內亂猖熾以及國力衰落，才需要向外人借錢。更嚴重的問題是，從後見之明來看，同治時期向美國借款本來不過是個權宜之計，後來竟成了常態。一是盛世的表徵，一是衰世之現象，兩者不可同日而語。方濬師標榜自己是個遵循祖訓而且謹慎有為的官員，但張元奇認為他的自我標榜是沒有意義的，因為，方濬師只是宣稱在精神和原則上追法乾隆聖意，卻沒有看到兩個事例性質不同（一是民間欺詐，一是官方商借），以及分屬強弱易勢的兩個時代。張元奇引用方濬師的記載卻作了裁割為二的決定，也就隱含著批評方濬師只做了表面的比附，從而未能把握其時代的問題癥結。

簡要地說，張元奇寫作《清外史》時，既在史書體例上做了彈性的變更，也在撰述手法上採取了多樣的表述方式。他時而直白，時而曲折，時而率直爭辯，時而幽微異議。這固然提高了讀者解讀時的難度，但也因此增加了層層深入、豁然開朗的樂趣。這是張元奇為讀者設下的門檻，但也是為知言善讀者提出的邀請。有意撥雲見日的人，盍興乎來？

三、結語

張元奇是一位站在時代轉折期而懷有經世抱負的讀書人，他有著從歷史經驗探求得失和從各方面求取知識與訊息以推求時代脈動的興趣。因此，他的《清外史》既透顯著他經過研討反省而提陳的見解，也凝鍊著他所處時代中層次豐富的思想風潮與社會驅力。張元奇又是一位在政治界與教育界兩方面有所作為的人，他必然帶著對時代的理解和未來的期待從事實務工作，也可能因著實踐而修訂其原有的看法。那麼，倘若以《清外史》為起點繼續深入探索，我們不僅能對張元奇個人有更多的認識，也能對清末民初的多樣風貌，以及對這些風貌如何在日後延展出深遠的歷史作用與軌跡有更清楚的理解。

知稼軒詩

侯官　張元奇

叙

君常既刊其詩，數年復裒後所得者，總而刊之。問叙於蘇堪，蘇堪請以屬余。余適自都歸里，過蘇堪海上，蘇堪語余：「君常又督促甚亟。」乃言曰：

君常文字皆學蘇者也。長公之詩，自南宋風行，靡然於金，元、明中熄，清而復熾，二百餘年中，大人先生殆無不擩染及之者。大畧才富者，喜其排奡；趣博者，領其興會；即學焉不至，亦盤硬而不入於生澀，流走而不落於淺俗。視從事香山、山谷、后山者，受病較尠，故為之者眾。張廣雅論詩，揚蘇斥黃，畧謂黃吐語多槎牙，無平直，三反難曉，讀之梗胸臆，如佩玉瓊琚，舍車而行荊棘；又如佳茶，可啜而不可食。子瞻與齊名，則坦蕩殊雕飾，受黨禍為枉，亦可見大人先生之性情，樂廣博而惡艱深，於山谷且然，況於東野、后山之倫乎！

吾鄉人之常為詩者，余識葉損軒最先，次蘇堪，次弢庵，又次乃君常。而君常所常與為詩者，弢庵與余外，則有葉肖韓、陳徵宇。之數子者，身世皆畧如其詩。損軒少喜樊榭，繼為後村、放翁、誠齋，蠖屈微官以終，差相似矣。蘇堪原本大謝，浸淫柳州，參以東野、荊公，余嘗謂達官而足山林氣者，莫如荊公。大謝、柳州，抑無論矣。弢庵意在學韓，實似荊公，於韓專學清雋一路。肖韓、徵宇則雅學后山。獨君常才筆馳騖自喜，中年以後，時時歛就幽敻，然終與坡公為近，其閒有憂愁牢落，託於莊騷之旨者，亦坡公之憂愁牢落也。近作清迴益上，遂足以感召憂患，中夜徬徨良久而乃釋。君之於詩，亦尚為張廣雅所謂「坦蕩」者，勿過求為幽敻哉！

癸丑穀雨節　陳衍

知稼軒詩・序

丁未由湘度遼，因索閱詩稿者眾，先將《蘭臺》、《洞庭》、《遼東》三集付印，以餉同好。壬子南歸，益以《遼東續集》、《津門集》，並前官翰林時刪存數十首，重付手民。丙戌以前少作，可存者尠，盡從割愛，此後如能抽身引退，當求吾所好，以詩人終矣。

中華民國二年三月望後，侯官張元奇自序于福建行政公署

（中華民國二年歲次癸丑季春之月，福州印刷局代印）

知稼軒詩續刻・序

自癸丑三月刊余詩於福州，忽忽復六年矣。此六年中，得詩只

二百數十首，曰《南歸集》，曰《孟莊集》，曰《試院唱酬集》，曰《遼東後集》，曰《榆園集》。丙辰、丁巳、戊午罷官居都下，往來津沽，有山水之游、友朋之樂，詩亦較他集為多，歲晚無事，鈔錄付印，以繼前志。明年余六十矣！人壽幾何，不知終吾身，尚有若干詩？元遺山謂：「老來留得詩千首，卻被何人較短長。」尚有短長之見存，余則但求多作詩耳。

戊午冬至元奇識于京寓榆園

（中華民國七年歲次戊午季冬之月，京華印書局代印）

卷一《翰林集》
起丙戌，訖壬寅

朝天嶺

晨發皷浪嶼，暮登朝天嶺。懸崖夾人面，中窄穿脩綆。刺足石巑巑，十步不一整。林霏合蔽天，暮色淒以警。僕馬極痡瘏，束縕進尤猛。枯樹遮我前，離立若鬼影。勞役矜得句，險語助悲哽。頗訝御天風，吹落無人境。

五妃墓 有序

明亡，甯靖王渡海依鄭氏，及克塽歸順，王殉節，五妃亦同日死，土人為表其墓。

龍種殘山盡，埋花剩一邱。行人猶涕泗，奇節極溫柔。難得同心夢，長茲東海頭。歸魂倚蕺竹[1]，月黑叫鵂鶹。

①墓多竹。

海東弔鄭延平

羣盜弄兵明祚亡，渡江一年存宏光。聖清入關為戡亂，威棱所至奠八荒。海外逋臣遯金廈，天戈乃以二島當。漸復舟山扼海岸，遂越京口搖天閶。南溟垂翅不復振，草鷄飛渡何倉皇。紅毛舊地取唾手，赤崁千里開炎方。蠻表馳軍奉冠帶，鯤身阻水脩艅艎。沙陀能存天復統，和林已縮中州疆。再世貙羆踐妖夢，綵繩量海空彷徨。鄭國姓，延平王，祠堂切雲森桄榔。不曰海寇曰遺老，天語煌煌留褒彰。君不見〈貳臣傳〉中洪文襄，同為泉產羞還鄉。

由臺南至臺北道中雜詩

四月南風湧眼開，海潮拍岸吼如雷。竹簰載客隨潮去，桶底銀山看幾回[①]。

①俗謂四月八日開湧眼，輪舟抵安平口，舟人以竹簰縛木桶，載客登岸。

輪船飛梭日不停，水程只隔六更零。被人喚作唐山客，始覺身為海上萍[①]。

①臺人稱內地曰唐山。

鹿耳門開沸海波，一城斗大古諸羅。至今父老談遺事，猶說城頭殺賊多[①]。

①林爽文之亂，諸羅獨全，賜名嘉義。

大甲溪頭溪水黃，大甲溪邊溪草香。家家女兒試纖手，織得龍鬚幾尺長[①]。

①大甲草席，近溪者專其利。

短程曉日去怱怱，番社時聞出草工。一片玲瓏誰削得，玉山高插亂雲中[①]。

①生番謂殺人曰「出草」；玉山在番社中。

泥人日日醉紅裙，絃索蠻歌已厭聞。欲識尊前秋幾許，雁飛不渡海東雲[1]。

①臺無鴈。

蕉果黃梨賽海南，炎天飽嚼不嫌貪。更思留看霜天熟，親試西螺十月柑[1]。

①柑以西螺為最美。

荷花度歲竹迎年，妙句今猶萬口傳。算是四時好天氣，黑貂不值一文錢[1]。

①雖隆冬，無御裘者。

歲暮抵家寄周辛仲廣文

渡臺交臺士，臺士何寥寥。斐亭有詩老，築壘頻見招[1]。與君抗顏行，惡戰日數挑。相持及一月，炎曦不敢驕。君先登歸程，而我猶蓬飄。入彰復把臂，選曲尋翠翹。夢醒燕子樓，醉墨留橫綃。豈知叢世忌，平地生訛謠。謂我中瘴癘，遽為鬼伯要。又云墜海死，收骨無歸潮。舉室日啜泣，禱卜占祥祅。所賴後書至，乃使前疑消。作詩訊吾友，吾已戒嶢嶢。

①臺灣道故兼學政，余至臺南，適試事已竣，薇卿前輩於各校官送考未歸，擇其能詩者留作詩鐘，辛仲首與焉。

月洲[1]

入永至月洲，乃盡永北界。羣山東一谿，窈入路愈隘。一洲突出之，前後如畫卦。前洲栖吾祠，春秋肅瞻拜。後洲聚族居，入閭導支派。自昔聞吾祖，能測王氏敗。避亂擇茲地，陡險自成砦。我來謁先塋，萬笏森珪玠。高蓋守涪墨，展誦見家誡[②]。唐墓與宋書，完好兩愉快。山深兵燹絕，斯理奚足怪。

①在永福縣北山。

②高蓋，山族人，有山谷墨蹟四大幅，戒不借人。

子禾師招集北淀，歸過龍樹院，分韻得月字

銷夏出城闉，神皋得窔窔。偌大六頃田，化作水雲窟。蜻蛉僅容人，布指列肴核。不知泉暗鳴，似聽雨初歇。照眼千荷花，濯日紛馝馞。西山如几案，延爽堪拄笏。清尊暎淨漪，相對各兀兀。歸趁亭皐路，游脚健於鶻。到門聞茶香，行客多蔭暍。已道玉山頹，重定金谷罰。尖义追險韻，駑才困銜橛。槐窓夕涼生，林罅吐微月。

紀難篇 有序

碎舟成山，幸免於難。抵都後，來慰問者爭詰遇險情狀，因成斯篇。

渡海遭奇險，招魂歸海上。危礁絓漏舟，豈有再生望。成山如連牆，抱海突相向。我船訛南鍼，與山不寸讓。砰然天地驚，蛟蜃為決盪。船頭塞黑霧，船尾灌濁浪。滿船念佛聲，分作魚腹葬。霧開浪亦平，敢謂忠信仗。全家寄驢島，欲濟事恐妄。瘦妻水沒踝，心定語益愴。嬌兒面雍樹，抱持不肯放。深湍轉饑腸，苦對雙旗颺[①]。

天邊見黑煙，望救不可狀。真成穿塚出，布帆幸無恙。

①輪舟開泊皆以單旗為號，惟遇險望救則升雙旗。

竺詒《聞妙香室詩稿》因沈舟失去

竺君易簀時，遺我詩兩卷。區區身後名，期於此中見。什襲謹為藏，歲久評騭徧。北來携自隨，渡海忽生變。我物皆身外，正復同墜甗。惟此長吉囊，吉光餘一片。眼看千珠璣，空中散如霰。冥冥負九原，會當歸焚硯。

書《定山堂詩》後

文采風流想見之，滄桑閱後鬌成絲。重尋拂水山莊案，只欠河東唱和詩。

冬夜讀書

際天冰雪不能春，連屋甆書我最親。欲試藍田餐玉法，自驚滄海抱珠身。賈生挾筴疑年少，莊子逃虛喜似人。巷北巷南何偪側，一燈照見膽輪囷。

花市

卜隣近花市，居久悟物理。移春富貴家，無如深色美。園中花比金，道上人凍死。花死有人愁，人死無人視。看花人出門，乞錢人長跪。

早秋，同潘耀如前輩閒步觀音院

山光媚晴皐，尋幽如啖蔗。入門聞微鐘，餘音抱僧舍。秋花獻羣姿，階石不容罅。靜極生道心，久立恣清暇。城囂能驅人，禪牀偶一借。商量辦行纏，雲門共税駕。

題孫幼谷秋齋憶夢圖

一龕清絕病維摩，劙臂曾聞起宿疴。今日為誰移帶孔，哀蟬聲裏淚痕多。

古驛稠桑路渺茫，巫峯十二割人腸。一丸孤到秋宵月，滿地寒花夢不香。

北江舊廬圖為徐鞠人同年題

閒官食破硯，五載斜街居。時過椒山宅，頗愛竹垞廬。出門無所詣，念遠懷一舒。夙聞城北勝，竹木蔭有餘。披圖得主人，此地實經畬。蓍萹草不死，想復茁庭隅。有母喜逮養，春暉娛潘輿。私淑既有在，遺緒煩爬梳。當日憂國老，遠戍坐上書。天為沛霖雨，更生歸里閭。遂令百年後，遺蹟騰高譽。先生逢堯舜，危言猶欷歔。乾坤今何世，屯如復邅如。神州將陸沈，持論紛籧篨。幽吟發長歎，大難知誰紓。

紀事十四首

屏藩異姓古衣冠，鑄日無功海色寒。咄咄孱王宮省沸，自揚禍水起波瀾。

欲持馬箠責東鄰，巾扇籌邊國有人。鹿耳鯤身搖落後，坐看滄海又揚塵。

妖鳥烏烏卷甲行，遮師海上忽渝盟。艨艟一去無歸骨，腸斷招魂野哭聲。

天戈東指百靈趨，問罪難寬竊國誅。駐蹕山前歌破陣，秋風消息杳平蕪。

疥癬微災藥不靈，募師楚澤竭餘丁。廷臣首集登壇矢，望闕陳書欲涕零。

榑桑東望杳流虬，此錯重教鑄六州。誰信水犀身手健，偶因積羽亦沈舟。

平壤無功寇已深，朝廷旰食望馮岑。宮中何限憂危意，夜半甘泉竚捷音。

萬口同聲上剡章，君恩推轂起賢王。秋高誰獻岡陵祝，鵷鷺班中有淚行。

雪地冰天戰骨糜，璇宮詔徹未央巵。何人預上西遷議，九廟無驚六輅移。

空營人去暮烏啼，萬騎投鞭水不澌。上策檀公三十六，同時棄甲與山齊。

年少黃驄解死綏，老羆當道亦何為。宵深東望平安火，風鶴難消舉國疑。

世亂方知禍所胎，豈真川嶽不生才。曹郎吏事詞臣筆，爭請長纓詣闕來。

暫借河冰慰瓦全，海氛所至又騷然。只慚生應丁當讖，一片降旛報國年。

兵事如占指上螺，昭昭功罪孰能阿。獨憐攀檻孤忠苦，六月龍沙遠荷戈。

舟過劉公島感賦

東海無人蹈，中原士氣孤。藏舟真有壑，伏劍已為俘。一網空窮島，連檣震上都。舟人談往事，遺恨在夫夫。

由半山亭至萬松關

雲水分明剩爪痕，山亭題句已無存。萬松化劫重來日，嗚咽泉聲聽到門[1]。

①萬松關舊松皆數百年物，今蕩然矣。

聽水齋同弢庵丈夜坐

投寺厭僧囂，來就澗底宿。齋堂鐘鼓歇，坐見山氣肅。林翠積夕陰，得月淨如沐。微風若相遞，人語出巖腹。莫摭世事談，且摸壁詩讀。晏師說偈地，寒泉清可掬。

鳳池書院攬輝樓相傳有怪異，今歲主講，移居院中，命鹿、鴻二兒讀書樓下，久亦寂然

層樓挹山翠，登眺頗有餘。歲久閟榛莽，委為狐魅墟。我性取幽寂，略為施畚鋤。書冊稍羅列，窓几勤潔除。隔牆有高樹，夕籟延秋初。鹿子躭夜讀，燈火熒前疏。鴻子隨兄坐，憨睡頭抵書。乃知神能全，自足甯厥居。中散耻爭光，此意良起予。

初試眼鏡

我年未四十，鬢髮倏已斑。衰謝寧不懼，侵尋及憂患。朝來覓故紙，堆眼花爛徧。頫首進靉靆，秋水澄雙灣。初如隔簾幕，久乃忘其閑。於古義奚取，隨身同佩環。十年作細楷，此技竟不嫻。貽禍到目睫，吮墨猶強顏。

寶泉河觀荷花

雨荷弄新姿，理檝及酒半。瀰瀰不數尺，踈紅了可判。涼馥隔車塵，薄爽息衣汗。頗愛葦灣碧，時有沙禽竄。澄波明斷霞，雜花競秀粲。南人喜水居，畏熱如熾炭。搴芳此久留，衫履互蕭散。縱非濠上觀，肯羨柳下鍛。抽身事亦暫，一飽躭漁爨。安得牽船住，簪服謝羈絆。

王旭莊太守雨中約集十剎海酒肆

白米斜街路，琳宮古梵王。垂楊騎馬路，疏雨賣茶坊。溽暑忘三伏，深歡罄十觴。江南賢太守，重話水雲鄉。

連雨次韻和覲瑜同年

雨氣暗燈光，閉關苦不早。床頭枕巷轍，臥聽車翻潦。擁被誦君詩，深情流古藻。世態我久諳，員卿寧方皀。行年迫四十，迅駛驚轉轑。微祿實君恩，未敢嗟潦倒。恐渝遠志堅，自取辛椒搗。五鼎不易食，一室究能埽。欣戚懸親心，通塞諗天道。君看秋霖多，終亦見晴昊。詩成不忍棄，寄與梅谿老。

廿二日游積水潭，尋李西涯讀書處不得，潭北有匯通祠，小邱盤陀，景益幽，不類城市，循隄而東，即淨業寺，其近寺前者又名淨業湖，是日集者十四人

湖光弄碧吞炎曦，我來正及日午時。先至客皆據石坐，祠前下瞰堆琉璃。指想煙莽話遺蹟，茶陵相業人所嗤。西涯一角亦髣髴，強名其處無乃痴。曩聞北關盛舟楫，漕艘直達積水湄。即今故道盡湮塞，猶有石甲蟠靈螭。百年近事皆可考，仰瞻宸翰摩穹碑[1]。同游好事真忘疲，因湖索寺景益滋。逐波一舸亂鳧雁，濯日千荷含風漪。茶香繞院鐘梵寂，樹影攔街巾袷欹。藜光蝦菜俱變滅，惟有紺宇行人知。就中數子興尤猛，戛舷拍水相娛嬉。閒官不是無暇日，

勝地只恨多俗緇。晚來第一樓前坐，一覽更盡全湖奇。

①祠有純廟御牌。

萬柳堂和壁間查聲山學士韻

鴻科遺事上詩屏，重向巢痕覓墜翎。昔日垂楊都化劫，滿階荒草自譒經。

門外清光飲馬池，鞭絲夕照不嫌遲。百年風雅流觴地，池水於今有令姿。

肖韓有刺時詩，徵宇見而和之，往復駁辨，各抒其意，因疊前韻為解

蘄治豈多言，熟讀《論語》半。世遠晦其旨，僅足資詞判。陳羲亦甚高，驕人面不汗。所以當彼族，紛若鳥獸竄。事過師其長，適館歌授粲。深心懼變本，置議遂冰炭。四譯古專科，此職今冗散。果能耕待穫，奚惜金共鍛。我貧拙一身，日夕憂厨爨。聚首亦靡常，歸思復縈絆。

再疊前韻答徵宇

尹役忽易夢，晝夜各分半。隍鹿且致訟，君相累難判。得失幻無端，此理極浩汗。往轍誤西笑，孤身復南竄。書慙顯志衍，賦剽思歸粲。忍饑甘待炊，炙熱恥挾炭。風濤海上至，吹我百憂散。感子勤慰藉，為我苦吟鍛。豈知理則那，雁烹木自爨。相期龍性馴，莫怨驥足絆。

和余晉珊前輩登烏石山鄰霄臺韻

故山久已欠追游，世事催人誤黑頭。歸聽官聲真愷悌，喜傳詩句獨綢繆。星辰北望天閽壯，島嶼東來海氣浮。怊悵登臨多難日，長城誰唱白符鳩。

除夕曾幼滄前輩招飲，用東坡三十九歲密州除夕韻

獨處情易闌，不寐夜已半。比屋整杯斝，羈客增感歎。虛牝擲時光，一綫彌可玩。交游十年內，疇曩漸衰散。南豐在東頭，形影猶強伴。招我同守歲，一醉欲及旦。棋枰換年光[①]，春色動屏案。趨朝車轍喧，過市風燈亂。寒鼓且屢撾，深觴不停盥。書生無事業，頗怪儒術緩。驕人揚州鶴，散落幾腰貫。學道不猛進，寸勇防尺懦。萬事閱榮枯，暗爐若薪炭。醇醪君意厚，魚笋足賓館。屠蘇慙後飲，所喜孤衾暖。歸聽高軒聲，春服何粲粲。

①與小軒同年奕。

聞馮庵病，寄此奉訊

相見不能數，霜風忽凄厲。聞君有所苦，旅窓常晝閉。嗟君老湖海，豪宕氣蓋世。晚落世網中，承明思謁帝。得官如僦屋，僅取風雨蔽。詩卷高一尺，浩若無涯際。中多人未言，百千萬妙諦。亦復裖倉扁，活人無鉅細。冰炭果何物，足以置胸次。無乃將奉檄[①]，憂時日橫涕。南淀雨添肥，西山秋疊翠。且抽眼前身，追游願並轡。

①時新選博野縣知縣。

感逝和弢庵丈韻

長年北涕憂危城，坐使玄鬢成霜莖。葦灣刹海已灰燼，舊夢何處尋詩盟。厤衣握槧就林臥，逃囂愛此南塘橫。豈知夜哭復震耳，親故鬼籙日數驚。儺人侲子但兒戲，冀以沴癘當刀兵。徙居四出空衢巷，爭視郇僻如蓬瀛。池荷開盡無客至，孤賞頗覺心顏清。壓檐雙荔尤挺出，飽啖失郤虬珠赬。吟臺舊侶遠莫致，海颶一夕收飛英。嗟君愛花如愛士，傷逝有淚知同傾。若論咎徵應在邇，李顛劉蹶摧余情[①]。因思萬事皆岌岌，以旦視暮皆前程。殘蟬哀厲老柳禿，便恐池館來秋聲。

①謂李生季輝、劉生四元。

疊前韻寄弢庵丈

炎蒸坐困如圍城，紅蕖搖秋餘枯莖。碧栖詞客以詩至，橘洲大國猶尋盟。感時往往出硬語，知有老淚當胸橫。舟危舟人不自駭，靜聽能勿生憂驚。鍵戶三月抑何恝，指麾南北鏖詩兵。甚欲從君剪夜燭，螺江乃遠如重瀛。昨者京洛尺書至，為言禁籞烟塵清。舊物既復煥崇麗，取材伐木南山赬。魁桀待詔集輦下，金閨行見翔羣英。王官休休遺世事，忍使大厦當前傾。靈源方廣問行跡，看山詎能忘世情。城中驕陽毒乃爾，絕江恨不追川程。晨起移牀就涼樹，自嘲詩似秋蟲聲。

七月十五夜，弢庵丈同又點泛月螺江，各有詩來，再疊前韻奉和

看月面山還面城，城頭塔影雙金莖。孤亭獨上秋宇霽，明蟾怪我寒前盟。此時螺渚在天上，犯斗照見銀槎橫。各攜詩句餉良夜，潛虬出水聽且驚。雕鐫不憂造物忌，鬣叢字裏爭縋兵。明朝蹤跡落人耳，仙乎游戲排方瀛。繫繩難使白日駐，澄膠幾見黃河清。拍浮且復永茲夕，隤顏同向尊前赬世間樂事孰多取，君遺其粕餐其英。池泉一尺媿江瀨，牽船何處容欹傾。峽南峽北我曾到，舉頭便欲馳遙情。頗憶去年話滄趣，曉風斷渡稽江程。安得弄舟狎鳧鴈，打門重聽桄榔聲。

感事三疊前韻答覲瑜

雲龍入夢猶帝城，蛩巨憂饑惟草莖。豈知麻雪復相見，負土歸結山中盟。天傾塞耳那忍聽，闌干北斗看西橫。前驅九旒不可望，枯株朽木甯無驚。瞻烏誰屋劇心痛，召寇禍烈臺城兵。五胡不徙乃亂晉，長樂未死終封瀛。平津螢火苦相失，君側付與他人清。規山模海亦同燼，一劫下照金波赬。收京玉斧尚待畫，太常陳樂鏘韶英。國憂家難豈勝哭，堊室淚盡從誰傾。吾儕野處總戀闕，詩成各有平生情。朔風砭骨急墐戶，河雒萬騎衝霜程。燈前聞雨不成寐，請君操縵為宮聲。

晚登偕寒亭寄懷肖韓，時肖韓避疫居于麓

松翠如烟日脚平，九仙樓觀倚層城。未驅殘暑難抛扇，欲剗兹山好望衡。地僻林扃無客到，天空塔火向宵明。晚凉又負煎茶約，自理風前鬢數莖。

卷二《蘭臺集》
起癸卯二月，訖乙巳九月

馬江與弢庵丈話別

挐舟送我馬江濆，共倚危潮話夜分。山鬼豈能忘世事，海鷗終苦狎人羣。鬢絲愁裏都疑改，歌管城中未忍聞。八表同昏平路阻，傷心正不在停雲。

寄訓林可三

東風催去颿，迅駛不可待。置酒孅為歡，離思滿江海。詩來朂我行，冀以鞭駑駘。思義慙拾遺，識途事已殆。難支大廈傾，轉苦羣絃改。攻堅固不折，力薄愁重鎧。瓦礫汰有時，正恐遺鼎鼐。分作潛夫潛，追計罪言罪。京塵冠峨峨，相賞但文采。沽直亦市道，朝告夕出宰。所以居官心，貴有千秋在。諫垣媿再入，所見多欸欸。哀音不聞天，坐看風潮匯。未敢負相期，從人學傀儡。

步月訪熙民、松孫

籍咸共高致，讓地與花居。閒就滌煩慮，虛廊頗有餘。劫塵消碧宇，涼思訊紅蕖。便算今宵樂，吾家月不如。

送叔伊特科報罷南歸

十日深談塞百悲，借君跌宕發雄奇。撐腸萬卷書甯腐，垂翅重淵事可知。大冶祥金盡干鏌，多方歧路揔駢枝。援琴歸譜蒼涼曲，漫說成連是我師。

自淀園歸，遇雨

望中樓閣尚參差，禁樹含煙碧欲滋。行遍雞鳴湖埭外，野橋流水自尋詩。

炎暑不耐，憶鑑亭荷花，兼懷澹菴同年

兩載鼇峯居，池館隔塵坱。北來轉苦熱，因之涉夢想。前池如方珪，清淺可容榜。林陰覆花氣，時有游魚上。後池窈而深，百倍視盆盎。搴簾攬眾芳，芳態各殊象。乍生弄苗條，怒放突尋丈。盡羅几案閒，擁書恣幽賞。都人矜南泡，日聞游車響。刹海亦何奇，劣足爭雄長。矧乃淪劫餘，觴詠遜疇曩。生日例有詩，福薄敢長享。遙思講堂前，道氣接虛爽。妙香與淨植，一一入宏獎。因君遠訊花，離合理難強。頭白數歸期，甯肯忘息壤。

題趙玠予敍樂園課子圖

眼前有至樂，常時若無知。境過彌足惜，乃驚電影馳。電影去如瞥，夢想何曾滅。圖中一卷書，心頭十年血。血能達重泉，追日及

虞淵。畫工意慘淡，孤兒心纏綿。纏綿不可狀，學成見微尚。儒冠無負人，所欠只祿養。吁嗟乎古來祿養曾幾人，我亦鐙前掩淚身。

《影梅庵憶語》題後

樸巢舊夢冷成灰，萬恨千愁撥不開。物外逍遙偏解道，鹽官夜半鬼聲哀。

宛轉相思絕妙辭，秦准煙水尚含悲。恨無人補虞山札，失郤山塘一段奇。

冒雨游積水潭，琴南特為作圖

宣南坊畔好招呼，潭水深深路漸紆。細雨聲中消永晝，垂楊佳處似西湖。欲從初地牽船住，合有高人浣筆圖。怊悵年時游屐盛，重將愁眼看城烏。

題程子大太守貞林秋憶圖

楓林秋驛為誰妍，漆室幽憂不記年。驢背詩成何處寄，一繩楚雁接霜天。

重九日為鶴亭題水繪盦填詞圖

郎潛身世發哀聲，舊夢模糊問短檠。莫再思量家衖事，燕山斜日萬愁生。

桂南屏太史以重九登高詩索和，次韻奉詶

剩有黃花媚唱酬，尊前滄海看橫流。冥冥劫運將終古，浩浩高原又一秋。南雁不歸懸客淚，西風如訴入邊愁。無多佳日真堪惜，甚欲從君爛漫游。

和韻答肖韓

今日遠不如咸同，奇聞驚倒百歲翁。毒虵猛獸吮人血，坐擁山海方憂窮。六爻失位多悔吝，庚子以後占尤凶。舉棋無定彌可哂，人士擾擾知焉從。弛閑一派尚盧孟，抱墜孤學矜天崇。西鄰啟宇不斂手，遼山坐棄杏與松。往時金田止焺沸，後有文正前文忠。如何接武百十輩，摸索終在稠人中。娶妻生子子娶媍，我未五十先衰庸。早來補闕冀吾友，勿使弋者思冥鴻。死生事小豈足念，正如雲轂過長空。願與歲寒共形影，樂同翕翕憂忡忡。

又點以病中雜詩寄示，感和

詞人工詞復工詩，才多遂為羣鬼窺。便能作鬼亦不惡，底以六鑿併交綏。病中苦趣我未見，詩來酣寫無一遺。身作戰場定奇語，么　退舍紛離披。壯游豪飲詎當戒，毋乃自以危言欺。城南一別忽半載，天際渺渺神魂馳。馬江江水清且駛，照見瘦鬢垂秋絲。我日據案作長判，拋棄茲事從鞭笞。捉鼻看人效洛詠，但恨不郤苻秦師。萬方魚爛事已急，飽食俟死將奚為。

送陳士可歸武昌，兼寄叔伊

特科失兩陳，當為閩楚哭。楚才日以多，未見已刮目。君從南皮公，手定學中鵠。良規靡不備，坐埽千兔禿。斜街九蓮室，偶借僧寮宿。停車時過我，高談欲震屋。五洲政治言，抵掌尤爛熟。南歸念高堂，江漢馳夢轂。花隄風雪夜①，不憂形影獨。幸勿思鑿坏，真恐看沈陸。燕雲凍不收，離酒愁再漉。行矣復何言，高岸將為谷。

①叔伊所居。

詒書太史招看崇效寺牡丹

天甯多芍藥，崇效多牡丹。燕京三四月，花事無遮攔。洛陽舊使者，婪尾追清歡。招邀及日出，白紙坊之南。古寺脫兵劫，剝落餘齋壇。瑤姿不出世，腰鼓喧旃檀。晨開尤爛漫，露氣堆金盤。紅白鬬顏色，相憐虢與韓。綽約朝天紫，芳態麗以端。諸佛喜供養，羣卉驚酸寒。不知昔遭亂，此花何能完。遮藏見太平，蓬蒿力已殫。只恐風雨惡，一夕摧琅玕。看花同閱世，誰能迴頹瀾。煎茶老居士，被酒新朝官。作詩獻菩薩，長祝花平安。

送陳劍溪之官湖南

少時鄉里矜文藪，今其存者無數人。相看已老亦自詫，往事照眼如奔輪。湘江之水深不滓，願子飲潔全其真。駈車儻得過衡嶽，他日情話當紛綸。

高嘯桐入都，出迪臣太守孤山補梅圖屬題

詩人作郡有輝光，記劚寒雲活古芳。幕府賓僚知逸事，湖山冰雪見收場。春風繞樹栖魂魄，夜雨枯棋剩淚行。我亦一麈思乞外，不知飄絮落何方。

嘯桐復以迪臣影片相贈，感系一絕

道氣從知老益堅，遺姿重覩倍悽然。人間何世公歸去，死後杭州更值錢。

喜足九至都賦示

涼宵計遠程，抱被聽秋雨。晨興檐鵲喧，南雲落庭戶。相睽纔隔歲，家事歷可數。未遑問親朋，且喜得歡聚。增弟尚素冠，見兄極蹈舞。濟姪稍長大，言動不踰矩。眾穉下階迎，病妻聞聲愈。室廬春氣多，誰信非吾土。只我鬢髮衰，身世一無補。求免蟬馬譏，終非鵷鸞伍。縣佐莫厭卑，稱職便不腐。京兆有賢聲，明日先謁府。官小為人用，亦要擇所主。無源泉必枯，不毛地多鹵。生當貴自立，斯言牢記取。

嘯桐之官淛江，瀕行賦贈，並題林社

獨居念世事，隄決水將至。錄錄無可語，氣塞但感喟。老桐出爨餘，堅密鬱奇氣。十年復此遇，相對輒欲涕。一邑誰云小，持以

謝羣帥。游蹤許再續，西湖那忍棄。林社枕孤山，歲晚彌蒼翠。君過幸勿慟，茲事身可致。

十一月初七日晨起，偕足九冒雪登陶然亭，扆丹率羣稚繼至，仲勉丈復送酒來，遂邀吉士、朗溪、熙民、松孫、芸溆、挺生、韻珊飲於龍樹院，作竟日之游

拂面雪未霽，振策來平皋。愛茲萬頃白，置我孤亭高。謂弟此最樂，一歲無幾遭。府丞澹靜人，閉戶窮風騷。衝寒追我至，凍馬喧驚槽。太丘老解事，後車隨芳醪。相攜看龍樹，墜屑風蕭颾。寺圮僧亦徙，所見餘藜蒿。新軒面葦海，爽豁超塵囂。寒威作何禦，咄嗟[1]烹羊羔。林陳周黃魏，倒屣皆吾曹。利祿如猛火，何苦徒煎熬。羣公凌山岳，眾稚翻波濤。窮陰促日景，奇賞忘天弢。那惜踏冰鐵，易此真酕醄。

①仄。

祁文恪師故宅，今為商部工藝局，與余居接衡宇，林木蒼蔚，相對輒愴然也

雙柏何森森，朱門已易姓。喬木念世臣，行人猶致敬。吾師貞諒姿，愛才故如命。招我道南居，竹木極明靚。諸郎從授經，退食接談詠。篋中有遺詩，讀之淚欲迸。倉皇庚子亂，舉室憂阬穽。南奔依親朋，轉徙苦無定。峨峨大宅空，遂為官廠併。考工備諸科，

到眼煥新政。豈知撾策人，親見此門盛。山邱事亦常，惡用勞弔慶。世無馬冀王，人識通德鄭。所嗟國無賢，託似只優孟。井水湛以深[1]，遐哉高風敻。

①宅前即俗所稱四眼井。

送濤園京兆提刑山右

淮陽美政吾能說，晚復承明共朝列。中歲相看白髮新，各有心情皎冰雪。嗟哉首善久不治，泉幣日荒兵備劣。跨坊籠街誰則賢，兩載自慙鯁在咽。君來能獨舉其大，急蒐軍實徙豪桀。閉閤真教枹鼓稀，伏蒲時補省臺闕。大材一身備文武，隱患三輔銷萌櫱。走馬何傷張敞賢，哦詩不拾昌黎屑。豈知公言出綠衣，前後提刑如合轍。橫汾雪涕不忍渡，西去傷春聽鳴鴂。憂讒何來弦上箭，觀空但付劍頭吷。沈舟病木紛滿前，不論是非論巧拙。頗聞遼瀋兵禍解，開府陪京爭持節。選官未饜強鄰心，刓印空饒說士舌。太行萬疊插天高，勸子驅車過九折。但祝平反囹圄空，不應怊悵河梁別。

課子圖為劉星𪗇禮部題

孤兒天所憐，故應得母教。丸荻亦戔戔，于古有殊效。鹽官記寄栖，烽火照江櫂。灑墨若默禱，謂欲代父詔。懷中兒未長，藉以慰稍稍。天復厄母年，占凶告杯珓。兒長捧圖泣，經幔只遺貌。春暉不可追，焠掌乃為孝。文采爛一時，名場日騰踔。淒淒瀧阡思，肅肅直廬儤。

濤園將出都，復拜粵臬之命，次其留別韻為贈

制誥新頒崇文院，拜除旬月忽再見。贊皇出鎮獻六箴，盧毓公才經百鍊。粵莽未清波艦來，嶼屼海疆要安奠。廟謨方深南顧憂，選擇使子邦之彥。居官何須棄妻孥，忠事終可回宸眷。祖道詩多酒不辭，輦下故人急開宴。黃蕉丹荔近家鄉，眼中翻為此行羨。我作朝官二十年，駑庸不識乘軺傳，他時乞郡落炎方，請君置我戎車殿。詰兵弭亂事亦頗，痴夢南牀何足戀。昨者有詔寬獄市，尚德緩刑霽雷電。一朝鉗網埽無餘，坐聽歡聲騰赤縣。嶺嶠萑苻號難治，民玩法律俗詐變。賢吏賢吏嗜殺人，至今踊貴而屨賤。君本白雲舊曹司，提點終還削瓜面。海風連日漾行旌，柳色游絲滿郊淀。尊前未肯廢唱詶，媿以野饌襍芳薦。龍圖故事有新詩，歸裝不載端州硯。

劉益齋同年癸卯典試閩中，瀕行索詩，余戲以鼇峯院中多高材生，如能舉以弁首，當賦詩相賀。榜發，則前兩名皆余主講時所最賞拔者，為之狂喜，因循年月，益齋責逋益急，賦此以踐宿諾，並志佳話

舉網向閩海，欲獲真珊瑚。珊瑚抑何高，只恐淪海隅。好語遞秋風，林子魁其徒。萬本誦文藝，博富驚老儒。其次為程生，氣欲辟千夫。各自極研鍊，誰分京與都。閩士多苦學，白袍淹繩樞。鼇

峯萃十郡，橫舍千璠璵。李蔡重講學，經義能爬梳。青圃與左海，後先馳眾譽。而我值變革，謬欲捐陳芻。文字轉世運，萬怪當前趨。積非恐勝是，看碧防成朱。所幸吾黨士，彬彬能匡扶。延陵富采擷，蘭芷升皇衢。遺滯茲益秀，真賞無時無①。端叔不恨失，龍川能舍諸②。聊以志吾喜，火急驚催逋。

①壬寅併科典試者為吳雲菴太史，鼇峯院生獲雋至六十九人之多，仲樞不與，雲菴引以為憾。

②陳生易園與仲樞齊名，獨沈屈至今。

為梁巨川同年題其尊人稚香先生詩卷

邊廷戎馬太倥偬，下直論詩氣吐虹。願乞一州光晉乘，最工五字祖唐風。飄蓬竟以微官老，負米誰知早歲窮。好向蘂階尋絕唱，翩翩才調説咸同。

送周松孫出宰如皋二首

恒聚不知懽，一別忽驚覺。送行亦有例，于子意殊渥。子獨喜我詩，推崇頗誠慤。茲事世所棄，高蹠日跉踔。皇荂亦已稀，賡詶不敢數。海內論宗旨，眾雛共一轂。但將糠秕揚，自有嘉禾擢。如皐古善地，真合張吟幄。詩本忠厚理，於政無舛駁。陳芻要掃除，足以覘所學。

腹中無城府，而有千磊磈。得酒輒傾吐，機發不可待。醉時多詆諆，既醒當亦悔。劍戟滿世途，遇伏子其殆。此行親吏事，再見知幾載。稠中識次公，江淮照文采。良玉比君子，肯使微瑕在。干鏌鋒可寶，薑桂性休改。剛腸要有用，善飲但樂豈。君看阮步兵，何如彭澤宰。

得松孫金陵書，備述後湖之樂郤寄

書來欵欵說清游，獨對荷花託唱詶。直把吳山携袖裏，恨無燕筑和歌頭。南行漸覺烟波闊，北望應多涕泗流。我欲入山看紅葉，寒林霜信十分秋[①]。

①時友人約游西山。

中夜不寐，憶昨得稺竺書，知組雲由粵病歸，甫抵家二日即歿，悽然有感

人鬼理難測，中宵魂不飛。龍蛇今歲厄，風雨一喪歸。何惜世緣淺，所嗟生事微。西華彌感舊，書至不勝悲。

長歌贈周少樸同年

琴瑟不調思更張，治國之道求其良。詔書璀璨宣天閶，封軺接軫馳八荒。紫韁龍衮真天潢，樞臣置臣分趨蹌。五星出井千丈芒，旁列武曲羅文昌。四十九人擎天章，如驂有靳鶬有行。或弭英簜窮扶桑，或踰紅海通西方。周侯高坐御史牀，憂時慷慨思捄亡。鵾池九萬看翱翔，鷽鳩笑我榆枋搶。同舟叚劉今珪璋，王事靡盬謀偕臧。弱當師強短取長，寶山身入勤取將。西力東漸驚履霜，在莒之役誰能忘。宵衣旰食嗟吾皇，萬人望治心徨徨。我聞立國有宏綱，

止沸不是徒揚湯。更非一拾秕與糠，能起今日之羸尫。羣公麟鳳當世光，采風歸來貢明堂。明歲春水回龍驤，震旦望氣開朝陽，吾將終老海濱稱詩狂。

卷三《洞庭集》
起丙午二月，訖丁未六月

留別老牆根舊宅

生世如短檠，特留牆角迹。去住亦偶然，胡為意不懌。城西類野處，地闊無巷陌。花市接街頭，山翠當門額。五更過駝羣，鈴響連數百。任嘲墟墓鄰，勝傍王侯宅。庭中故多樹，藤花尤奕奕。只慙灌溉疎，生枯不自惜。天復欲徙之，沅湘縱倦翮。明朝彰德府，後日信陽驛。洞庭八百里，盪胸豈云窄。持此畀良友，中有吾詩魄[①]。

①穉愔將入都，仍居此屋。

京漢鐵道車中雜詩

王城回首隔雲端，掉尾西山不耐看。欲索古來爭戰迹，趙州南去是邯鄲。

昨宵擁火辦行纏，今日登車欲卸綿。冷暖分明爭一晌，底須持此問高天。

脚底黃流吼怒雷，飆輪安穩去無猜。阻風莫作龍神惡，百丈長橋跨水來。

河畔村氓半穴居，蚩蚩作計未全疎。豈知陵谷遷容易，大壑藏舟事本虛。

曉日孤城過鄭州，平沙莽莽使人愁。春田不見耕歌起，一帶寒林放野牛。

插漢峯巒武信關，巨靈擘盡石斕斑。直從北幹通南幹，便向前山望後山。

人家居處繞陂塘，行盡河南得水鄉。點綴車前好顏色，麥花分綠菜花黃。

好山過眼太怱怱，枉費描摹總不工。合向洞庭湖畔住，飽嘗湖水與湖風。

漢陽寄葉十一

君方還闕我之官，累歲參商一聚難。多語早知非俊物，相思何計覔清歡。願居禁闥心長已，自放江湖夢漸安。剩有巢痕望護惜，紫藤花發幾人看。

大風夜泊岳陽樓下

妻孥留滯漢江隈，獨自登舟謁府來。眾水交流人事急，下弦無月雁聲哀。見燈知與州城近，擁被閒將世局猜。薄宦未消湖海氣，更何懷抱不能開。

湘江舟中遇雨

一對清湘眼便明，瀟瀟暮雨送歸程。城中十日渾如瞥，江上孤燈若有情。自倒蜀醪溫旅夢，畧諳楚語問山名。回旋終覺長沙好，如掌波光自在行。

十四夜雨後見月，喜家人將至

拋却京華不自憐，浮家楚澤且隨緣。夢縈青草湖邊路，春盡黃梅雨裏天。坐擁山城長寂寂，起看江月故娟娟。人間離合如圓缺，便為良宵一輾然。

次韻寄和稚愔栽花剪籐二首

庭竹纖纖可拂眉，桃紅梅白逐春嬉。三年半萎霜風裏，抱甕牆陰事已遲。

曾欠藤花別後詩，滿庭紫雪耐人思。借君好手殷勤剪，看長新枝換舊枝。

魯子敬墓[①]

苦索荊州地，移軍駐益陽。畫湘威已振，據魏策何良。奇畧諸人上，荒祠古道旁。朝朝經墓下，東向意蒼涼[②]。

①在府署南。

②墓東向，亦不忘故土之意也。

送芝妹南歸

羸軀挈一兒，風雪行萬里。乍見訝何瘦，驚定還自喜。四十不出戶，投兄勇乃爾。去年病中書，訣別語連紙。豈知復相見，轉在王城裏。王城高如天，墜落怨湘水。取爾來時路，為指風物美。渡河波不驚，穴洞山如砥。望古登巴邱，郡城不容軌。一官雖傳舍，蹔聚亦樂只。諸季營稻粱，分飛不能止。賴爾遠相從，雙影照清泚。如何江上船，催歸急欲駛。風帆收有時①，離愁亂誰理。

①妹臨別，以早歸田為勸。

禱雨岳陽樓，歸不成寐，三更雨大作，喜而賦此

子京作郡百廢舉，我今不能致一雨。皇天高高呼不聞，設壇為位坎擊鼓。衡永長沙浪拍城，三府饑民如蟻聚。垸堤决盡廬舍沈，亘數百里無乾土。支祁旱魃爾何物，分據州邑肆侵侮。湖民夙以水為鄉，知有龍神無田祖。樓前洶湧浪如山，不及馬頭涓滴普。晨興旭日挂扶桑，千里無雲見晴宇。東海隨車願偶奢，峴山張蓋象爭覩。占星中夜急披衣，離畢滂沱月既午。四山銀箭貫雲飛，便是家家續命縷。不教人說使君賢，但乞天憫吾民苦。

五日寄都下諸君

蕭寥節物此何鄉，滿目流亡媿舉觴。呵壁湘纍無可問，賣刀渤海有誰良①。高原水出連檣沒，異縣書來比戶荒。世事悠悠人意惡，

息機何似日南坊。

①時各屬多盜。

徘徊

羌無可語久徘徊，厚地高天苦自媒。竝樹如陪佳客坐，面湖時送好風來。塵埃欲振愁無力，歲月相乘去不回。知有胸中柴棘在，空庭鳥雀尚驚猜。

苦熱，戲嘲家人

驕陽真嚇人，轟烈日以亢。未伏遽爾毒，大暑作何狀。科頭自覓詩，汗出祛百恙。僕婢多呻吟，性命擲炎瘴。引手為魯戈，適笑不自量。庭中樹出簷，亦有風來颺。似嗔人附熱，不肯一相餉。飲冰既無功，披裘聊自壯。且將七尺軀，穩坐爐火上。清涼會有時，秋風翻江浪。

次韻和稚愔憂旱，並寄徵宇

民膏已竭天不憐，慘慘羣冶猶哀煎。香稻翻波蕩大澤，槁苗燒日成飛煙。滇湘贛浙灾互見，坐使荊杞生良田。修政字甿事不講，灾生由人非由天。近畿水利失爬抉，徒仰膏雨能無偏？萬家流脂千斛白，恨不我生道咸前。此邦穮蔉富產米，居官無狀逢凶年。朝中萬事有伯始，臺省稍稍能繩愆。吾家西銘誰善讀，堂陛久痛民顛連。饑來但索長安米，侏儒方朔無愚賢。自儕游手語近激[1]，千憂詎不易一饘。夜闌舉頭看北斗，下有良史忘餐眠。救荒吾方苦無策，願天雨穀山成錢。

①徵宇先和有「瞀儒腐官兼游手，今我況已叢三愆」句。

奉訓朝鮮外部劉清嵐侍郎，並送其之長沙

大夫去國心有憂，掛席來作滄海游。已從閩粵躡絕嶠，更向吳楚拏孤舟。自言昨見安陸守①，知有人閒張岳州。欷歔往事不忍說，兩界同病何時瘳②。嗟君真能讀孟子，所論直欲今人羞。報韓潛身隱圯上，亡楚失計驚鴻溝。蹈海魯連幾人帝，投門張儉無時休。甲午一週及丙午，中更萬變逿浮漚。修矛願為同澤詠，求鼎倘輟暉臺謀。愷悌仰止吾豈敢，行行蘭芷搴中洲。

①謂宜仲同年。

②侍郎贈余詩有「長白峨峨兩界連，有人同病鎮相憐」句。

小橋墓

閒尋剪刀池，遂至小橋墓。殘魂不可招，涼波眷貞樹①。夫壻能破曹，東風有餘怒。治兵久相從，豈意殉道路。世遠事失真，雙鴛刊謬誤②。但恨顧曲人，不賡同穴句。孤亭多題詩，遷客寄微慕。似聞螅磯啼，那管雀臺妒。

①墓上有女貞樹高丈餘。

②墓本題「二橋」，陸伯葵尚書督學湘中時，改題今名。

徵宇自倫敦歸，句留里中數月，比至都，而余已來岳，承寄代書四十韻，率賦奉訓，兼柬稚愔

君從海外歸，英聲動畿甸。袖有璧連城，胡不焚舊研。新詩餉日邊，詩語清可嚥。所嗟四百言，終不敵一見。稚愔亦遲遲，望眼今猶眩，逃虛喜足音，跂予究難遣。郡城濱大湖，陰暉納萬變。君山手可招，歲歉缺游宴。楚氛夙稱惡，白梃徧旁縣。矧茲丁巨災，溝壑泣笄弁。雖要豆區恩，終恐藪澤煽。求芻安敢辭，昭昭有嚴譴。南遷忽數月，何者足慶忭。索居愆易蕤，引領思羣彥。忘年有丈人，每過必具饔。童幼挽鬢迎，篤愛逾親眷。求婚施蔦蘿，省錄及寒賤。還思互朱陳，永以託良援。西行具深心，合冶極超鍊。能將要領歸，試把法輪轉。世界放奇觀，無物不劇戰。孟荀既陳言，管商亦借面。奚以譬搏擊，水火及雷電。塊然中處身，疇免机上薦。瞀儒與腐官，時至例有傳。乾坤怒震蕩，曩故詎能奠。歐土媿未經，冥想生曼衍。君憂歸何黨，我憂法不善。振轡覓塗轍，要在識後先。鳧鶴強使同，馬驢競稱便。去質而留皮，若為俗目衒。君能握智珠，願讀紀游卷。我愔新入臺，袞職需論譔。書思滿魚竹，青蒲對便殿。凡我所未言，定已心貫穿。生逢堯舜君，諫疏回宸眄。友朋貴相勗，道義為靷韅。噉名名亦空，正氣持毋倦。身雖臥江濆，夢寐猶依戀。詩亦無足論，奉此心一片。

偕王伯屏太守、陶碧軒總戎、魯仲山、侯縉臣兩大令、汪小鐵參軍游君山 有序

伯屏太守奉檄來郡會鞫，兩几相抵，十日弗輟。吏事羈紲，朋簪闊稀，每對湖心，思豁老眼。既望以後，秋露已白，喜廳囚之不繫，命榜人以旋征。驚濤排空，絕江竟去，涼吹出水，叩舷而歌。山逶迤以漸平，樹陰翳而欲合。舍舟而步，乃恣幽討，撫帝女之殘碣，窺老龍之舊宮。蒼梧暮雲，終古嗚咽，古橘寒甃，游人跰蹮。朗吟之亭全傾，崇勝之寺小憩。塞路毛竹，千竿萬竿；染衿野花，十步五步。屏騎從而弗御，呼僧侶為前導，乃攀聽濤之閣，一覽全湖之勝。孤帆檻外，瞥若去鳥；老樹港口，鬱為怒虬，八百里之波始興，十二峰之翠如滴。出簷桂馥，聊比小山；沸鼎茶笙，不讓雙井。登陟既倦，觴勺以具，集龍門之賓，開幔亭之宴，江山助吾談屑，冠蓋謝其塵容。看吳楚東南，誰是尊前人物；吞雲夢八九，肯教世事滄桑。嗟夫！勝迹如故，清懽柰何。風送馬當，幸逢都督；月明牛渚，空憶將軍。爪雪偶留，鬢霜自笑。一麾天遠，漫勞路鬼揶揄；孤舟晚來，多謝山靈迎送。

一日攬諸勝，茲游所得多。披雲望天岳，障水入荊河。坐愛林巒瘦，閒捐禮數苛。直應專此壑，隨分老煙簑。

答王碩琴茂才

瘦馬辭京失諫坡，麋羅國小好操刀。寄詩錯比中興彥，守土慙無下逮膏。輦轂郎君勤問訊[①]，社倉鄉政共爬搔。襄陽耆舊凋蘦盡，梧館秋風入夢勞[②]。

①滌樓世兄在都常荷過從。

②謂尊人蘭君前輩。

遙題平江小田杜工部墓

汨江沈左徒，小田葬拾遺。區區百里閒，有此兩瑰奇。詩騷輔國史，匪特垂令辭。生歷百折屯，死留千載悲。我昔讀杜集，耒陽事滋疑。途窮以飫死，毋乃寒乞嗤。韡洲尤附會，煙蕪栖江湄。嗣業乞元志，又云歸偃師。今我守岳陽，陳芳驚在茲。頗聞杜家洞，苗裔能奉祠。家藏至德敕，跋尾猶淋漓。平為潭岳交，正公絕筆時。三霜與十暑，年月皆有詩。後人寶遺蛻，強欲生駢枝。遂令稷契躬，宰木無人知。安得駕輕舟，酹酒杯親持。重為封馬鬣，樵蘇嚴有司。臨風獨遙拜，聊以貢吾私。

遲叔伊不至，以詩來次均郤寄

雄傑湖山古大州，登樓一眺釋千憂。江潮夜靜時聞些，庭草秋深不繫囚。見說嘉賓猶入幕，可因安道竟回舟。壯懷隨處須馳放，莫使金羈絡馬頭。

秋日雜詩

酒味粗酸不耐，花枝冷瘦如僵。幸有銅缾消受，君山一段茶香。

水冷居人多瘧，風高白日易昏。共說巫咸不死，城中夜夜招魂。

九江奔赴腕底，七澤縱橫眼前。欲放筆端奇特，但覺煙波渺然。

掩鼻效洛生詠，抱膝為梁父吟。此事豈關出處，不道銷沈至今。

常為高人懸榻，不聞名士過江。詩成與誰共賞，聊供遮日糊窓。

徛兵借鋤種菜，竈婢縛繩引瓜。　藉破除官氣，不知優耶劣耶。

路旁碑已作礪，堂上牌徒代薪。美政不值一噱，自欺何苦欺人。

去日可惜可惜，清歌柰何柰何。鏡裏鬢絲已改，坐看事業蹉跎。

足九因病辭官歸里，相約由鐵道南下，買舟來岳一聚，至漢口後，僅以一書至，竟泝江而南矣。悵悵累日，用東坡〈東府雨中別子由〉韻，寄懷一首

見幾何獨早，羈靮縛難汝。掉頭視昌平，急裝疾風雨。官好能幾時，我欲從汝歸。如何惜一葦，負我對牀期。江漢深千尺，長風送歸客。仰看秋雁飛，清響激湘瑟。轆轤終日轉，璇璣不停行。我方始行役，栖栖空復情[①]。

①時將赴常德。

奉檄移守常德，承郡人上書大府挽留，賦詩志媿並以留別

可笑今年擾擾身，分明竿木作勞薪。媿非脫穎囊中手，竟有攀轅道左人。天岳諸峰開曉日，沅江一曲隔征塵。此邦直是吾家衖，父老無猜子弟親。

除穎曾聞借一年，守杭真見溉千田。平生讀史思良吏，並世論才有大賢。鏡裏妍媸原自審，口頭憂樂恥空懸。上方正奏鈞天樂，未敢人前弄管絃。

我來正值米如珠，民氣凋殘久不蘇。稍喜平反似京兆，相期文雅徧成都。揚前自欺同糠粃，來暮休勞誦袴襦。半載洞庭分勺水，剩將心跡寄氷壺。

欲行底事復夷猶，願割秦源換此州。青草重湖迷去路，黃花九日助離憂。偶重郡席何曾暖，已掣江帆不可收。莫向岳陽樓外望，煙波渺渺思悠悠。

題呂仙亭

何年騎鶴下青冥，來聽江聲坐此亭。莫怪酒鍾拋未得，人間宜醉不宜醒。

舟泊蘆林潭望月

一舟連五舟，鼓軸無停休。半日已足二百里，鹿角磊石相獻酬。蘆林潭口燈明滅，江流無聲湧秋月。殘春涉湘雨連江，秋末重來月窺窗。昔雨今月事偶爾，不知誰算天公美。

舟至湘陰，大霧不得進，獨坐無侶，有懷同叔、松山，用東坡〈清遠舟中寄耘老〉均奉寄

舟人大叫失坡嶺，一篙插入空濛境。白日無光水不波，坐瞰江深如古井。馳心忽到帝城隅，窗燭搖搖照孤影。斜街翰林高莫梯，鴻雁不來秋水湄。縱談世事有神解，廄驅豈與駘同羈。南遷憐我墮蠻瘴，獨紘欲奏思琴絲。書畫堆床共臥起，給諫門前冷如冰。聞說封章誦萬人，憂時但有淚長洗。郡中遮眼只官書，時亦訪道尋精廬。與民休息民喜我，所欲敢計兼熊魚。武陵八道車輻輳，仙源不足逃空虛。朝東暮西如夢耳，前仆後繼知凡幾。慧眼一照無賢愚，不如歸去把犁鋤。吾家福地那忍棄，儘有平生未讀書。

賈太傅故宅

濯錦坊邊井水清，搴帷一拜想平生。二千年後南遷客，來坐石牀聞哭聲。

三汊磯寄舒耕娛別駕

去年交郎中，今年識別駕。周旋賢弟昆，握手不能捨。郎中筆如風，峻潔凌華嵩。紫壇郊天嚴警衛，夜雪共值明光宮，岳陽爪迹不忍掃，一夕情話東海東[1]。

離愁何似海水長，却對季方思元方。長沙城南官舍冷，吏事清簡沈賢良。招我一住輒旬月，酒斝花盎紛羅將。客至如家百皆備，欲報厚意徒徬徨。舟中畏風無可語，如馬解韁雁戢羽。以詩寄君君應嗤，懸榻問我來何時。

①今歲五月，彬儒自都來湘，考察警政，舟過岳州，留住郡齋，深談竟夕，旋赴日本。

舟行甚緩，覺近岸人家、林木皆有畫意

十月荒江水色寒，輕舠下瀨不容竿。行程畫裏真奇特，官舫如山一動難。

白魚磯 有引

水淺舟滯，三日始抵白魚磯。北風大作，繫纜不進。磯有一塔，相傳昔有宦湘者舟行過此，風浪大作，其女投釵於水，風遽止。宦歸過此，買白魚剖腹，而釵在焉，遂建塔於此。

石塔嵯峨不記年，還釵遺事說嬋娟。孤舟只欠金銀氣，一任磯頭浪拍天。

贈石生、笑了二道人

曾侍生公說法來，却疑圓澤化身回。泰山穿溜非無日，坐閱平泉化劫灰。

士龍別有憂傷疾，山鬼終多窈窕情。欲俟河清無可俟，仰天聊復絕冠纓。

九女生，命名金鶚，並系以詩

我性特愛女，生女亦特奇。一母生九女，大足光門楣。雲娟年十八，拈毫時賦詩。杏衢與良賓，肩隨猶從師。已畢《列女傳》，粗能通文辭。琴宜方八齡，秀慧冠羣兒。夜讀〈阿房宮〉，字句生芳姿。皆能受女誡，娩婉習容儀。金鼇離懷抱，嬌小徒見嬉。覓食怕母喝，偷學恐耶知。娉娉與瓊瓊，所惜花離披。中復茁一枝，吹去如游絲。弄瓦禮嫌殺，掌珠言豈欺。指為盜不過，俗論尤卑卑。岳陽有金鶚，聳峙江之湄。取山名吾女，明秀含秋漪。

句留長沙二十餘日，復歸岳陽。和前詩者多至百餘篇，登舟日，郡中諸老及各堂學生均送至江干，惘惘而別，漫成一首

定王臺下老秋風，去郡遲遲似夢中。出手忽驚詩句好，轉頭莫笑宦情空。深杯祖道愁難遣，寶瑟君山響未終。爪迹分明牢記取，鴻飛原不計西東。

臨資口以西，港汊曲折，舟行日數十里，三日抵大塘口，月色甚佳

舟入臨資口，水勢漸收束。我行日向西，數里必一曲。曉日南湖洲，寒霜黃口塘。風帆時起落，縴路爭短長。舟中載家具，亦復列書史。且莫數水程，程程見月喜。

魚口曉發

東湖水與西湖通，太初一氣連鴻濛。洞庭日狹漲洲渚，行人足踏黿鼉宮。頗聞夏潦匯諸水，湖波盡捲田禾空。舟師長年矜便捷，一夕東北乘長風。我來初冬水方涸，左旋右折西復東。已過塘口宿魚口，兩日不出沅江洪。五更船鉦響欲沸，頓足起舞耳忘聾。湖神憐我太留滯，蒲帆十幅如輕篷。羲和飛廉乃避面，萬竅閉氣催曈曨。半日遙揖楊閣老，流星[1]尚隔煙雲中。擊汰猛前抑何苦，官事刺眼驚巃嵸。呼童買魚煮白酒，今宵醉倒燈花紅。

①地名。

澹葊因叔伊不願內調，寄詩請為勸駕，次韻奉和並寄叔伊

今人愛誦石遺詩，詩筆縱橫近益奇。一世才名空偃蹇，百家學說待論思。林花已悟飄茵旨，劍氣寧忘出匣時。衡岳至今留芋火，為君重叩嬾殘師。

花農前輩寄惠東龍山石刻、吳道子所作觀音畫象

棄官願皈菩薩戒，老把摩尼講禪派。禮佛供養徧十方，繞室香雲結華蓋。人言君是古頭陀，慧眼觀心了無礙。維摩新割法喜妻，只有金剛身不壞。東龍山上白毫光，珠絡莊嚴閱年代。衹園異寶世不知，礱材直向街頭賣。物歸所好有神力，恍若圭璧濯塵壒。普門開元久歛袵，想見畫手風雨快。我亦石上留精魂，去來大有前因在。偶談空有契真如，謬許受持證三昧。蓮台稽首聞妙香，婆律旃檀來海外。宰官現身已覺遲，眾生苦趣當誰解。

客有問桃源事者，賦此答之

不須苦說桃花源，請君一泛武陵溪。有田園桑麻雞犬，便是神仙之所栖。何者為秦人，人間多隱淪。是仙是人同灰塵，仙亦不足為，願為太平民。洞中世界日迫仄，誰似縱橫周八極。洞庭醉後時飛渡，但恨武彝歸不得。

夜聞蛙聲，厭其喧聒

白鶴去不歸[①]，荒池長蛙黽。初生只三兩，得雨遂蔓衍。亂人閣閣聲，取鬧不知靦。可笑孔稚珪，門內草不剪。鼓吹事亦多，襪沸誰能遣。風詩譬戚施，醜惡等疥癬。鼓腹抑何怒，欲式無越輦。咄哉井底居，刀匕安得免。南食憶鄉園，蝛蛦勝螺蜆。算來口福多，轉恨耳根淺。

①署後有白鶴池。

後圃桃花盛開，數日再至已落紅滿地矣，為之悵然

羣花喜春至，夭桃先弄姿。紅粧何嫣然，照影臨清池。可憐輕薄質，不耐東風吹。東風本無私，爭妍獨何為。

菊花石硯

劉侯遺我菊花石，琢作墨池長逾尺。午窗春暖舞龍蛇，入手森然寒且慄。空山秋英化雨飛，巧將根蒂融地脈。歲久猶驚剪刻工，花耶石耶胡奕奕。新硎一片截琳腴，斜柯怒放霜容白。景炎玉帶久無聞，矮桑鑄鐵困書冊。冷面冰心却似我，三揖登之為上客。判事哦詩永相守，合與鐫銘留爪迹。

雨後偶成

天醉定何似，愁將倦眼看。園花隨雨盡，江水繞城寒。人老申君館，春深善卷壇。尋思無可語，擲筆付長歎。

龍陽令劉仲咸宰慈利時，將生平所遺盡繪為圖，瀕行索題，漫成二絕歸之

漢壽城中老使君，乍聞髯論便超羣。定知能慰邦人望，美政留題跋尾文。

平生痛處孰能忘，勝似刀瘢歷戰場。欲喚畫師閻立本，百縑難盡意淒涼。

移守錦州，留別蓬洲觀察

樂山老人特許我，謂閱千夫如觀火。一見便傾驚座心，三州獨最居官考。君家治譜懸人口，至今碑滿瀏陽道。剛腸正氣老不衰，撼樹蚍蜉甯足惱。交章推轂資臥治，升沈原自關蒼昊。儒者立身有本末，一官錄錄亦么麼。要令胸中所得處，畧與時流分醜好。抗希古人在心志，豈能朝暮隨風倒。我坐狂言棄蠻荒，如蠶出絲自纏裹。艱險飽嘗百不懼，驚濤自把中流柁。渤海遺黎困鋒鏑，受牧下擇及盲跛。改絃獨媿非桐材，射的空思作箭笴。炎天六月挂帆行，暫得息機樂亦頗。長源久欲隱衡岳[①]，幼安只合居遼左。安得相從杖履閒，共論世事謝韁鎖。江邊柳絲千萬強，欲挽離愁無一可。

①公有卜居衡州之志。

次均和吳子修學使贈別

屈子亭前謫恨銷，單于塞外去程遙。忽驚斷梗飄遼瀋，自把孤枝敵魏姚。肝膽重傾思贈石[①]，羽毛已鎩孄栖苕。開門夜半看星斗，萬斛邊風欲動搖。

①公以林吉人所刻石章相贈。

冥心直合飲無何，曼衍千場閱已多。尚有故人憐舊雨，且容老守臥滄波。偶攘世上支離臂，學唱尊前〈勅勒歌〉。騰笑不堪謝蘭杜，幾回掩袂過山阿。

別洞庭

郡符不久握，洞庭望猶迷。留詩岳陽樓，乞水武陵谿。魚蝦賤若土，餘糧畝常栖。沿湖多新畬，拒水憑垸堤。亦或苦潰决，一熟無饑黎[1]。兵荒已過眼，今歲歡鬖婗。終身守樂土，遑計官職低。云何捨之去，遠涉遼東西。榆關俯渤海，塞草青萋萋。九月即飛雪，邊馬聲酸嘶。朝廷固邊圉，元戎新析圭。重定漢官制，蔚然生雲霓。下收拳曲材，謬與松栝躋。竄身老蠻徼，尚有雲憶泥。泯棼世事急，解結無錐觿。棄繻語何壯，只恐湖神詆。

①諺云：「湖南熟，天下足。」

卷四《遼東集》
起丁未六月，訖戊申九月

榆關旅店題壁

海雨霏霏關月黃，孤燈照影落邊牆。五更塞曲吹愁出，一枕河聲入夢涼。往事穴中矜鬬鼠，危機歧路痛亡羊。東華輪角磨人慣，又逐炎塵過戰場。

奉帥檄，親赴各屬考察吏治，廖紫垣太守、王煥青大令、劉哲臣游戎同行

官制已更新，考吏屬民政。忝為州牧長，表率敢忘正？大府重激揚，檄下道路慶。循序首向東，焉敢憚遼敻。直躬世豈多，相矯慚榜檠。所期守官箴，兼與惜民命。同行英彥姿，洞物挈良鏡。栖栖雨雪詩，耿耿薑桂性。

將至營盤，正東一山極肖閩之蓮花峯

雲中含蕾結天葩，鎮海樓高望眼賒。苦索閩山千萬態，一峯陡絕馬頭遮。

石門寨道中

山坳隕黃葉，心悚霜信深。重雲豁秋宇，野闊惟樹林。回旋涉河流，源遠不可尋。沙石互磨戛，車行時見侵。

山阿忽聞書聲，知有村塾，煥青入門，畧與講授教育、筦理諸法，馬上賦此贈之

移日山行不見人，書聲出屋似韶鈞。袖中東海王夫子，來與村師換劫塵[①]。

①煥青新從日本歸。

鐵背山

鐵背山前野鏃多，更何人唱百年歌。重尋飲馬龍興地，上夾河通下夾河。

木奇[①]

木奇真箇木能奇，一路秋林盡入詩。別有邊關佳麗氣，霜天九月發奇姿。

①地名。

恭瞻永陵，並覆勘龍牆各處工程

啟運根長白，緜緜萬禩昌。鼎湖留瑞氣，神樹錫宸章①。瞻拜衣冠肅，周生草木香。小臣兼將作，何幸傍龍牆。

①純廟御製〈神樹賦〉，勒石西配殿中。

韓農行

全遼夙與三韓鄰，冊封入貢稱藩臣。鴨綠之江隔帶水，山川奧衍風尤醇。國初字小意深厚，撫輯韓民如吾民。越江受廛趾相錯，襁負鼓腹濡皇仁。遠屯近堡互雜處，田間時見白氈巾。豆滿圖們亦此例，奪主乃竟忘其賓。固知地必以力守，國勢一絀無由伸。哀哉韓農託我宇，一家父子今猶親。

由鋼山嶺至鸜哥步，夜宿巡警分局，與紫垣、煥青、哲臣出門看山

山徑如螺旋，人馬乃魚貫。遲遲出遠林，懍懍近深岸。屈曲逾十里，僅及嶺之半。引騎涉澗水，前後雜呼喚。行人多下馬，我轡且徐按。匪云輕履險，心安故不憚。下視鸜哥步，風裏栖酒幔。地名抑何雋，所欠聽鶯館。解鞍孏投宿，晚山恣愛玩。何當種萬柳，禽聲啼不斷。

小葦沙河冒雨至頭道崴子

心知雨意重，駪征敢啟處。飯熟葦沙河，未遑問逆旅。金廠嶺崚嶒，石與車相拒。過河已逾午，雨陣復大舉。連陰天易昏，積潦路欲阻。林箐密如櫛，無由得寸炬。老馬苦冥索，夷險爭累黍。相從何栖栖，默然念儔侶。

渡雙岔河

書生能事真堪嗤，三日騎馬寒侵肌。曉來霜華壓瓦白，蜷伏入車如聾癡。大河前橫忽照眼，怪石錯列留殘棋。一石最巨屹然立，旁羅數石形尤奇。旋渦峻急挾碎石，勢與馬足爭奔馳。兩石中裂容一馬，車過其上危而欹。人聲水聲雜鼎沸，數騎前導嗟已疲。俯視馬足如篙槳，左右撐拄無停時。賦命窮薄歷諸險，惡溪毒水安敢辭。僕夫語余此其一，尚有十八河流歧。

輯安道中雜詩

淘金爭一分，種葠得一兩。何如種山木，寸寸年年長。

礙道撥枯枝，崩崖防細石。木石亦何心，我自惜馬力。

雞鳴板屋下，人入荒山中。臨江似天上，更在輯安東。

秋陽午益烈，晨霜寒易犯。時時量筋力，物候暗中換。

大婦催磨驢，小兒收圈豕。歲計已有餘，何必親書史。

澗果紅欲摘，山禽時有聲。取足娛吾意，不遑問何名。

林表三家子，山前六道溝。行踪只雲水，偶為喫茶留。

地豆圓而實，山蓏肥且鮮。行廚時檢點，隨意巧烹煎。

王子據鞍記，劉君並轡行。車中賢太守，獨為殿山程。

手足漸皸瘃，面目亦黧黑。願持冰霜心，易取風塵色。

燒樹餘燒痕，斫樹餘樹根。可憐合抱材，至今無一存。

近臨鴨綠江，遠控雞林郡。莫言是甌脫，恐有旁人問。

老嶺觀日俄戰處

老嶺迴環路十盤，上捫碧落下深湍。道人莫話開山事，戰壘如雲駐馬看。

將至輯安，望高麗北道諸山

我行地已逼夫餘，秋水鱗鱗木葉疎。送盡夕陽山一角，隔江猶見好家居。

北夫餘永樂太王墓碑 有引

碑在輯安縣東五里，石方形，下豐上銳，高二丈七寸，文凡二千餘言，用隸書周刻四面，多敘征服百殘新羅戰績，蓋東晉時代物也。

行邊日日窮幽探，追摻山北踰山南。賓僚好事並騎出，羣山疊翠江拖藍。城東一碑插霄漢，年代事實誰能談。解鞍親為剔苔蘚，辨別句畫吾猶堪。鄒牟開基著聖蹟，傳世十七無媮妉。永樂奮戈闢境土，城郭禍亂親平戡。四鄰賓貢忽晏駕，山陵鐫石留巉嵁。上書功德並年月，下逮鹵獲女與男。百殘新羅互叛服，步騎所向森鋋錟。中有一戰涉倭患，東瀛古史資旁參。國烟看烟定韓語，約略戶版同邾郯。平穰鴨盧猶足考①，近世紀述何其喑。山麓傳有將軍墓，古寢大隧深潭潭。以碑證墓當合一，地勢連及如靳驂。八分變楷入晉派，惜闕名字徒疑含。石高兩丈字兩寸，四周鐫刻今猶儳。歷年千百脫劫火，墨花斑駁生秋嵐。陋邦莫道無可語，韓陵獲覩吾心甘。願假氈椎臥其下，飽讀三日歆朝篸。

①平壤作平穰，鴨綠作鴨盧。

天色沈陰，乘馬過麻綫溝大嶺，欣然有作

山行最喜結層陰，嵐影風絲欲染襟。迎面一峯疑路斷，打頭亂葉識秋深。窮村偶落飛鴻爪，遠道常存愛馬心。桑下忽忽無可戀，手攀飛鞚過遙岑。

榆樹林阻雨

我是祇林老行者，蓋頭不借茅一把。今朝兀兀成枯禪，坐聽雨聲喧屋瓦。屋前遠山戴雪高，屋後鳴泉穿地瀉。雨聲四震山忽沒，萬雲出陣如奔馬。心知不是昆陽戰，入冬雷雨事蓋寡。主人燒鍋酒百缸，勸官禦寒一斟雅。官不飲酒但乞燈，登牀哦詩手自寫。詩成雨止不能寐，跨馬出門吾去也。

挂牌嶺以西，岸巒畧奇，至葡萄架嶺，復皆亂石矣

東行已逾月，日與山相見。山亦無足奇，延袤及數縣。累積但頑石，不爛亦不變。重重亙包裹，中通僅一線。有如尸位官，粗野寡英彥。縱具巖巖瞻，終為人所賤。又如爛文字，無處覔佳傳。反覆千萬言，坐使目力倦。今日入懷境，畧為出生面。谽谺力士開，慘淡媧皇鍊。所惜過眼空，飄瞥若飛電。平生噉虛名，嘉果有餘羨。何年化亂石，礙道折馬趼。夷險過亦忘，行跡萬山徧。

觀三道陽岔砟鑛

遼山擅富媼，深藏忘歲年。丱人職久廢，灌莽生荒煙。臨江產五金，聞有鄰垂涎。昨者披表冊①，頓覺憂心煎。荒村覩異寶，厥質良而堅。敬煩村翁導，策騎躋其巔。見石惜輒止，所得徒戔戔。嗟余嚼文字，物理慚深研。計然有十策，鴟夷成三遷。富國豈無術，先要學能專。不有千鈞力，金石何由穿。歎息向前路，聊以紀茲篇。

①臨江礦產最多。

冒雨過藍盤嶺

五嶽平生媿未經，喜從遼海見崢嶸。眼中培塿知何物，足底雲煙壯此行。冲漢一聲鵰力健，注坡千丈馬蹄輕。他年記取藍盤嶺，雨裏鞭絲第幾程。

曉發懷仁縣，復渡渾江

湛湛清波木葉凋，停驂喚渡趁霜朝。渾江出沒詩人眼，送我南來綠未消。

打虎村[1]

買茶下馬問村名，欲乞殘年學射生。漫說南山無白額，草間狐兔尚縱橫。

①在砍椽嶺下。

錯草嶺

一日過一嶺，一嶺得一詩。我詩來無窮，嶺亦無盡時。昨日過砍椽，周天雲下垂。不知嶺何高，但與雲抱持。策馬出雲表，雲氣輕如絲。今日過錯草，天宇開晴曦。當峽蟠大樹，挺特留霜姿。置身千仞巔，疑為天所私。攀條拂霄漢，斤斧無由施。嗟爾草蓬蓬，蔓生復何為。

看雨

不知雨何來，入冬猶未休。我行至寬甸，復因此遲留。夜臥僵兩足，夢醒驚颼飀。三更滴簷溜，四更傾瓦溝。晨興開門視，雨勢散不收。忽失門前山，化為雲氣浮。看雲悟幻態，看雨消繁憂。此邦何所見，持此當吟眸。

北風大作，行五十里至楊木川

風來如呌鴟，風過如鳴鏑。擲身向風裏，相顧無人色。萬竅亦云多，噫氣迸一刻。黃沙搏有聲，白日黯無力。包裹及頭面，急裝詫奇飾。車道既嶔崎，土門復逼仄[①]。相依念我馬，喘嘶不得息。前路何茫茫，居人盡避匿。

①車道、土門，二嶺名。

將至安東，渡靉河，原野平衍，縱眺可喜，山行一月，幾不知世間有平地矣

複嶺連雲鳥不飛，東來無際豁煙霏。河魚正美冰花薄，山繭初成柞葉稀。中歲埋輪思自効，窮邊按部久忘歸。揮鞭一縱平原眺，海色隨風欲染衣。

由安東乘日本軍用汽車，經雞冠山、大房身嶺、福金嶺，兩日達瀋陽

遼地東趨入海隅，萬山西阻途且紆。行軍轉餉取輕捷，製車巧握扶桑珠。急歸看星不成夢，僚友衝寒走相送。半日已過鳳皇城，髣髴摩天騁雙鞚。雞冠突兀拔千尋，俯瞰巖穴深復深。山勢鬱拏忌平衍，大房身裏追飛禽。禽飛轉落我車後，振衣九霄開笑口。盤旋忽入前山顛，嶺樹盡戴車煙走。草河夜火猶神馳，但愛其峻險不知。福金擘雲來相揖，回顧羣山真小兒。轉丸臨坂千里至，大聲夜裂知有異。人生趨避何用工，不畏高崗畏平地[①]。

①是日七時，行距瀋陽四十里，車忽出軌，幸未傷人。

哭葉十一侍御

人間所得亦毫芒，一瞑知難與世忘。病榻馳書憂許事，寢門為位哭他鄉。韋弦舍子將安佩，形影從今只自傷。四十九年窮不死①，老來誰與說行藏。

①用蘇句。

觀日本四十聯隊軍旗記念會

遼陽城外搖鞭梢，旭日照眼懸長旓。入門下馬導衛士，大壘氣靜無喧呶。軍旗亭中一致敬，諸佐握手趨堂坳。葡萄百斛勸客醉，冰雪濺齒登軍肴。隊長祝詞作日語，垂手肅聽無敢嘲。我長賓列起獻頌，盛述軍事堅邦交。酒酣聯臂繞案唱，有如破敵騰征鐃。圍場猛士逞技擊，殿以合陣工包抄。其餘百戲亦競巧，風卉疑舞鷹疑啁。大書四字最刺目，戰哉須死誰能教。八木沈勇蘊志畧，口宣軍令如虎虓。智珠照人金久保，參謀定協師貞爻。嗚呼三島兵氣乃爾奮，海東荼火驚登轈。

蓋州

春逐征鴻落遠州，孤城直瞰海東頭。萬人空巷心如沸，一騎行邊日未休。島嶼欲隨帆影沒，兵戈猶有劫灰留。十年不共公榮語，喜聽村氓話故侯①。

①劉聘臣曾宰蓋平，有政聲。

海神廟

蓋州夙濱海，閩舶此麕集。沙船千九百，遮港銜尾入。庀材祀海神，丹堊甲一邑。庭宇矗豐碑，歲久尚屹立。我來瞻遺貌，如聽神暗泣。追思嘉道年，昔舒今乃蟄。河潮斷往還，社祭缺拜揖。寒風飄靈旂，下馬獨嗚唈。

由瓦房店至復州

連崗東入海，平伏不敢騁。車行亂石中，熟視盡山嶺。石田亦可耕，但苦鑿無井。支分太子河，流不注全境。東風何太顛，榆柳勢爭逞。農作望及時，春日靡常永。入城無所見，蕭寂似聞警。海陬甯足控，徙治吾欲請[1]。

①州治僻處西南，不如徙居瓦房店，形勢較壯。

盤山望月

路出盤虵驛，天荒牧馬場。村沽聊酩酊，邊色極蒼涼。一片關山月，千迴鐵石腸。不應共磨滅，獨夜永相望。

車中望松杏二山

松杏特培塿，乃因戰事名。東扼大淩河，西攖威遠城。勝國設雄鎮，入關所必爭。戡亂定王業，二洪終輸誠。山前息烽戍，山後資犁耕。大道滿車馬，高壟成窪阬。童童無所有，雁行如弟兄。緬想開國時，兵力猶可驚。

七里河逆旅戲作

長炕枕巨竈，氣出如湧泉。我身只勞筋，不足供烹煎。開軒見牧圈，溲溺成平川。騾馬夜蹄齧，犬豕聲相連。投宿百十輩，各各尋安眠。擔夫與車卒，轟飲全其天。西頭有磨屋，欹斜兩三椽。為欲隔眾濁，甯與驢周旋。

義州大奉國寺觀古佛

遼金崇釋教，蒙古尤殊特。此寺始開泰，恢宏及大德。金剛固不壞，歷劫猶辨識。蓮花丈六身，化為百千億。宜州古邊地，文化久閉塞。碑石亦峨峨，可讀不一得。虛殿聞鴿聲，法輪轉無力。慈悲復安用，對佛三歎息。

大風過醫無閭

北庭三月多顛風，風來挾沙彌晴空。我行不乞風方便，出沒相見塵埃中。昨宵夢想醫無閭，思披《爾雅》溫舊書。愛山身不到其處，有如觀天井底居。早行獨先曉鴉起，全山捲入黃沙裏。何人偷抉土囊口，夜半倒翻恆河底。衝風馬足怯無力，閉置一車顛且黑。鐵戶咀子五台溝，時向郵屯辨山色。崗巒重伏石雄奇，垂柳搖搖新作絲。安得手攀聖水盆，御風親與山追馳。沿山村夫何愚頑，日住山中不見山。欲借此風吹山去，位爾方丈蓬萊間。

詠史二首

江夏論兵一代賢，城中豎子欲貪天，再無人著麒麟服，空使頭顱走九邊。

請劍籌邊亦壯哉，爰書留與後人哀。如何皮島屠龍手，竟為生祠拜疏來。

王揖唐參議以日本所刻《螢雪軒詩話》並軍刀為贈，賦此奉詶

士夫薄武事，全國不知兵。金鐵果何物，乃以咿唔爭。君本官郎曹，惻然憂神京。奮身入尺籍，戰死以為榮。取彼武士道，歸為國干城。挹婁幸識面，偉器一座驚。軍中喜詠歌，善本收東瀛。搜篋持贈我，奇餉逾侯鯖。更脫金寶刀，腰間作龍鳴。我方恥一割，垂老百無成。所得只詩卷，僅足怡余情。每思事戎馬，劍術慚未精。感君策駑鈍，鵜膏光瑩瑩。中夜思起舞，不作秋蟲聲。

墜馬自嘲

去年山行初學騎，涉河度嶺能賦詩。懷仁縣中冒雪走，一鞭蹴碎千琉璃。草色芊芊東門道，韁絲自弄風日好。據鞍顧盼空爾為，薦身馬下委蓬顆。物憐其主猶哀鳴，仰視馬首驚崢嶸。我生剪惡媿無力，欵段歸來好將息。

登龍首山

北去飛沙撲馬頭，一杯聊此弔殘秋。座中各有新亭淚，迸入遼河水不流。

一塔嵯峨劫裏過，雙松歲歲閱人多。傷心龍首山前路，歸鳥寒林喚柰何。

雷筱秋大令以《艾室詩草》見視，即題其後

旅窗坐雨減秋懷，千里勞歌未有涯。欲渡遼河經鐵嶺，忽逢艾室配薑齋。羽毛莫為卑棲鎩，面目誰矜淺俗諧。権算由來儒者事，士安居位不沈埋。

和程譜荃太守

東鄰破強敵，移民遂雜居。遼陽與鐵嶺，南北成尾閭。設官莞交涉，聊以圖補苴。君來已三載，剛柔善吐茹。邦人有痛癢，親手為爬梳。前嫌既永釋，隱患乃潛除。匪特道路慶，兼致敦槃譽。北征首過此，稍覺憂心紓。慷慨論時事，所見無鈔胥。復以詩相遺，放辭鏘瓊琚。孤城但斗大，二妙何相於[1]。此行喜有獲，麐鳳羅周阹。

①君與小秋大令均工詩。

開原道中聞奉化鬍匪肆擾行旅，為之戒嚴

平崗廿里出邊門，邊邑騷然不忍論。被裏黃紬消好夢，草間白梃舞游魂。農篝正熟休賫寇，縣牒紛馳但乞援。荊棘滿前君莫憚，征車八月探河源。

昌圖博王地局聞雷

王庭已似無雷國，八月先飛塞外霜。忽有大聲驚戶牖，欲教寒色吐光芒。雨來怒挾河沙下，秋暖疑回瓦草僵。不信天時信人事，夜稭烘透黑甜鄉。

車脫鎖行 有序

九月初四日，由昌圖二道溝上汽車，挂車時，車頭脫鎖，前車與後車相撞。巡官房象庚被震墜車下，壓斷兩骽一臂，宛轉呼號，慘不忍覩，眾為舁入醫院。車旋開，回視車站，為之心痛。抵奉化，尚有餘悲，作是篇以哀之。

車脫鎖！一車飛來弦離笴，一車屹立舟失柁。兩車猛擊鐵出火，玻瓈化作花朵朵。主客東西忽易坐，一身狂顛兩足跛。宛轉巡官墜道左，看將膏血塗奔輠。折臂斷臏乃奇禍，忍復行人說因果。

綁票行

國貧無幣代以票，盜窮無票代以人。東家大戶我金穴，西家小兒我財神[1]。迎神刀在手，縛神馬後走。有金送神歸，無錢馘神首。呼冤縣前槌大鼓，兵胡如鼠盜如虎。搖旂點兵捕盜來，嗚呼盜去兵不回。

①鬍匪呼所綁者為財神。

聞鬍匪精於槍法者能擊飛鳥

探丸徒切邑人憂，禽薙紛紛死即休。可惜射生好身手，不當一障覓封侯。

八面城

西北有巨鎮，一街亘五里。商賈屯如雲，車馬流如水。土產酒豆豐，互市皮革美。吉黑出法庫，取道必經此。照磨本府佐，分防資治理。所轄逾五社，制度邑侯擬。十歲九有年，民氣醇而鄙。我從梨城來，假館息行李。采風進父老，嗟歎不能已。謂從鐵軌通，商業乃東徙。兩載皮骨盡，久必吸吾髓。告以歎無益，當謀有所抵。雄資連羣力，新學參要旨。汽車利懋遷，不啻吾驅使。盛衰爭優劣，委天乃可恥。不然吾再過，恐見人餓死。

重九日渡遼河，遼源趙湘岑州牧來迎，聞鬍匪西竄，距河只十餘里。令湘岑先回，余留宿三江口，奉軍馬步隊先後與匪接仗，擊斃匪目四名，奪回所綁票馬永恩並馬匹車輛。匪向哈拉巴山遁去，哨官王增福陣亡

荒寒游牧地，賊騎喜逃虛。州將犁巢穴，鄉兵衛里閭。殺傷仍約畧，行役且紆徐。重九登高節，河干有捷書。

遼源道中

平沙莽莽浩無邊，時有孤帆出遠天。遼水與人相背去，王庭極北碧如煙。

玻瓈山

渡河何所見，一山當車前。終日與徘徊，對鏡生嫣然。寒翠澈斜日，淺黛描荒煙。河流貫其下，倒映玲瓏懸。入冬積冰雪，晶瑩白而堅。可笑胭脂山，爭奪年復年。

臥虎屯

夜投臥虎屯，人家只三五。開門聞蒙語，酬答意殊苦。借屋許卸裝，稍與除塵土。破窗刺尖風，狼藉索紙補。壁間多佛像，將屋

化殿宇。所食富湩酪，腥臊雜罯㲶。外力日見侵，如倀終引虎。呼漢曰蠻子，不知身為虜。

十三日宿固立本毛吐奉軍防營

北行避冰雪，方秋登王程。兼旬涉牧地，秋宇彌凄清。地名失譯義，聊以記吾行。辨星催夙駕，荒漠無雞聲。幼讀石周記，紀載詳蒙盟。參以顧船書，秘乘考尤精。博多與賓圖，郡邑今已成。何圖達爾罕，沃壤無人耕。洮兒處極北，盜藪編為氓。中乃隔戈壁，莽莽惟榛荊。大府衛行旅，擇地屯防兵。下馬暫投宿，寒月明空營①。

①營兵均赴洮南勦匪，守營者僅十餘人。

達官店有蒙官包姓居此，以牛酪炒米餉客

此即穹廬窈窕湯，酪漿玉白米金黃。自慚海嶠南烹客，行路猶齎十日糧。

夜宿滿漢營子，水劣，終夜無茶，殊不可耐

汲水失水性，色渾味尤澀。澄之以白礬，強制仍無力。我生特嗜茶，渴驥不可勒。稍稍沾唇吻，便覺喉刺棘。一飲亦已微，口體若失職。審知咎非水，大楡蟠井側。根株化泥滓，甘泉有隱慝。乞鄰計良善，杯勺即功德。

曉行

營門吹曉角，騎馬又悤悤。鹻水地多白，爛霞天四紅。浮踪疑世外，奇想發車中。欲探雙流北，何年鳥道通[①]。

①洮南以北，袤延尚五百餘里，山路崎嶇，人跡罕到。

對月

憶遠燈前照淺顰，楊枝秋裏損丰神。誰知千里龍沙地，尚有中宵獨立人。

邊昭

直至邊昭始見村，數家草屋繚長垣。田疇雞犬關何事，便覺民間生氣存。

過開通縣有感

日行甌脫中，入洮得一縣。縣尹騎馬來，風沙驚滿面。疾驅過縣街，廓然無所見。草屋十數家，如珠不穿線。人民既不殖，訟庭冰一片。飼雞與種蔬，自備歲時宴。吏胥無所用，相對只獄掾。四年頻苦旱，一熟穀殊賤。豐收憂盜賊，勤取兵訓練。孔道車馬多，久或啟蒿菣。安廣與靖安，視此猶奔殿。我生走南北，赤緊接時彥。閒亦經蠻荒，城市蔚笄弁。何期涉邊庭，喧寂乃爾變。有屋無人居，有地無人佃。每思金城言，屯法行郊甸。

洮郡喜晤艾孫幼穀

索倫山色入秋高，洮水東流可泛舠。千里長征人骫髒，重陽纔過酒酕醄。窮荒地力誰能盡，邊郡戎機獨自勞。別有相逢蕭瑟意，鬢絲燭影感霜毛。

幼穀蓄兩鶴，甚馴

對舞蹁躚得兩丁，秋花如燒看梳翎。遼天奇闊高飛好，請築洮南放鶴亭。

靖安以北有七十七嶺，雲氣中常見城郭樓閣之狀，趙湘岑曾宰靖安，為余述其異

七十七嶺何巃嵸，蜿蜒北入煙雲中。陰山勑勒太寒瘦，別有世界開鴻濛。樓閣參差城郭麗，摶桑出日含曈曨。或疑黃帝登崆峒，揮斥八極鞭六龍。或疑羣仙朝新宮，芙蓉主與桑苧翁。世間朱邸易變滅，金闕隱見無由通。趙侯居官恥隨俗，一誠已足祈蒼穹。我來親涉洮兒水，但見枯草粘長空。東坡登州禱海市，便膺神貺酬其衷。古人今事兩有愧，坐聽城角鳴悲風。

自邊昭至滿漢營子，過十八道沙崗

漠庭斷山脉，風與沙相逐。沙高聚為崗，蓄勢常起伏。平登訝小嶺，遠見仍大陸。蒙民闕農政，牛羊誇量谷。五里隔一崗，十里

築一屋。我兩經其地，心與崗爛熟。車騎或互用，塗轍必相續。憑高看打圍，野燒赭地軸。

渡遼河至閆家崴子，回流映帶，林木蒼然，一洗絕漠荒寒景況

大漠惟餘野草燒，隔河林翠欲相招。分明一幅煙村景，襯托方州上畫綃。

冤塚 有序

甲辰日俄搆兵，關內商民七百餘人挾有俄國羌帖，日軍疑為俄諜，同日坑死於康平縣署西牆外。至今叢葬處，夏不生草，秋冬地成白色，或以為冤氣所結也。

死不化秦坑灰，生不作田島客。七百餘人同日死，白日無光血成碧。范侯為我指其處，一蟲一沙一魂魄。吁嗟乎！戰禍滔天完卵難，不疑俄奸即日奸。我來但隔一牆宿，夜聞鬼語摧心肝。

夜宿三面船

隔河便是石佛寺，今夕但宿三面船。估船所集成市鎮，以船名市尤天然。河南一塔占山色，塔鈴自語如招客。我不渡河且看山，欲借山容盪詩魄。出門騎月苦思歸，明日真歸心轉違。茲游之樂誰解說，塞月邊風兩奇絕。

輓筱圃學使

我行正君病急時，一視再視三視之。君執我手如有思，謂恐我歸見無期。我聞此語涕漣洏，不知相慰持何詞。洮河遠在天之陲，懷奉賊騎尤離披。出入賊中賊不嗤，晨興治事夕忘飢。我行十日白我髭，君乃冉冉與世辭。君喜我膽輪囷奇，我愛君心細如絲。君心我膽照不疲，願回世刦還須彌。鼠肝蟲臂論已卑，靈氣當化微塵吹。彭籛不識生有涯，誇人以壽頑無知。我作達語抑我悲，招魂楚些猶能為。莘莘學子喪其師，祖而奠者百有司。我欠一哭哭以詩，詩成魂兮疑來窺。

寄董季友

秋來湖水碧于油，靈隱韜光緩緩游。山水最佳家最近，杭州不住住何州。

穆之才調信縱橫，十手傳抄世所驚。奪我蓮花池上客，越山高處一星明。

石林我友上虞令，廉靜無求老此官。為語薑齋頭已白，時從馬上嘔心肝。

解戀春暉樂可知，吟香一室補新詩。莫談邊塞悽惶事，但看湖山跌宕時。

嬌女親裁雙鯉魚，昨宵新得浙西書。自慚老逐鮎竿長，塵札如山世態疎。

卷五《遼東續集》
起戊申十二月，訖辛亥

嘯桐考取御史第一，被黜，弢庵、蘇堪、伯嚴、叔伊皆有詩。嘯桐病居申江，命其女君珈抄示，並索余詩，賦此寄之

戇直例放棄，後先知幾輩。怪君未入臺，乃以直名廢。諫官重氣節，論文已可慨。並此亦顛倒，奚以操進退。我昔居七車，五載始入對①。蒼鷹不善擊，屢摶毀吾喙。君胡慕此官，甘使老頭碎。弢叟臥滄江，逃名已廿載。太夷世所推，有徵但自晦。伯嚴與石遺，拔俗見貞介。九人名未詳，四子吾豈逮②。度遼急除暴，略滌蟣蝨穢。行當舍之去，歸秉東皋耒。贛江接閩海，壇坫俛一代。何期擷眾芳，流馥及邊塞。好留憂國身，病中幸自愛。

①御史向皆按資傳補，近兩屆始改照所取名次遞傳。

②來書謂石遺論當代作者，以余與弢庵、太夷、伯嚴並列。

題朱桂辛京卿短衣牧馬小影 己酉

短衣戴笠長林下，乞得閑身似馬曹。始信無官脫羈紲，柳花如雪暮雲高。

百苗圖為鄒迪人太守題

晝居崗，夜擊鼓。男鬥牛，女畜蠱。快馬鏢刀竹寨行，桶裙角髻毬場舞。苗人不解見官府。（一解）苗亦人，昔為異類今齊民。五谿九股俗狉榛。治苗畺者，羣以苗，為難馴。（二解）良二千石，曰苗易格。化其野性，被以教澤。庠序彬彬苗讀書，町畽擾擾苗力役。繪為斯圖區以百。（三解）吾願苗如人，吾恥人如苗。攫金過市，障扇入朝。貌文而險，行偽而驕。聲名動閭里，意氣干雲霄。或為狗彘，或為獍梟。不如此苗，不如此苗。（四解）

贈呂眉生

眉生今奇士，天厄居女子。少能讀父書，倜儻尤自喜。天壤難為郎，孤身去鄉里。世方究女學，使者極倒屣。陽湖奉羔鴈[1]，遼女爭仰止。吾家富掌珠，得師賴辟咡。題我《遼東集》，謬譽政績美。長誦道韞詩，勝讀班昭史。弱質乃多菽，老鈍彌足耻。女而有士行，為君傳中壘。

①謂小圃學使。

出威遠堡門，經吉林伊通州界，行十五里，始入西豐

州土如吐舌，橫入海昌界。形勢極交錯，頗訝劃畺隘。矧聞患伏莽，三面受警戒。長白啟東封，松圖收遠派[1]。如何赤緊區，轉使兩可介。截長而補短，古說寧當廢。

①長白新設府治，劃吉林沿江地為安圖、撫松二縣。

神樹

神樹槎枒欲切雲，穹碑深刻滿洲文。能教荒裔成邨落，未許邦人縱斧斤。獵火千場餘老幹，叩河一曲發奇芬。風車雲馬童童日，曾見先朝駐六軍。

西豐縣齋雨中，與書農同年夜話

嚴冬行縣過西豐，美政喧騰萬口同。學道自關儒者事，居官猶有古人風。府中舊掾稱循吏①，塞下遺黎弔故宮。葉赫扈倫俱寂寞，山城寒夜雨濛濛。

①書農由民政司科員，出攝縣篆。

掏鹿謠

掏鹿古鹿圈，但許麋鹿游。圍場三十七，長楊不足侔。將軍挽神臂，都護蒙旃裘。控弦鳴鏑兵萬騎，風毛雨血禽千頭。諫獵久無書，河水日西流。殖民急弛禁，畚鍾平山邱。昔見啣矢鹿，今逢負犁牛。有田百三十萬畝，與民同樂民其瘳。

晚宿雙橋

一天霜月夜如何，手撥爐灰細細呵。小雪已過寒漸甚，雙橋橋水不能波。

烏龍嶺

羣山皆童禿，烏龍微見樹。初冬已黃萎，乾葉尚粘附。圍場富森林，相閒不一步。頗恠赭山手，烈炬抑何怒。墾荒已成邑，乏材非細故。不必留甘棠，要當致嘉澍。

雷小秋大令迎余於梨樹河，並有詩以紀行役，奉和一首

梨樹河邊玉糝塵，風前握手出清新。論詩子獨尊閩派，薦士吾仍喜楚人。初向明廷登一鶚，便驚涸轍活千鱗。賈山久獻憂時策[①]，擊柝相聞好結鄰。

①謂農書。

十六夜宿老虎峪，風雪大作，曉起冒雪至岡乂嶺

衝寒夜覓荒村宿，夜半大聲忽震屋。踢翻虎峪疑有神，一嘯生風撼山谷。騰空更挾玉龍行，似裂天紳濺飛瀑。為憐邊徼太寒相，故放奇觀炫羣目。暖輿遮風密下簾，置之不見吾睡熟。趾離為我鑄幻境，夢見朱邸燒華燭。氍毹貼地歌未終，簫管轟天酒相續。行樂方憂人事闌，降凶一任天威酷。夢醒老眼生昏花，嶺雪皚皚沒馬足。

過嶺風雪愈劇，如舟行大海中，一無所見，意有所觸，口占一首

朔風摶雪不能休，過嶺車如萬斛舟。白日冥冥天地閉，西來東去欲何求。

東平道中

銜尾糧車盡入關，連村露積更如山。此邦十歲九豐稔，使者三年一往還。但使篝車長在眼，不嫌塵土污吾顏。行人尚記東流水，畚鍤寧教寸土閒？

海龍孫芝齋太守鰥居將十年，衙署蕭然，不知其為官也

無累真如苦行僧，凝香燕寢冷於冰。眾生極樂孤眠穩，此即居官最上乘。

朝陽鎮

偉哉朝陽鎮，遠窺輝發城。誰言邊地寒，乃有絲竹聲。濱江日東徙，磐石空崢嶸。運輸此絡繹，塗軌何寬平。蛟河與蛤螞，水勢雙迴縈。好壑大肚川，拓地居邊氓。設牧豈得已，不使羣羊驚。試割龍一爪，竚聞鳳來鳴[1]。

①新議劃海龍東境為輝南廳治。

楊樹河

荒河水凍白成窪，破塊枯荄密密遮。禿盡垂楊千萬樹，滿天晴雪舞槎枒。

曉發三合堡，寒甚

雪後人家盡掩扉，喜看林表挂朝暉。馬鈴牛鐸成羣去，不見平原一羽飛。

孤家子與仲平、樵琴夜飲

寒深索火不能溫，呼取田家老瓦盆。千里追隨惟瘦馬，一杯酩酊共荒村。關河蕉萃歲云暮，郡縣循良風尚存。歸路迢迢無可語，滿山殘雪凍詩魂。

石人行①

昂藏雙石人，不知何年代。歲久謂能神，車子必肅拜。膏車過此溝，兼膏石人頭。屹立身如漆，但聞溝水流。吁嗟乎車膏易竭石易倒，君看石人臥道左。

①在石人溝道旁。

和張蘭浦侍御韻，並送其回京

抗手籌邊有異同，不如歸去鳳城東。海波千尺遼雲暗，尚有鶢鶋解避風。

元祐熙豐孰黨人，不分門戶望更新。臺中盡有戕天手，乞與年年塞草春。

鄭子尹先生山樊爪雪圖，為鄒懷西觀察題

柴公廬墓人，經巢窮避亂。負土子午山，垂老復西竄。陡絕大回頂，竹柏迷深岸。頭白黎縣君，從容為假館。模山且自怡，遑問世多難。龍蛇蟄層淵，江水清可玩。此水通樂安[①]，疑聞樹烏喚。樹烏喚不歸，但有淚染翰。孤雲落何處，詩語悽以惋。稱孩寄孺思[②]，誰喻鮮民歎。

①子午山在樂安江東岸。

②跋尾自署：子午山孩。

歲除日喜晤鄭蘇堪

到門示我入遼詩，別後霜華各點髭。墜地同時身易老[①]，回天無力路多歧。看人羣逐中原鹿，請子一為當道羆。知否平津開閣望，驛車催送鄭當時。

①余與蘇堪同庚申生。

和吳綬青都護留別長白山 庚戌

地老天荒長白山，忽生光彩照人間。碧鷄爭霸開秦畤，銅虎提軍出漢關。戍火已銷留盾墨，江波無恙夢刀環。雅歌征虜誰能識，獨向春風一破顏。

寄江杏村侍御歸里

驚聞朝事若轟雷，屈軼虛生又一回。但惜無人居帝側，空留此疏震全台。茅容有母真歸矣，汲黯平生亦戇哉。五載逐臣頭已白，也曾親捋虎鬚來。

許儁人廳丞赴美國考察獄政，賦此為贈，兼柬伯琴法使

遼瀋不能容，舉足跨歐美。蟣蝨視一官，鵾鵬圖萬里。與君故無素，但有名灌耳。晚乃共一方，親倒座中屣。舉國爭憲法，法治失宏旨。廷尉天下平，民命係生死。未可沫舊律，要當吸新理。君行迴海瀾，歸捄王室燬。度遼今三霜，行役繭吾趾。亦云羅全境，終限戶庭止。季札一世賢，名節期共砥。離亭同惘惘，漉酒醉短李[1]。

①儁人身短，故戲及之。

寄蘇堪天津

世事百艱險，突出呼巨手。成敗雖未知，囊智已駴走。入關將兼旬，奮袂正抖擻。敢為天下先，誰復一夫狃。元戎日憂國，瘦損及踵肘。百司羣延頸，夜夜望北斗。乍晴復見雪，寒意警戶牖。願將趙璧歸，為君勞春酒。

與弢菴丈別八年矣，感懷不已，奉寄一律，並以影片為贈

大海顛風各汎萍，夢中失郤故山青。看君應詔還東閣，念我回車出北庭。萬刦當前天欲泣，兩京相望眼長醒。人間何物非泡影，嬾向飛仙學遁形。

立夏前大雪感賦

頹雲如幕壓城闉，已過春寒氣益振。亂點刼愁天破碎，羣陰爭獻雪輪囷。笙歌雜沓溫存日，道路縱橫凍死人。多事朝來憂集霰，沈沈送盡百年身。

讀報紙〈安重根末日記〉書後

博浪有副車，秦宮有匕首。刺客多蹉跎，安氏子不朽。

哀馬 有序

余蓄一紅馬，性極調良，曾隨余東涉鴨綠，北登索倫，周歷窮邊五千餘里。今春病斃，每念長途相依，與為性命，不能不哀生也。

身有勞筋與我同，功成一躍上長空。五千餘里窮邊路，長憶霜蹄入夢中。

彗星

宣統二年四月十八，日既入，彗星出天，天陰黑。占云：此星七十餘年方一見，距地萬六千里。遠可測，其見在西，其尾在南，其首在北，其光熊熊，其色白。

天文臺上勞窺覘，奔走狂號駭一國。彗之為義在埽除，除舊布新誰袞職。累朝灾異史必書，山崩川竭日月蝕。欃槍熒惑亦天象，謂非垂戒毋乃忒。歐人云此有軌度，時至自見無淑慝。轉憂抵觸到世界，破碎虛空在頃刻。果能一擊散地軸，吹入鴻濛萬竅息。嗚呼！中外異說不異天，變動吉凶皆在德。

訓王爵三太守卜奎道中見懷

論世真能洞一方，侏儒龍伯果誰臧。如山憂患驅危語，向日心情照大荒。塞草春深看叱馭，湖蒓秋好苦思鄉。百年鼎鼎過如瞥，滅燭羞爭魑魅光。

雨後二首

雨餘能使熱塵消，毛骨清涼似水澆。便有好風來廣漠，更吹初月挂長條。

怕暑長教住朔方，自將衰鬢對秋光。城頭一陣廉纖雨，還作空階十日涼。

寄題蘇堪海藏樓，並送其還上海

大海納萬變，談者窮於詞。肖以詩人心，波瀾生肝脾。樓成睨八極，出海朝蛟螭。旦暮取自悅，春秋景益滋。元龍固奇士，下床當臥誰。海水飛刺天，長鯨揚其鬐。東北將沈陸，國命如游絲。高寒不易居，渡海驚羣兒。籌邊豈無策，正坐盈廷疑。平生忠愛意，一一攄為詩。詩足掩君名，偉抱誰能窺。風雪催歲莫，歸舟難再維。焦原我久履，終恐為虜嗤。咄哉知稼軒，乃有田舍思。

春明記夢圖為程伯臧太守題

金爵銅駝付轉輪，宮槐重見十年春。無人為譜家山破，遺事淒涼記不真。

重陽後寄和潤夫前輩，中秋對月見懷

輦下朋簪塞外畿，苦持秋月共清輝。京華風雅餘耆舊，朝事縱橫有是非。千里詩來能作達，一官才盡尚憂譏。黃花紫蟹消寒夜，可念邊關朔雪飛。

寄張孝侯

君行截是我行處，毒瘴荒溝千萬層。風起馬頭尖到骨，路盤天際細如繩。偏搜伏莽膏軍刃，獨犯嚴寒蹋澗冰。長白下臨箕子國，定知登眺淚沾膺。

冬日雜述

都城啟八闢，東西只二里。宮殿峙中央，官衙列邐迤。相望鐘鼓樓，九衢直如矢。制度規皇古，前朝而後市。邊牆外繚之，阻險憑遼水。當時撻八方，宅中自此始。儉德垂奕禩，瞻眺足歎美。

白山高刺天，天池何淪漣。萬古鬱王氣，草木餘芳鮮。人跡既罕到，靈境無由傳。依山設郡邑，俛瞰松圖川。劉侯有山癖，歲必躋其巔。巖壑侈探討，詩辭窮雕鐫。默禱攝真面，天宇開雲煙。乞取池中水，不擾真龍眠[1]。

①劉令建封宰安圖三載，曾映天池真影并池水相寄。

昔日關以東，莽莽游牧場。東面阻渤海，西面窮邊牆。一歲半積雪，嚴寒不可當。狐貉失其暖，出門兩足僵。一從改省制，萬手開天荒。門戶已洞闢，呼吸通炎方。氣候如人事，變幻夫何常。

漢代重實邊，萬戶徙豪桀。今日言治遼，移民事尤切。籌畫及田廬，牛籽無可缺。升科與收價，限年備一說。鄰邦議協助，燕齊互提挈。遠更達江淮，輸送有輪鐵。大利待人興，莫憂度支竭。

蒙人不食魚，謂為神所依。魚死諷經典，誠心事禱祈。河泡牣鱗介，觝觸無生機。大利棄弗取，待人竭澤歸。但知飲湩酪，腥臊為甘肥。飛走復何罪，日日呼打圍。

輪軌貫歐亞，此邦實孔道。通賓紛雜沓，館餐盛豐鎬。東西幾偉人，相見恨不早。奕奕座中客，瀛海照懷抱。敦槃啟嘉會，各自擅文藻。只慙閱人多，兀兀塞下老。

三韓實古國，忽斬箕子祀。孑遺苦逃亡，天地失戴履。黠者借人威，沿邊恣奸宄。鴨綠江水清，詎湔滅國恥。兼弱與攻昧，曾不勞一矢。傷心昌德宮，東望寒吾齒。

光緒行新政，遼左首改革。法院開新庭，議場列廣席。三級城鎮鄉，自治重選額。漸喜風氣開，旋見競爭劇。人人談憲政，家家重公益。勸君勿操戈，看人方銜璧。

瀋水湮已久，餘此萬泉河。塞外銷夏灣，一曲揚清波。車馬日輻輳，游人肩相摩。河長不半里，有士女笙歌。斜日媚高柳，明漪濯新荷。只愁夏易歇，邊風吹蓬科。昔泊畫船處，冰山今峨峨。

杜甫徙同谷，岑參老嘉州。以彼荒陋區，名為詩人留。遼東隔塞外，控弦皆王侯。豈數章句士，月露為賡酬。既無山水窟，並絕釣與游。我來閱邊徼，淵淵生古愁。隨地寄吾慨，一發為歌謳。

次韻寄和澄齋學士初冬見憶，兼懷孟樂

嚴冬盛冰雪，僵冷若槁木。故人肯念我，矯首忽東矚。雄關豈不險，所憂在他族。虞道既已假，秦客詎能逐。人心揚沸潮，國事墜虛谷。危哉劍頭炊，戀此桑下宿。嗟我鬢髮衰，渡海為民牧。未將詩埽除，偶為心寄託。行邊老紆籌，篤舊親削牘。塞笳多哀聲，

媿對便便腹。當時竹林游，散若秋後菊。因君念延平①，雪滿溪上屋。

①孟樂出守延平。

鄭仲瑜前輩特喜余書，謂寸寸皆寶，去歲寄余律詩四首，因循未和。歲闌夜靜，檢讀贈什，賦此寄懷。視十年前晨夕相對，忍凍聯吟，蓋不勝今昔聚散之感矣

昔時文采各矜誇，忍凍哦詩斗柄斜。相對冷曹皎冰雪，獨携健筆抗風沙。夢回重憶廿年事，老至難消雙鬢華。隔海藤山招不得，為君寸寸斂薑芽。

元旦大雪深逾尺，謝絕賓客獨坐，但默冀祥霙大沛，或疫癘之早消也 辛亥

獨避人羣坐，高寒肅市囂。年光飛箭急，風雪閉門驕。改歲占元日，呼天祚我遼。皇衢春蕩蕩，疫癘願全消。

防疫二首

天欲禍中國，乃生百斯篤。殺人無形聲，十萬劇刀鞘。哀哉哈爾濱，嚴寒蘊深毒。寬城當其衝，遼瀋為之續。震驚及中外，防救事駭俗。交通首遮斷，檢驗似殘酷。非此必滋蔓，十室九鬼籙。不

見塔灣院，白日成地獄[①]。

①疫斃人數以塔灣病院為最多。

邦人若有詛，民官何不仁。民官誠不仁，不能字吾民。燬室復焚屍，聞者當怒瞋。行旅留滯之，徧地生荆榛。官雖無人心，豈不畏鬼神。恐以國際病，貽禍東西鄰。禍發不能收，貴賤同灰塵。嗟爾百斯篤，么魔善殺人。倘能逭吾民，悉集官一身。

揖唐自歐美游歷歸，縱談時事，慨然成詠，即送其之吉林

海外歸來見沸羹，元黃戰血冷楸枰[①]。君房言語妙天下，大范胸中皆甲兵。萬事已隨前轍覆，九洲恐有怒潮生。松花江上斷人迹，毒霧漫漫不可行[②]。

①揖唐論關東時局，參以奕理，皆成至言。

②時因防疫斷絕交通。

正月三十日復大雪

髡枝得氣欲爭研，庭院迴風似舞筵。贏得閉門終日賞，只愁輦盡水衡錢[①]。

①元旦雪後，城內外潔除之費達兩萬貫。

聞俄人驅黑龍江沿邊華人出境

海蘭故鬼孰招魂，又見遺黎棄室奔。微命寄人同草芥，頻年蹙地雜羌渾。單于窺漢心如見，充國籌邊策尚存。欲叩天閶回玉斧，登高落日望中原。

新鑄一刀一劍，各錫嘉名，並志以詩

一生守毛錐，懨懨氣欲盡。老困邊土官，有如陷堅陣。鐵石亦我心，磨久終易磷。大呼歐冶子，為我吐鋒刃。雁翎照水寒，龍甲挂天峻。壁間風雨來，吾氣為一震。邊事如可為，佩此勝金印。否則清潔身，許國復何吝。夜闌勤拂拭，霜光迫衰鬢。

赴吉林查勘火災，江行偶述，示右工、仲平、體蘭、樵琴

天禍無厭時，祝融又一獵。蕩蕩吉林城，幸存僅垣堞。府帥恫奇灾，振恤極淪浹。慰問遺民官，諸彥各追躡。寬城遇我弟①，夜話不交睫。晨入老燒溝，飛雨洗冷頰。

大江橫我前，解裝理舟楫。船牕對風漪，塞外得苕霅。江月漸吐雲，岸柳正弄葉。平生釣竿手，喜與煙波接。誤落冠蓋場，百思不一愜。行役閱歲年，未敢說衰苶。言念燼餘人，愁心積千疊。

①六弟夷千供差長春道署。

舟中即事四首

五月輕寒似早秋，抽身簿領落虛舟。水鄉親試南中饌，鰷尾銀刀雪滿甌。

崩岸危湍互擊磨，疏林淺草日經過。一盆閑浸松花水，別有鷄林彈子渦。

打頭風色迫窓寒，搖夢疑過上水灘。今夜團山山下月，停船留待醉中看。

水落沙橫見翠微，一雙江鳥背人飛。漢陰久作忘機客，又向人間管是非。

旅吉鄉人招飲北山遠照亭

危亭直上瞰全城，餘燼猶疑照眼明。暫借一龕高廟地，略消萬里故鄉情。稻粱羣鶩知何擇，泥雪飛鴻復此行。獨對茫茫生百感，最憐流恨是江聲。

連日陰雨，聞新民府柳河復決

柳河無處覓河身，高屋來源小庫倫。郡市聚窪成釜底，街簷泛水若船脣。波濤震撼無甯歲，魚鼈縱橫欲噬人。瓠子宣房苦求策，願開晴昊拔幽淪。

得福州家書 九月十九日

吾鄉瘠土無烽火，鄒魯弦歌世所傳。大勢盡頭趨左海，一軍袒臂起南天。兵間弟妹知何狀，愁裏音書似隔年。合眼還家惟一夢，飛身高蹴越山巔。

不寐二首

市虎杯蛇日數驚，九衢燈火斷人行。高樓負手觀天象，長夜漫漫不肯明。

憂來繞榻獨徬徨，如雪吳鉤在我旁。猿鶴蟲沙誰識得，起看黃鵠已高翔。

解任赴大連灣養疴述懷

一官即我家，久與民事習。遼民固易治，世變乃日急。武漢啟兵端，如火不自戢。版宇亦云大，崩裂直呼吸。遼居東海濱，鞭腹豈遽及。矧界兩強間，尤懼開門揖。軍心固如山，能使萬口執。省門秘深嚴，威信懾旁邑。保安誠已安，蠕動一齊蟄。嗟我賦性迂，臨事慚補葺。謬承邦人推，老馬苦維縶[1]。衰病日見侵，私憂但哽咽。大的懸國門，行看眾矢集。羣公且駸駸，余病實岌岌。詩卷與藥爐，海壖好呴溼。言辭神武歸，便算玉關入。

①保安會成立，各界公舉余為內政部長。

雪後携瀚才孫觀電氣游園

不知何者為吾土，乞得閑身到此間。雪後園林足蕭散，病中愁緒若迴環。一孫如杖能扶我，半日出門先得山。十數年來欠消受，固應猿鶴笑痴頑[①]。

①園中多蓄猿鶴。

廿八夜又雪，枕上感作

燕臺慣蹴玉玲瓏，瀋水年年舞朔風。孤枕沈吟雲海夜，半生流轉雪天中。身拋官爵忘殘臘，夢逐征鴻入遠空。自向寒邊拓世界，酌斟為德睡為功。

樓望，懷吳伯琴法使

可思事總化為煙，及見麻衣老淚懸[①]。野館風高宵哭母，堊廬血盡日憂天。不堪重問兵閒事[②]，獨自來皈世外禪。徙倚樓頭向誰語，海飆山翠亦凄然。

①伯琴與余同官五載，秋間請假赴閩省親，旋奉諱歸。

②伯琴談福州近事甚詳。

吳太夫人輓詩

弟昆隔海奏塤篪，側帽牽裾戀母慈。兩地春暉依病室，一江秋雨黯靈旗。瀧阡家法追仁里，紗幔經師拜老嫠。忽忽登堂聯袂日，貞松閱世失霜姿[①]。

①去歲伯琴嫁女，錫清帥曾率同官拜見太夫人於法署。

正闇方伯自瀋陽來過談

與我周旋我自娛，市樓如櫛溷潛夫。兵戈世宙羣雄立，風雪門庭一客無。牛李滿朝成黨錮，紀羣隔巷好招呼[①]。倘移鄴架秦源裏[②]，準備千甀乞慧珠。

①尊人季垂先生避亂居連，君頻來省視。

②正闇藏書甚富，且多善本。

同蔣枚生觀察赴旅順，登白玉山，觀日本表忠塔，並望二百零三高地戰迹

苦戰霸東亞，天地為一震。積骸成山邱，飛烏怯洪陣。旅順實要塞，兩雄鬥齊晉。羣山束斷港，各以膏血釁。凶門已沈舟，死士競輿櫬。黃金與老鐵，戴雪觸鋒刃。二龍失夭矯[①]，爭捫藤葛進。高地云最烈，燐碧不可認。凡此戰時況，導者為徵信。至今怖兒啼，嵐光掠霜鬢。塔高插霄漢，倭石何雄峻[②]。其間瘞骨處，久禁樵牧躪。築塚象祁連，褒忠典不吝。相對驚戰功，渤海屹重鎮。

①黃金、老鐵、二龍皆山名。

②塔石皆來自日本。

翌日同枚生觀戰勝陳列場

大礮蹲如虎，小礮伏如貆。巨彈如石柱，碎彈如流丸。摩戛者刀劍，突兀者兜冠。�射者電鏡，馳驟者雕鞍。或醫科藥裹，或工隊鉤竿。或堅壘模影，或遺像戰瘢。凡昔所鹵獲，羅列供游觀。既資軍事考，益信攻取難。休矣高加索，國恥高巑岏。還念甲午役，一一摧心肝。

答樵琴

睡中滋味已親嘗，喚作甜鄉趣最長。只恨蘧蘧莊夢覺，還留醒眼看人狂。

夜讀稚愔詩集，愴然有述

稚愔吾所畏，中道竟摧折。玉樹埋黃土，萬事等一瞥。遺詩如其人，塵表見高潔。燈前竟一卷，齒頰生氷雪。我昔值承明，窮巷稀車轍。君獨於我厚，謂我不苟悅。我老飽京塵，長身屹朝列。廿年數離合，酬和固不輟。最終丁未夏，悽愴牆根別[①]。再見知無期，病榻但哽咽。磬鉢已打破，軀殼有生滅。告我將泥洹，夢訣極勞結[②]。黃壚忍重過，自傷形影孑。應慚丁敬禮，定文成虛說。閩詩日以昌，拔幟互頏頡。螺江獨深純[③]，陳鄭各雄傑[④]。我愔如永年，所詣當精絕。蟄伏居海濱，發篋霏玉屑。身世已遷謝，文字猶芳冽。詩魂如可招，私奠心香爇。

①稚愔丁未入都，居余老墻根舊宅。

②稚愔病危，寄余五古一首，有「蒲團四十秋，磬鉢應打破。便捐軀殼去，欲去還悲那。」又答余五律一首，有「夢從故人語，事與壯心違。」此二詩，集中皆不載，想病亟時不留稿也。

③謂弢庵。

④謂木庵、石遺、太夷。

病足自嘲

少時健走如黃犢，一日卅里能往復。翩然浪迹汎江湖，豈甘屋底老雌伏。南游吳越北燕齊，足繭所至無町畦。晚度遼海猶學騎，上馬下馬安折折。老至百骸漸杌隉，中酒墜牀踣脛鐵。全人莫說脰肩肩，起舞不成但蹩躠。君不見丈夫舉足輕重超等倫，天下安危視其身。海濱誰識習鑿齒，未委蓬蒿留半人。

嚴覺之叅事居連時，蒙枉過，並以所作海上雜詩見示，賦此贈之

覺之真善覺，見幾乃獨早。吾道喜不孤，有如車得轑。屢過遲不答，兼能憫我老。詩來鬱奇氣，頗足見懷抱。力欲追杜韓，心知薄郊島。南望歸無家，休兵問蒼昊。哀聲只駴俗，時方賤文藻。尚記去年贈，燦爛篋中稿。文書銜袖忙，每見輒草草。誰知汎海萍，巧聚如默禱。一償嚶鳴心，共此風日好。休尋邵平瓜，且食安期棗。

斥賣車馬殆盡

雞栖坐厭十年身，華轂飛騶也效顰。宏景挂冠餘夢寐，長卿貨騎倦風塵。恩恩驢券聊償債，爛爛車茵合讓人。贏得海濱安步好，狎波漚鳥最相親。

微醉

微醉如游大地春，南山繞榻助斟醇。胸中常養溫和氣，林下能容壘塊身。看擲鯨鼉翻海水，坐思螺蛤勝湖莼[1]。濁賢清聖從人辨，自署無懷世外民。

①連市螺蛤，宛似南中。

聞人來述鼇峯被燬狀，為之悵然，感賦寄弢庵、澹庵

九仙山下鏖戰騎，鰲頂騰騰赤熛熾。萬間鬢舍委灰塵，至今猶下行人淚。行人豔說登科記，不知此是横經地。安溪左海風未沫，十郡猶云才所萃。求新法學異筌蹄，堂宇依然換題字。木石亭臺人盡憐，前賢所留那忍棄。豈知一炬沸池波，盡燔老梅煮荷芰。坊南燹火秋螢飛，便恐後來忘故事。弢庵詩篇一代宗，澹庵道氣四時備。何年更築遲清亭，與君重補鼈峯志[1]。

①弢庵、澹庵與余先後主講鼇峯。

夜坐

海氣吹寒直到門，殘宵爐火與留溫。過街市語偏難曉，震屋歌聲不厭喧。再造合成新世界，孤思長蕩古精魂。天昏月黑鄰雞警，坐覺燈前萬象奔。

連日為人作書，盡數十紙

肥瘦區區較醜妍，臨摹多事乞人憐。平生不耐元和腳，醉後欹斜欲自賢。

心折坡公守駿言，朝來硯水已全渾。縑金論值如相許，便合傭書牓此門。

寄張今頗

據鞍再出尚蒼顏，兵氣全銷娘子關。刦後瘡痍人望歲，軍前笳吹氣如山。共匡世難羣才出，獨倚天門老淚潸。雨笠煙簑吾欲老，海波占得片鷗閒。

喜黃止園大令來結鄰

市沽換得眼麻茶，繞屋哦詩手屢叉。天靜不聞喧鳥雀，島孤只合侶魚蝦。棄官入海子何勇，卜宅連牆心更奢。頗惜蓮池簪笏盛，隨風一散等摶沙①。

①署中科員多俊才，故及之；止園亦由科員出權懷仁。

輓鄭澹庵同年

差可藏身是九幽，虞淵抱日百無憂。定禪久已明心學，厭世真能正首邱。眾煦漂山吾道苦，橫流滿地幾時休。寄詩竟後泉臺駕，天末招魂涕不收。

卷六《津門集》
起壬子正月，訖十月

連夕京城兵變，與弢丈、默園相對枯坐，倦極而臥，若不知焚掠之將及也。事過感賦

身在全城鼎沸中，連宵燭漢火熊熊。短檠相對都疑夢，隘巷無驚正坐窮。忍見弄兵來輦下，更悲暴骨滿桓東。補牢尚費羣公策，落日重闉路不通。

為默園題竹山小影

篔簹疑雨復疑秋，觀瀑龍潭迹偶留。絕憶大章溪上路，竹雞勸客一維舟。

潘蓮巢焦山圖為袁珏生太史題

被酒潤州城，一登妙高臺。苦思松寥閣，捲入雲濤堆。巖樹鬱蒼翠，江聲如怒雷。刺船不得渡，阻風空徘徊①。卅年不識焦先面，翻從蓮巢捥底見。拋却金山付與誰，割取江心青一片。潘畫王詩垂

百年[2]，南齋晝靜懸江天，山兮閱世如風煙。

①丙戌八月，客游京口，登金山，欲至焦山，阻風不果。

②圖有王夢樓題句。

庭中海棠盛開，置酒其下，與弢庵丈、春榆前輩同賦

燭淚星星已化烟，又從塵裏發幽妍。好舒絳蕾當風露，苦對穠姿較歲年。遺世尚餘花綽約，討春自致意纏綿。近天幾易園亭主，暫趁芳時一啟筵。

題何梅叟前輩養園圖

平泉綠野隔雲霄，邱壑胸中不可描。一叟靈光逢日下，小園韋曲駐春韶。自娛晚景詩逾好，長乞閑身福已消。惆悵緱矶遺句在[1]，咸同故事屬前朝。

①祁文端亦有《養園詩》，梅叟於書肆得之，並裝一卷。

津門晤王嘯龍，以所和卟仙詩數十首見示，賦此為贈

散髻斜簪看陸沈，閉門海上作龍吟。却疑白日人情惡，頗耐黃州鬼趣尋。靈氣虛空終不絕，神山林谷抑何深。淨名勤禮龕前石，各有崆峒訪道心。

贈軒舉，並題其鵜房山莊圖

風來竹塢雨荷灣，門外平疇屋後山。清絕一廛塵壒表，看人求藥駐衰顏[①]。

①軒舉隱於醫。

斬為世用計終疏，幾輩歸耕已遂初。欲向山居乞殘本，養魚種樹讀何書。

夜坐

丸月深林手可招，風前涼鬢太飄蕭。細思世事無涯戚，坐徹空庭似水宵。

二十夜遲月

月黑天容悶，江潮日夜生。驪龍抱珠睡，夔蝄籥雲行。萬象各森列，羣峯若送迎。屋椽星斗大，只惜不知名。

次夷千弟韻送其赴瀋

聯牀殘夢隔邊關，白日看雲老淚潸。鴨綠東流江漲急，一家離緒若迴環[①]。

①南雙八弟尚客安東。

分飛雁影欲雙難，遼海風沙已飽餐。此去倘逢孫退谷[1]，為言閉戶臥長安。

①謂幼谷司使。

為陳獻丁題其蕭太夫人秋宵課子圖

能廻烈焰世爭驚[1]，窮巷孤枝拜女貞。此亦蓼莪心不死，凄凄燈影與機聲。

①事見林琴南所作〈蕭貞女傳〉。

津門新居樹下瞑坐

天風為我滌煩襟，瞑坐頻來就樹陰。鳥雀啅枝空喈喈，馬牛爭道尚駸駸。自消攤飯澆書日，頗觸求田問舍心。回首長安墜雲霧，不堪重撫子昂琴。

弢庵丈來津，留宿寓齋，回京有贈，次均奉詶

留榻猶堪待丈人，蘆簾棐几不生塵。坐看海水飛如沸，起弄松風餉所親。連夕縱談仍未饜，一家飄泊本無鄰。昇平莫作河清俟，望斷堯民與舜民。

松禪師相江南春卷，為笏齋前輩題

不知春去幾時還，腸斷江南數點山。臺閣金銀何處是[①]，空留詞句落人間。

①師題詞有「臺閣金銀天際立，北望雲山是京邑」句。

笏齋風雅接瓶廬，畫幢詩囊習未除。莫問桃花開落事，與君雪涕說逃虛[①]。

①余與笏齋新有買鄰之約。

閩事日急，書憤用前韻寄弢庵

豺虎磨牙日伺人，衣冠爭拜路旁塵。飄搖老屋將同壓，補葺微勞敢自親。細檢篋書驚鬼蜮，願持舟壑謝鄉鄰。區區腐鼠休相嚇，早辨閑身作幸民。

寄懷默園

吹落燕南趙北間，炎方倦羽敢輕還。恐傷吾足迷陽草，獨避人羣畏壘山。哀惻自憐吟似鳥，過從可奈巷無顏。滿前惡木冥鴻遠，苦雨顛風了不關。

傳笏圖題呈笏齋前輩

蹇蹇羊鼻公，千載猶嫵媚。終纘踣碑恩，難滅遺笏字。神物入虞山，傳世詒後嗣。輝暎古甘棠，忠讜見門地。前謌與後詩，各自攄臣志。摩挲故家澤，感喟先朝事。君更取名齋，書思侍中秘。國淪遯居夷，身外盡割棄。猶挾此圖隱，拳拳貞觀治。乃知一鑑亡，卒召羣枉至。

司直以其尊人可莊先生所集十二辰圖屬題，分得申圖，感賦二絕

危崖無地容騰擲，老矣王孫負子行。恐有路旁識腸斷，峽雲深處放啼聲。

儒緩從知降在申[1]，眾狙摩弄性尤馴。世人愛說封侯臂，飲澗攀林本野賓。

①《埤雅》：「猨性靜緩，故從爰。」

晨起

生氣晨天足，吾心春萬重。河流真浩淼[1]，庭草太妖穠。倚樹時聞鳥，看雲欲化龍。將書來度日，何物可攖胸。

①永定河決，水患及於數縣。

李文忠祠

如箭河流繞舊城，祠堂斜日尚崢嶸。臨淮壁壘餘荒土，好水蟲沙有恨聲。花木長含前代澤，兒童能道相公名。九原功罪從誰定，倘是西平是北平。

詠蜻蜓

大風八月捲黃埃，眾鳥無聲萬木摧。獨有蜻蜓能遇順，草間結陣蔽天來。

次韻答畏廬

稅駕何方況首邱，長鑱託命雪蒙頭。濁流已見衣冠盡，短景還驚歲月遒。荊棘塞途無地立，菩提度世此身留。故人同抱周嫠痛，落日相思一倚樓。

疊前韻寄畏廬乞畫

先生退筆似山邱，讀畫繙書屋兩頭。偕隱妻孥甘儉薄，不官風節極清遒。自言文史三冬足，偶作京華十載留。數頃河田吾欲老，請君為寫稻孫樓。

買舟至小還槽量地，遇雨不果，復偕贊虞前輩，蓮峰、景溪、清如諸君，由軍糧城乘汽車回津

老至思學農，懸的償宿願。鹵田值惟廉，聊以成嘉遯。濱河多舊荒，先與剪蔚蔓。宜稻土性鹹，潴水貴設堰。同井皆鄉人，農場思廣建。我地只埘庸，所營在一飯。集徒劃畺畛，從向別坤艮。弓步尚未施，飆雨忽交噴。占晴既無期，空返心靡怨。歸舟御疾風，

迅駛忘勞頓。明歲事畚鍤，議墾筞爭獻。分溉丁沽波，遠師南苑稙[1]。王績居東皋，陶潛穫下潩。治生非無術，所惜業不勸。此行舟程經，黃雲蔽兩岸。接壤無殊年，豐稔蓋可斷。豚蹄祝篝車，火急催立券。長為襏襫身，行見耕畔遜。入門燎我衣，呼酒勞饑困。酒醒述茲篇，刻燭不盈寸。

①朗溪、頌垣先在南苑墾地，皆有成效。

寄濤園

沈侯聞說瘦難勝，獨對殘尊閱廢興。海上風波如此惡，階前爪觜幾人矜。蓴羹敢動江鱸思，蘭佩終防邑犬憎。最負春申林際句，南雲炤眼極崚嶒。

徐鞠人太保養疴青島，寄懷一首

抽簪刻意為煙蘿，贏得秋光兩鬢皤。欲渡神山終引去，空留銅狄與摩挲。中朝人望江河下，獨夜騷魂涕淚多。愧我車茵容爛醉，舟招一賦亦蹉跎。

送周熙民侍御再知霸州

州人望治索南床，饑渴偏能辨粟漿。在口官聲猶未沫，秉心民氣故能昌。獨辭驄馬清嚴地，來就蛟龍寂寞鄉[1]。還我使君千萬壽，定知美政不尋常。

①州有水患。

題汪鈍翁先生南歸離亭寒色圖詠長卷

堯峰狷潔復迍邅，結廬讀書二十年。中官京曹盛文譽，論交切劘皆時賢。南歸孤棹犯風雪，贈行祖道飛吟箋。崑山新城暎棣蕚，清詞麗句差比肩[①]。龔[②]程[③]朱[④]潘[⑤]亦雄傑，意之所到無弗宣。十有五人皆可攷，儒林文苑驚聯翩。華亭高叟兼畫史，苦將別意收毫顛。長安塵土日擾擾，涉想烟水生暄妍。歸舟正及春風發，江南三月花連天。亭前楓柳弄寒色，合有倦翮栖林烟。故家題詠係文獻，此詩此畫能無傳？西華食貧竟酬負，好事歸璧猶能全。題襟曾館誇得寶，紙尾賡續多名篇。傳觀病院不釋手[⑥]，開國文字無雕鐫。風雅道喪儔侶散，我今豈但歸無田。

①徐健菴立齋、王阮亭西樵皆有詩。

②芝麓。

③周量。

④竹垞。

⑤次耕。

⑥此卷後歸忍庵前輩，司直養病井上醫院，曾出以示客，因得一閱。

王煙客奉常臨倪元鎮雅宜山齋圖題，次圖中原均

畸人遯世專一山[①]，縛亭種樹臨沙灣。落葉蕭蕭行跡斷，但聞幽鳥吟柴關。迂倪慣向山中宿，手携白雲時往還。吳山今當作何狀，開圖猶覺墨花斑

①雅宜山為元高士陳維允所居。

次韻詶徐太保

秋月躍海湔塵汙，虛堂照夢游皇初。鴻雁不來時節換，坐驚林葉辭故株。閉戶豈識天步艱，卷懷而退吾知難。楩楠杞梓世多有，山木得壽心所安。瓊瑤貺我何雄奇，追韓抗杜靡不宜。筆端蒼鬱挾海氣，想見霜鬛哦燕私。即今瀛海生怒潮，西翻佛窟東天驕。捄時首在弭邊禍，牛毛法令空嘲嘈。願公張帆連羣檣，涉川濟險安沆浪。禹臯利世作舟楫，吾生真幸逢虞唐。

卷七《南歸集》
起壬子十一月，訖癸丑四月

過泰山下口占

稍慰平生望嶽心，悤悤南下欠登臨。泰雲膚寸關何事，誰信崇朝便作霖。

車過鄒縣

鄒魯猶聞柝，弦歌不可常。孤懷隨地迥，平野帶煙蒼。淮濟終朝接，齊梁舊說荒。端居念私淑，吾道有行藏。

滬上旅店雪夜

驅人世事歲將除，發篋時猶得謗書。志士苦心傷猛虎，眾生微命泣枯魚[1]。親朋隔世猶相見，風雪彌天此索居。欲負閩山慙大力，登車攬轡一躊躇。

①閩度歲需欵百餘萬元，無法籌措。

萬壽橋遇險幸免，感賦三首

火器日以新，一擲碎人骨。我行萬壽橋，狙伏欲我殺。烟燄刺天飛，巨霆不可遏。相距只數武，此險竟幸脫。路人遘奇災，死傷互顛越。或肢體飛裂，亦手足斷割。僕圉斃其三，軍衛但嗔喝。似有神扶持，雲散江波闊。

與人無深仇，横加有毒手。云欲摧民官，不死亦當走。我死亦細事，恨不正丘首。海隅久蟄居，所志在田畝。邦人日促歸，選羣及衰朽。纓冠一念愚，乃以身叢垢。古訓高必危，勇退求耕耦。

羝羊苦觸藩，飛鳥思避繒。區區抽身意，不能諒友朋。自問無一善，遮留何頻仍。閩山誠險巇，荊棘千萬層。剪除詎無術，力薄慙未能。委身飼豺虎，謬解云飛昇。

雨夜病中寫懷

瘴海連陰彌夕霏，戟門深鎖藥烟微。多憂能切肝腸痛，自鑑還驚面目非。萬戶瘡痍懸夢寐，一春風日負芳菲。長裘廣厦平生事，老至方知與願違。

次韻和徵宇寄慰脫險

巨任乃使孱夫擔，力竭身困如僵蠶。誰尸厥咎劃鄉井，北人歸北南人南。還家刺眼值舊臘，岸梅江柳何毿毿。欲理亂絲苦無策，書生為治惟常談。橋頭一擊幸不中，江湖亡命窮追探。毒及行人爾何忍，戀此高位吾真慙。逝將投劾去邦國，倦翮止樹魚沉潭。閩州父老日慰我，謂此鋌險無二三。治湘治遼氣方盛，抑強鋤暴吾猶堪。老至萬念易灰冷，神州莽莽幽憂含。病榻藥香送春雨，衙齋晝靜同精藍。佛云來去無罣礙，更除一切痴嗔貪。

春盡，次弢庵丈送行韻寄懷

穠春一瞥負郊行，鼃黽蠅蚊取次生。連雨暝樓愁望遠，當風病木嬾敷榮。故鄉但覺湖山好，世事殊難口舌爭。夢繞靈清宮畔路，槐窓留共祝昇平。

公署中有老榕，二百餘年物也；後院芭蕉數十本，已萎復生，雨後爭抽新葉，淨綠可愛。終日相對，嘅然成詠

垂垂舊物亦何奇，下有蚍蜉撼死時。拳曲豈堪中梁棟，容人跂腳傲炎曦。

承露高擎碧玉巵，亭亭不倚見貞姿。劇憐剝盡心千片，付與風前裂作絲。

榕城雜詩

軍府清閑夜邏多，澳橋一曲化湘波。城中高髻今餘幾，學得琵琶掩淚歌。

親犒元戎數舉杯，貔貅萬帳本無猜。于思棄甲重來日，灊棘兒童有禍胎。

同里過從意最親，樹桑拔薤日逡巡。平生說士甘于肉，奈此彎弓射羿人。

甘畜俳優意可傷，翩翩裙屐各登場。現身說法談何易，舞到天魔舉國狂。

西湖菱芡劃成區，賣却東湖月有租。水利不修農事窳，百年名勝委荒蕪。

徵詩歲晚擘吟箋，小道區區見醜妍。專學性靈猶有說，不應墜落野狐禪。

鑑亭瓦礫與池平，老柳殘荷亦被兵。夢見金鼇峰頂月，繞廊燈火讀書聲。

復仇九世古曾云，死職原無種族分。何處于山覔殘骨，至今人痛樸將軍。

馬江安平船中

能強吾意事寥寥，船趠風來著意驕。輕去其鄉終一恝，不為之的便能超。送迎顏色憐孤塔，老病心情付退潮。今夕始知高枕樂，臥聞邪許沸江宵。

卷八《孟莊集》
起癸丑五月，訖甲寅八月

津廬庭樹蔚然可愛，感賦

築屋未甯居，掉頭舍之去。南歸只數月，恒若爐火踞。脫身幸見幾，艱險已飽飫。吾廬仍在眼，疑是再生處。庭中舊栽樹，高柳欲吹絮。桃杏各爭研，梨果尤飛翥。戢影亦自佳，世事敢輕與？自署灌園翁，抱甕消眾慮。

仲瑜來書，有「洪塘水長，輕舟往來，偶觸吟情，輒思嚴公重莅」語，感成四絕寄答

嚴杜交期意最親，錦城生事老清貧。辭官竟斷郊坰跡，長想烏皮隱几人。

風帆沙鳥古洪塘，閱盡津梁過客忙。此亦洞霄提舉意，詩人合住水雲鄉[1]。

①仲瑜乞榷稅以比祠祿，洪塘殊瘠薄，特有佳山水耳。

半洲墓與石倉園，此水汪汪有古魂。六月炎塵吹不到，小金山下大江奔。

行吟憔悴老誰知，樗散驚看兩鬢絲。我亦蓬蒿思掩徑，那能迴面共纖兒。

入都小住旬日，嚴幾道招飲，以疾未赴，回津作此寄之

海棠開後柳垂絲，重踏京塵也自疑。幸有殘年續歌哭，敢持時論別妍媸。人前飄瓦心無忮，死後留皮計亦癡。甚欲從君文字飲，待將六疾瀉肝脾。

中秋月蝕

天上闕清輝，佳節忽無色。蝦蟆爾何物，張口恣吞食。中庭罷延賞，姮娥急避匿。漸驚桂窟遮，俄見冰輪黑。九霄誠高高，但覺氣悽惻。村童擊鉦鼓，禱禳若有職。陋俗雖可嗤，敬天未為忒。食既復生明，湧出水精域。移床坐花陰，秋思不可抑。

《石遺室詩話》謂吾鄉詩人多在會城西南鄉，以余曾館陶江葉氏，次余詩於損軒後，固未知余亦為西鄉人也。賦此寄石遺

我家洪塘江水西，江沙高與街簷齊。濱江聚族狎魚鼈，囊沙捍水成長隄。邑乘昔詳厚美堰，以名吾里安耕犁。世世為農隔城市，不多識字完天倪。我少束髮躭書策，混迹坊巷思干霓。展祠省墓歲

數返，社燈臘鼓歡扶攜。三間破屋雜鵝鴨，慣分邨釀開甕齏。上街都巡盡烟亞，侯官市亦連町畦。泝江而南分兩派，陽岐螺渚如連鷄。溪山秀異應靈傑，百年人物喧金閨。玉屏舊夢苦追憶，賓主酬和呂與嵇。有時挂席指臣里，小金山寺曾留題。上江壯闊稍湍激，下江澄澈無沙泥。詩如江水流不廢，各嘗水味當能知。梁春賃廡迹猶在，嚴詩編杜事偶睽。為君從容述鄉井，何時歸覓蔗園棲。

雪後野步

乍喜迎年雪應期，衝寒烏帽過橋遲。高枝霧淞消晴旭，淺渚冰稜下斷澌。畫裏園林如有贈，風前腰腳未全衰。玉山踏碎真堪惜，更覓疲驢緩緩騎。

足九弟宰龍溪有政聲，賦此寄贈

苦縣昔論治，烹鮮戒數撓。親民民自親，正不在條教。龍溪稱劇邑，濱海冠蓋鬧。好鬥若陳兵，趨利爭發窖。知不畏強禦，眾喙息喧嗃。禮賢與除暴，互用妙　較。邦人有矜式，一語生模斆。大利在農桑，末利趁舶趠。果能疏河渠，遠師西門豹。行見耕佩犢，道路息寇鈔。側聞下車時，折獄頗有效。茲事易叢愆，心平性勿拗。北來愛蟄伏，爭道看騰踔。平生記所經，千態復萬貌。難將江海意，與人洗泥淖。寥寥老生言，倘為知者樂。

寒夜獨酌

種秫窮冬富酒囊，閉門風雪送年光。逍遙物外追蒙叜，放浪詩中有漫郎。老覺妻孥皆可棄，身經桑海未能忘。後生幾輩誇描畫，豈識廬陵在醉鄉。

歲莫雜詠

舊歷剛逾臘八，新歷將報元宵。但覺重重佳節，錯記今朝明朝。

婦云蠟梅香永，兒愛水仙花鮮。不暇為花作傳，終日相對嫣然。

同里林叟郭叟，隔牆翁兄錢兄。數日真率一會，商量鹽豉蓴羹。

書架縱無萬軸，畫叉尚有百錢。閉戶自尋真樂，豈知大雪彌天。

得詩一句兩句，閑行千回百回。消磨青天白日，不肯賣卻癡獃。

十里以內無寺，百里以內無山。結想岱宗廬阜，春來試與躋攀。

小除日追憶

去年今日震全城，江水無波發巨聲。老骨欲隨魔火滅，飛霆偏使市人驚。空花一瞥留塵刦，美玉三燒悟死生。歸對妻孥如夢寐，海天重見歲崢嶸。

鹿子歲除回津，旬日復行，夜半辭赴車站，獨坐成詠

歲闌苦思家，遊子千里至。能將斗升歸，稍慰舐犢意。椒盤亦陳物，歡聚孰能致。歐行昔負笈，冀爾成一器。計學粗有得，幸不為世棄。遼左如我家，時猶入夢寐。賓朋半離散，滿地走魑魅。世界今轉輪，萬象各易位。俯仰作桔槔，不如壚頭醉。我老思息機，爾壯當奮翅。今夕復告別，大雪壓征轡。坐念行路人，殘燈照無睡。

又點過津，論詩竟日，即赴都門，賦此奉寄

空庭踏殘雪，眾寂入孤賞。故人渡海至，此會豈夢想。袖中崑山玉[①]，老潔洗塵坱。百事絕口時，論詩技復癢。後生矜狡獪，蝸角日爭長。羣書束不讀，虛造壁徒嚮。詩亦關世運，正始在天壤。玄珠匪擇人，正苦無象罔。輦下舊侶多，盍簪尚如曩。佳日集羣賢，刻燭搖書幌。靈清宏壇坫，碎金發奇響。去年八九月，飈輪數還往。每作旬日留，一聚忘昧爽。入冬似凍禽，不敢復引吭。春至學種樹，畚鍤與擾攘，游山屢愆期，負此屐幾兩。詩成多憂傷，還恐觸世網。敝帚豈足珍，乃欲千金享。君來知倒屣，健者人爭仰。我因憶柳絲，鑑亭委烟莽[②]。

①承示〈崑山道中寄幾道〉詩。

②壬寅春日，又點留宿鰲峰講堂，用詩牌法聯句，得〈柳絲〉五言二十四韻。

附錄〈柳絲聯句〉

舊館聽鶯臥，雙吟總耐遲。攤簾驚嬾色（君常），抱鬢就深悲。烟曙潛迎艇（又點），塵纖乍拂帷。窓梢晴鏡展（常），嶂黛麗毫欹。鬧眺邀機戶（點），飄狂妬枕姫。曉霖庭歛霽（常），煖浴沼勝垂。喧話從雅樂（點），縈襟怕燕危。萍緣猜鑑面（常），桃笑怪鉤眉。怯日仍賒照（點），浮醪也染旗。薄消張緒意（常），坐見楚騷思。結夏揚鞭驟（點），延晨把卷怡。樵稀芽幸綴（常），雲重勢翻奇。選態多妨筆（點），探村競寄詞。初衣違九烈（常），清泛約天隨。蓴路分繁怨（點），蘿扉鎖夕炊。零飛紛若挽（常），冷拾淚應滋。護飲憐歡隔（點），催涼送衲知。不禁攀折老（常），忍絕耿芳遺。擬佩蘭霜杪（點），籠筇壑靄時。淒淒寒響變（常），杳杳急河馳。大道平行迹（點），朱樓換暑棋。恨粘回袖地（常），眼凍落帆兒。蟬景將沉歎（點），驢橋劇有詩。買竿倚蘆隱（常），篷露濕溪絲（點）。

辛丑、壬寅間，多與弢庵丈、澹蕣、碧栖兩同年為詩牌之戲，字數所限，有極可誦者，有不能成篇者。與又點追憶往事，檢視茲篇，猶髣髴鑑亭雙影，婆娑老柳，拈牌苦吟時也，因附存之。

口占送許汲侯歸杭州

浮家泛宅知何日，洗竹栽花只自休。輸與許孜能負土，一年一度返杭州。

題林健齋前輩登岱圖

尋常游跡混樵漁[1]，海上郵詩日不虛。夫子能為當世重，茲山長近聖人居。秦松漢柏貞容在，日觀天門老眼舒。畫裏冥鴻留一爪，君家封禪本無書。

①先至西湖，歸途遂登岱頂。

次韻答石遺

東華車馬輳，春事屬閑人。節過褉元巳，生疑雌甲辰。瘫零紛已疾，虀粥老安貧。感子青雲意，吾還愛席珍。

貞孝張仲仙女士輓詞

大陸將沉人心死，女誡不脩任放弛。黔山孤星明九幽，奇節崢嶸萃一女。女年十四字唐生，生也棄繻去鄉里。羅斛軍前瘴氣深。歸魂不渡岑溪水。封髮劓鼻古有之，毀妝不嫁差可儗。兄兮為郎居長安，妹兮娛親備甘旨。閨中士行拜一鄉，世上鍼神誇十指。俗媮蠶織久無學，手開講社化邊鄙。天之試人異恒情，苦行往往歷屯否。祝融助虐已可傷，鬼伯攫拏不能止。獨存弱質侍危城，父兮宰邑政洵美。兵過忍令市肆驚，難紓遑恤家貲毀。繡餘長日佐軍書，囊智未竭旄頭靡。憂能殲身身莫贖，說與行人淚如泚。嗚呼！此貞此孝自千祀。

西山永慕圖為曾伯厚同年題

長繩莫繫崦嵫景，寸草難酬報答心。我已此身留隱痛，更因吾子發哀吟。依劉魂夢閩雲黯，作吏光陰蜀峽深。好把茲圖補家乘，故鄉宰樹久成林。

寄嘿園廣西

華年郎署厭浮沉，書記翩翩照桂林。便有詩名驚五管，肯教歸橐說千金。子行好振籌邊筆，我老仍寒濟物心。只惜長安花事盛，不曾刻燭共宵深。

庭中花木盛開放歌

紅桃灼灼紅可憐，白桃鬥白尤鮮妍。梨花亂落帶春雨，杏花半艷籠晨煙。丁香玉梅作行列，交柯錯采差比肩。馬纓稍遲花未綴，生意旁出如湧泉。槐柳成陰若有待，葡萄縛架紛牽纏。盆盎石榴亦尋丈，垂垂星實何高縣。就中海棠最矜貴，眾女環立驚嬋娟。穠姿粉暈絕一世，燒燭飽看忘宵眠。吾家庭院花連天，世間何物如花賢。安得風和日暖花長好，朝朝醉倒羣花前。

同潮才孫赴小還槽觀農事

春麥不盈尺，彌望拂新綠。秋粱未出土，正憂雨欠足。天旱河流細，溝塍失膏沃。桔槔終日響，龍骨催噴玉。雛孫喜適野，相攜及朝旭。汝要知艱難，更稍辨菽粟。耕田實良圖，豈為矜高躅。老農百無憂，但祝歲歲熟。

雨後見月

新秋隔歲至如期，徙倚空庭若有思。微雨黃昏人靜後，疎星碧落雁橫時。桑榆不耐嬰塵網，瓜果奚從塞酒悲。只有明蟾能鑑我，故應抱影就寒漪。

卷九《試院唱酬集》甲寅八月

奉委充知事試驗主試甄錄，試初蕆，述懷呈少樸院長

槐黃舊夢已模糊，頭白來探象罔珠。鷹隼出塵爭振羽，牛羊滿地急求芻。危時幸莫輕畿赤，老眼猶能別醜姝。渤海鯨波連日惡，夜闌掩燭一長吁①。

①闈中閱報，知日軍急攻青島。

沈觀院長閱定試卷，成五古一篇，見示敬和

元二之厄舉國麋，既戡大亂成枯棊。溝瘠未蘇澤漁竭，不脩吏事將焉為。牧民賴此賢有司，特懸一的羅瓌奇。身言書判本唐法，讀書讀律孰敢疵。天門先生人中師，能使才俊皆軒眉。我亦偶持管與蠡，恥隨世俗論妍媸。識途或云資老馬，探珠未肯遺靈蛇。更禱蒼昊鑒誠意，山川靈傑當未衰。不恨失一李方叔，但願世有穎川渤海摸索而得之。樓前高柳搖秋絲，涼月照地如玻璃。東華塵土今何時，貞元朝士猶能詩。人生離合良足悲，夢中遼水催流澌。安得雲龍上下長攀追。

涼夜和沈觀院長并次元韻

顧影猶如瓠落人，自藏人海當收身。莫嘲方朔饑無米，只恐元規污有塵。生事略同秋意淡，閑吟長乞夜燈親。詩中大國能張楚，始信吾髯果絕倫。

沈觀院長和詩，有蜩甲枯桑之感，再次前韻奉答

菩提無我亦無人，不道金剛尚有身。已共眾生淪小刦，從知世界積微塵。脩羅忉利當何擇，法喜維摩且自親。民本吾胞佛平等，算來孔釋是同倫。

沈觀院長感念昔游，三次前韻奉和

同是當年入洛人，彌天四海兩長身。漸驚玄髩都成雪，頗惜緇衣不浣塵。敝帚自珍能作達，醇醪一醉復相親。山河依舊黃壚遠，荷鍤誰如劉伯倫[①]。

①謂華弼丞同年。

次韻和沈觀

文人結習抑何奇，競病尖义又此時。卻詫東坡推與可，終慚靈運並延之。一場傾倒留泥爪，半世槎枒在肚皮。記取高樓銀燭夜，榜花未唱尚論詩。

蕭龍友襄校和倫韻見示，四疊奉酬

穎士先生避世人，閑雲曾現宰官身。偶同鎖院消良夜，儘有新篇洗俗塵。笑我羽毛猶自惜，置君邱壑最堪親。欲將千佛求衣鉢，誰是詩中戴叔倫[1]。

①叔倫師事穎士，見《全唐詩話》。

再和奇字韻答沈觀，並訊眾異

奇殭殭後不能奇，大有楸枰斂子時。瓊玖讓人投報盡，秕穅似我簸揚之。附庸敢說邾先魯，絕唱還追陸與皮。只惜倚樓人似玉，文園秋雨病無詩。

師愚監試倒疊倫字韻見贈，敬和

君亦乘驄折檻倫，南床風味我曾親。每談往事真如夢，及見高賢更絕塵。嫠媍猶餘周室淚，枝官聊伴歲寒身。盡供覆瓿詩千首，道是今人是古人。

眾異病起來詩，次韻奉和

已疾詩猶奏薄能，幽憂挾雨忽飛騰。頗聞秋士躭禪寂，盡迸奇情入夜鐙。青眼高歌應為子，安心說法漸成僧。人前自有豐扛在，弱步真愁力不勝。

將撤闈，雨後感賦，呈沈觀院長，并同事諸公

沙蟹初肥籬菊黃，宣南秋事足思量。升沉過眼千帆疾，旦晚添衣一雨涼。大海萍踪容偶聚，浮屠桑下未能忘。相看各有巢痕在，庭柳垂垂笑客忙。

次韻和沈觀院長試畢留別

羲皇漫道北窓涼，苦覔神州駐景方。支廈未容荷作柱，相人敢負鑑懸堂。羣才束矢應難折，束會摶沙不可長。留共舊聞傳日下，一篇又濫後人觴。

卷十《遼東後集》起甲寅九月，訖乙卯九月

東海相國以亡友俞雪岑先生詩稿見示，敬題二首

龍性由來不可馴，嶔崎歴落若無人。布衣老作諸侯客，巨眼猶能識鳳麟。

一卷唐音鄭善夫，詩名早已滿江湖。平津開閣延賢日，宿草能消腹痛無。

晉安耆年會圖為畏廬題

國門再入換楸枰，華髮驚看幾老成。身外已過無量刦，眼前共樂有涯生。行藏各定終同傳，文酒相從不噉名。笑我鮎魚仍上竹，度遼風雪極崢嶸[1]。

①時有巡瀋之役，將出都矣。

重九日宿山海關

只有茲關尚屹然，世間變滅付雲烟。新詩草草酬佳節，墜夢茫

茫續昔年。塞下茱萸容一醉，釜中萁豆莫相煎。使君未覺雄心減，欲挽遼河洗九邊。

寄懷銓敘局同事諸公

豐澤園前荷芰秋，集靈囿裏柳絲柔。郎官列宿無凡語，皂帽紗囊亦勝流。清淺蓬萊容再到，東西遼水若無儔。此行真媿籌邊筆，歲晚相思獨倚樓。

喜晤今頗將軍有贈

別後神州累卵危，指揮如意鎮東陲。據鞍豈信廉頗老，橫槊能為吉利詩。馬癖最工通相士，雞聲不惡與憂時。一朝人物慙期許，子布何如帳下兒。

小河沿詠豳池館晚望

半日抽身此倚欄，偶忘世事強為歡。途人稀似秋鴻過，陵樹高餘野鳥盤。雪後郊原彌浩蕩，水邊池館漸荒寒。陪京禾黍傷心處，渡海終慙管幼安。

和三六橋都護見贈

幾回交臂復蹉跎，晚共遼天髩已皤。今日虞賓仍在位，先朝沛邑不生波。寢園蔥鬱餘佳氣，袞帶雍容見雅歌。說劍談詩吾亦頗，殘冬風雪好相過。

日本河西健次博士以所藏文文山詩索題

柴市忠魂可得招，出塵神鶴舞重霄。西台一碎竹如意，舊雨人間不寂寥。

鱗爪猶堪見指南[①]，羌無年月耐人參。零縑爭重扶桑價，知有日星正氣含。

①文山有《指南錄》詩。

王湘綺館長兩辱惠書，聞已還湘，賦此寄贈

願為結韈張廷尉，不道王生一見慳。老去自隨餘史局，春歸作伴向商顏。歲星游戲誰能識，帶草離披復放還。慙媿書來呼故守，浮湘足未涉衡山。

舊歷除日感賦

人生幾歲除，一回一老蒼。周正實今制，漢臘仍故常。官署自更革，廛市彌輝煌。人民狃所習，此意非不祥。老妻戀故巢，昨亦歸孟莊。祀竈與迎神，歲事當親將。羣稚粲春服，繞屋喜如狂。燈前念鄉俗，撫序多憂傷。此邦接強鄰，西下勢莫當。歐戰苦未息，啟宇心皇皇。我國經板蕩，孱然如羸尪。不願蹈韓轍，萬人爭激昂。國勢雖云殆，民氣猶自昌。度遼已四月，負鼓思求亡。一擲忍投鼠，多歧安得羊。衙齋歲云暮，雪花明空廊。官書堆兩眼，歲盤進一觴。佳節知易逝，餞送何能忘。

寄平齋道尹

豫章何道尹，愛我常寄書。有時雜諧笑，開函輒軒渠。昨復以書至，索詩如催逋。平頭閱甲子，介壽聯簪裾。賓朋多贈什，東望乃及余。高生善搜輯[①]，遠寄勞鈔胥。橘叟有長句，近事極爬梳。如作君小傳，高文儷璠璵。我交君卅載，請更溯其初。光緒庚辛間，輦下安皇輿。京曹鬥詩鉢，鄉館留公車。鐵門何吏部，書生習未除。退值事諷詠，詩成或自譽。良會不可永，出守依匡廬。我亦涉沅湘，蓬轉鮮無閭。隔面逾十稔，牋札疑漸疏。晚復遘京洛，岸幘時相於。六十不覺老，世事同土苴。詩格矜蒼潔，未肯著泥淤。得官復舊物，往食章江魚。我乃化遼鶴，華表傷歸與。塞途盡荊棘，欲行彌趑趄。歲盡風雪虐，取醉惟甕蛆。繩墨雖不中，得壽同衰樗。上巳記脩禊，當春歡有餘。還乞詶此篇，問子意何如。

①謂子晉。

宜園行

王城苦覔山水窟，偶有園林便清絕。紛紛朱邸委風埃，燕雀辭堂牛礪碣。舒侯故是人中豪，填胸丘壑常堅牢。自引小池穿路曲，更攀飛閣出林高。剜落細認前朝字，戚里宸游曾一至。百歲松身閱世情，半房山骨餘雲氣。五侯七貴寂無聞，犯闕歐兵猶駐軍。亭臺有刦化灰土，花木無言遭斧斤。此園興替人能說，手剪荊蕪變芳潔。自言作者不必居，主人謀身疑太拙。我交舒侯逾十年，知其磊落能任天。辛苦爭墩終不廣，尋常推宅未為賢。遼天風雪復相見，問訊名園驚隔面。篋中一記似柳州，眼底故人在陽羨。安得千萬來買鄰，翩然歸弄京華春。香山履道容結社，乞取十笏安吟身。

題張今頗上將軍詩意圖絕句十二首 有引

圖為林畏廬徵君摘取將軍集中詩句而作，余就原詩引伸其意，或參以轉語，各系一絕。

瀟瀟暮雨唱吳孃，不是花時也斷腸。踠地垂楊江路闊，閒將舊夢細思量。

老去能穿虎豹叢，山行題句滿遼東。殘秋聽雨三家子，合眼時時入夢中。

虎頭食肉尚江湖，誰識雄心辟萬夫。只有鼓鼙知此意，渡河親領黑雲都。

灘聲如吼掉篙師，天際孤舟欲下時。從古詩人多入蜀，瞿塘灩澦可無詩？

泊舟記近漢陽城，黃鶴樓空夕照明。莫說英雄與才子，中原羣盜尚縱橫。

千尺陰山有雪光，黃沙白草是何鄉。蕭條關塞誰能道，走馬長城鬢已霜。

湖波如掌可揚舲，一角秋山似畫屏。絕好日斜風定後，重移寶瑟下湘靈。

亂後山城村落稀，炊烟猶帶戰雲飛。牛羊鷄犬無人問，只有天邊旅雁歸。

青鞵布韈過雲門，多少行人禮世尊。花竹便娟留淨地，紛紛茵溷太無根。

鐘聲鳥語如聞道，積雪寒雲欲作團。拈出應城詩句好，故教寫作畫圖看。

君亦當年苦行僧，每逢蘭若便呼膺。金戈鐵馬平生事，芋火功名記可曾。

江波岸柳極溫柔，能為佳人筦別愁。再世定依韋節度，玉簫知有指環留。

東風一首

郊甸春回雪意融，亂飛花片怨東風。天心共信矜驕子，世事還當問塞翁。隻影久依爐火上，危城如寄劍炊中。風前我但持孤注，未肯隨人賦落紅。

夜夢稈愔，枕上賦此 四月十三

百輩周旋苦笑顰，卅年奔走倦風塵。豈知魂夢能通處，只有平生最契人。故里溪山猶自好，殘宵情話抑何親[1]。分明地下嚶鳴意，持向晨牕記不真。

①二句夢境。

暑夜納涼

節樓東畔地幽偏，花木參差亦自妍。偶借鬼狐消夜話，稍嫌蟲豸損高眠。風來月上天無語，茶熟香溫我欲禪。便當抽身逃世慮，五更閑立小亭前。

雨夜

蝸涎緣壁榻生苔，潦水連街車響雷。永夕愁霖都化淚，繞河沃壤半成灾。已驚箕畢占天驗，莫遣蝗蝻壓境來[1]。一歲安危繫豐歉，起瞻雲漢獨徘徊。

①京津有蝗灾。

霪雨兼旬，大凌河、柳河同時漫溢，遼西諸縣被灾尤重，籌賑發帑，夜不成寐，賦此自責

天之降割實堪悲，遼水滔天苦孑遺。未卜三年穰畏壘，忍看滿地走支祁。河防豈信無良策，暑雨微聞有怨咨。甚媿使君援溺手，蒼蒼厭禍果何時。

偶作

平生意氣老能馴，塞下驚添白髮新。猶與紛紜張赤手，未須料理作閑人。

又點在都寄詩奉懷，並云將出為縣知事，次韻答和

頭白詞人王聖與，老持手版欲登場。時危誰是身名泰，心淨都無出處妨。爛漫詩篇還自好，郎當舞袖可能長。安邊我已輸強對，只合歸謀八百桑。

送今頗上將軍移節武昌

懸恥猶能記，近郊多壘時。九邊驚累卵，一局鬥枯棊。我恃長城在，君無曲突疑。相依老兄弟，風雨動離思。

擬古樂府

公無渡河

公無渡河，東去千里。箐密山，多毒蛇，猛獸窟，宅峩峩，磨牙張吻，人無奈何。大河之西，猶是我宇，聞君渡河，淚下如雨。

將進酒

將進酒，翡翠盤，琉璃杯，勸君一飲心顏開。將進酒，清歌妙舞，履舄交錯忘賓主，笑指金城為樂土。杯中餘瀝猶未乾，平地翻覆生波瀾。思之令人摧心肝，安得醉死沙場間。

猛虎行

坎穽在前，矛矢在後。赤羆黃狐，跳擲左右。誰如猛虎威，饑嗚不得歸。誰謂猛虎惡，牙爪亦已弱。人憐虎以無助死，虎死幸勿取我子。

獨漉篇

獨獨漉漉，泰華非高，黃河非濁。鸞鷟並棲，龍蛇相逐。國重重，欲哭無從。起視八荒，悲來填胸。

枯魚過河泣

魚莫泣，任烹食。大魚舉網收，小魚隨手拾。已自甘刀砧，猶復暫噞溼。魚兮魚兮，誰使爾為魚。白龍今猶困豫且，東方小兒竭澤時，蠕蠕戢戢寧無知。我率眾魚訴天帝，天帝不語但垂涕。

羽林行

昔日塞下兒，今朝羽林衛。天子賜顏色，姓名動四裔。守邊萬騎提雄師，珊瑚鞭與黃金羈。拂天旗旄耀鄉里，入市丸梃夸親私。自言身是朱家俠，白日殺人人氣懾。尋常出入明光宮，自關以東皆震慴。

烏夜啼

羣烏啞啞啼不止，陌頭少婦淚如水。今年種得一晌田，尚餘殘稭堪賣錢。阿翁載向城中去，路逢官軍呼使前。人賤物亦賤，欲語先遭譴。得錢不敢數，疾走若奔電。忍淚駈車過大營，營中覓車正相迎。除雪輦土實民役，天寒馬困饑腸鳴。歸來聽啼烏，羣烏尾畢逋。語婦慎勿哭，官軍能禦胡。

卷十一《榆園集》
起乙卯九月，訖戊午十二月

病中樓居述事

病髮如霜日日新，拂樓槐柳著閑身。茶甘不作胸中惡，雨好能湔塞上塵。自理殘編仍有獲，偶安美睡便無倫。秋風好語傳來急，薰穴求君國有人。

題鞠人相國弢園圖

贊皇頭白還籌邊，平泉草木餘芳鮮。涑水名園曰獨樂，不因金紫忘丘壑。相公舊居水竹邨，引泉洗竹時閉門。世運艱屯難縮手，鳳麟豈許栖林樊。新國舊君皆有責，苦心調護消猜隙。能令赤縣土不崩，肯使黃臺瓜屢摘。宵旰憂勤政事堂，匡時戡亂資平章。城東私第偶休沐，時亦招客歡壺觴。客中盡是扶輪手，詩成珠玉生戶牖。滿園花竹半親栽，池館亭臺少窠臼。昨者我從遼海歸，來視公疾公歔欷。按圖不暇及他事，但惜斯會難追依。治遼一載秉良訓，作惡東風有餘慍。忍恥幾于唾面乾，救亡直欲空拳奮。種蠡謀國世稱賢，座客言之猶悁悁。功成乃退實明哲，午橋一曲容迴旋。記陪公譙月數至，猿鳥迎人識名字。我亦抱甕學灌園，南奔恨少歸耕地。

寄艾傭清苑

蓮池賓客散如烟，倦鳥重依尺五天。苦憶窮冬清苑縣，閉門手寫治遼篇。

遼事今知不可為，焦頭爛額與支持。每思匹馬行邊日，未算全輸此局棋。

鄉人書來，備述西嶺墓樹之盛，因以感賦

宰樹閱歲年，長懸游子淚。歸展了無期，夢中見蒼翠。青松囊手栽，環抱略可記。不能禁樵牧，十九失一二。雖殫補種勤，滋長正匪易。書來頗敘述，疏密云有致。中高若張繖，旁列亦展翅。人言佳氣多，下有重泉閟。重泉千尺深，杯酒不能至。自慙戀微祿，誓墓無一字。

為詠雅女兒講《史記‧夏紀》，並示以詩

三皇與五帝，荒遠語近侈。欲觀治道成，首在讀〈夏紀〉。唐虞號中天，懷襄苦鴻水。微禹與決排，九州幾通軌。曰江淮河漢，皆其跡所至。幹蠱鮌猶生，隨刊啟弗子。厥功在萬世，堯舜豈足比。

題張今頗上將君山獨立圖

一別常在眼，洞庭若吾私。光景能追摹，碧玉涵清漪。七十老

開府，威名驚羌氐。曩游岳陽城，吐語尤雄奇。湖亭留一醉，山翠迎履綦。龍神拜盾墨，蘭芷爭葳蕤。我昔守茲郡，紀游曾有詩。夜齋記往事，江山氣未衰。為言中有畫，當圖以張之。長安林黴君，今之虎頭痴。能收湖海氣，善貌天人姿。作圖餉榆塞，寒光生軒墀。將軍撥世亂，功成能自卑。為我賦袍澤，愛而忘其媸。垂老共持節，慷慨臨邊郵。屠鯨苦無力，化鶴知何時。爪跡不忍沒，寥天寄遐思。

沅叔肅政史招飲勺園，值園花盛開，數日再過則落英滿地矣，感賦寄沅叔

開遍鸞枝與綬丹，海棠幾樹錦為團。小園但覺林花爛，長日聊成主客歡。過眼溷茵皆有命，送春風雨不勝寒。傷心榮瘁紛紛是，贏得尊前帶醉看。

金息侯母錢太夫人七十壽詩

衣必手製而服之，羹必手調而食之[①]。此語平淡若無奇，能此便足垂令儀。（一解）師友推轂，公卿倒屣，下筆萬言不能止，有此母乃有此子。居官廉直官不腐，處事精詳事就理。漢范唐柳宋歐陽，以今方古無乃是。（二解）世運推遷，國步其顛，海隅遁迹，爾我周旋。讀瓜爾佳之家傳，知母之嚴明而慈賢。（三解）遼山照人猶蒼翠，同是昔年官轍之所至，再來眾手思擎天，每念良規輒心媿。（四解）狂風驟雨無時休，擊檝慷慨乘中流。明聖湖邊望親舍，當歸遠志誰則優。榴紅蒲綠記令節，獻壽但取萱忘憂。願子秉

母訓，藉手扶神州。他年圖母甘泉宮，君亦高築籌邊樓。（五解）

①二句徵詩事略語。

訓黃秋岳

垂老親編一把茅，築堂聊解買山嘲。吾生如赴修蛇壑，此地先安倦鳥巢。獨步久驚文度在，忘年喜共阿戎交。新詩讀向風篁裏，埽石移鐙手自鈔。

題張今頗獨立君山看洞庭第二圖

君山不厭百回看，萬頃湖波湧玉盤。便欲凌風飛渡去，親携詩句寫煙巒。

中央公園與徵宇、默園茗談

茶社花棚近禁墻，每于休沐共徜徉。先朝壇樹蔥蘢在，留與游人話夕陽。

王尼車下有橫流，巢父持竿欲掉頭。不道相逢風日好，一甌花乳汎深愁。

艾傭每得詩必抄示，近詩格愈蒼，貧亦殊甚，賦此贈之

眼前且莫計亨屯，詩可窮人語豈真。今日馬周猶作客，當年張

儉苦投人。萬言絕塞籌邊策，七尺長安索米身。寒餓著書原有福，試將傲骨鬥嶙峋。

榆園十首

壯志亘四海，收身餘一廛。買山亦謾語，所嗟歸無田。行役狎霜雪，頭白柳條邊。孤蓬汎天風，蹉跎年復年。

山靈時見招，裵裒若有待。未死思用世，不恤瀕危殆。身隨陵谷遷，眼見玉步改。蒙耻復何言，留此根塵在。

相馬思九方，求醫思長桑。治國詎異道，端在進賢良。羣罔弄魁柄，多歧終亡羊。正直各去位，與誰商行藏。

溟池奮鵬翼，何如飛搶榆。城西有老屋，聊與施塈塗。荒園二畝餘，雜樹數十株。王城亦堪隱，朋輩還相呼。

時論無是非，舉步皆坎穽。嫠亦恤其緯，不廢古歌詠。死狐爾何愚，苦求丘首正。伯倫實可人，荷鍤委微命。

太丘貌巖巖，有道氣藹藹[①]。相望東西頭，親仁正有賴。交游闗氣類，世兒多狡獪。閉門畏觸熱，蕭然引虛籟。

①謂弢菴、春榆。

匡世豈無策，孤懷誰復知。仰天吐愁緒，相續如蠶絲。池水何清淺，鑑我鬚與眉。靈府不可見，悲來無窮期。

園樹應榆星，歷歷時在目。老柳高蔽天，新綠長蕺竹。曰桑棗梨楮，雜厠若臣僕。交柯生層陰，科頭逭炎伏。

疇昔度此地，滿眼長蓬蒿。我來與謀始，畚鍤不辭勞。闢為知稼軒，佳處時一遭。北牕許高臥，得詩思和陶。

山石自礧砢，園花復嬌奼。麋鹿適本性，取其似山野。風光在屋裏，刻意與模寫。即此算菟裘，吾生奢願寡。

園坐

戢影城西幾往還，棼絲世慮未全刪。風中墜葉喧池水，雨後殘霞挂屋山。向晚蚊蝱空擾擾，依人魚鳥故閒閒。休官乞得園居樂，身在荷香竹籟間[1]。

①肅政廳已奉明令裁撤。

次韻和熙民肅政過榆園有贈

嘉樹何須定手栽，園亭但要剪汙萊。壁空聊借新詩補，竹好應無俗客來。身外浮名從寂寞，風前小扇與徘徊。莫談驄馬籠街事，且向柴門點徑苔。

謁侍東海相國，論詩竟日，承贈長篇，推獎逾分，賦此奉詶

又見長安換局棊，守雌已是退耕時。羊求三徑頻相望，牛李中朝兩不知。一任雪霜催鬢色，但憑水竹寫襟期。東坡大國文章伯，也許文潛學和詩。

聞蟬

晨昏鴉鵲日爭鳴，憎愛都成世俗聲。只有吟蟬似高士，斜陽疏柳不勝情。

夜坐偶成

眾樹密如幄，真成六月秋。池魚時潑剌，巢鳥晚啁啾。石罅泉流細，風前竹色幽。昆盧山寺夢，髣髴記同游①。

①熙民謂園中夜坐聞泉響，極似山寺。

園後有小廟祀老聃、莊周、尹喜，仍存之

老莊多玄旨，關尹亦聞道。世儒喜恢詭，所賞但文藻。頗聞園主人，煉養有深造。手種邵平瓜，心希安期棗。立祠比三高，旦夕事拜禱。不知外生死，衰顏詎久保。園亭如傳舍，易姓迹重埽。我來求藏身，略與剪蓬葆。桃梗固不倫，茅龕亦自好。

種竹初活，雨後新綠可愛

無竹便覺此園俗，移竹正喜逢三伏。豐台之種云最良，沿坡掩護何簇簇。洗盡塵土見瀟灑，連朝得雨如新沐。三竿兩竿綠可憐，置身何必篔簹谷。

大雨不止，夜中夢醒戲詠

潦水平階雨勢狂，通宵澎湃入陂塘。只憂鼃黽生廚竈，便有魚蝦上屋牆。井畔轆轤閑不用，門前車轍沒難量。夢中一事真堪笑，乘屋宵綯舉國狂。

寄徐相國輝縣

異縣重開綠野堂，移花補竹費平章。東山自繫蒼生望，多少安車候道旁。

占竹三分水二分，邨居持此謝紛耘。蘇門山色知如故，可有新詩贈白雲。

約匏庵前輩、徵宇、熙民同游西山，徵宇不果行，作此寄之

杜門早已避塵囂，把卷聊憑送暮朝。風日入秋彌自好，林巒對客若為招。不知紅葉漫山未，且賃青騾出郭遙。只惜城東人偃蹇，槐樓鐙火徹霜宵。

由龍泉庵至香界寺寶珠洞，歸過大悲寺，夜宿龍泉庵中，與匏庵、熙民同賦

翠微山近羅可致，點檢閑人得三四。日午解裝龍王堂①，齋罷直趨香界寺。名藍歲久漸頹廢，只餘一緇守淨地。洞中黝然無所見，

古德金身伴舍利。上有層樓足眺遠，游屐逡巡不能至。全山半占西人居，亦有勝處輒自棄。西崦日腳猶挂樹，山麓一剎求其次。地幽花竹儘便娟，秋霽松石尤蒼翠。盧阜人曾說栖賢，揚州死尚依禪智。不知當此復何似，暫借僧房謀一睡。

①龍王堂舊名龍泉庵。

初七日游天太山慈善寺，復返翠微，歷訪獅子窩、秘魔厓、靈光寺、三山庵諸勝

游山如讀畫，反復看愈好。侵晨訪慈善，跨嶺恣幽討。寺門臨深澗，羣峰稍廻抱。佛像天人姿，片石猶足寶[①]。吳詩讚五臺，存疑闕待考。翠微侍屏桉，下視等傭保。

①殿藏片石，有古佛足跡。

佛聞獅子吼，一窩賸陳迹。長廊若修蛇，淀園在几席。布施出巨璫，煥若爛金碧。只與悅俗目，轉為茲山惜。

秘魔特幽峭，論境乃最勝。盧師雖怛化，善果猶堪證。留題滿巖石，游覽昔稱盛。頗宜山雨宵，來作澗泉聽。

靈光古名剎，一火今蕩然。壞墖只殘石，嵯峨逾十年。三山亦荒庵，不足當流連。終日疲山行，賈勇抑何賢。試望城市中，漠漠如雲煙。

龍泉庵聽泉

世刦都從聲裏過，池龍終古守摩訶。問師乞取階前水，居士年來忍垢多。

與匏庵、熙民夜話

刻意探幽似不廉，宵談喜放月窺櫓。莫教山賊嘲靈運，知有春婆喚子瞻。霜葉出塵皆薝蔔，風泉入定即楞嚴。與君同領西來意，願結茅庵此久淹。

初八日晨起和匏庵韵

老覺尋山腰腳輕，茲游難得是陰晴。飽餐僧粥生禪悅，細數巖花淡世情。晚歲故應留慧業，一官久已厭承明。小園薄有林栖意，只欠蒲團坐不成。

謝客二首

欲從江上晝漁蓑，細雨斜風自放歌。道苦宜為天所械，身閒長與墨相磨。羽林空說屯千騎，海徼誰能釣六鼇。岸上牽船堪小住，零丁惶恐敢重過？

魯戈自媿力難任，坐視人間白日沈。莽莽荊榛天地窄，蕭蕭榆柳屋廬深。林風吹袂生秋思，池水凭欄悟道心。尚有東籬容嘯傲，黃花如客伴孤斟。

與鞠人相國談西山紅葉，相國謂紅葉不如黃葉，所言具有至理，因成此詩

西山佳處有紅葉，朝士看山競傳說。退耕堂裡澹靜人，別有深心託芳潔。十分絢爛恐成焦，一片疏黃誰敢涅。霜柯與世寫秋容，無取酡顏暎醉頰。江村彌望入斜陽，萬樹千林愈幽絕。游山不是山中人，所見往往囿巖穴。嗟哉此語驚未聞，前賢佳句漫心折。知君宏智周物外，以心體物特精切。措置世事息紛紜，描畫物情見優劣。願隨躡屩入翠微，黃葉秋山好時節。

海城欒佩石官吉林高等檢察廳長，與雷筱秋善，因以知余，入都枉過，並有贈什，賦此奉詶

聞從雷煥識張華，述職來停日下車。一叩柴荊何繾綣，爭鳴鐘缶正紛拏。唐音已自通三昧，欒社行看立萬家。遼海詩人真可數，好珍敝帚薄高牙。

泊園席上，樊山前輩謂余昔年劾某貝子事，曾有詩紀之，感贈寄樊山索和

晚以孤寒結主知，羣昏誤國在恬嬉。青蒲痛哭彈章淚，紅粉流傳本事詩。鈞樂微聞醉天帝，家居及見壞纖兒。座間莫話先朝事，斜日觚棱繫夢思。

題六橋都護朔漠尋碑圖

遼金蒙古無文字，碑刻流傳世已稀。嗜古探幽窮塞主，氈椎行跡遍金微。

古物年來出土多，漠庭片石委蓬科。神功聖德巍巍在，風雨陵園字不磨①。

①六橋仍守三陵，故及之。

贈沈雁南，並題其《詩瘿集》

世難紛紛未肯休，一官嶺表與沈浮。蓬萊弱水經三見①，京國繁霜集百憂。詩好始知君有瘿，身孱但惜我如疣。濤園老去澄園逝②，握手尊前尚黑頭。

①余于丙戌晤雁南于羊城，距今三十年矣。

②謂愛蒼、丹曾。

方白蓮寫意蓮花，為郭聞平題

趙管風情今尚存，彌陀巷口記巢痕。出塵居士原無垢，自寫冰容奉世尊。

白蓮花對杜鵑花，粉白緋紅兩足誇。絕愛填詞吳祭酒，斷腸庭院日初斜①。

①白蓮夫人有杜鵑花畫本，吳穀人祭酒題詞。

連日風雪，雪霽入都，知弢庵、樊山、匏庵、熙民互有唱和，匏庵感念昔游，復用前韻索和，因次韻奉訓，並寄弢庵、樊山、熙民

連宵布被如潑水，萬樹千林綴瓊蘂。誰鋪世界玉成塵，化盡枯荄與破塊。津樓正瞰孟莊河，戢影勝居清潁尾。十日不出一事無，轉視王城如故里。王城之樂在得朋，往復唱酬有數子。來向榆園掃殘雪，不知門外泥沒軌。新詩快讀驚縮手，摩壘搴旗勢未已。躭吟自笑久成癖，有如嗜痂見瘡痏。橘洲老幹發奇葩，樊山嘉禾擢聖米。郭侯妙語出無窮，周子醇醪清且美。吾儕愛詩復愛雪，儒腐不為世所喜。織素豈堪作新人，擁書只許鑽故紙。昔日蘭臺分棄捐，朝中有佞從人指。心知嚴寒出生意，一花一木勤料理。西山舊侶感前游，衡宇相望仍尺咫。更追餘賞鬥尖乂，相將置我青雲裏。瓊瑤欲報恐無多，沙礫未淘聊辦此。神州對泣亦安用，世事紛紛思掩耳。

樊山前輩用前韻見寄，頗及遼事，疊韻奉和，兼呈弢齋相國

樊山詩成如翻水，每剪陳柯放新蘂。瓊樓玉宇極高寒，下視人間盡蓬塊。置身合在丘壑中，枇髻斜簪把麈尾。流傳樂府秦中吟，過從冠蓋襄陽里。我曾持節出榆關，媿掣長鯨叱貉子。昔時從事韓退之，今日樂城劉仁軌。廉藺無猜事可為，賈王在內難未已。捄火空憐頭共焦，刮瘡終苦膚留痏。願居禁闥備拾遺，老來還索長安

米。退耕上相居城東，園是獨樂堂有美。說詩鼎亦解人頤，跫然聞我足音喜。平津閣中賓客賢，贈答歌謠書連紙。天栞老人詩最多，絃外音常留妙指。昨者小園聚德星，親接茵席談名理。老鳳清與阿龍超，共入玄中不踰咫。日來喜雪爭聯吟，往往新篇出袖裏。陶寫性靈送年光，世人所樂恐無此。折揚皇荂有大聲，洗我平生箏笛耳。

樊山前輩以十四夜月下詩索和，次韻奉答

滄海東頭眼欲穿，天風吹出玉盤圓。羣陰沍結知何世，好月蹉跎又一年。張口蝦蟇饞已甚①，失枝烏鵲去無還。庭階冰雪峨峨裏，試聽東坡鐵杖堅。

①今日月食。

驎兒病數日，醫藥雜投，已瀕於危，感賦

歲晚童烏遘難灾，一方癥結費疑猜。肝脾忍見成場圃，付與羣醫試驗來。

丙辰除夕

不賣癡獃不逐貧，閑中又送一年身。鄉風詎為流離改，臘祭還當拜跪親。竈下盃盤勤餞歲，燈前童穉漸成人。屠蘇換得瞢騰睡，一任悠悠世態新。

園中聞鳥語，欣然有作

一曲園廊自往還，忽聞鳥語破愁顏。微禽自弄春韶美，偏與閑人樂意關。

次韻和幾道

苦持鉛槧守蓬廬，皓首窮經信有諸。君獨能詩兼好客，時還沽酒與燒豬。從知我輩襟懷近，未要平生結習除。竿木逢場聊作達，底須咄咄向空書。

驎子殤七日矣，夜坐愴念

驎子頗端重，不逐羣兒戲。英英襁褓物，忽為天所棄。病來如驟雨，沉沉但欲睡。知覺既已失，手足漸成痺。羣醫爭燥濕，微命舉以畀。鬼伯何不仁，玉雪奪無忌。荒園風雪裏，輕魂任飄墜[1]。藥餌尚狼藉，空牀照燈穗。離母入泉下，螻蟻正恣肆。願兒勿轉生，舉世無淨地。

①驎子葬於福州義園。

廠甸

新春風日何暄妍，廠甸游人爭摩肩。廣場雜遝陳百戲，馬龍車水日喧闐。火神廟裏稍風雅，文士聯襼多流連。昔時海宇久清晏，六曹九列官如仙。閱肆時復得善本，論值不惜捐俸錢。近今人心出險詐，書畫贋鼎來聯翩。顏標魯公多錯認，朱繇道子誰則賢。貴人但解博麻縷，窮市偏矜多寶船。乃知細事關國運，偶來游覽驚逡巡。

弢庵太保世丈七十賜壽，賦詩為祝

冲聖安端拱，耆臣應壽昌。宮廷崇揖讓，紱佩集嘉祥。典學甘盤重，陳謨召奭臧。丹心惟啟沃，黃髮尚趨蹌。令節琱弧紀，高齋綺宴張。階前娛綵服，天上賜珠囊。門地烏衣巷，文宗鳳咮堂。輶車看歲出，玉尺羨才量。梠梓搜章貢，旌麾指建康。立朝多讜論，去位為剛腸。賤子初通籍，先生正弛裝。孟嘉雖小異，阮籍卻清狂。一見偏心許，相過不道常。吟詩聯石鼎，聽水約僧房。螺渚拏舟晚，鰲峰話雨涼。襟期應與共，霄漢永相望。學子師安定，邦人拜彥方。將身作繩準，隨分卜行藏。宏教開鄉塾，賙饑議社倉。全家餘善氣，卅載謝名韁。道泰仍還笏，憂來但繞牀。遽驚淵墜日，及見海生桑。能以心肝奉，休教塊肉亡。有君真得水，入直獨蒙霜。越國辭熏穴，堯城勝遯荒。祝宗祈豈驗，疏傳去終傷。所歷艱貞甚，都為晚節香。鹿車難共隱，麟子已成行。春酒江村路，秋花洛社觴。四時開壽寓，五福錫宸章。世德推陳實，殊榮比孔光。從今躋耄耋，講幄日方長。

黃石孫太守不見十九年矣，來津過訪，悲喜交集，約其入都小住不果，作此送之

濟南太守今黃霸，意氣平生若弟昆。千里相思能命駕，廿年不

見各生存。尚容細細談家事，未肯匆匆入國門。知有青州作桐邑，老留清白與兒孫[①]。

①石孫先守青州，後調濟南，辭官後仍流寓青郡，不聞世事。

葛百舉表姪流寓鄭州，寄贈洛陽牡丹數本，時園中羣花正盛開也

稚川小阮信清才，能使榆園繡作堆。佳節正當寒食過，名花新自洛陽來。風塵滿目誰同賞，盆盎隨時亦好開。獨抱色香伴居士，忽驚桃杏是輿臺。

鞠人相國移家津門，感賦寄呈

避地豈得已，此心安如山。時論日紛糾，適足增憂患。輦下盛游士，所窺惟一斑。海濱故寥寂，庶幾長閉關。我亦如倦鳥，戢羽栖林閒。不敢問世事，談詩容往還。

退居實良策，於世本無爭。氣足薄卿相，受廛願為氓。路人駭且走，謂忘大廈傾。砥流自有屬，摶沙終無成。盲跛於視履，詎復遠人情。淒然風雨至，抱膝思神京。

教詠雅奕感作

雅也頎頎如立鶴，作書作詩俱不惡。我留都門旬一歸，每對掌珠慰寂寞。花間細與談奕理，便索文楸試膈膊。強呼小妹作敵手，布子縱橫得約略。我廿年前頗躭此，冷官滋味別有託。老來心雜忘幾道，對客往往三舍卻。奕秋不作國手無，勝敗由來爭一着。

笏齋歸虞山兩月矣，雨後寄懷

君歸踰兩月，隔牆無書聲。朋歡懼中絕，世局嗟頓更。猶憶去年夏，親見黃屋傾。艱難歷一歲，內訌如沸羹。蘊毒匪今始，轟發何猝訇。乃知意氣爭，患更甚戎兵。樞部遽駭散，市人日數驚。桓桓徐州公，鐵騎充神京。元首善從諫，大禍能消萌。下詔有餘痛，在側亦已清。諸鎮各釋甲，報書仍輸誠。但期安旦夕，不辭頌太平。天怒伊可畏，乾封象已成。淮北數千里，赤地無人耕。百越罹水患，魚鼈復縱橫。羣公策治安，倘先念窮氓。法度特虛器，要在奠其生。昨者應令節，沛然大雨行。田禾稍澤槁，庭樹尤敷榮。倚樓納晨爽，念子淹江程。

艾傭詩來，以不出為疑，賦此答之

王城可隱老何求，詩卷長留死即休。萬乘古聞輕敝屣，千帆今孰問沈舟。旁人錯擬羊玄保，鄉里還思馬少游。襬襶滿前真不耐，榆園六月好科頭。

五月廿一日由京乘火車，冒險來津有述

烽火照都市，路絕歸不得。今日聞休戰，拔身出荊棘。豐台至郎坊，軍幕密如織。譏察抑何嚴，幾疑人盡賊。車中雜呻吟，婦稺極填塞。飆輪載逃亡，真如適異域。吁嗟奪門功，談者盡變色。

廿四日聞兩軍在京城巷戰

豎子謀不臧，京師竟喋血。長驅如破竹，勝負久已決。力竭出巷戰，為禍乃愈烈。南河逼禁牆，震驚那忍說。民居更櫛比，恐隨煙火滅。上策走檀公，舉事計何拙。休矣一世雄，錯甚六州鐵。冲人果何知，公等特盜竊。殲魁亦已足，正可寬一切。料知九衢上，旦晚人跡絕。

戰後入都，值久雨，柬匏庵、熙民

相見都疑隔死生，坐看孤注擲神京。風花未覺園林損，雷電猶令鳥雀驚。世論是非誰解定，人間晴雨亦難平。夜窻兀兀詩懷惡，無賴愁霖滴到明。

六月十二夜，月色甚佳，詠雅、金璬二女各舉唐人詩句之有月字者，爭先背誦至數十句。余正倚樓乘涼，於其記憶稍鈍時，間掇僻句足之

唐人詩句都能誦，簾底深深拜素娥。苦為廣寒搜故實，老夫記憶亦無多。

晚涼

晚涼庭院樹陰斜，閱世閑人手屢乂。纂纂牆頭垂棗實，霏霏風

裏落槐花。偶思命駕將何適，每為觀書欲自撾。早起晏眠無一事，卻憑詩卷送年華。

七月初二日，同善航夫人挈諸女游頤和園，和女雅韻

玉津鞠草幾經春，能說開天尚有人。滿眼崢嶸見樓閣，八荒澒洞接煙塵。

西清難覓返魂香，垂老深憂祚不長。耗盡樓船錢百萬，排雲殿上已斜陽。

附詠雅作

山色湖光聖地春，而今只付與游人。可憐畫棟雕梁在，挂盡蛛絲障盡塵。

御爐空置不聞香，輦路淒迷野草長。只有昆明湖上水，年年依舊送殘陽。

過柯鳳孫同年有贈

當牕一叢竹，濃翠不可繪。老槐高蔽天，大足障塵穢。人間有老鳳，厭亂善自晦。蕭然几案間，上有皇天戴。我來許共語，槎枒吐肝肺。不索胡奴米，自種元修菜。項蹶與嬴顛，一任更世態。萬事但委命，坐看大防潰。太平那可望，頭白暫相對。

篝鐙紡讀圖為周養庵中將題

孤露依慈母，春暉靳鮮民。願持機上淚，重寫影中身。苦節天能鑒，斯圖世所珍。莫嗟遲報答，阡表果何人。

同善航游三貝子花園

隔歲時一至，游人仍相續。荷柳已搖秋，亭臺長在目。山妻老健步，繞行看不足。貰酒豳風堂，衣巾染餘馥。晚過暢觀樓，聊以寄遐矚。頗聞欒水衡，宸游只一宿。茲園甲畿甸，銷夏富水木。近乃課農事，兼復羅禽畜。長願作園官，饁耕知有屬。牽船亦可住，抱甕寧非福。

自笑二首

自笑頽唐不入時，紛紛歧路又多歧。支離何物都攘臂，混沌如人亦畫眉。垂老耻為毛仲客，昔游寧數蔡充兒。愁來便欲銷人骨，能發吾顏只酒巵。

自笑狂夫老更狂①，閉門贏得鬢如霜。厭看槐柳齊潘陸，偶遇濠梁挈惠莊。畫餅要令饑可食，持荷只恐暗無光。傾筐倒屣當誰屬，半是椎牛與賣漿。

①用杜句。

孟莊河決，樓望感賦

門前大路成長河，褰裳提負肩相摩。堤埝夜決建瓴下，萬溜奔瀉驕蛟鼉。水勢漸漲人聲寂，時有小艇循牆過。東家西鄰盡上閒，涓涓難塞終滂沱。吾樓突兀峙巨浸，但見軒牖明洪波。波翻浪捲欲入屋，花梢石罅生回渦。昨日行視孟莊岸，灾戶支席如蜂窩。橫流忽挾驟雨至，蒼蒼降割毋乃苛。此災父老謂未見，恐有戾氣干天和。宣房匏子豈無策，今之為政徒婞娿。

題明陳醴原宮詹像

雪峰祭酒嶺，皆與吾家近。豸冠何嶽嶽，異代猶思奮[①]。

①宮詹官台諫時有直聲。

濤園來京兼旬，即歸滬上，賦此奉寄，並祝六十初度

秋風吹人海上至，憂傷在心色顦顇。排日為歡苦不足，思量往事如夢寐。昔時高會已寂寞，今其存者十三四。尚留榕社作靈光，晉安風雅要未墜。詩隨世變多哀音，但取筐盍無軒輊。怱怱乘興乃易盡，酒闌急整南歸轡。回車所見定酸心，十萬饑鴻飛接翅。君年六十猶未衰，健啖豪游必盡致。行樂不令兒輩知，論事尚饒囊底智。稱觴介祝禮有之，獨能謝絕寧無意。老來經亂輒不懌，歲月消磨亦殊易。春水生時期再來，看花游徧城南寺。

水退歸孟莊

一月水始退，敝廬幸無恙。洪流雖可遏，牆壁猶蕩漾。鄰舍漸復歸，通衢喜交暢。捍災藉長堤，吸水使外放。保全只一區，四望多慘狀①。嗟此數縣民，槁項泣相向。寒風刮地至，淚共秋潮漲。振恤事易窮，治策當求上。

①西人築堤，只激租界之水外洩，堤外仍一片汪洋也。

冬日園居雜詩

頗笑當年庾子山，小園一賦動江關。誰知老至無餘願，也有收身屋幾間。

不樂還將樂趣尋，嚴冬栖泊似寒禽。閻浮變相真彈指，只有高丘未陸沈。

溷俗原知樂事稀，草堂無客欵荊扉。心頭長有西山在，一夕吟魂繞翠微。

零落秋花不再開，失時几案費安排。寒天短景蕭寥甚，欲買松栽價未諧。

林陰凋盡豁晴曦，曝背南檐此最宜。留得槎枒霜雪裡，底須爛漫放春姿。

茗爐細撥火通紅，牕紙空明不透風。枯坐將心入禪寂，不知門外有西東。

眼前恰有五男兒，大者庸庸小者嬉。料理此身高閣束，未遑責子再留詩。

皇天破例待詩人，強健無災六十身。只恐朝雲先我去，藥香病榻日吟呻[①]。

①蘭姬病幾不起。

我生自與我為媒，一日周旋千百回。西巷東鄰時一詣，巾車知為說詩來。

落葉聲乾小雪初，商量禦歲蓄冬菹。無官始識園居樂，熊掌由來不得魚。

憶福州家中蠟梅

我生未卜還鄉日，鄉事時時不去心。聞說蠟梅高幾丈，壓檐晴旭吐黃金。

冒鶴亭以和謝康樂永嘉山水諸詩見示，奉題一首

永嘉山水窟，靈秀鍾東南。客兒今不作，遺跡從可探。樸巢舊公子，一官如瞿曇。六載榷關稅，奉母居江潭。身世祇內疚[①]，僵臥同老蠶。和詩成一集，中有憂心惔。我老愛林壑，濟勝知猶堪。世事無可說，登陟心所妉。天台與雁宕，春至遲吟驂[②]。大謝生晉季，餘風煽玄談。文采照江左，作郡或未諳。伐山復通道，游騎日趁趯。任人呼山賊，不惜抽朝簪。恃才終賈禍，悲風生煙嵐。

①鶴亭近號疚齋。

②今春與傅沅叔約游天台、雁宕，以事不果行。

以松花江白魚餉樊山前輩，辱報佳章，即賦奉訓

未能設鱠欵佳賓，遠致江魚亦乞鄰。通印可餐原帶骨，王餘無味但如銀。歲盤不耐羊羔俗，驛遞猶含冰雪新。作達故應逢便喫，始知歐九是詩人。

人日寄石遺 戊午

烏山山下臥雲人，花竹圖書照眼新。相見殘年知幾度，可能重踏軟塵春。

聞道閩邊有粵氛，長城欲倚李將軍。只愁江漢先淪刦，瓜豆從人各剖分。

輦下閑人喜唱詩，晉安餘韻尚支持。肯隨時輩矜寒瘦，但束羣書炫里兒。

一昔南歸草草行，辭官忍負故山盟。近從二鳳[①]營生礦，題碣詩人有姓名。

①地名。

方解吾書來久不報，岳州新有戰事，感賦奉寄

世事如雲真萬變，遠書隔歲尚重看。彌天殺氣橫江漢，兩地相思各寡歡。

每從令子時憂亂，苦念先生老著書。歷歷巴陵長在眼，湖光山翠恐成墟。

和樊山〈元夜無月〉次韻

記逢聖節拜含元[①]，火樹銀花年復年。應制詩成同賀雪，分班香散共朝天。豈知星月成前世，只有山河恣賣錢。漸變光明為黑暗，蒼蒼倘亦鑒幾先。

①宣統帝正月十三日聖壽。

再和樊山〈詩甫就而月出〉次韵

有月詩人便有詩，端相圓鏡一呼之。早驚文字通神處，便祝煙霾埽盡時。士女爭聯春夜臂，姮娥喜畫晚粧眉。張燈故有兵機在，頗怪崑崙奪較遲[①]。

①時岳州方用兵。

題俞彥文之母傅太夫人《桑青梨白》詩卷

節子先生官吾閩，文采輝暎何彬彬。藏書萬卷精鑒別，華延年室今猶新。我少騰踔困黌舍，階前尺地無由親。老至持節返鄉里，回思道範如古人。公之外孫善吏事，安靜為治民懷仁。彝陵権稅績尤最，版輿奉母居江濱。母工吟詠有家學，江山風月陪霜筠。善讀父書老不倦，發為詩語多精醇。桑何青青梨何白，一時閨秀無其倫。他日整帶請談義，定知劉柳驚逡巡。

承光殿玉佛讚

團城松栝高刺天，經幢龍象猶安禪。旃檀西去成幻相①，玉身瑩澈留于闐。昔時皇威懾四裔，瑰奇入貢爭聯翩。馱經震旦宣佛教，內苑供奉尤誠虔。瓊島一隅故禁地，妙蓮繞座涵芳鮮。莊嚴戒體久不壞，瓔絡七寶常垂肩。百千萬億度世刦，坐閱時代如雲烟。殿前海水皆甘露，諸生何苦相熬煎。

①庚子之亂，旃檀寺佛為外人運往海外。

雨中過金鼇玉蝀

望中樓閣尚峩峩，龍氣銷沈水不波。細雨斜風無賴甚，行人學唱打魚歌。

東海相國招同王晉卿、柯鳳孫、馬通伯、秦宥横、趙湘帆、吳辟疆飲于弢園，各有贈詩，奉詶一首

花朝纔過尚輕寒，趺宕花前結古歡。東閣清風陪杖履，西山晴雪暎杯柈。論交各有千秋在，忘世長謀一醉難。不盡相公推解意，詩成珠玉壓歸鞍。

題東海相國水竹邨圖

卻曲迷陽盡畏途，人間世有德充符。平章餘事歸風雅，位置全

家入畫圖。能冶羣材知有待，偶專一壑未為迂。同游我亦陸栖靜，乞得山中十賚無。

高子晉寄詩為壽，奉答一首

年年上巳寄詩來，勝似流露酒一杯。門下殷勤成故事，眼中歷落見清才。改絃美政知誰匹[①]，轉燭餘光去不回。世亂未甯吾老矣，長安笑口幾曾開。

①子晉兩宰石城，均有政聲。

傷逝 有序

深夜獨坐，默數平生知我者，漸多泉下，愴念往事，淚落不止，援筆賦此，聊塞余悲。

孤寒託命老尚書，喬木於今想故廬。三載心喪無報答，斜街長傍德門居[①]。

①祁文恪師。

論治真能用我長，虛懷不礙有剛腸。祝宗祈死言猶在，病榻欷歔國已亡[①]。

①錫清弼制府。

文酒縱橫赤崁城，斐亭前事若為情。老來學作虬髯客，海外扶餘願不成[①]。

①唐薇卿中丞。

白頭閩海老經師，每過山中輒解頤。耆舊凋零係文獻，不堪萬卷更離披[①]。

①謝枚如山長。

平生宦轍略相同，晚節吾終拜下風。抵几奮髯心未死，每談朝政有餘恫[①]。

①林健齋前輩。

州民戴德尚咨嗟，死傍孤山處士家。他日湖游過林社，願持杯酒酹梅花[①]。

①林迪臣前輩。

休官戢影臥湘波，垂老微聞有坎軻。兵火連年消息斷，不知身後復如何[①]。

①唐蓬洲觀察。

記從湘水復遼山，三載同官日往還。苦恨我行難再見，病中執手但潸潸[①]。

①張小圃學使。

粉署蘭臺跡最親，一麾天末各傷神。後生今日矜浮薄，不見風流蘊藉人[①]。

①曾幼滄前輩。

但接玄談已可人，老來詩筆更能神。南歸重過維摩室，一榻忘機自在身[①]。

①陳木庵先生。

賓館鴻泥說玉屏，墓門宿草尚青青。晉安他日編詩傳，不廢陶江葉寫經[①]。

①葉損軒司馬。

梧州天岳有書來，論政籌邊信霸才。老死海濱彌可惜，未將忠骨殉烏臺[①]。

①高嘯農太守。

安得人中見鳳鸞，青蒲洒涕為鋤奸。直聲死壯梅陽色，七品錚錚好諫官[①]。

①江杏村侍御。

辭官先後葉歸根，送抱推襟若弟昆。知我真成雙鮑叔，平生緩急向誰論[①]。

①林椒辰、林子山同年。

傷心海水羣飛日，正是先生怛化時。石上精魂歸自好，底須留眼看殘棋[①]。

①鄭澹菴同年。

樗散應同鄭廣文，吟情高薄海東雲，昔游記共紅裙醉，燕子樓頭月二分[①]。

①周辛仲廣文。

玉貌華年錦繡腸，生天成佛事茫茫。夢中漸覺魂來少，落月相思尚屋梁[①]。

①葉稺愔同年。

糟邱能息軟塵勞，晚復為郎有託逃。人道次公狂使酒，我知公瑾似醇醪[①]。

①周松孫比部。

怱怱竟以遺孤託，三十年前誓未拋。肯使西華傷葛帔，人間原有死生交[①]。

①林竺詒茂才。

輦下相依共黑頭，衰宗每切式微憂。豈知雁影分飛後，便是城南死別休[①]。

①弼俞宗兄。

逝者紛紛下九原，登高尚有未招魂。崦嵫暮景行將及，酹酒憑誰過墓門。

津樓暑夜漫詠

閒雲無牽絓，一月數往返。樓居輒苦熱，兀如閉車幰。坐待日腳收，縱目暮天遠。筋骸久頹放，延爽喜向晚。

亦有花與竹，馮夷摧敗之。玉梅與丁香，萎盡無一遺。槐柳閒有存，暎窗影離離。辛苦期補樹，成陰未嫌遲。

去年露香園，今年大羅天。斂錢各買夏，游車極喧闐。我性愛孤寂，當風便欣然。樓闌不數尺，枯坐忘宵眠。

炎曦能灼人，燈燭亦不耐。便欲就深黑，長此風雨晦。既晦終復明，昏曉積時代。萬目望晨光，人心有向背。

次韵答王耕木道尹〈度山海關寄贈〉

君如飛鳥倦知還，我亦高歌日閉關。早識名為身外物，寧教塵污鏡中顏。齏鹽送老生涯薄，荊棘當前世網艱。只合旁人呼小草，萬牛回首愧丘山①。

①來詩有「頗聽邊氓垂淚語，幾時重起謝東山」句。

戒壇松歌

戒壇之松云最奇，我欠來游未見之。火雲六月蒸炎曦，入山逭暑休嫌遲。同里招邀多龐眉，侵晨結束飆輪馳。筍輿入寺迎沙彌，饑腸正及僧廚炊。叟也同游來先期[1]，畫松滿紙何淋漓。畢韋真能貌支離，抱榆一樹鱗之而。齋罷繞廊尋寺碑，松聞我來生令姿。一松偃臥僵霜皮，蟠根側出森孫枝。一松禮塔容則卑，窣堵磬折疑有詞。其餘龍髯皆下垂，環立乃如肩相隨。中桊一栝亦十圍，撐天直上紛葳蕤。蔚然古色交階墀，與松合成鼎與彝。黃山萬竈今離披，秦壇五粒如孑遺。松兮松兮，移從何土生何時。壇前摩頂皈吾師，此壇不圮松不萎。

①弢庵丈先一日行，余與春榆、芝南、詒書、又點、嘿園、新猛繼發，行陀最後至。

山中聞鶯

城市紛紛鴉鵲聲，僧窗曉起忽聞鶯。傷心宮樹淒涼甚，未敢高飛入帝京。

千佛閣晚眺

高閣出林表，諸天極尊嚴。萬山拱佛座，遠翠收重檐。下視眾松列，一一垂蒼髯。蒲團許借坐，合眼消塵炎。金闕遠可辨，漠漠陽光暹。閻浮易變滅，且喜游蹤淹。津梁誰則疲，泥絮誰則沾。問佛佛無語，一笑花長拈。

羅睺嶺

出寺即入嶺，嶺路窈而曲。細石互擊撞，雜樹恣青綠。山輿如小舟，銜尾續復續。上嶺一身仰，下嶺兩手掮。穿雲疑登岱，沿棧似入蜀。焦原不憚險，驕陽寧畏毒。盤旋羅鍋中[1]，行人嗟繭足。迎面來好山，萬峯森削玉。

①原名羅鍋嶺。

岫雲寺

潭柘以泉名，岫雲枕其下。細流穿寺腹，隨地恣傾瀉。龍潭遠可尋，山柘存已寡。猗玕萬竿玉，濃翠高壓瓦。聽泉與看竹，宜秋亦宜夏。人間最勝處，往往據蘭若。賢王滿壁詩，憂國見風雅。我亦似閑雲，願此結茅把。

銀杏

託根淨土絕塵氛，獻瑞熙朝赦斧斤。兩度翠華修盛典，滿天白果吐奇芬。行人共說皇家樹，老幹長垂佛地雲。留與山門添故事，青松紅杏久無聞[1]。

①崇效寺青松紅杏手卷，失已久矣。

妙嚴公主拜甎

皈依苦行抑何堅，遺跡雙趺尚儼然。此即磨塼成鏡意，蓮台悟澈祖師禪。

姚少師靜室

人中病虎無高禪，眼看國難生金川。朱明刦火已灰冷，尚留一室山之巔。皇覺開基重象教，諸王奉僧尤誠虔。慶壽寺中定大計，飛來燕子何翩躚。功成賜第輒不受，緇衣終老無乃賢。所惜與人家國事，還餘著錄嘲儒先。過門見絕同產姊，晚思懺悔徒悁悁。大師之墓在何許，同此坏土栖荒烟。

三貝子花園同諸君觀荷

回車及日午，嵐翠猶染衣。入城頗憚暑，園游聊息機。池荷花正開，香風來四圍。藕片如冰雪，蓮菂如珠璣。解衣就林下，近水捐炎威。清談相繼發，四座玉屑霏。暝色不可待，游人驚漸稀。吾興豈易盡，泠然乘風歸。

大雨竟日，口占柬芝南

雨窗百事孏，兀兀但縮手。為問鄰巷人，頗憶山中否。

孫師鄭〈鄭齋感逝詩〉題詞

過闕猶應感黍離，鼎湖龍去有餘悲。一朝心史誰能識，請讀崇陵聖德詩。

平生師友溯淵源，墓草青青有淚痕。欲起九原定功罪，登高何處與招魂。

烏鳶螻蟻夫何擇，猿鶴蟲沙最可傷。大地紛紛流浩劫，每思原血斷人腸。

重九後三日獨游陶然亭

江亭如故人，別久思一至。抽此塵中身，重尋林際寺。盲僧已荼毘，爪跡落初地。吹盡秋蘆花，頭白閱世事。西山手可招，相對如夢寐。禪房一甌茶，尚自可人意。循廊欲覓詩，奪眼忽得淚。清淨本佛法，孤行亦無累。

題卓本愚所著《蒙古鑑》

石周記與願船書，藩部源流費剔梳。安得縱橫年少筆，漠南塞北獨馹車。

皞農同年九月廿八日壽辰，今年七十，不願人以文為壽，余但記述往事，作一詩祝之

里中高會記城南，真率過從月二三。同榜尚餘諸子在，踞床能作老生談。豈知飄泊成巢燕，猶得追隨及靳驂。今日更因君起舞。黃花繞座酒盈甔。

輓梁巨川同年

頹風震地軸，挽之以一死。死所抑河佳，清冷三尺水。遺書警世人，嗟歎不能已。平生高潔心，冰雪見操履。世道極淪胥，誰作中流砥。奚論是與非，紛紛攘奪耳。我亦迫偷生，謬云天可恃。豈知風雨至，日在飄搖裏。君雖赴潛淵，正義炳青史。投詩淨業湖，欲喚忠魂起。

題洪䃧砨《梅譜》

花光去後畫梅難，二樹冬心亦等閑。南北後先商下筆，憑君寫與世人看。

十一月初八，夜夢中得「埽除」、「殘葉」二句，醒足成之

夢裏題詩醒自猜，料應黍谷有春回。埽除殘葉成新歲，突兀中原見此才。失鹿世休秦地逐，墜驢人自華山來。客星不改狂奴態，一領羊裘老釣臺。

以關東山雞、松花江白魚餉沈觀，辱惠佳篇，次韻奉詶

避風戢影似爰居，異味登盤頗有餘。為惜羽毛收錦翼，不隨噀沫愛枯魚。幾家餽歲開饞口，連日投詩勝報書[1]。欲就寒邊謀一醉，

泊園雪齋意何如。

①樊山前輩亦有詩來。

樊山前輩惠詩謝贈山雞白魚，奉和

塞上新分獵者槍，風毛雨血好携將。先生照世多文采，送與寒宵下酒嘗。

歲晚圍爐劇有情，坐思北食勝南烹。討春早辦湖游約[1]，口福還饒宋嫂羹。

①昨有明春偕游西湖之約。

題劉健之清湘藥帳圖

十年往事試回頭，信有刀瘢玉臂留。竹淚不乾蘇病骨，藥香如沸散閨愁。劉樊本是神仙侶，趙管能為汝我謀。相敬固應諧白首，休疑拄杖落龍邱。

榆園雪後寄懷熙民、道尹

徙倚園廊覓墜歡，故人天遠雪初殘。日斜漸覺風埃定，歲暮同憐竹柏寒。千里陰山勞悵望[1]，一庭瘦石任巑岏。知君也欠登然喜，南向燕雲負手看。

①綏遠道署在陰山下。

尼山石蕉葉硯

藝苑數硯材，端溪最稱善。尼山聖人居，未聞以石顯。曩過園場中，獲此虛中選。削成一片奇，狀若蕉葉展。襯之以楷木，掩護略裁剪。質樸而無文，固應識者鮮。聖教炳日星，寸土亦瑚璉。謁林願未償，得此珍篋衍。

清外史

例言

*記事不實，非信史也。是編力袪此病。

*國家之敗由官；邪官之失德，由寵賂。是編於此，志之特詳。

*史有體例，固不可越。然必拘於本紀、列傳、書、志，徵引必多，故變例以求直捷。

*凡記事能使閱者有興會之趣，腦力既省，記憶尤易，必摭新擇要，而敘事尤必簡潔，文法尤必流轉。集中所記，雖拉雜隨筆，而於每朝必系總論，以清朝代。

*交涉一門，非有專書，不能完璧。是編所引，擇要而言。

*典禮以下八章，略仿班志例，以詳掌故。

*滿朝武功，由「朝鮮之役」至「西藏之役」為盛，時代由「中英之役」至「中俄密約之役」為衰。時代雖陳，事必彙記。

*集中所載，間有關個人事者，均眾所周知，且有見報章者，故據實援引，非有私怨於其間也。

*十四表均關要事，採自時人所作，便學者考證。

*請安、請託、大人翎頂、鳴鑼喝道，均滿朝特別怪象也。雖細事，亦必記。

*衞正叔有言曰：「他人作書，惟恐不出諸己；某作書，惟恐不出諸人。」是編亦師其意。

*大事已見《東華錄》各本者，概不登載。

序言

作史不可以無貶。貶也者，直筆也。孔子作《春秋》而亂臣賊子懼，何懼乎？懼其貶己，直言不諱也。近代史官，不脫頌揚，忌諱尤甚。欲申其義，故曲其文；因曲其文，寧失其實。病由攀龍附鳳、獵心梯榮，神聖文明，諛詞滿紙。間或傳述，得之故老，恐蹈荊棘，撏撦鋪張。

吁！是崔浩之穢史耳！何直筆足云？

史之義貴嚴，而其例貴寬。義嚴，則筆挾風霜，權奸褫魄；例寬，則私家記載，多所採擇。對於國宬，補其未詳，與其專壹頌揚，故曲其文也，庸愈於潘勗九錫乎？與其恐觸忌諱，寧失其實也，庸愈於斷爛朝報乎？

故人謂褒之猶貶，吾謂貶足賅褒。人謂褒之用，可以寓與人為善之心；吾謂貶之用，尤以長遷善去惡之念。今試以清史論、會典、實錄、方略國史之成於達官者，大抵皆天王明聖，申、甫崧生類耳。次而《聖武紀》、《東華錄》，即其命名，可以知其意恉矣！

夫以易代之人，編勝朝之史，當不惜委曲瞻徇掩蓋之，况以本朝之人，編本朝之史乎！况其在文字獄發生日乎！又試以《明史》論，張煌言、李定國諸公，非錚錚鐵漢，不事二朝乎？而不為立傳，雖萬季野曾與此役，而編纂牛耳，仍操諸王横雲、張桐城之手，直乎？曲乎？明眼人自有公論矣！余病夫清史各編，多曲筆也（如傅臘塔為明珠死黨，阮元依附和珅，李元度《先正事略》，竟將二人入之〈名臣傳〉。）

歲壬子，寓公滬上，暇取平日所見，與海上所聞，拉雜記憶，隨而筆之，條而綴之，積久盈篋，得二百四十餘章。不諱者，記其實也；不專壹於揚者，公也；間以己意，折中一二，論其世也。直筆與否，余不敢知，而取諸家之詳，補《清史》之略，其於頌揚、忌諱，兩無成心，非乎？是乎？笑乎？罵乎？世有通人，必能匡余不逮矣！

抑又觀明思宗之言曰：「朕非亡國之君，諸臣皆亡國之臣。」惟清亦然。嗚呼！可以知是編之本旨矣！

民國二年十一月三十號，侯官古霊后人蕫齋序于滬上寄蝸。

辨佛庫倫之誣 附原文

佛庫倫朱果感生事，《清史》艷述之。然小姑無郎，孕而生子，荒渺不經，神話時代之言，非開通時代之言也。其所以為此言者，殆亦為華胥履跡、任巳感龍，及繞電貫月之文，以夸張受命自天之異耳。究之僻陋夷女，託言天女，炫耀愚民，固未可知。況鬬穀於菟，實生賢相，滿臣不知，諱言所自，後世文士，又懼以文字賈禍，以訛傳訛。而《東華錄》更飾其言曰：「長者恩古倫，次者正古倫。」一若一天女不足，又託為三天女者。更甚言曰：「生而能言，帝命治亂。」蕞爾三姓，遂邀天眷如是乎？此躋之《搜神記》，以為紀異則可，載之國史，誣矣！

附錄：《東華錄》原文

長白山高二百餘里，綿亘千餘里。東有布庫里山，下有池，曰布爾湖。里相傳天女三：長曰恩古倫、次曰正古倫、季曰佛庫倫，浴於此。有神雀銜朱果遺季女衣，季含口中，忽入腹，有身。產一男，生而能言。及長，母告以故，且命之曰：「汝以愛辛覺羅為姓，布庫里雍順為名。天生汝，以定亂，其往治之。」

與小舠，順流下，母淩空去。至河旁登岸，折柳枝為坐具，端坐其上。適其地有三姓者，爭雄長，日搆兵，亂靡定。

有取水者，見而異之，歸語眾曰：「汝等勿爭，有聖人至焉。」眾往觀，皆異。問所自來，曰：「我天女所生，天生我，以定汝亂。」告以姓名，眾驚，羅拜曰：「此天生聖人也！」舁至家，三姓共推為國主。以女百里妻之，奉為貝勒。居俄漠惠野之俄朵里城。

滿世系考

自布庫里雍順後，中絕數世，至都督孟特穆再起，《清史》所稱兆祖原皇帝也。

孟特穆二子。長充善、次褚晏，褚無嗣。

充善三子。長曰妥羅、次曰妥義謨，均無嗣。三曰錫寶齊篇古，一子，名福滿，為興祖直皇帝，六子。第四子曰覺昌安，為景祖翼皇帝。第一子曰德世庫、第二子曰留闡、第三子曰索長阿、第五子曰寶朗阿、第六子曰寶實五支，即玉牒所稱覺羅大祖、覺羅二祖、覺羅三祖、覺羅五祖、覺羅六祖是也。

景祖五子。第四子曰塔克世，為顯祖宣皇帝。第二子曰額爾衮、第三子曰界堪，均無嗣，第一子曰禮敦、第五子曰塔察篇古，因景祖行序居四，均稱為「覺羅四祖」。

顯祖五子。第一子曰奴兒哈赤，即旁噬各部，日擾明邊，自稱大皇帝，建元天命也。第二子曰穆爾哈赤、第三子曰舒爾哈赤、第四子曰雅爾哈赤、第五子曰巴雅喇。

奴兒哈赤十六子。第一子曰褚英、第二子曰代善、第三子曰阿拜、第四子曰湯古代、第五子曰莽古爾泰、第六子曰塔拜、第七子曰阿巴泰、第九子曰巴布泰、第十子曰德格類、第十一子曰巴布海、第十二子曰阿濟格、第十三子曰賴慕布、第十四子曰多爾衮、第十五子曰多鐸、第十六子曰費揚古。

第八子曰皇太極，為太宗文皇帝，十一子。第一子曰豪格、第二子曰洛格、第三子曰格博會、第四子曰葉布舒、第五子曰碩塞、第六子曰高塞、第七子曰常舒、第八子早卒、第十子曰韜塞、第十一子曰博穆博爾古。

第九子曰福臨，為世祖章皇帝，八子。第一子曰牛鈕，早卒。第二子曰福全、第四子早夭、第五子曰常寧、第六子曰奇授、第七子曰隆僖、第八子曰永幹。

第三子曰玄曄，為聖祖仁皇帝，三十五子。第一子曰允禔、第二子曰允礽、第三子曰允祉、第五子曰允祺、第六子曰允祚、第七子曰允祐、第八子曰允禩、第九子曰允禟、第十子曰允䄔、第十一子曰允禌、第十二子曰允祹、第十三子曰允祥、第十四子曰允禵、第十五子曰允禑、第十六子曰允祿、第十七子曰允禮、第十八子曰允祄、第十九子曰允禝、第二十子曰允禕、第二十一子曰允禧、第二十二子曰允祜、第二十三子曰允祁、第二十四子曰允秘、第二十五子曰允瑞、第二十六子曰承祐、第二十七子曰承慶、第二十八子曰賽音察渾、第二十九子曰長華、第三十子曰長生、第三十一子曰萬黼、第三十二子曰允禶、第三十三子曰允禑、第三十四子曰允禨、第三十五子曰允禐。

第四子曰胤禛，為世宗憲皇帝，十子。第一子曰弘暉、第二子曰弘昀、第三子曰弘時、第五子曰弘晝、第六子曰弘瞻、第七子曰弘盼、第八子曰福宜、第九子曰福惠、第十子曰福沛。

第四子曰弘曆，為高宗純皇帝，十七子。第一子曰永璜、第二子曰永璉、第三子曰永璋、第四子曰永成、第五子曰永琪、第六子曰永瑢、第七子曰永琮、第八子曰永璇。第九、第十、第十六，均夭。第十一子曰永瑆、第十二子曰永瑆、第十三子曰永璟、第十四子曰永璐、第十七子曰永璘。

第十五子曰顒琰，為仁宗睿皇帝，五子。第一子殤，第三子曰綿愷、第四子曰綿忻、第五子曰綿愉。

第二子曰旻寧，為宣宗成皇帝，九子。第一、第二、第三，均早卒。第五子曰奕誴、第六子曰奕訢、第七子曰奕　、第八子曰奕詥、第九子曰奕譓。

第四子曰奕詝，為文宗顯皇帝，一子，曰載淳，為穆宗毅皇帝。無子，以奕譞子載湉，承皇統，為德宗景皇帝。又無子，以奕譞孫載灃子溥儀，承皇統，載灃攝政。

宣統三年八月革命軍起，國亡。

一說云：「清始祖都督猛可帖木爾，為野人殺，即兆祖。弟凡察遁於野，野人追之，有神鵲止其首，追者望鵲栖處為枯木，因獲免。避居朝鮮之阿木河，子董山（一云童倉），襲職。凡察歸，分建州為左右衛，凡察領左，董山領右。數傳至興祖，移居黑圖阿拉，歷景、顯二代，稱後金國。」

又一說云：「居俄漠惠者，非始祖，即凡察。凡察與兆祖，無隔四傳，實兄弟。陳仁揚《明世德錄》云：『正統二年，建州左衛都督猛可帖木兒，為七姓野人所殺。子董昌與叔凡察亡朝鮮，失其印。時董昌弟董山嗣，無何，凡察、董昌歸，詔更與印。比得故印，匿之，乃分建州二衛，剖二印，令董山領左，凡察領右。董山寇邊無虛日，誅之。又嘉靖二十一年，建州夷李撒、赤哈等入寇，巡撫禦之，已稍戢。』」

據此猛可帖木兒死於七姓野人明甚，其非孟特穆又明甚。凡察與兆祖，是否兄弟，則不可知；董昌與凡察是否叔姪，尤不可知。惟董山既誅，世系之絕而復續也，關凡察一人。則猛可其即兆祖乎？凡察其即孟酋乎？志以俟考。

滿、金同源之證

乾隆丁酉八月上諭：

頃閱〈金世宗本紀〉，金始居完顏部，地有白山黑水：白山即長白山；黑水即黑龍江。本朝兆興東土，山川鍾毓，與大金正同，又金之先出靺鞨部，古肅慎氏地。我朝兆興時，舊稱滿珠，所屬曰珠申。而漢字相沿，訛為滿洲。其實古肅慎即珠申之轉音，足証疆域之相同矣。

若東夷之說，因地得名，如孟子稱舜東夷之人；文王西夷之人，此無可諱者。至推尊本朝，謂雖與大金俱在東方，而非同部，則所見更小。我朝得姓曰愛辛覺羅氏，國語謂金為愛辛。此可為金源得派之証。

蓋我朝在大金時，未嘗非完顏氏之服屬，猶完顏氏在今日，亦我朝之臣僕。普天率土，統於一尊，理如是也。譬之漢、唐、宋、明之相代，非皆其臣僕乎？

又云：

我朝祖宗，並受明「龍虎將軍」封號。我朝初起時，明祚尚未削弱，因欲與我修好，借此以結二國之懽，我朝固不妨為樂天保世之計。迨我國聲威日振，明之綱紀日隳，又妄信讒言，潛謀戕害，於是我太祖震怒，以七大恨告天，興兵報復。薩爾滸松山之戰，大敗明兵，明人與我求和，斥而不許。彼尚能輕侮我朝乎？

且漢高，秦之亭長；唐祖隋之列公；宋為周之近臣，明亦元之百姓。或攘或奪，不復顧惜名義。若我朝明之與國，當闖賊擾亂，明社已移，吳三桂迎迓王師，為之報仇殺賊，然後我世祖章皇帝定鼎北京，統一寰宇。是得天下之堂堂正正，孰有如我朝乎？

正我國家誕膺天眷，朱果發祥，亦如商之元鳥降生。周之高禖履武，紀以為受命之符，要之仍系大金部落，且天女所浴之布勒胡里地，即在長白山，原不外白山黑水之境也。

又金世紀稱唐時靺鞨有渤海王，傳十餘世，有文字、禮樂。是金之先即有字，而本朝國書，太祖命額爾、德尼、巴克什等，遵製通行。或金初之字，後因散佚失傳，至我朝復為剏造，未可知也。

他如建州之沿革，滿洲之始基，與夫古今地名同異，并當詳加稽攷，勒為一書，垂示天下萬世。著派大學士阿桂、于敏中、侍郎和珅、董誥，悉心編輯，以次呈覽，朕親加鼇定，以周傳信，而破羣惑，將此通諭知之。

藉端起衅

滿朝之崛興，以奴兒哈赤父子，相繼雄武。

奴兒嘗服事明寧遠伯李成梁，成梁奴視之。奴兒心雖不甘，憚成梁威名，不敢動，而雄心勃勃，聞風思起者屢。適有尼堪外蘭者，結合成梁攻古勒部章京阿泰。阿泰妻，武功郡王女，景祖女孫也，來求援。景、顯二祖俱往救，阿泰素殘部人。於是城中人叛阿泰，殺之降明，并殺景、顯。

奴兒遂乘此藉口復仇，先噬近部，次及扈倫、蒙古，侵入明邊。當其起兵之初，同族附明者，謂尼堪，為明所善，懼奴兒開罪於明，禍延族人。聚眾誓堂子，謀陰害。奴兒偵知之，急遁，以十三人攻尼堪於圖倫城。尼堪倉卒遁甲版，又襲之於嘉班城。明人執尼堪付之，并歸景、顯喪，給「龍虎將軍」印。奴兒以為明人無能，自是益輕中國，謀大舉矣。

蠶食之漸 附圖說

當鐵木氏崛興，金、遼之裔式微。及明代，舊部分裂，散處各邊。

滿洲五部，曰蘇克素護河、曰渾河、曰完顏、曰棟鄂、曰哲陳；長白山二部，曰訥殷、曰鴨綠；東海三部，曰瓦爾喀、曰渥集、曰虎爾喀；扈倫四部，曰葉赫、曰烏拉、曰哈達、曰輝發。皆土著騎射，爭雄長。

而扈倫四部尤強，當滿洲北。烏拉在吉林，當滿洲東北；輝發三部，當興京北。以所居河得名：烏拉、輝發二河，入松花江；哈達、葉赫二河，入遼河，均明之海西衛。與建州衛、野人衛為三，號南、北關，逼處開原、鐵嶺，明邊外障也。東海三部，皆野人衛，當寧古塔東，距明邊遠，羈縻之已。滿洲、長白山諸部，則建州衛，距邊更遠。

奴兒哈赤思先吞近部，以次及扈倫各部也。乃於明萬歷十一年，以兵五百攻棟鄂部，十三年攻渾河部，十四年攻蘇克素護河部，十五年命額亦都攻哲陳部，十六年克完顏部，滿洲五豪部皆服。

又收長白山二部。扈倫四部中，則先取烏拉、輝發二部，隨克哈達、葉赫。從事於東海三部，侵入明邊。洎遼瀋失陷，奴兒遷都之，而錦州、松、杏及大、小陵河，在其掌中。至是明人臥榻之旁，他人鼾睡矣。

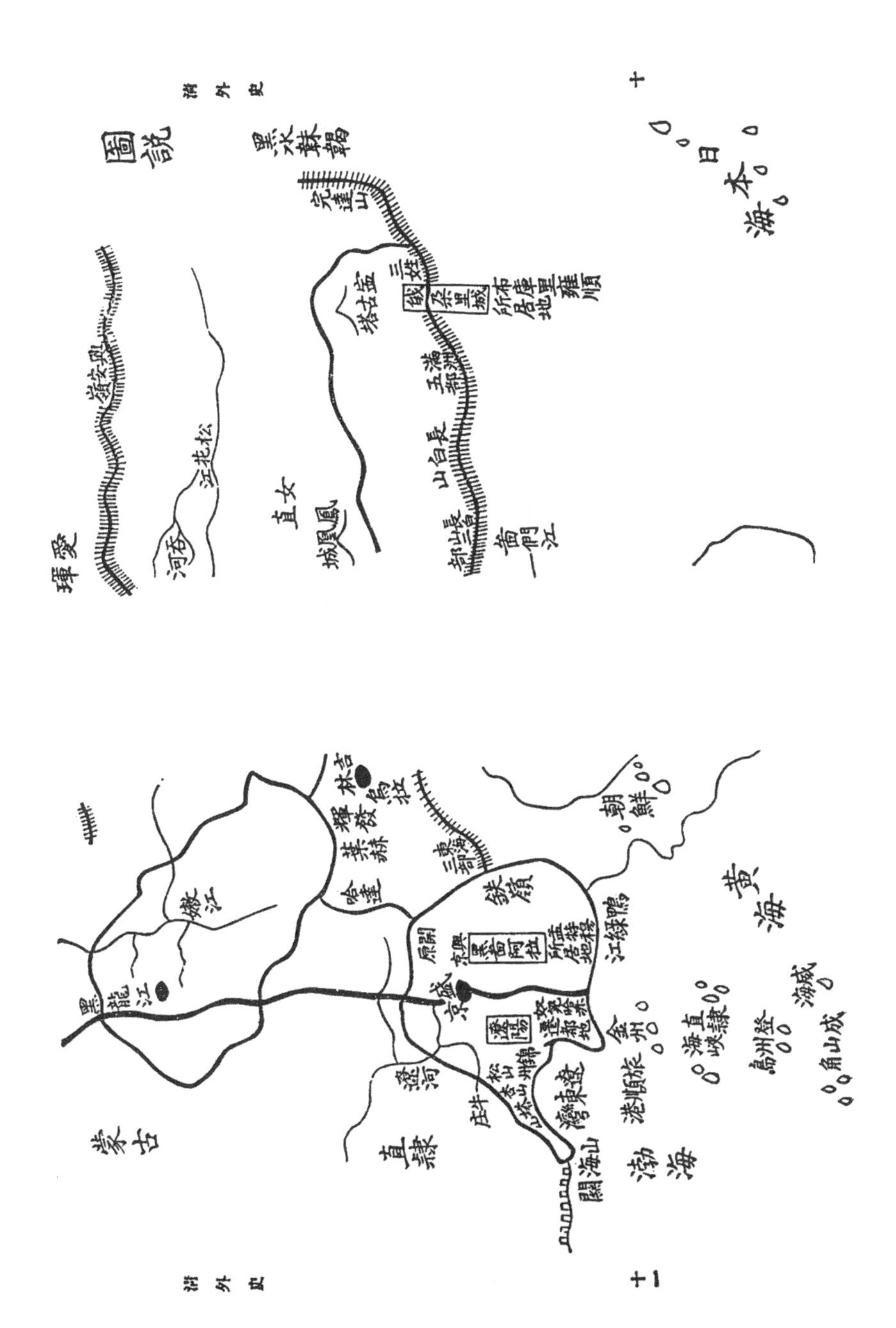
圖說
黑水靺鞨
完達山
三姓
五滿洲部
長白山
松花江
興安嶺
日本海
黑龍江
嫩江
吉林烏拉
哈達
鐵嶺
盛京
遼河
鴨綠江
朝鮮
黃海
渤海
直隸
蒙古
山海關
金州
旅順港

九國合攻

明萬曆三十一年，扈倫四部、蒙古三部、長白山二部，會九國師，分三路環攻，滿人大懼。奴兒哈赤率諸貝勒拜堂子啟行，至古呼山，語將士曰：「烏合之眾，其心不一。殪其前鋒，必走，走而乘之，必克。」時九國營渾河北，方攻黑濟格城，額亦都以百騎挑之，葉赫貝勒布寨、科爾沁貝勒明安，身先督陳，布寨馬觸木踣，滿兵斬之。明安遁，軍潰，禽烏拉貝勒布占泰。

初，扈倫四部，哈達最強，亦最忠於明。會兄弟亂，葉赫乘之，遂告急於滿，質其三子。滿令費英東以兵助之，哈達又惑葉赫之誑，索質子，奴兒怒，舉兵克之。明廷以滅鄰詰責，乃復其子武爾古岱歸國。既而葉赫數掠哈達，明不問，哈達饑，乞糴開原，明又不許，遂降於滿，而明塞南關先亡。

萬歷三十五年，輝發遣子質滿樹援。葉赫間之，索還，築城據守，奴兒親臨滅之。當布占泰之釋歸也，主其國，求婚於滿，奴兒以女許之。布占泰欲娶滿所聘葉赫女，以鳴鏑射滿公主。奴兒率兵臨烏拉河，下其五城，布占泰奔葉赫，烏拉亡。葉赫愬於明曰：「扈倫四國，滿洲已併其三，今又侵我，行將及明矣。」明遣火器一千助之，葉赫恃明援，以所許滿洲女歸蒙古。滿廷遂於天命四年誓師，奴兒自將深入。

葉赫告急於明，明四路出師，奴兒迎戰破之（此即楊鎬薩爾滸之敗），下開原、鐵嶺，拊葉赫背，圍其貝勒錦台什、布揚古於東西城，降之。而明塞北關又亡。

朝儀不講

阿敏者，滿酋舒爾哈赤（奴兒哈赤弟，封莊親王）子也。征伐有功，皇太極踐位，以兄故，不欲受其拜，凡朝賀大典，同大貝勒代善（皇太極第二兄，以位讓者），三貝勒莽古爾泰（皇太極第五兄），列坐己左右，受諸臣朝賀。

據此，滿廷當時不講朝儀，猶酋長之風尚歟？

蕭牆禍

滿廷同室操戈，固不獨雍正始也。方奴兒哈赤之崩，傳序應代善，其子岳託薩哈廉，以皇太極才，勸代善讓之。貝勒莽古爾泰，自以序在皇太極上，啣恨，與貝勒德格類謀，使其女弟莽古濟格格置酒宴皇太極，而酖弒之。以事機不密，誅其子額必倫。餘子五人，黜為庶人。嗣固山貝勒碩托、郡王阿達禮，又以私謀立多爾袞，置重典。皇太極崩，子福臨幼冲，於是武英郡王阿濟格，豫王多鐸，建議國基未固，須立長君，以多爾袞嗣位。皇太極后博爾濟古特氏偵知，脅多爾袞入宮，立其子，以居攝餌之，遂定。

順治七年，福臨親政，多爾袞卒。薩克蘇哈、詹岱、穆濟倫，首告多爾袞圖篡逆迹，罷追封、撤廟享。

（按：主少國疑，羣奸窺伺之日，能不動聲色，手定大謀，博爾濟古特氏幾變之才，與後之那拉氏計誅端肅，擁立穆宗，前後牝雞，遙遙相對。然那拉氏從欲亂政，清祚不臘，而博爾氏無其甚。所以一則以興，一則以亡也。）

子弟兵

奴兒哈赤有子十六，皆赳赳武夫，而最雄武有方略者，第十四子多爾袞、第十五子多鐸也（統兵入關者多爾袞，平南方者多鐸）。

第一子　英早卒。第二子代善、第五子莽古爾泰、第六子塔拜、第七子阿巴泰、第十子德格類、第十二子阿濟格，均饒勇耐戰，所向有功。

代善子岳託，天聰、崇德間，征朝鮮，陷旅順，下大沽口，迫北京，旋以揚武大將軍征察哈爾。又伐明，逾牆子嶺，取十一台，進攻山東。碩託、薩哈廉、滿達海，亦均代善子，多立功。

多鐸子察尼，康熙時，湖廣用兵，以大將軍統貝勒尚善軍（尚善時沒於軍），取辰州，下辰龍關，乘勝趨貴州。阿巴泰子岳樂，亦以大將軍赴粵，陷江西十餘州縣，迫長沙。多鐸孫鄂布，平布爾尼亂。

邊方剛健之氣，鍾於一家，父子兄弟，出死力，乘中國有事，窺伺神器。至後之允禵、福全、常寧，則乳臭未乾，因人成事矣。

（按：阿濟格於追捕流寇時，誑報李自成身死；出征得賄，勒令巡撫李鑑，釋免逮問道員；又擅至鄂爾多斯、土默特取馬。見乾隆四十三年正月初十上諭。）

三勛臣事略

天命、天聰時，以異姓大臣立大勛者，有三人焉：一曰費英東，姓瓜爾佳氏。隨其父索爾果，帥所部於天命二年來歸，授一等大臣，尚主。從征諸部，三十餘年，每戰，身先攻堅突陣，當之者輒糜礪，屢立功，日見親幸。性戆直，見國事小缺失，強諫，克抒謀略，佐成大業。列議政五大臣，封信勇公。

一曰額亦都，姓鈕祜祿氏。世居長白山，父母為仇家害，年十三，手刃仇人。清太祖過其地，從焉，尚宗室女，列一等大臣。雖起寒微，而鼓勇盡力，凡攻城略地，均奮身先登，四十餘年，未嘗挫衄。每受賜，分給有功將士，不以自私。渾河之役，被五十餘創，戰愈厲，卒拔之。封宏毅公。

一曰揚古利，姓舒穆祿氏。世居琿春，父郎柱，庫爾喀部長，以所部歸，清太祖厚待之，令其子入侍。郎柱為部人所害，揚古利方十四歲。痛哭歸，偵獲仇人，手刃之，啖其耳、鼻。清太祖異之，令尚主焉。沈毅有為，力主伐明，前後五十餘戰皆捷。事兩朝，恩禮殊絕，封武勳王。

（按三勳臣，三尚主，亦滿廷用婦人手段，以羈縛三人心，使之不得不效力也，巧哉！）

佟氏多才

佟養性者，遼人。先世為滿洲，居佟佳，以地為氏。商販雄一方，滿廷以重利啗之，使任轉運，尚宗室女，號西屋裡額駙。養性乃與從兄圖賴，暗輸欵，名為賈客，實則漢奸。

未幾，挈家屬族人來，入漢軍籍。又有從兄養甲、養量，從孫國器、國楨、國印、鳳彩，一門羣從，均棄賈而從戎焉。

范文程

漢人宣力滿朝，范文程為首。歷天命、天聰、順治，卒於康熙五年。以明諸生，仗策出關，偽託宋文正公後裔，竟為滿人參帷幄，陳進取，凡滿人前後入關，吞噬中原，屠僇人民，皆范作俑。

其子承謨，康熙時，死於耿精忠，一家五十三人，均畢命刀下。又十餘年，子孫式微，無京朝官者。滿廷之待勛臣也可想，彼范文程果為誰辛苦乎？

論順治一世

開創之主，類皆英明權變，豁略大度，故能崛起一方，手定大業。獨滿朝之順治，乃以童稺得之。且以少數異族，入主民族多數。

踐阼之初，百事草創，一仍明舊，而主持政務，多爾袞一人。所用明廷舊臣，如馮銓、党崇雅、陳名夏等，亡國大夫，靦顏無恥，招權納賄，棼如亂絲，致開國規模，訖無足紀。

其所以能成統一者，原因有二：一則張、李二賊，殺掠過甚，民生無聊，亂極思治；一則兵威所脅，屠之僇之，強就銜勒。考愛辛二百六十餘年之史，其初政殊不欲觀之矣！

漢奸之多　附二臣表

滿廷自天命以來，專以鉤致漢奸，為其效用，以致賣國之徒，接迹而起。

王鐸、馮銓、李建泰，均明大學士；王崇簡、謝陞，均明尚書；吳三桂、洪承疇，一為明經略，一為明統兵大員。外此宋權、錢謙益、王永吉、張縉彥、金之俊、劉正宗等，亦均明大臣。若周亮工、練國事、侯恂、房可壯、惠世揚、曹溶，尚自託清流者，若祖大壽，一家為降將軍者八人，尤卑卑無人格矣。若孟喬芳、張存仁、許定國、夏成德，則武人不足道矣。

嘗取〈二臣傳〉及各紀載所最著者，列表共二百三十餘人。亦足見當時廉恥之掃地矣！

〈二臣表〉：

由天命起，廣寧、大小陵河、遼瀋失陷投降諸臣，及順治、康熙入北京、併南服、定臺灣，諸降虜列為一表：

金　蠣　楊聲遠　陳此心　孟高芳　金玉和　馬光遠
白養粹　楊文魁　馬思恭　祖澤洪　張存仁　祖澤潤
張洪謨　祖可法　劉天祿　韓大勳　祖大壽　裴國珍
何可剛　陳邦選　劉毓英　丁啟明　吳良弼　臧調元
盛　忠　劉士英　王世選　姜　新　祖澤遠　李　雲
張可範　沈志祥　胡　球　楊方興　祖大樂　王文奎
祖大成　孔有德　耿仲明　尚可喜　董協祖　高　勛
祖大弼　夏成德　洪承疇　王家春　祖大名　李永昌
徐可大　趙國祚　唐志道　陳良謨　李培元　唐　鈺
張　彥　尤可望　高　第　劉芳久　高中選　孔希貴
邱茂華　孫兆興　孟良元　朱宏穗　鄭　煇　唐　銓
李　鑑　黃圖安　方大猷　朱帥燉　劉芳名　柳寅東
吳惟華　駱養性　王鰲永　劉漢儒　王永吉　金之俊
朱國弼　李化熙　宋　權　馮　銓　楊毓楫　劉餘祐

朱繼祚　江禹緒　葉廷桂　謝　陞　党崇雅　丁魁楚
王公弼　練國事　丁啟睿　高爾儼　房可壯　成克鞏
左懋泰　張懸錫　郝　烱　曹　溶　李若琳　張四知
韓四維　田唯嘉　張縉彥　龔鼎孳　唐　通　許定國
劉遵憲　任　濬　王在晉　仇維楨　陳名夏　陸之祺
傅永淳　王正忠　徐宏爵　趙之龍　程正揆　徐文爵
錢謙益　湯國祚　梁雲構　柳祚昌　朱之臣　王　鐸
胡茂禎　張天祿　左夢庚　李栖鳳　黃　澍　王之剛
王之仁　王之晉　劉應賓　徐方來　高斗光　王　燮
王應熊　張鳳翔　王崇簡　吳六奇　李猶龍　曹　珖
徐啟元　郭尚友　謝三賓　董學禮　姚文然　嚴我公
潘士良　周亮工　惠世揚　吳偉業　沐忠顯　侯　恂
陳之遴　杜立德　張朝璘　鄭鳴駿　王秀奇　杜永和
祁三昇　馮　甦　毛壽登　譚　詣　李永芳　馮錫珪
王士俊　何吾騶　李　雯　李遇春　高岐鳳　趙印選
白文選　郝永忠　陳邦傅　盧桂生　王　懩　王化澄
黃家鼒　張若騏　吳三桂　劉良佐　耿精忠　李本深
姜　瓖　李成棟　劉澤清　金聲桓　王光恩　李際遇
高進忠　胡勝兆　李建泰　祖澤清　阮大鋮　譚　宏
馬得功　袁彭年　王輔臣　薛所蘊　田　雄　張　炘
胡國柱　夏國相　馬　寶　孫延齡　王屏藩　趙天元
馬承廕　郭　義　劉進忠　祖宏勛　曾養性　嚴自明
韓大任　尚之信　馬　雄　劉承胤　鄭芝龍　施　琅
黃　梧　周全斌　杜　煇　黃　廷　蘇　利　陳　輝
劉國軒　林國樑

滿臣之貪

左懋第、陳洪範之北使也，賫銀幣行。至京，滿內院官來收，使者曰：「銀幣是送汝們的，正該收去！銀鞘十萬、金一千、蟒緞二千六百疋，先付。」外賜吳三桂銀一萬、緞二千疋。三桂不敢拜詔，使者亦未給之。滿臣見十萬外，尚有餘鞘，輙起攘奪。使者曰：「此銀、緞係新皇帝賞吳三桂的，既到此地，汝們亦收去轉付。」滿臣鼓掌踴躍，駝負而去。

馮銓

明大學士，諂附逆奄。崇正初，列逆案，削籍歸。李自成陷京師，銓降賊。賊遁，滿人入，銓家涿州，迎降道左。滿廷以草創伊始，銓為明大臣，明於典制，用為內院大學士。銓以諂媚逆賢者，諂媚攝政王，攬權索賄，其亂政一如在明朝時。多爾袞以利於己也，袒之，言官屢劾，卒不動。

南都立，遣陳洪範北使，名帖送內院。銓見帖寫侍生，厲聲曰：「入境問禁，何無上攝政王啟？敢先來見我乎？」言次，岸然自得。多爾袞問曰：「南來使臣，如何處他？」銓曰：「剃了他髮，拘留此間！」多爾袞意頗動，洪承疇止之。銓之昧良媚滿，即此一事可知。論其人格，當在王鐸諸人之下。康熙初罷斥。

金之俊

明臣降滿，諂事權貴，洊升大學士。左懋第之北使也，廷辯不屈，顧陳名夏曰：「君先朝會元，何在此？」陳無以對。金進曰：「先生如此固執，何不知興廢？」左叱之曰：「汝何不知羞恥！」金恧而退。

清世祖幸南苑，賜諸臣饌曰：「朕甚憫耕牛勞苦，不忍食其肉。」金進曰：「皇上卹牛之勞且然，況百姓乎！」以調燮陰陽之臣，而面諛順從如是。

降臣無恥

袁彭年在崇正時，與金堡等，號五虎。降清，為廣東布政使。李成棟反正，彭年從之，羊城再陷。彭年又首先投誠，見尚可喜，哭訴當時之叛，由成棟迫脅使然，此後着着願効忠清朝，天日可表。尚可喜鄙之，揮使出。為廣東學道，出示云：「金錢鼠尾，乃新朝之雅致；峨冠博帶，實亡國之陋規。」

何吾騶、王士俊，粵產也，均明大學士。投降時，有打油腔嘲士俊曰：「君王若問臣年紀，報道於今方剃頭！」蓋崇正末年，士俊曾膺存問，年已八十二，就木倏忽，尚何餘生是戀？作此無恥之事。吾騶乞修明史効力，即榜其門曰：「奉旨纂修明史。」時嘲之曰：「吾騶修史，真堪羞死！」

湯若望

自明末徐光啟從西洋人利瑪竇，習天文曆算之學，而西法始行中國。旋鄧玉函、龍華民、羅雅谷、湯若望等繼之。

湯於崇正二年入京，用西法釐正舊曆，製有測量日、月、星晷，定時考驗諸器。進內推測，未幾，盡為賊毀。

清順治元年八月初一日食，湯照新法推步，京師日食限分秒，并起復方位圖象，與各省日食多少先後不同諸數，開列呈覽，乞部屆期公同推測。清廷令大學士馮銓，同湯携窺遠鏡儀器赴觀象台測驗。湯又定每年進呈曆日，將民曆七政經緯纏度與中曆相距者，曆上吉壬遁六種，依次虔造，進呈，內與舊法重複者刪去。清廷遂將欽天監事，著湯管理。然則西法東來，即明季已有矣。

圖賴之戇

費英東子，能繼武，立功天聰、順治間。方清兵之入關也，李自成前鋒拒之於一片石，勢銳甚。圖賴衝鋒，帥先怒馬陷陣，破賊將唐通。又追敗李自成於望都，又從多鐸下河南，平江南。

性亢直，見福臨幼沖、多爾袞結母后專政，欲白者屢。一日於朝堂面斥多爾袞曰：「圖賴自矢於天，効忠皇上，不避諸王大臣，嫌怨久矣。王為諸王大臣表率，亦復同流合汙，圖賴不言，恐負先帝，言之終不免於戾。今欲自新，王幸勿姑息，不我教也！」多爾袞心滋不悅，卒優容之。

清語官職

清語官職，多佶屈聱牙，難於索解。

如昂邦章京、固倫額駙（固倫，國也）、和碩親王（和碩，一隅也）、多羅（作內字解）、固山貝勒貝子（固山，爵名）、固山額真（又名固山昂邦，凡固山讀如姑色，昂邦讀如摺班，即都統）、梅勒額真（即副都統）、墨勒根蝦（即蒙古侍衛）、纛章京（即護軍統領）、札爾色齊（即遊牧主事）、牛錄章京（即佐領）、噶喇昂邦（即前鋒統領）、戈什昂邦（即御前大臣）、郭齊哈昂邦、包衣昂邦（即總管內府大臣）、一等精奇尼哈番（即子爵）、一等阿思尼哈番（即男爵）之類。

更有所謂五大臣、八大臣、十六大臣者。異服之下，必有異言。信哉！

記楊雍建事

清初台省諸臣，亢直有聲。朝陽鳴鳳者，即墨郭琇、海寧楊雍建，其足上諫垣乎。

郭長西台時，疏劾滿大學士明珠、大學士余國柱、尚書佛倫，結黨專權；又劾河督靳輔、詹事高士奇、都御史王鴻緒，并其弟編脩王頊齡、給事中何楷、編脩陳元龍，或侵冒庫欵，或奔競夤緣，一時直聲震然，台綱一整。

楊當順治時，歷三垣三載。前後疏數十上，有一日上九疏。於天下大局，能見其大，不僅以鋤擊巨奸著也，新城王貽上稱為清朝諫官第一。在兵科日，駕數幸南海子，首疏請慎起居，中云：「郊原陟降，雖非田遊可比，然獸起於前，馬逸於後，驚屬車之清塵，不能無萬有一危之慮。」福臨震怒，宣跽苑廷，諭以閱兵習武之義。楊神色不變。

尚可喜、耿繼茂二王，并鎮廣東。楊言：「粵民連歲苦兵，今困憊未蘇，由兩藩并鎮。請移一藩，以甦民困。」輔政大臣索尼、鰲拜張威福，奏事見之，皆長跽。楊入，獨揖而立，輔臣目送曰：「此南苑上書諫獵也。」自是言事者得不跽。

康熙三年，旨大赦天下。翌日，御前發紅本，二囚當決。吏箝紙尾，進請抄發。楊曰：「昨頒赦而今行刑，是詔令不信於天下也，紅本當封還。」同官均變色，爭持不可。楊曰：「六科以封駁為職，古制也。吾封之，咎吾任之，不累公也。」旋有旨三法司再議，囚得不死。

李霨、王熙父子

李霨者，明大學士國楷子也。王熙者，明尚書崇簡子也。

霨與熙均仕滿，為大學士，若忘其父之所事何主者，利祿薰心，可恥可殺。惟國楷未作降臣，差強人意耳。然而王熙則跨竈矣。

（按：國楷與施鳳來、張瑞圖、顧秉謙等，同為奄黨。《明史》稱其持正論，為人長厚，去位，薦韓爌、孫承宗代。以與忠賢同鄉，為所援，亦生平玷也。）

論索尼

索尼為滿廷託孤重臣，而唯阿附取容，畏首畏尾，亦賤丈夫耳。其與蘇克薩哈、遏必隆、鰲拜同為輔政大臣也，一任鰲之擅權，作壁上袖手，至一日矯旨殺數大臣。庸碌如蘇克薩哈，尚知與抗，索以三朝勛舊，噤口不敢言。雖鰲之凶燄可攝，然索患得患失之心，亦已甚矣。

後鰲敗，遏必隆以國戚，尚削公爵。索已死不究，其得保功名也，幸矣。

論圖海

圖海一筆帖式，清世祖幸南苑，圖負寶以從。上見其舉止嚴重，立授秘書院學士。不數年，超升大學士、議政大臣。康熙間，以大將軍定湖廣，平察哈爾，又靖陝甘之亂，鎮秦隴數年，亦滿臣中特色也。

聞圖好讀書，將才由天授，隨機應變尤長。吁！以滿人而好讀書，圖所以成特色歟？

李雯

攝政睿王多爾袞致明大學士史可法書，相傳華亭李雯所作。

按：雯號舒章，少與青浦陳公子龍齊名。陳殉節，李入清廷，授中書舍人，一時草創，詔誥均出其手。假歸過淮，故人萬孝廉、壽祺以僧服見。李望泣曰：「李陵之罪，上通於天矣！侯壯悔詩所云：『我今朱顏醜，何以歸故鄉？鬱陶發病死，誰當諒舒章？』是也。」

大抵李之有才無行，亦虞山、芝麓之流，不過羞恥之心，較勝錢、龔耳。其〈中秋燒香曲〉，輕盈瀏亮，置之溫、李集中，幾不可辨。句云：

> 金閨秋淨天如水，桂花半落涼風裏。東牆雲葉吐明蟾，繡戶鸞屏臨夜起。

> 翡翠缾高金博山，隔窗雲母香盎盎。細劈犀紋憐素手，斜分麝月弄青烟。

憑將桂火沈沈力，吹散行雲裊空碧。各存密意對秋風，共展方衿禮瑤席。

江南畫閣復重重，欲捲珠簾怨不逢。莫愁堂上無消息，幾度香消明月中。

張宸

順治時，滿皇后喪。詞臣撰擬祭文，三奏章，不稱上意。最後中書張宸撰，中有句云：

眇茲五夜之箴，永巷之聞何日？去我十臣之佐，邑姜之後何人？

清帝閱之墮淚，尋遷張兵部車駕司主事。

（按：《上海縣志．文苑傳》：宸字青琱，有文名。明諸生，降清，入太學，選中書舍人。）

蛤庵禪師

師名本圓，自云出身無姓。年十六，謁戒行僧明然，削髮空門。久之，參報恩通禪師。會報恩赴清廷召，携之入京，從侍萬善殿。每問答，師微言承應，輒合清帝意，日見親幸。

時報恩侍者多湖廣人，師年最少，章皇帝以「小湖廣」呼之，出入宮禁。

康熙乙丑，清聖祖幸柘潭，召見於玉泉行在。賜茶飯，并撤所荐含桃食之。及卒，命侍臣奠茶、酒。臨終偈云：「屙了吃，吃了屙。百萬人天嗅不多，香臭十分原有價，莫教後代有淆訛。」

（按：滿人迷信浮屠，錮蔽已久。當末造，宮中所畜，尚有喇嘛、梨園子弟數百人，日以誦經、演劇為事。其劣根性殆祖宗遺傳歟？書之於冊，亦防微意也。）

陳名夏

溧陽人，明進士，官翰林。闖入京，繫獄追贓，拷掠。有一卒問曰：「君非江南陳伯史先生乎？」言諸賊，授偽職。

賊敗，又投誠滿朝，附多爾袞，洊升大學士，旋為滿大學士寧完我劾罷，廷訊處絞。當廷辯詞窮，名夏哭訴投誠大功，真不知人間有羞恥事！

譚泰

滿朝政以賄成，固不獨末葉也，即開國已然矣！譚泰者，內大臣吏部尚書也。性暴恣，婪索贓銀，明目張胆。御史張煊劾奏，王大臣集訊，譚於殿廷，咆哮攘臂，力芘黨人，欲殺張煊以滅口。滿大臣希多爾袞恉，張煊卒坐法死。

順治八年，清世祖親政，譚以擅隱諭旨事伏法。

論康熙二世

曾國藩之言曰：「我朝六祖一宗，集大成於康熙，而雍、乾以降，英賢輩出，皆沐聖祖之教。」又曰：「緝熙典學，日有孜孜。

上而天象、地輿、曆算、音律、考禮、行師、刑律、農曹；下而射、御、醫、藥、奇門壬遁。滿蒙、西域、外洋文字，無一不通。且無一不創新法，啟津涂。」就二說以觀，清朝右文，康熙開之，乾隆集之。然所重在考據、訓詁，未能發明新理。一時學子，大率疲精於漢學，如：梅氏、王氏、戴氏、惠氏。雖博雅兼賅，半為解經之用，則廟堂僅以是提倡也。若論用人行政，所用者鰲拜、索額圖、明珠等，羣小彙升，幾釀大禍。且其時南北肅清，正可厲精圖治，以培元氣，復瘡痍，乃史宬所載，不過如是云云。而貪婪之風，傳染最盛，又興文字之獄，以摧折士氣。即至家庭教育，演出理密太子及其子弘　之變。論康熙六十一年治化，不禁惋惜深之。

十三衙門

康熙元年諭：「歷代委任宦官，未有不亂。我太祖太宗痛懲往失，不設奄人。先帝以宮中使令，偶用此輩，然遺詔有云：『祖宗定法，未嘗任用中官。』朕凜承先志，釐剔弊端，乃知滿洲佟義、內官吳良，奸險狡詐，變更祖制，倡立十三衙門，錢粮借端浪費，以遂侵牟，廣興營造，致民力告竭。此二人者，撓亂法紀，情罪甚大，雖置之法，未足蔽辜。吳良已經處斬，佟義亦伏冥誅，削其世職。十三衙門立行革除。」

（按：內官竊柄，別立衙門，濫支庫帑，壞法亂紀，莫此為甚。書之見後來李蓮英之禍所由兆也。）

書高士奇、勵杜訥事

高錢塘人，以國子生試京闈，不第。讀書自給，新歲為人書春帖子。清聖祖見之，立召對，旬日三試，均第一。供奉內廷，賜第禁城內，洊升少宗伯。

勵靜海人，康熙三年詔選善書者，試第一。宮門易額，翰林官書，不稱旨。勵書報可，敘功，授編脩，充日講官，遷少司寇。

兩人際遇同、功名同、諡法亦同。惟勵氏父子孫三代，均掌邦禁，以祿位終；高則朝士側目，累以蜚語中之，其保全功名之道，或不如勵乎？然清廷取士之偏，至以字為衡，高頭紅格之殿試朝考，其流弊視八股加厲矣。

包衣

滿朝最虐之政，無過於漢軍，而包衣則視漢軍尤甚也。蓋漢軍尚有軍人名目，滿廷不純然以奴視之。至包衣，名雖滿洲，而猥賤與宦寺平列，更為諸王貝勒之奴隸。當未入關時，以所俘遼、瀋之民，分配為之。迨全遼底定，三入中原，俘虜歸命，日以增多。漢軍不足隸，乃編為包衣。

三藩平後，藩下部兵，暨臺灣之眾，均編漢軍。其奇零不能成旗者，撥歸內府，入包衣籍。中涓之職，此輩司之。包衣中必官至尚侍、督撫，乃能邀恩，升入滿洲，謂之「抬旗」。未抬旗者，雖開府之尊，而一入本王府中，則廝隸同伍；子女成立，必選入府中，充當奴婢。故內府旗人，少數滿姓，多數漢姓（如前尚書立山，本姓楊氏；前大學士崇禮，本姓蔣氏類）。不知此等旗人，數典忘祖否耶？

記中書前後貴賤之不同

田蒙齋少農雯《古歡堂集》中，載田自為年譜，極言中書一官，為人侮慢。蓋清初尚依明制，此官皆生監當之。

康熙丁未五月，奉旨內閣中書員缺，准以進士考授。向例內閣撰文辦事中書，由生員、監生授職，未有以進士充者。進士秦敬傳，老苦遲滯，故闢此徑。御史李棠疏言：「密邇禁地，必進士出身，堪膺是選。」俞旨允行。值部議裁推官改知縣，同輩慫恿赴考，名列第五。六月十六日，補授秘書院辦事中書舍人，偕沈胤范、張鵬、張鴻猷、顏光敏、申穟、朱射斗、李逈、梁聯馨、紀愈、孫百蕃共十二人，入署辦事。是職也，初茫然莫辨，及入署，遭同年詞林某侮辱，輒自悔，然無及矣。時與張公鵬、申公穟閑坐嘆息云：「吾輩何日可成正果？」申吟云：「書生薄命還同妾，丞相憐才不論官。」余吟云：「失路嗟何及？痴懷老漸平。」相對泣下。一日，集友人寓，一客後至，上坐大聲曰：「非不揖讓也。我詞林，爾中書，貴賤別也！」又壬子科詞林山右某，與中書張公鵬，同典山東鄉試。事竣，某揚語人曰：「此行是吾輩分內事，乃竟與中書下賤為伍，恥孰甚焉？」其輕侮如此。敬傳真作俑哉！

（按：蒙齋德州人，順治辛丑進士，歷任戶部侍郎。此言當為康熙中葉而發，若康熙四十二年以後，巡幸所及，特開召試之典，凡列一等者賜舉人，直薇省。雍、乾以降，鼎甲台輔，不勝僂指。前後之貴賤，果何如耶？）

隨任應試

康熙十一年壬子科，廣西鄉試，中式第十二名之賈錫爵，為滿洲人，隨其父粵西任。是時宦家子弟，隨任者准其與省試也。《廣西歷科題名錄》載此事。

十可怪

康熙時，浙江提學使程汝璞，每按臨考試，私帶姬妾入棚。或以七相公乳母託名，或以閱文相公託名，用轎抬入。嘉興各處，有十可怪之謠，如：「一可怪，廩增入學一齊賣；二可怪，嚇詐校官罵奴輩；三可怪，到處出棚帶奶奶。」（見魏環溪奏稿。）吾聞學使之納賄，近百餘年，以檀斗生璣為最，幾於一府全賣。雖參劾褫職，而宦勝已滿載歸矣。

會議張拳

康熙丙午，吏部尚書阿思哈、侍郎太必兎，議各省差大臣二員，設衙於督撫之旁，以正督撫。相國馮溥，時官侍郎，執不可，謂：「國家設督撫皆重臣，今不信，遣大臣實迫處此，而稽查之，甚無謂也。」太必兎性暴，聞之大恚，瞋目起立，張拳向馮。馮徐言曰：「雞肋何足飽尊拳？爾我等也，既是公議，何不容吾再議乎？且議之可否，自有上裁，豈爾我所得專？」疏上，清廷是馮議，太必兎反交好於馮。旋以寅緣事發伏誅。

鴻詞科名錄 第一次

鴻詞科，康、乾兩朝考三次，茲錄第一次。

康熙十七年，取中一等：彭孫遹、倪燦、張烈、汪霦、喬萊、王頊齡、李因篤、秦松齡、周清原、陳維崧、徐嘉炎、陸棻、馮勗、錢中諧、汪楫、袁佑、朱彝尊、湯斌、汪琬、邱象隨等二十人。

二等：李來泰、潘來、沈珩、施閏章、米漢雯、黃與堅、李鎧、徐釚、沈筠、周慶曾、尤侗、范必英、崔如岳、張鴻烈、方象瑛、李澄中、吳元龍、龐塏、毛奇齡、錢金甫、吳任臣、陳鴻績、曹宜溥、毛升芳、曹禾、黎騫、高詠、龍燮、邵吳遠、嚴繩孫等三十人。

皇帝捉刀之疑問

幼聞人言：「清聖祖極好名，命內官備熱車鬧市口，將各省來京朝考拔貢，誆入宮中，永遠捉刀，所輯書，大抵皆名下士代庖。」

當時頗疑其說，及觀《東華錄》載：「康熙二十一年正月上元節，上御殿，賜大學士部院卿寺翰詹科道九十三臣宴。諭張玉書、陳廷敬、張英仿柏梁體，君臣賡和、賦詩紀盛。大學士李霨奏柏梁詩首句，恭請聖製。上曰：『明日早發。』次日，諸臣至乾清門候旨，侍衞捧御製詩首句云：『旭日和風披萬方。』諸臣集太和殿，以次賦九十三韻，君臣和詩。」既一時乘興，清帝應先成一句，何必遲及次日？至所發首句，不過即景鋪敘，非苦心經營，尚不能援筆立成乎？捉刀之說，然乎否耶？

明史公札式

《清內閣檔冊》存有史公致攝政王原札。用紅帖寫，皮面書啟字，蓋印曰：「督師輔臣之印」，每頁四行，連抬頭寫共二十字一行。列銜云：「大明督師兵部尚書兼東閣大學士史可法頓首，謹啟大清國攝政王殿下。」末署「宏光甲申九月十五日。」洋洋千言，亦吉光片羽也。

記內閣制

滿清仍明制，內閣大學士筦機務。雍正初，設軍機處，而內閣非樞臣迴翔地矣。然鳳池清要，仍宰相宅揆之處。潘黻廷內翰有詩，敘典故頗詳，錄之。詩云：

秋高萬籟靜無聲，官燭名花照眼明。不見熏香雙侍史，窺人只有月多情。

（徐士林，康熙進士。官中書日，有句云：「歸來惹得山妻問，侍女薰香近有無。」）

中書典故費探研，畫省簪毫二十年。閉戶著書人海裏，至今一序共流傳。

（杭州王莪山出入省闥二十年，每入直，搜討檔冊，成《中書典故類記》。杭大宗為之序。）

人分四直共趨班，辰入申歸僕僕間。齊下三單忙注本，一鞭恰趁夕陽還。

（遇啟鑾封印日，則三日本齊下。）

領歸摺件寫分明，守晚親聽玉漏清。

（聖駕進宮日，早班領每日上諭奏摺。候夜直交代為「守晚」。）

更有改簽新式件，除官硃筆自題名。

（御筆親書者為「硃簽」，特旨改票為「改簽」。）

記翰林之不足貴

明洪武四年，進士登科錄。一甲三人：狀元吳伯宗，授禮部員外郎；榜眼祁翀、探花吳公達，及二甲十七名，均授主事；三甲一百名，授縣丞。無所謂翰林也。

清順治三年題准，於二甲、三甲進士內，選取送翰林院讀書，三年再考，優者用編檢，其餘除科道（皆七品）部屬各官。十年又諭翰林各官，內外考歷，方見真才，定少詹事以下二十一員外轉司道。十八年令停止。康熙二十五年，吏部議准翰林院詹事府每年八月，將庶子、侍讀、侍講以下各官，開列具題，候旨外轉。庶子以同知用，侍讀、侍講、洗馬，以鹽運司運副、鹽課司提舉用。中允、贊善、修撰，以通判、布經歷、布理問、經歷、鹽運判用。編檢以按經歷、布都司、鹽經歷用。至才學不及，照例降革。載康熙二十九年所編《大清會典》。考庶子、讀、講，較同知、運副、提舉，雖均五品，而貴賤相去天淵，若布按各司首領，不過左貳末秩，乃以中贊、修撰外轉之，足見吏治之重，勝於文學也。世之以玉堂驕人者，其知所反矣。

徐氏兄弟

清初漢大臣，兄弟幷起家詞館，躋政府，長六卿。崑山徐氏、華亭王氏、海寧陳氏，其最著也。然王鴻緒為副憲時，附明珠，陳之遴以明臣降滿，皆不足道。徐氏兄弟，為亭林先生宅相，學問、品格大抵衣缽於舅氏。

當時制誥及一切著述，多徐氏兄弟手筆，始終以書局自隨。平心論之，健齋豪爽愛才，交遊太濫，門客寅緣奸利，在所不免。立齋性崖異，不為苟同，但子弟在家招搖，故卒為明珠排去。徐氏兄弟所以屢挂彈章，雖盛名所累，要其不阿權貴，自是可人。當時文學侍從，如陳澤州、熊孝感、沈華亭、葉崑山，均邀易名之典，至高江邨以布衣膺殊遇，蜚語乞休，身後尚攫得「文恪」兩字。徐氏兄弟無聞焉，亦歸潔其身歟！

索額圖

索尼子。生貴族，性倨，樹黨羽、傾權利。朝士大夫非暗自託，宦不得達，稍失意，輒廣座呵叱。凡會闈榜出，索擇名下士者，令喻意，拜門下，不爾，抑之下第。與其黨額庫禮、江潢等私議國事。康熙初政，地連震。左都御史魏象樞入對，屏左右，伏地泣，極言天變如是，乃索額圖、明珠二相植黨排忠所致。

會天久不雨，清帝命學士德格勒筮之，遇夬。德進曰：「澤上於天，將降矣，而卦義五陽决一陰，小人居鼎鉉，故天屯其膏，决去之，即雨。」帝曰：「安有是？德以索對，然猶豫未發。未幾，索家人告發，經查搜江潢家，得與索密謀書甚多，交宗人府拘禁。

請削門生籍

長洲何焯，康熙時拔貢，賜舉人，又賜進士，侍皇八子讀。時徐尚書乾學、翁祭酒叔元，方收召海內新進，何亦及其門。會設太子講官，以湯斌、尹泰、鄂棻、舒淑、黃與堅任，湯薦候補道耿介。適清廷下詔求言，靈臺郎董漢臣上書，多指斥時事，下九卿議，執政惶恐，與同列囚服待罪。湯於殿廷宣言：「董言雖妄，無死罪，大臣不言，小臣言之，吾輩當自省。」

明珠入告，以湯嘗會議時，有「慚對漢臣」語。傳旨詰問，湯具疏引罪，耿亦疾乞休，於是翁叔元受要人旨，與尹泰、舒淑、開音布幷劾耿實無病，湯妄薦。舉朝多不平，何致書翁，請削門生籍，天下快焉。

衙門

「轅門」見於《周官》，名最古。唐張仲方傳，兩省官入朝，宣政門未開，百官錯立朝堂，此尚是朝門，非今之官署也。任葵尊宏嘉官御吏時，奏定朝服，三品以上乃得衣貂及猞猁猻。王漁洋老人戲為詩，曰：

> 京堂銓翰兩衙門，齊脫貂裘猞猁猻。昨夜五更寒透骨，舉朝誰不怨葵尊？可為後來「衙門」二字典故。

鰲拜

康熙初，滿大臣擅權專橫，以鰲拜為最。鰲氏本與內大臣索尼、蘇克薩哈、遏必隆同為顧命四大臣，義氣凌轢，人多畏之。引其黨班布爾善為大學士，阿思哈為吏部尚書，馬邇賽為戶部尚書，噶褚哈為兵部尚書，濟世為工部尚書。

四大臣中，索尼老病，遏必隆避其凶燄，惟蘇克薩哈以額駙子入侍禁廷，承眷輔政，論事多與鰲迕，積以成讎。會鰲行圈地之令，旗民均不便。鰲嬌詔遣貝子屯齊、大學士蘇納海，會同直隸總督朱昌祚、巡撫王登聯理其事。蘇納海等言：「旗地待換，民地待圈，所在失業，請停止。」鰲遂坐以阻撓紛更，均論死。蘇克薩哈恐其迫己也，奏請往守先帝陵寢，中有「如綫餘息，得以生全」二語。

鰲擬旨詰責，與其黨班布爾善等，誣以怨望，搆罪二十四欵，與其子內大臣查克旦磔死。清帝知鰲與蘇克薩哈有隙，不許。鰲攘臂上前，強奏不休，坐如議。八年，鰲拏問拘禁，班布爾善等俱立斬。

（按鰲氏當時，威權無匹，六部尚書，幾盡黨羽，至一日間殺數大臣。在殿廷攘臂，不臣之狀顯著。其逆迹未成也，幸矣。）

明珠 附錄郭琇疏

當康熙中葉，滿大臣樹黨羽、傾權利者，鰲拜之後，又有明珠焉。

大學士勒德洪、余國柱，尚書佛倫、葛思泰，侍郎傅臘塔、席珠，皆其死黨。凡會議會推，佛倫把持，余國柱為之囊橐。閣中擬票，俱明珠指揮，輕重任意，他閣臣承其風旨。督撫藩臬缺出，余國柱等無不展轉販賣，必滿欲而後已。即學道期滿應升者，亦往議價。九卿公然希旨，派缺預定。

御史李時謙、吳震方，頗有參劾，明借事誣陷之。靳輔前後督河十餘年，糜費巨款，大半明分肥。江南蠲租起，國柱時長農部，以部費為名，索金四十萬。睢州湯斌撫吳，執不與，啣之。明有僕，言事多效，所至，自大府監司皆郊迓。過蘇，當道日夕候其門。湯使召，將命者用故事以客禮請，從騎數十，至轅門，湯辟大門傳呼，僕大窘，屈膝。湯具酒肉，令門卒為主人。僕歸，訴之明，明雖欲加陷而不得隙。會東宮出閣就傅，明以湯薦。二十七年，東海郭琇列欵劾，明珠、勒德洪罷斥，國柱伏法。

附錄郭琇疏

一凡閣中擬票，俱明珠指揮，輕重任意，余國柱承其風旨。即有舛誤，同官無敢駁正。如御史陳紫芝奏劾湖北巡撫張汧，內請議處原保之員。皇上面諭，九卿一體議處，乃票擬不之及，則保舉張汧，是其指揮矣。

一凡奉諭旨，或云其賢，則向彼云：「是我力薦。」不賢則向彼云：「上意不測，吾當挽救。」任意加增，以市恩立威，因而要結眾心，挾取貨賄。至每日奏事畢，出中左門，漢、滿部院諸臣，及其腹心，拱立以俟，密語移時，上意無不畢露。

一明珠結連黨羽，滿尚書則佛倫、葛思泰，及其姪侍郎傅臘塔、席珠數人，漢人則余國柱為死黨。凡會議會推，皆佛倫把持，而余國柱更為之囊橐，唯命是聽。

一凡督撫藩臬缺出，余國柱等無不展轉販售，必滿欲而後已。故督撫各官，愈事刻剝，民生益困。皇上愛民如子，而民間猶有未足者，均債官搜括以奉私門所致也。

一康熙二十三年，學道期滿應升之人，皆往議價。九卿公然希旨，任意派缺，缺皆預定。由是學道多方取賄，文教因之大壞。

一靳輔與明珠、余國柱交相固結，每年糜費河銀，大半分肥，題用河官，多出指授。皇上試考靳輔受任以來，請過錢粮若干，通盤一算，弊可知矣。當下河議開時，彼以為必任靳輔，及皇上欲另委人，則以于成龍方沐聖眷，舉之必當聖旨，而成龍官止臬司，何以統攝，於是又題靳輔。輔之累抗明詔，非無恃而然也。

一科道有出差者，明、余皆居功要索。至考選科道，即與訂約，凡有本章，須先行請問。由是言官多受挾制。

一明珠自知罪戾，見人故用柔顏甘語，百般欵曲，而陰行毒手。當佛倫總憲時，御史李時謙累奏稱旨，御史吳震方頗有參劾，即借事誣陷，全台愕然。

以上各欵，但約言之。究之明珠一人，智足以探上旨，術足以彌罪惡，更有余國柱奸謀朋比，負恩之罪，罄竹難書。

貪風之盛

清朝貪風之盛，幾於無世無之。康熙二十三年，廣東查抄尚之信家產，侍郎宜昌阿、巡撫金儁，乾沒之。又侵蝕兵餉及商人沈上達財物，恐告發，將沈謀害。道員王永祚，分取贓物，刑部侍郎禪塔海、郎中宋俄託、員外郎卓永圖扶同瞻徇，不將沈上達事訊出，均擬律。

二十五年，侍郎蔡毓榮在總督任內，侵沒逆藩吳三桂入官家財人口。因侍衞納爾泰奉差滇南，恐致敗露，送銀八千兩。其子蔡琳在京，又送銀一千兩。事下吏、戶、刑三部，將蔡父子革職拏問。

二十八年，湖北巡撫張汧，任福建布政使司時，虧空帑欵，勒迫屬員胡載仁等出銀抵補，又勒派鹽商墊還九萬餘兩。荊南道祖澤清，勒索民人李二揚等銀八萬兩入己，一併交部議處。

九學哭廟

康熙時，兩江總督阿山，劾陳鵬年在蘇州府任內，受鹽典陋規。又逐羣娼，建亭南市，宣講聖諭，大不敬。論斬，解任下江寧獄。諸生俞養直及士民數千，大呼請保清廉太守，不得，願入獄與太守同死。

有誤傳養直死於獄者。時學使者方按試句容，八邑生童譁曰：「讀書應試何為也？」皆火其卷出。於是好事者繪〈九學哭廟圖〉，以江寧八縣合府共九學也。又有張黃旗於城上曰：「如喪考妣。」忌者因以大逆上。先是清聖祖南巡，大府委陳辦龍潭行宮。故事，侍衞、內監均有餽，陳一切不問。或置蚯蚓糞席間，清帝召陳詰責，適織造使幼子趨庭，清帝以其無知也，曰：「兒知江南有好官乎？」曰：「知有陳鵬年。」而致仕大學士張英，亦以陳廉吏告，遂命入京修書。

坐班酣睡

康熙試武進士騎射，兵部尚書趙申喬，與諸臣坐班，不覺酣睡。聖祖以其篤老，但訓誨之。雍正時，成都知府王滸，年七旬，侍巡撫憲德考驗武弁，在坐酣睡。經憲德奏參，世宗援引趙事，寬其處分，令補京職。

道光間，故相耆英，督兩廣，直衙參有同知某進見，以手倚茶几坐。耆大怒，斥其不敬。命巡捕扶出，將勒令休致。某挽司道力緩頰，免參劾，而所費已數千金。

書呂留良事 附〈論《南雷文案》〉

呂留良卒於康熙二十二年。後二十餘年，曾靜案出，涉及留良。清聖祖查閱呂所著日記、詩文，語多狂悖，乃併其子葆中，僇尸梟示。相傳呂之僇尸也，開棺時，面如生，頸受刃，尚血痕縷縷，紀曉嵐筆記載此甚詳。

按：呂字用晦，號晚村，清諸生。忽以淮府儀賓之後，追念先朝，棄青衿為僧。生平篤信程朱，負時望，其集中答張考夫與魏方公二書，有「虛席以待伊洛臨講」語。考夫即楊園先生，館其家久。其專論《南雷文案》，攻擊黃梨洲，不遺餘力。清中葉以文字罪人，呂其一也。

〈論《南雷文案》〉書云：

> 惠示《南雷文案》，雨中無事，閱之。其議論乖謬，心術鍥薄，觸目皆是，不止如尊意指摘僅旦中一首也。旦中志銘固極無理，而莫甚於與李杲堂、陳介眉一書，其意妄擬歐陽公〈論尹師魯墓志〉之作，詞氣甚倨，儼以古作者自居，教二生古文法及志銘義。夫不論法與義，愚不得而知，若猶是法也、義也，某竊有詞矣。

凡銘之義，稱美而不稱惡，原與史法不同。稱人之惡則傷仁，稱惡而以深文詆之，尤不仁之甚。其所引〈柳子厚志銘〉，則更不然。子厚之黨叔文也，事關國史，其是非既不可移，而為子厚志者，此其一生大事，又非細故瑣語之可隱而不存也。然至今讀其文，淋漓悲痛，但致嘆於無推挽與排擠下石之人，蓋已深為湔雪矣。

今謂旦中工揣摩人情，巧發奇中。不必純以其術，試取此數語思之，其人品心術，為君子乎？小人乎？謂旦中之醫為下品，某不敢知；謂旦中之人品心術為小人，某所決不敢信也。

太冲本意，止嘆惜旦中馳騁於醫，而不從事太冲之道，則亦但稱其「因醫而廢學」可矣，何必深文巧詆之如此？是昌黎一志，出子厚為君子；太冲一志，入旦中於小人。其居心厚薄何如也？且昌黎立身皭然，未嘗與子厚同黨，故可嘆惜不諱；若旦中之醫，固太冲兄弟所藉其貲力以存活，慫恿旦中提囊出行，其本末某所深悉。太冲書亦云：「弟與晦木標榜而起。」旦中果有過乎？則太冲者，旦中之叔文也。使叔文而嘆惜子厚，天下有不疾之者與？

太冲嘗遣其子名百家號正誼者，拜旦中之門學醫矣。夫以旦中之術庸如此，其緣飾之狡獪又如此，旦中與太冲，其歸依相知之厚也，又如此。不知太冲當時何不一救正之？反標榜之，又使其子師事之，及其死也，乃從而掎摘之？驅使於生前，而貶斥於身後，則前之標榜，既失之偽，後之志銘，又失之苛，恐太冲又難自解此兩重公案也。即「身名就剝」

句，引歐陽銘張堯夫例，亦屬不倫。歐陽所云昧滅，嘆年位之不竟其施也；太冲所云，譏其不學太冲之道而抹殺之也。

旦中生平好義。才足有為，其大節磊落足傳者頗多，固不得以醫稱。又豈得為醫掩哉？且身無違道之行，口無非聖之言。其生也，人稱之；其沒也，人惜之，然則旦中之日雖短，而身名未嘗剝也。太冲欲以私見剝之，亦烏可得也。

夫德不如曾、閔，功不如禹、稷，言不如遷、固，即曰：「身名就剝」。然則太冲之必不如曾、閔、禹、稷、遷、固，已萬萬可信，日空長而名早剝，方自哀之不暇，而遑哀旦中乎？所云：「是是非非，一以古人為法，言有裁量，毀譽不淆。」古文之道，豈復有出於此？然拔太冲之矛，以刺其盾，其志銘中，如降賊後遁者、授職偽廷賊敗斬死者、勸進賊庭歸而伏誅者，概稱為忠節，而憤其曲殺，以國論之大，名教之重，逆迹之彰，不難以私暱也而曲出焉。一故人陰私之未必然者，必鉤抉而故入焉。是非毀譽，淆乎否乎？言之裁量，謬乎否乎？

當道朱門，枉詞貢諛，紈袴銅臭，信口推尊，餘至么麿嵬瑣，莫不為之滅瘢刮垢，粉飾標題。獨取貧交死友，申其無稽之直筆，而且號於人曰：「此為古文之法、志銘之義當然也。」世間不少明眼，有不為之胡盧匿笑乎？

太冲又云：「昔之學道者，學道也；今之學道者，學罵也。」觀《南雷文案》一部，非學罵之巨子乎？罵人之罵而自好罵人，此楚圍之轉受侮於慶封也。夫罵焉而當，則曰懲曰戒；罵苟不當，則曰悖曰亂。今以悖亂之行，橫加於人曰：「此古法也。」豈惟古文之道亡，將生心害事，其為世道人心之禍，又豈小小者乎？

旦中臨終句云：「明月岡頭人不見，青松樹下影相親。」此幽情哀怨之音也。太冲改「不見」為「共見」，且訓曰：「形寄松下，神留明月。神不可見，即墮鬼趣。」夫使旦中之神，共見於明月岡頭，真活鬼出跳矣。旦中之句以鬼還鬼，道之正也。如太冲言，即佛氏大道平沈，有物不滅之說耳。青天白日，牽率而趨陰界，太冲云云，無乃自墮鬼趣乎？即不見共見，以詩人句眼論，誰佳誰否，老於詩律者，必能辨之。此文義之失，猶其小矣，鼉風自南，青蠅滿棘，本不足辨，但念旦中平昔周旋，今日知而敢辨者，惟某一人耳。又念信旦中之審者，無如賢叔姪兄弟，故嘮叨及之。至太冲所以致憾旦中，必欲巧詆之死後，其說甚長，亦不欲盡發也。

堂子淫祀

清人迷信之習，視漢人尤甚。其最不經之祀，無如堂子。彼滿庭等諸郊天，每元日及出師，必先祭堂子。其神有所謂武篤貝子者。考滿禮，元日堂子祭儀，享殿內奉朝祭神位於東，夕祭神位於西；輿前設案二，每案陳香碟，朝夕守上香。

總管大臣率諸王長史，詣圜殿，各依序，懸楮帛二十有七。先一日，所司立杆殿正中石座。祭日，懸黃旛采繩，綴五色、繒百縷，楮帛二十有七。其神杆分六排，排六分；皇子神杆立於座前，親王、郡王、貝勒、貝子、輔國公、鎮國公，各按排建立。以淫祀不經之事，而躋諸諦嘗郊廟之文，薄俗可鄙。

（按：邵陽魏源曰：「堂子圜殿之神亭，皆以月首祭，其神名紐歡台吉武篤貝子。祭時，總管大臣一人，免冠脫褂入，跽祝、叩首。則武篤貝子，或實有是神乎？抑滿先世崇奉之土神乎？要為非鬼而祭已耳。」

鰣魚貢

滿朝貢稅之多，有出人意外者，如長江一帶鰣魚貢是也。康熙時停止，改為折價，向眾網戶征收，成為賦稅。詎自改折價後，或網戶改業，或移徙他方，展轉牽連，吏胥緣之借端敲索，移罩駕名，於是沿江捕魚之人，受追呼之害矣。

此弊政，康熙行之，不知革除，至乾隆初，著該省督撫查明豁免。然閩、粵之荔支，至道光時始停；福建之燕窩則永遠不除，甚有春貢、夏貢、秋貢、冬貢之殊。而貢自督撫者，旋又將軍。以一人口腹之欲，累數省小民奔走之疲，苛矣。

魚殼

江寧大盜名魚殼者，拳捷，倚都統為解，有司莫敢治。于成龍適督兩江，羣吏飾廚傳饋餼牽，均不受。

按察使某，年家子也，請具一餐為雅壽。于笑曰：「以他物壽我，何如以魚殼壽我？」某喻，出以千金購名捕，縛置獄。是夕，于秉燭坐，一男子持匕首自屋梁下。于叱何人，曰：「魚殼。」于解冠几上，曰：「取。」壳長跽曰：「取公頭，不待公命也。方下梁時，如有物擊我，手不得舉。乃知公神人，某惡貫盈矣。」反銜匕首獻，于曰：「國法有市曹在。」遲明報失盜，人洶洶，而于已命中軍將魚壳決西市。

財神舁入文廟

滿朝考試，莫壞於翰林考差，廣交詩片。至後來考軍機御史，亦時有通關節事。若各省鄉試，更賄賂朋興，其神通廣大者，主試一出都門，即有消息到手。

康熙五十年江南鄉試，正主考左必蕃、副主考趙晉。趙與總督噶禮交通關節。榜出，譁然，士子羣舁財神入文廟。左不自安，疏聞，巡撫張伯行亦據實入告。清廷命尚書張鵬翮、侍郎赫壽往按。舉人吳光奎、吳泌具供，藩司吏李啟與僕人軒三營弊。軒三者，噶禮閽人也，噶持其事，索五十萬，保無事，而張亦以子任懷寧令，恐陷害，瞻徇。案久莫定，嗣朝命張廷樞覆按，趙、噶擬如律。

（按：以特旨查辦之案，竟敢索五十萬，保無事，滿員之目無法紀也如是。）

文字之獄：莊廷鑨、方孝標、戴名世、查嗣庭、陸生柟、陳鵬年、李紱及李任漢等八人、韋玉振、程明禋、方國泰、徐述夔

滿廷借文字興大獄，以殘虐士類，歷康、雍、乾三朝。其間因為報復地者，不可僂指。殆與呂政坑儒之慘將毋同。茲就所可知

者記之，以見當時言論著作之不自由也。（此事坊本已載，惟下所述，較坊本稍詳，不嫌於贅。）

莊廷鑨

莊本浙富家，因購烏程朱氏《明史》稿本，刻以己名，補入崇正一朝。適歸安知縣吳之榮因事革職，欲藉為邀功復官也，上之法司。滿廷遣員出按，廷鑨已死，僇尸，誅其弟廷鉞，併其幼子年十餘歲者。於是羅織及富人朱佑明，書賈及購書人，均遭禍。將軍松魁削職，幕客程某、歸安烏程兩校官、湖州府譚希閔、推官李煥，均絞。是役也，罹禍死者七十餘人。

方孝標、戴名世

康熙五十年，都御史趙申喬，劾編修戴名世所著《南山集》，語多狂悖。嗣因《南山集》與《孑遺集》內，多采錄桐城方孝標所著之《滇黔紀聞》，牽連方，并及方族人作序之方苞。尤雲鶚、方正玉，為之捐貲刊行者。雲鶚、正玉、及同官汪灝、劉巖，亦皆與焉。孝標已死，剉其尸，名世寸磔，餘論絞。惟方苞查明序文，實非所作，獲免。供詞五上五折本，清帝以牽累至數百人，惻然。於是尚書韓菼、侍郎趙士麟、御史劉灝、淮揚道王英謨、庶吉士汪汾等三十三人，得別議降謫，而全活者，三百餘人。

查嗣庭

雍正四年，查以禮部侍郎典試江西。題曰：「維民所止。」忌者附會其說，謂「維止」兩字，係意在「雍正」兩字去首。

世宗性本褊刻，聞之大怒，以查怨望毀謗，大不敬。命搜其行勝，中有日記兩本，乃逐條吹毛，至謂其為隆科多、蔡珽所薦，係死黨（時蔡珽因劾奏田文鏡，朝士目其與李紱、謝濟世為死黨，以全力擊之）。又謂其狼顧之相，必心術不端。又謂其捏造怨蜚，語難枚舉，於聖祖用人行政，大肆譏刺，以翰林改科道為可恥，以裁汰冗員為厄運，以欽賜進士為濫舉，以清書庶常又考漢文為苛例，以庶常、散館為畏途，以多選庶吉士為蔓草。其餘不計其數，著拏問交三法司嚴訊。

陸生柟

陸，廣西舉人，軍前効力。部選江南吳縣知縣，引見扣缺，以主事用。著《通鑒論》十七篇，順承郡王錫保，疏劾其言詞狂妄，非議朝政。著九卿科道秉公定擬，中有〈論封建〉、〈兵制〉、〈立儲〉等篇，指為大逆，軍前正法。

陳鵬年、李紱及李任漢等八人

方阿山之劾陳也，必欲死之，而清帝令在京修書。後因白事不跽，總督噶禮修前督怨，呵曰：「知府生死我手，何敢爾！」陳不為屈。巡撫張伯行，夙重陳，噶與張不相能，因愈遷怒陳，奏陳〈遊虎邱詩〉含譏刺，大逆不法，應斬決。

清帝釋不問。又乾隆戊子，江西巡撫吳紹詩奏：「李紱詩文集，語句憤激。李任漢、傅占衡集內，亦多狂悖句。請將李紱等子孫革訊，查封家口、房屋，并請將李茹、馮詠、馮謙、萬承倉、吳名岸，黃石麟查辦。」旋奉旨李紱所作詩文，其中誠有牢騷已甚之詞，但核之多係標榜惡習，尚無訕謗實迹。即其與戴名世七夕同飲，原在名世未犯罪以前，且座中不止一人，無足深究。至李任漢之於呂留良，語多推許，不過為講學文字俗套。若傅占衡狂吠之語，殆染明末無知妄作之風。久經物故，如一一根究，事體未協，且恐無識之流，疑為文字獲咎，反得遂其詭激沽名之隱，甚無謂也。但此等謬語，刊刻成書，於世道、人心，貽誤不小，著該撫將各項書本、板片查明消毀。

（按：吳紹詩此舉，亦欲借興大獄，圖報復。幸其計未售，免於拖累。不然，此十餘家子孫，又無噍類矣。想見文字賈禍之慘。）

韋玉振

乾隆四十三年，江蘇巡撫楊魁奏：「贛榆縣生員韋玉振，為其父刊刻行述，內有於佃戶之貧者，赦不加息，并赦屢年積欠之語，殊屬狂悖。經其叔韋昭告發，韋玉振應請照違制律杖一百，褫革衣頂。又寶山縣職員范起鳳，呈控堂弟起鶚，存匿應繳違礙禁書，如亭林等集數種，請委員赴其家查搜。」

旨：「韋玉振於行述家譜內，妄用『赦』字、『世表』二字，雖此外尚無悖逆之迹，究屬僭妄，非僅違制可比。且該犯身列宮牆，自應稍知文義，乃於『赦』字、『世表』字僭用不忌，自當治以僭妄之罪。今該撫僅照違制擬杖，未為允協，仍應照僭用例杖一百，徒三年。」

程明禋

程，湖北孝感縣生員，至河南桐柏縣教書，十有餘年。乾隆四十六年三月，有富家鄭友清生日，戚友劉用廣等，浼程撰文製幛祝壽。程因鄭友清本係楚人，在豫起家，又時直三月，文內敘有「紹芳聲於湖北，創大業於河南」，及「捧河中之劍，似為添籌」語句。鄭友清疑有違礙，用紅紙貼出。程聞怒甚，程門人生員楊殿才、胡高同、王國華，俱不服，令鄭友清之姪鄭萬青，往程服禮，不從，拳毆鄭萬青右眼。楊殿才又以鄭友清係屬白丁，不應妄加評語，乃編造俚語，粘貼街市，為師洩忿。

鄭友清即持幛向桐柏縣教諭黃懷玉呈首。懷玉通稟學、撫兩院，撫臣富勒渾，批飭南陽府提訊。於程寓所，搜出久經飭禁之《留青新集》一部。又摘寫《後漢書．趙壹傳》內成語詩「文籍雖滿腹，不如一囊錢」二句，密加圈點。又於程友曹文邠家，查出《文昌錄》一軸，同《苻咒解省》。

撫臣兩司等，將程所作壽文，狂悖之處，逐一指詰。程供：「上年二月，劉用廣向犯生說，他相好鄭友清，原是湖北興國州人，移居河南桐柏，經營起家。三月初一日，是他生日，央犯生作文，與他祝壽。犯生應允，因想鄭友清從湖北到河南起家，故說『紹芳聲於湖北，創大業於河南』。原引《易經》富有之謂大業，是贊頌他的。至『捧河中之劍』二句，因係三月生日，故引用秦昭王上巳置酒事，是切時令的。至〈趙壹傳〉詩句，乃犯生庚子科回籍鄉試不中，心內牢騷不平，偶讀〈趙壹傳〉，觸起心事，隨手摘寫幾句，不敢有別的意思。」富詰以：「汝何以獨取〈趙壹傳〉兩句詩，且批『古今同慨』四字？況當今聖明在上，勤政愛民，臣民無不愛戴。汝怎混抄那不煖飽當今豐年的成語？」程供：「犯生教書度日，那些有錢人都瞧犯生不起。心裏憤懣，故圈出『文籍雖滿腹，不如一囊錢』二句，旁批『古今同慨』四字。犯生科舉多次，總不得中，埋怨主司去取不當。又以命運乖蹇，無由發迹，即使衣食充足，也不快活。故寫出『鑽皮出毛羽、洗垢求瘢痕、不飽煖當今豐年』等句。」曹文邠供：「《文昌錄》苻咒，是業師劉逢恕所寄。係伊父劉仁增遺存，言：『每遇作文，書苻念咒，倍加敏捷。』業師練習數次，并不效驗，所以回鄂未帶，留在犯生處有年。」

旋經富勒渾奏請：「程明禋照大逆律，凌遲處死。該犯胞弟程明珠，照律擬斬立决；其妻沈氏，同年十五歲以下三子：二狗、三狗、五狗，及明珠子七兒，俱依律緣坐，給功臣家為奴。其門人楊殿才、王國華、胡高同等，事不干己，輒寫帖辱罵，拳毆鄭萬青，均屬不合，俱照律褫革衣頂，杖八十。黃懷玉革職。」

（按：此案照大逆定罪，未免太過。核其起衅文字，并無悖逆事件，竟連坐兄弟，并十五歲以下子姪。富勒渾酷吏手段，竦矣！）

方國泰 附徐述夔事

乾隆四十七年五月初三日，內閣抄出安徽巡撫譚尚忠具奏，歙縣生員方國泰，藏匿伊祖方芬濤浣亭悖逆詩集一案。

奉上諭：「譚尚忠奏，已故歙縣貢生方芬所著濤浣亭逆詩，伊孫方國泰藏匿不報。請將方芬刨墳僇尸，方國泰照大逆知情隱諱，擬斬立决等因，已批該部議奏。據稱查出方芬詩集內『征衣淚積燕雲恨，林泉不共馬蹄新』，又『亂剩有身隨俗隱，問誰壯志足澄清』，又『蒹葭欲白露華清，夢裏哀鴻聽轉明』等句。雖隱約其詞，有厭清思明之意，固屬狂妄，但不過書生遭遇兵火，流離轉徙，為不平之鳴，并無公然毀謗本朝也。方芬老於貢生，貧無聊賴，鬱不得志，借詩牢騷則有之。况其人已死，朕不為已甚，若如此即坐以大逆之罪，則杜甫集中窮愁之語最多，即孟浩然亦有『不才明主棄之』之句，亦得概謂之大逆乎？從前查辦河南祝萬青家祠匾對，及湖南高治清所刻《滄浪鄉志》吹求字句，辦理太過，屢經降旨通諭各督撫，勿得拘文牽義，有意苛求，豈譚尚忠尚未之聞乎？即如徐述夔所著逆詞，狂悖顯然，亦因其詩有『明朝期振翮，一舉去清都』之句，藉『朝夕』之『朝』，作『朝代』之『朝』，且不言到『清都』而言『去清都』，顯然有興明朝、去本朝之意。其餘悖逆之句，不可枚舉，實為罪大惡極，是以提犯來京，命廷臣集訊，定以大逆不道之罪。此實因有逆詞足據，不可不辦也。此案著交刑部照此旨核擬具奏。如方芬集內，或另有不法之句，不止如摺內所云，該撫未經摘出，抑有不敢陳奏之語，并著該部查明再行請旨核辦。」旋刑部遵旨奏稱：「方芬係本朝歲貢生，生於明天啟年間，歿於康熙二十九年。著有《易經補義》一部、《濤浣亭詩集》一本。又伊七世祖方有度，著有《陛辭疏草》一本。方國泰於學臣考試時，將《陛辭書草》、《易經補義》二書呈出，以為一家孝友，請匾獎勵。當經飭縣查出方芬《濤浣亭詩》內有『征衣淚積』等句，語意狂妄。訊之方國泰，據云濤浣亭係伊五世祖方芬所著，不知何時刊刻，存留在家，只此一本。詩內悖謬之處，因是祖上所著，相隔百有餘年，實不能指出作詩本意。至所著『避寇』諸句，幼時曾經祖父言及，康熙初年，閩寇來攻徽州府城，一家逃避，官兵平復，始得回家。這『避寇』的話，想必指閩寇等語。臣查前奉諭旨，凡收藏違礙悖逆之書者，俱令及早繳出，仍免治罪，前撫臣業已宣布。該犯讀書識字，既將伊祖上所著之《陛辭疏草》、《易經補義》呈求請獎，而於《濤浣亭詩集》獨不呈出。其為有心存匿，已可概見。科以應得之罪，夫復何辭？惟如該撫所請，將方芬刨墳僇尸，方國泰斬決，辦理殊失持平。查律載收存違禁之書者，杖一百。又大逆知情不首者，杖一百、流三千里。此案除方芬久經物故，聖恩不加重罪外，方國泰應照律量減一等，杖一百、徒三年。至該撫奏稱：『詩集板片，恐各屬蒐羅不盡，現在通飭實力查繳，并移咨各省，一體詳查焚毀』等語，應如該撫所奏辦理。」

論雍正三世

雍正十三年，正君權極端時代也。承康熙政寬之後，出以嚴厲，迅雷之威，不及走避。且又偵騎四出，刺探陰事，群臣惴惴，惟恐獲戾。

即位之初，立頒十一道諭旨，戒飭各督撫提鎮。一時弊絕風清，乾綱獨攬，其整飭吏治、駕馭人材、清釐財政，切中時弊，有足多者。惜於兄弟之間，肆行誅僇，鬩牆慘禍，竟自廟堂開之，天理人情，不無遺憾！讀姜家大被之文，不禁為世宗太息也。

（按：清世宗以威御眾，獨於貪吏，失之過寬。高其倬斥為柔奸，而信任如故；隆科多贓穢狼籍，而竟貸一死。惟懲幕友下四事，辦理痛快淋漓，惜後世不克奉行，特書之，見猛以濟寬，國大夫所以遺愛也。）

懲幕友

諭：「督撫事煩任重，勢必延請幕賓。但幕友中不肖之徒，勾通內外，肆行作弊，清濁混淆，是非顛倒，敗本官之清節，誤本官之功名，彼則抽身事外，飽槖而去，深可痛恨！著即嚴行查察。」

飭部吏

諭：「書吏慣於作弊。或已經滿吏，改換名姓，竄入別部，甚有一種缺主名色，握一司之事，盤結其中，居然世業。以後五年考滿，各堂官勒令回籍候選。如有前項情弊，立行驅逐。」

禁部費

諭：「各省提奏事件，俱有部費，屢次旨禁，仍蹈故轍。凡事不講部費，不能結案，盈千累萬，遂小人無厭之求。况題奏件俱朕親覽，交部定議，各大臣何不自愛？甘為蠹役傀儡乎？立即嚴行禁止。」

誡外省書吏

諭：

聞外省督撫藩臬，不約束書吏差役，狐假虎威，無惡不作，而督撫衙門尤甚。其名目有內班、外班之分，朋比作奸，種種詭詐。飽其貪欲，則改重為輕；拂其所欲，則批駁不已。

即如廣東盜案，無論年月遠近，總督書辦概於冬季，提票差提承緝吏目典史至省，示期批責。其規費有院房年節禮，每員送書吏四五十兩，方准回任，無者差押不放。至旗牌承舍，皆自命為差官。平日高居班房，包攬詞訟，屬員謁見上司，私行請託。及差往他處，翎頂輝皇，儼然官長，沿途拜會有司，需索夫馬餽贐。假公濟私，作威作福，庸懦之督撫，為所欺而不悟，朕代為恥之！

至藩司管全省錢穀，臬司管全省刑名，一任若輩舞文弄法，百弊叢生，尤堪痛恨！以後痛自革除，勿以身試法。

孫嘉淦之胆

太原孫家淦，性戇直。官檢討日，值世宗初政。上封事三：曰親骨肉、曰停捐納、曰罷西師。世宗大怒，召王大臣示之。責掌院學士曰：「爾翰林乃容此狂士耶？」學士叩頭謝。大學士朱軾在側，徐曰：「此生誠狂，然臣服其胆。」良久，世宗笑曰：「朕亦不能不服其胆。」立召對，授國子司業。

一日，引見教習，不稱旨，孫堅持之。世宗怒曰：「汝能保此曹不以貪墨敗乎？」曰：「願保。」世宗擲筆令書狀，孫執筆欲下，侍衛呵曰：「汝敢用御筆乎？」孫悟，奉筆上，免冠頓首曰：「上用筆，臣不敢捉。」世宗曰：「爾固猶知有君父乎？」命鎖交刑部，大不敬論斬。後釋，降銀庫行走。

強項令

青海用兵，年羹堯督川，加正賦，通私茶，猶不足，多額外索征，檄再三促。吾鄉余田生府丞甸，知江津縣，不應。年乃使內丁持印文諭。自朝至日晡，余不出。使譁，余立坐堂皇，命反接。眾相愕，不敢動。余憑怒，乃共曳之，伏地，投六籤。丞簿均跽請，士民集堂下數千，耆老數十，以身蔽使者，哀告曰：「公何難棄一官？但我民自今無怙恃矣，望哀赤子無依，寬使者法。」

久之釋。使介眾索原文，余曰：「還告大人，我無子，閉門待劾。」年曰：「此民所戴也，去之傷民心；不去，百姓玩法。」會行取，遂以主事薦。

兄弟鬩牆

清世宗性猜刻，待骨肉大臣尤寡恩，多被暗害。

兄弟三十五人。長允禔，早卒。次允礽，已於康熙十五年冊立為皇太子，擇湯斌傅，然性佻達，宵小又從旁誘之，好淫佚，不合聖祖意。未幾，廢黜，錮之咸安宮。次允祉，次即世宗。

聖祖暮年，以儲位未定，忽忽有所思，又不欲羣臣之請立也。世宗及第八子允禩，均覬覦焉。允禩燥急，私令大學士馬齊，會諸大臣保奏。聖祖以馬齊諸臣，欲樹恩允禩，為日後弄權地也，黜之。由是諸臣皆不敢議。世宗故為柔順，賄通宮侍，聖祖為所蒙，以其類己也，意頗屬。一日，聖祖病，世宗不離左右，侍湯藥。聖祖喜，立之。

即位後，先修怨於允禩，削王爵。允禩與第九子允禟善，遂幷允禟亦削爵，安置西寧衛。改允禩名曰「阿其那」，改允禟名曰「塞思黑」，惡之甚也。未幾第十子允䄉、第十四子允禵，又以讒言禁錮。惟第十三子允祥，為其信任，餘均仇視如路人焉。

佟法海者，元舅佟國綱子也，官侍郎。世宗恐允禟在西寧，未便探其近狀也。命法海往取其家口來京，交內府嚴加收管。允禩、允禟遂憂死。允䄉、允禵亦錮死。

翁氏兩孝子

餘姚翁運標刺史，父瀛，廩貢生，康熙壬申，以妻兄鄖某官粵西，赴約。夜泊祁陽之新塘，失所在。舟人大索不得，報其家，反行篋，失鑰。時君甫三歲、兄運槐八歲，招魂葬父。三年，母又卒。君茹苦力學，兄十三歲，即歷楚、粵、豫章間，尋父不得，病歸。

雍正元年，君舉進士。悲不得父骨，誓往尋。卜漢壽亭侯廟，有「誰知意外得生還」句，三卜而三兆焉。於是兄弟遍走湖南萬山中，刺血疏祈於神。兩年，仍無所得。榜一舟曰：「餘姚翁某尋父。」溯洄衡永間半年。

一日泊新塘，遇土人鄭海還者。云其弟海生，於三十年前失足落水，格敗葦，得不死。視葦中已有溺尸，身佩小鑰囊，因瘞之白沙洲，存鑰囊為記。乃急遣持鑰証之，牝牡脗合，囊為君姊前手製以奉父也。始悟「生還」之讖，應鄭氏兄弟名，乃號泣啟封扶柩歸，於前瘞處留封樹為志。時稱翁氏兩孝子。

（按：此陳事，何以書？書於兄弟鬩牆章後，微意也。）

巡撫裁縫幷坐見客

雍正時，陝西巡撫西琳，每接見僚屬，有二裁縫幷坐。不但司道恭揖，二裁縫穩坐不少動，即府廳州縣下長跽白事，裁縫亦坐如故。凡地方機密要事，一一聽聞，外間招搖，到處通賄。大小官員，莫不駭愕，然無如之何也。其不肖者，且與之莫逆，通關節，委差買缺，應如響焉。陝西粮道杜濱奏稿，載此事甚詳。

（按：此皆滿員之特色怪現象也，在雍正時已有之，吏治安得不敗？）

聖德神功碑文

清聖祖仁皇帝聖德神功碑，雍正四年建。詞意并茂，惟中多溢美，錄之以供文學家評賞。

文曰：

皇天眷佑我國家，顯謨盛烈，世世相承。太祖太宗，兆基東土，締造洪圖。世祖混一寰區，克成駿業。篤生我皇考皇帝，擅神聖之姿，立君師之極，大德廣運，健行不息，至明如日，至仁如天。集皇王之大成，亘古今而首出，書契以來，罕有倫比。以揚列聖之耿光，以裕無疆之大歷。朕予小子，纘承基統。既奉冊寶，恭上尊諡，惟山陵禮畢，宜建穹碑。

欽惟我皇考，臨御六十餘年。厚德崇功，布護海宇，盈溢簡牒，巍巍乎，蕩蕩乎，不可殫述。謹綴大概，鐫勒貞珉，用垂於億萬祀。辛丑正月，嗣登大寶，甫八齡。康熙六十一年十一月甲午崩，聖壽六十有九。雍正元年九月丁丑葬景陵。

頌曰：

惟我聖清，上天眷命。二儀凝祉，三朝篤慶。皇考紹烈，建中秉正。亶聰亶明，乃神乃聖。翼翼昭事，仰格高穹。化將道贊，祭以誠通。虔承九廟，孺慕兩宮。大孝備矣，至德光融。

爰在冲年，夙成睿智。致泰之基，徵乎言志。日就月將，古訓是嗜。理數兼該，窮源抽秘。萬極在御，八表君臨。克勤於政，無逸為箴。求衣忘食，日昃宵深。慮周禹迹，事廑堯心。廣聽抃觀，樹旌建鼓。無情不達，有善必取。四門攸闢，百司式敘。文采珪璋，武羅貔虎。

苞有三孽，怙勢悖恩。默運神幾，再奠乾坤。旆麾烽息，砮指鯨奔。提封式廓，截海為藩。元裔速辜，不脩厥職。禁旅一臨，凶渠伏殛。羅剎擾邊，邊帥討賊。拔城縱俘，感恩懷德。

惟彼雄梟，搆難比隣。比隣內附，稽顙稱臣。敢抗明詔，怙惡不悛。天子三征，掃蕩邊塵。蠢茲遺醜，搆分西徼。自恃荒遐，狂跳縱暴。堂堂天兵，何幽不到。底定三危，恩同再造。瑤池之水，崑崙之岡。窮域絕漠，越海逾洋。書傳所紀，咸我版章。敷天率土，無不來王。

睠念河淮，頻承四載。既安二瀆，亦通百派。一授成功，萬世永賴。胥樂同憂，仁膏遍沛。周詩時邁，虞典歲巡。省方詢俗，輦路生春。蠲租賜復，歲有恩綸。惠心溥渥，益道平均。暘雨偶愆，恩澤已布。朔漠朝鮮，同沾湛露。象魏既縣，雞竿屢樹。貫索其空，桁楊可厝。

德惟善政，道在遺經。紆御東魯，親奠兩楹。禮明樂備，檜栢增榮。光華復旦，天下文明。覃心四府，研精儒術。典籍大興，英髦四出。爰在璣衡，協時正日。玉振金聲，審音定律。海涵地負，大哉王言。鸞騫鳳翥，煥乎宸翰。文經武緯，異用同源。道高能博，藝備德尊。

歷代帝王，祀典惟厚。備列几筵，光輝俎豆。脩敬前朝，親臨鍾阜。三恪垂封，蒸嘗有後。功勳耆舊，恩禮優容。龐眉皓首，濟濟雍雍。撝謙克讓，川受谷冲。穆穆其敬，安安其恭。六幕啟宇，八垓兆域。

維我皇考，憂勞靡極。三靈集祐，五紀膺曆。維我皇考，克勤不息。貽我臣庶，食德難忘。貽我子孫，卜世無疆。昌瑞之山，峰峙川長。功德穹碑，天日同光。

大內密封匣

世宗性雄猜。自以奪嫡踐位，恐兆爭端，乃於即位後，御乾清宮，召王大臣入，諭以「建儲一事，必須詳慎，聖祖既將大事，付託朕躬，朕身為宗社之主，不得不早為計。今親寫密封，存之匣內，置乾清宮世祖御書『正大光明』匾額之後，宮中最高處，以備不虞，永為定例。」諸臣奏：「聖見周詳，臣等遵議。」乃令諸臣退，只留總管事務大臣，親書應立皇子名，密封錦匣收貯。

軍機處

雍正四年，西北用兵。清廷以內閣在太和門外，儤直者多，虞洩漏。議設軍機處於隆宗門內，為承旨出政之總匯。以鄂爾泰、張廷玉為軍機大臣，職在擬旨，凡內外臣工所奏，皆面取進止，明發上諭。其有旨勅議者，定可否以聞。明發諭旨，均下內閣，以次及於部院。

若指示兵略，告戒臣工，及查核刑政之失當者，為廷寄，密封交兵部馳遞。內而有九卿、部、院、步軍統領、內務府；外而各省督、撫、將軍、學政、提督、總兵、鹽政、榷使、各參贊辦事大臣，訖四裔各屬國，有事無不綜核。又無日不召對，巡幸無不從。四方章奏，皆以摺代本，逕達軍機處，內閣本章，依列題達而已。甚而內閣翰林院撰擬不當，亦下軍機處，故清國軍機大臣之任，至為煩重。旋以軍務勞碌，增四品京堂以下閣部司員之能者，為章京，每日寅初在奏事處上摺匣，上秉燭批覽畢，發軍機處錄入檔冊。

乾隆初，張廷玉欲樹黨，以同鄉汪由敦長於文學，薦入代勞。金川用兵，所下廷諭，均汪手筆。初惟滿大學士訥親一人承旨，既出，令汪在直廬撰擬。訥惟恐不合上意，輒令更易，有屢易而仍初稿者。一稿甫削，又傳一稿，改易亦如之。汪頗以為苦，然不敢較也。洎金川平，汪自陳不能多記，恐有遺忘，乞令軍機大臣同進見，遂沿為例。然秉筆之任率推汪，其後滿司員欲借為見才地，大學士傅恒，稍假借之，令代擬。汪見滿司員如此，而漢文猶必己出，近於攬權，乃亦聽司員代擬，日久成為章京專職。

記年羹堯事

青海酋羅卜藏丹津反，年以大將軍往平。其凱旋也，勢張甚，黃韁紫騮，絕馳而行，王公以下屈膝郊迎。年過目不平視，獨溧陽史貽直相國，長揖立。年望見驚異，反鞚急下馬曰：「是吾同年鐵崖耶？」扶上馬，并轡入。其官總督也，自以曾佩大將軍印，不許同城巡撫放炮。

（按：年敗，世宗問史曰：「汝亦年羹堯薦耶？」史對曰：「薦臣者羹堯，用臣者皇上。」上大笑，遂止。）

高其倬柔奸

蘇撫高其倬奏：「地棍夏壽，糾集多人，打毀滸墅關稅房。」

旨：「海觀甫離任，即有此事，汝尚有顏面乎？皇考每以高其倬與魏廷珍并論，謂有才均不實心任事者。汝勿以今日為得計也。土棍妄為，大干法紀，再不拏辦，汝不無縱盜大咎乎？高其倬之柔奸，皇考姑容之，朕斷不姑容也。」

（按：嚴斥如是，而信任如故，咄咄！）

隆科多之無法

當清聖祖之彌留也，受顧命者，惟隆科多一人承旨。世宗嗣位，因與隆有此感情，頗青眼。隆由是挾勢弄權，無論內外大臣，均婪索贓物。差家人王五、牛倫，陸續索取揆敘古玩銀十四萬兩，滿保、趙世顯、甘國寶、程光珠、張其仁、姚讓、年羹堯等，金一千八百兩，銀八萬餘兩。又將行文查問事隱匿，又私抄玉牒存家中。種種不法，經郡王錫保議奏：「隆科多不敬罪五、欺罔罪四、紊亂朝綱罪三、奸黨罪六、不法罪七、貪得罪十六，擬斬立決。妻子入辛者庫，產沒官。」

旨：「隆科多免死監禁，子岳興阿革職。」

兎死狗烹

年羹堯之剛愎驕恣，固不學無術，然清廷以細故褫之，亦欲加之罪，何患無詞也。至調任杭州將軍，清廷欲先解其兵權，以便誅謬。年亦知，故不入京，又不到任，奏稱在江南半途，靜候綸音。君臣相疑，至此已成凶隙。惟清廷殺之，又斬其子，十五歲以上之子，又發極邊充軍，未免過甚。茲將當時犯罪之由錄之，見清世宗猜忌功臣之慘。

雍正五年，川陝總督太保年羹堯，以「日月合璧，五星連珠」奏賀。

旨：「此本內字體潦草，且將『朝乾夕惕』，寫作『夕惕朝乾』。年羹堯非粗心辦事之人，直不欲以『朝乾夕惕』歸之於朕耳。年羹堯既不以此四字許朕，則渠青海之功，亦在朕許與不許之間。今降旨詰責，年羹堯必推託患病，他人代書。夫臣子事君，必誠必敬，陳奏本章，即他人代為，烏有不寓目之理？觀此，年羹堯自恃己功，顯露不臣之迹，其乖謬之處，斷非無心。着原本發還，令其明白回奏。」

嗣議政王大臣題奏：「年羹堯反逆不道，欺罔貪殘，彈章如邱山之積，罪迹逾溪壑之深。臣等公擬大逆罪五、欺罔罪九、僭越罪十六、狂悖罪十三、專擅罪六、貪婪罪十八、侵蝕罪十五、殘忍罪四、忌刻罪六，共犯九十二大罪。請立正典刑，以伸國法。」

旨：「年羹堯令自裁，其父遐齡、弟希堯免死，子年富立斬，餘子十五歲以上，極邊充軍，產入官。」

李紱之崛強到底

李，臨川人，生有異稟，讀書日二十本。由編修超五堦為庶子。世宗在潛邸，即知其名。及即位，授廣西巡撫。當時廟堂痛懲朋黨之習，尚書蔡珽，適獲戾，李面保，忌者因目為死黨。而河南巡撫田文鏡者，由縣丞歷官巡撫，察察為明，眷隆甚，嚴吏治，一劾動數十員。李以直隸總督入覲，過豫，一揖未了，即厲聲問田曰：「公身任封疆，有心蹂踐讀書人何耶？」田立以李語入奏，李入，亦首劾田負國殃民，又連疏糾劾。會御史謝濟世，亦劾田。世宗以濟世所言，與李奏一一脗合，明是結黨傾陷，宜嚴懲。

於是內外諸臣，以全力排李，必欲死之。上知其才，又惡其崛強，欲摧折而用之。兩次决囚，縛李西市。刀加頸，問：「此時知田文鏡好否？」李奏：「臣愚雖死，不知文鏡好處。」乃宣旨赦還。

符命

符命之說，儒者不言。而歷代君主，偏喜誇張之，史官亦載筆而記之，皆大小臣工借端貢媚，妄希恩澤，不惜穿鑿附會歟。

清雍正五年，二月初二日，欽天監奏：「日月合璧，五星連珠。」又河督齊蘇勒、漕督張大有、豫撫田文鏡、副總河嵇、曾筠奏稱自河南陝州，至江南桃源，計二千餘里，水色澄清，經二十餘日。旋據陸續勘驗：

陝西、山西於四年十二月初九日起，至五年正月十三日止；河南於四年十二月初九日起，至五年正月初十日止；山東曹縣於四年十二月初九日起，至五年正月初十日止；單縣於十月初九日起，至十八日止；江南於十二月十六日起，至二十日止。計陝西清三十六日，山西清三十五日，河南清三十一日，山東清三十一日，江南清八日。

七年，雲貴廣西總督鄂爾泰奏：「雲南白崖山涌出甘泉二股，又省城五色卿雲見，經辰、巳、午三時。」八年，粵督郝玉麟奏：「琼州本年三月十八日，祥雲朝見，歷卯、辰兩時之久。」湖南總兵周一德奏：「白沙各處，五月十一日，卿雲麗天，自辰至酉，萬目共見。」十年，山東巡撫岳濬奏：「鉅野地方民人李恩家，本年六月初五日，牛產麐，遍身皆甲，光采燦然。」

（按：雍正十餘年政治，不過嚴厲二字，有何德化，致源源祥瑞哉？亦猶貢媚穿鑿之說歟。）

不通之御史

雍正五年，知縣錢以瑛，行取入都，補授御史。引見條奏三事：一請飭各省督撫，勒令尼姑還俗；一民間養女至二十歲外者，請飭督撫諭令，速行擇配；一民間鬥毆，每起於數十文之小，請有司於境內查明，給與錢文，以息爭端。

旨：「鄙瑣不通，不勝臺諫，著以主事原銜勒令休致，條奏發還。」

（按：此漢員之不通也，至滿人之為御史，其不通并此不如者多矣。可嘆！）

記江南清查事

雍正五年，詔清查康熙五十一年以來，江南負課一千二百餘萬。大府督責急，逮捕追比無虛日，瘐死者已十餘人，官民惴惴。

山陰童華知蘇州府，惻之，固請寬限。巡撫怒曰，「汝敢逆旨耶？」童曰：「某非逆旨，乃遵旨也。皇上知有積欠，不令嚴追。令清查者，正欲清其來歷，查其底細，或在官、或在吏、或在役、或在民、或應征，或不應征。使了然分曉，然後奏請，以俟聖裁，此詔諭意也。今奉行者，絕不顧名思義，徒以十餘年積欠，亟亟焉求完納於一時，是暴征，非清查也。」曰：「汝意如何？」曰：「限某三月，當分別牒報。」從之。乃量釋繫累者千餘人，次第造冊，請轉奏。是役也，全活數千人，而各州縣因緣擾累者，尚不在此數。

圓明園軍機直班文兩比

潘木君督部有軍機直班文兩比云：

寅初入如意之門，流水橋邊，喚取衣包於廚子，茶熬幾碗，燭翦三條。兩班公鵠立樞堂，幸直此八方無事之時，奉硃筆而共商起草。未正動歸心之箭，夕陽窗外，頻催畫稿於先生，開面數行，封皮兩道，八章京鴛蹌直署。謹遵夫五日下班之例，交金牌而齊約看花。

蕭永藻之伴食

蕭以庸碌無能之才，阿附滿員，為伴食宰相十餘年。又與皇十四子允禵周旋，極意諂諛，以固祿位。然一面得允禵之歡，一面觸世宗之怒，以允禵固世宗之眼中釘也。

於是命往景陵看守。未幾，嚴旨申飭，謂允禵之傲慢狂妄，皆蕭長之，革職。因兄弟之相殘，而遷怒於老悖之蕭永藻，雖世宗之威福，亦蕭之進退失據致之與。

錢粮加耗之虐政

錢粮加耗，原非正供應有，而滿廷明目行之，甚且行諸諭旨焉。

雍正六年諭：

全革耗羨，其勢必不可行，為有司者，果能減輕收取，在民亦所樂從。夫州縣既有耗羨，而上司無以養廉，不得不收州縣饋送，是上司冒貪贓之罪，為日用之貲，而貪得者，又借規禮之名，肆意橫索，州縣公私交迫，必加派巧取，為害於民。況上司既受屬員規禮，必有瞻徇回護之處，而屬員反得操上司之短長，於察吏之道，大有關係。

前山西巡撫諾岷，請以通省耗羨，提解存公，實通權達變之策。諾岷舉行後，即有數省仿效其法。提解十分中之三，以備公用。伊都立接諾岷任，曾奏山西虧空，耗羨可以充餉。朕嚴飭曰：『本地羨餘，祇應作本地用度。如以充餉，成為公項，不肖官吏，必有重複征收之事矣。』田文鏡、陳時夏、魏廷珍亦以提耗之事奏。究之提取火耗，行之果善，亦督撫分內事；行之不善，實足為伊身家性命之憂，無所逃罪。伊等自揣，其願行者，朕不拒，其不行者，朕不強也。

（按：既知有弊，嚴旨申禁可也，尚作此游移兩可之言，是導之也。彼貪官猾吏，有不以奉諭旨而多取於民乎！）

兩巧宦

雍正時，滿漢大臣執政權而始終寵任者，漢人則張廷玉，滿人則鄂爾泰。廷玉登朝五十年，長詞林二十七年，主揆席二十四年。凡軍國大事，承旨商榷，無不合廟堂意旨，身後配享太廟。漢人勢力澎漲，僅張一人。然頗樹黨，汪由敦其一也，當時有張、姚二姓，占過半部縉紳之言。鄂則世宗暮年，寸步不離，留宿禁中，恒逾月不出。世宗嘗云：「朕有時自信，不如信鄂爾泰之專。事無大小，必令鄂平章以問。」

以雄猜忌刻之主，而二人周旋十餘年，克全恩眷，非巧宦烏能及此。

記李不器事

岳鍾琪督川陝日，湖廣人盧宗誣其謀反，尋又有靖州人曾靜，遣徒張熙，投書勸以同謀起事，詳岳本傳。惟李不器一事，本傳未載，錄之以補缺文。

雍正六年十二月初十日諭：「據將軍常色禮奏，道士李不器揭報岳鍾琪謀反，甚為荒謬。李不器向因隆科多薦，在內廷行走。仁皇帝廣大包涵，如喇嘛、西洋人及僧道等類，畜養甚多。其中不肖之人，借供奉名色，在外招搖，而李不器尤為狂妄。

至仁皇帝賓天，朕以李本籍陝西，發回原籍，交年羹堯拘管。詎年將伊送往終南山內，厚加供養。李不器怙惡不悛，肆為大言，且捏造朕旨，有只要他在，不要他壞之語。今春朕問岳鍾琪，鍾琪奏稱李在陝，每年供給，在通省存公銀兩內支給。朕批諭此事當日外結，甚為錯誤。李本有罪之人，留其性命，已屬寬典，烏可厚待，隨令岳將伊看守。詎李因此懷恨，造為無根之詞，深可痛恨。常色禮容此奉旨拘禁之人，逃入將軍署內，并令乘轎轅門，駭人觀聽，常色禮甚屬無知。著巡撫西琳，將李不器嚴加刑訊。

（按：道士僧人，羣處宮中，出入無忌，在外多事，滿廷宮禁弛懈可見。）

鳳鳥至

雍正七年，散秩大臣尚崇廙奏：「本年十一月三十日，天台山中有鳳凰。高五六尺，毛羽如錦，五色俱備，立處羣鳥環繞，北向飛鳴。」又直隸總督唐執玉奏：「正月二十日，房山縣石梯溝山中，鳳凰集於峰頂，文采燦然。人民千餘，無不共見。」

旨：「古云：『鳳凰乃王者嘉祥。』朕撫躬自問，功德涼薄，不足以致休徵。此事猶疑而未信也。」

布蘭泰

雍正十年，江西布政使王承烈升任來京，奏稱撫臣布蘭泰，過於嚴酷。清廷令布來京面詢，伊奏：「臣在江西，所辦事件，往往從重從嚴，以待皇上折中。使恩出自上。」

旨：「辦事之道，惟在中正無偏。今有意嚴刻，先為過甚，以待折中，必朕留心體察，方得更改。而伊又未奏明，朕又安能逆料其必嚴，而事事駁正乎？况巡撫所辦地方事，不陳奏朕前者甚多，烏可先存嚴厲之見乎？布蘭泰溺職負恩，著即革職。」

（按：當時廟堂苛察，內外臣工，極意希旨，布蘭泰特已甚耳。）

汗阿哥

雍正十三年，諭內府總管太監：「圓明園阿哥，前日來請皇太后安，未候見朕逕回，且稱朕為『汗阿哥』。阿哥年幼，自是王自立教之如此。此時不向好處引導，阿哥長大，倚恃皇太后照看，性情自然驕慣了。汗阿哥字件，朕雖不責，王大臣聞知，必然參奏，豈不誤了阿哥？如今阿哥年幼，王自立盡心向好處引導。阿哥朕之弟，日後成立，即朕輔佐。爾等將王自立傳來，重打四十板，明年阿哥晉宮，一併令謝成照管，與永璜、永璉同住齋宮。阿哥等日夕相見，必按長幼禮節，如因朕之子，令圓明園阿哥卑禮相見，斷乎不可。」

（按：圓明園阿哥，疑是允禧以下，世宗幼弟也。永璜、永璉，均世宗孫、高宗子也。而曰卑禮相見，怪哉！）

苛稅擾民

滿朝稅歛煩苛，不獨軍興以後也。雍、乾時，各省關稅、雜稅外，又有落地稅名目。凡耰鋤、箕帚、薪炭、魚蝦、花果之屬，所值無幾，亦上稅方許貿易。且販自東市，既已納課，貨於西市，又復重征。至鄉僻之處，差役私征。牙行總包，交官無多，徒飽奸民猾吏之橐，而小民深受其害。

雍正十三年諭旨：「通行禁革。」未幾，官吏又寅緣規復。至釐金設後，各口岸尤張羅設阱矣。

喜怒不定

清世宗之喜怒不定，不必他人言之，即世宗亦自知之。但性質如是，不能遽改耳。

觀其諭實錄館總裁張廷玉曰：「朕閱康熙四十九年實錄，內載皇考諭朕，有喜怒不定一語。朕曾奏曰：『臣侍皇父左右，時蒙訓誨，實深感愧。至喜怒不定一語，昔年蒙皇父訓飭，此十餘年，皇父未曾降誨，是臣省改微誠，已荷皇父洞鑒。今年逾三十，居心行事，大約已定。喜怒不定四字，關臣生平，仰懇聖慈將諭內此四字恩免紀載。』隨蒙仁皇帝傳諭：『十餘年來，實未見四阿哥有喜怒不定之處，此語不必紀載。』今朕克承大統，一喜一怒，慎之又慎，未敢輕忽，或尚有不足之處，愈見皇考知人之明。朕仰遵庭訓，時時體察，得以陶鎔氣質，皇考教誨之恩，尤不敢忘也。爾等可將前後情節據實添載。」

（按：此所謂知子莫若父也。雖孝子慈孫，百世不能改矣。）

張廷玉之不知兵

準部策零之入寇也，大學士朱軾、都御史沈近思，均以天時人事未至，惟張廷玉力請用兵，薦傅爾丹為靖寇大將軍。傅勇而無謀，虜詭言前隊在博克託嶺，候厄魯特大隊，傅遽信之。以兵往，虜以少兵誘，而伏兵二萬谷中。俄胡笳作，毡帳四合，圍清軍於和通泊（在科布多西二百里），潰參贊師，直犯大營。傅不知所為，先遁，副將軍巴賽查納弼戰死。虜獲清兵均穿脛，盛以皮囊，繫馬後，唱胡歌反。

論乾隆四世

滿朝至乾隆四世，海宇清宴，民物雍熙。六十年間，闢地數萬里，武功洋溢，號稱極盛。然鶩遠略，弛武備，樂巡游，侈泰之習由此開，大禍之幾由此伏。愛辛元氣之傷，殆此時梯其蘖乎？至耄期倦勤，信任巨奸和氏，珅也據內，琳也據外，兄弟弄權，顛倒錯亂。雖經言官揭參，廟堂一意孤行，委任如故，有奸不去，何君德足言？觀十全老人南巡戒得、太上皇帝內禪諸文，其滿盈招損之象，溢於楮墨矣。末年教匪之亂，蔓延數省，宜哉。

捐輸粃政

捐輸，粃政也，而滿朝開國即行之。順治六年，戶部奏軍旅煩興，歲入不給。議開監生吏典等援納，并給僧道度牒，准徒杖折贖。康熙十六年，侍郎宋德宜奏：「捐輸三載，所入二百餘萬，知縣最多，計五百餘人。與吏治有碍，請停。」未幾，噶爾丹戰事起，又開，且加捐免保舉各例。御史陳菁奏請：「刪捐免保舉一條。增捐應升先用。」陸隴其亦為言，部議不允。

乾隆元年，下詔停止，又留戶部捐監一條。三十七年，川督文綬，奏請暫開，旨申飭。嘉道以後，接踵又開，始而軍務，甚而河工振務，亦藉口開捐，一若舍此無以生利者。貪官墨吏，投貲一倍而來，挾貲百倍而去，吏治愈不可問，而此粃政，竟與滿清相終始焉。哀哉！

庶吉士不列京察

乾隆三年京察，庶常館保送一等修撰編修五人，庶吉士九人。五年，吏部議定，初任未及三年，均不准保列一等。其歷次所保修撰莊培因、編修趙翼、韋謙恒、庶吉士　廷章等，俱係中書出身，積算前俸，庶吉士景福，係壬申科進士，甲戌科未經散館，至丙子歷俸，已滿三年，均可循例保列。

三十六年四月，又奉上諭：「本日引見京察各員，內庶吉士有列入一等者。該員尚未散館授職，不應遽登薦剡，著撤去。以後庶吉士保送一等之例，永遠停止。」

朋黨

清雍、乾時，朋黨之習正盛。世宗嚴懲，其風終不少殺，滿派則鄂爾泰領袖，漢派則張廷玉領袖，而田文鏡、李衛、尹繼善、汪由敦，皆其附屬品也。

乾隆五年，河南巡撫雅爾圖奏：「田文鏡在豫，百姓至今怨恨，乞罷其賢良祠。」

旨：

> 此等事何須亟亟為之？若行撤去，豈不悖前旨乎？使田文鏡尚在，朕不難去之。今已死，在祠與不在祠，何礙於事？況今之在祠，將來應去者，正不知其幾何也，何亟亟於一田文鏡？朕觀雅爾圖此奏，幷不從田文鏡起見，伊見朕降旨令李衛入祠，以為李衛與大學士鄂爾泰不合，特借田之應撤，以見李之不應入耳。當日王士俊請將田文鏡入賢良祠，乃奉皇

考諭旨允行者，今如撤去，是反前案矣。試思田文鏡留於祠中，於國計民生，有何關係乎？鄂爾泰、田文鏡、李衛均督撫中為皇考最稱許者，其實田文鏡不及李衛，李衛又不及鄂爾泰，而三人素不相合，眾所共知。從前蔣炳條陳直隸裁兵一事，又有人奏直隸總督，改為巡撫，外間均以為鄂爾泰之意。又李衛子李星垣，初到京師，即奏稱伊父孤身獨立，恐不合之人，欲圖報復。朕命訥親嚴行申飭云：「汝不過一武職小官，即有與汝父不合之人，欲圖報復。朕乾綱獨攬，洞察無遺，誰敢施此伎倆？汝新進之人，即存此念，甚屬糊塗。」李星垣陳奏時，雖未明言，朕即知其指鄂爾泰也。

從來臣工之病，莫甚於逢迎揣度。大學士鄂爾泰、張廷玉，乃皇考簡用大員，朕所倚任，自當思所以保全之。而無知之徒，妄行推測，如滿人則思依附鄂爾泰，漢人則思依附張廷玉，不獨微末之員，即尚侍中亦所不免。即如李衛身後，無一人奏入賢良祠者，惟孫嘉淦與鄂爾泰、張廷玉不合，故陳奏耳。又如今日進見之楊超曾、田懋，均朕親加拔用，何嘗有人保薦？如眾人之見，則以二臣大有權勢之人，可操用舍之權，其視朕為何如主乎？又如忒古爾德爾，因坐台託故不往，朕加之處分；又刑部承審崔起潛一案，擬罪具題。鄂爾泰曾為密奏，朕降旨從寬，外間即知為鄂所奏，若非鄂私洩於人，人何由知？是鄂爾泰慎密之處，不如張廷玉矣。又前日刑部侍郎員缺，朕原欲批用張照，因鄂爾泰未曾入直，而張廷玉在內，朕恐人疑張廷玉薦引，故另用楊嗣璟。又勵宗萬人不安分，鑽營生事，朕因其小有才具，尚堪驅策，令其在武英殿行走，而外人以為張廷玉所劾。其實勵宗萬保舉得賄一節，果親王亦經奏聞，并非出於張廷玉也。

朕之用舍，悉秉大公，朕之繼述，期於至當。如謂皇考所用之人，不當罷斥，所退之人，不當登進，則鄂爾泰豈非告退閑居，而朕起用之大臣乎？茲將前後情節宣示，以破朋黨之說，以成我君臣際遇之美。

南華九老

陽河洪稺存先生，撰〈南華九老會唱和序〉云：

乾隆十四年，吾鄉莊氏，致仕里居者，凡九人。曰禮部郎中清度，年九十；曰福建按察使令翼，年八十四；曰臨洮知府祖詒，年八十二；曰黃梅縣知縣贈文選司主事櫄，年六十九；曰密縣知縣封福建臺灣兵備道歆，年六十六；曰開州知州學愈，年六十三；曰石門縣知縣封甘肅寧州知州柏承，年六十三；曰射洪縣知縣贈順天府南路同知大椿，年六十二；曰溫處兵備道封禮部右侍郎柱，年六十。其宗之年及六十，未預此會者，尚二十一人。盛矣哉！非特宗族里黨之榮，蓋昇平僅事焉。

此雖小節，亦可見當時全盛氣象。

偽奏稿案

乾隆十七年，有偽作大學士孫嘉淦奏稿。累萬言，指斥乘輿，遍詆大學士鄂爾泰、張廷玉、徐本、尚書訥親等。事聞，清廷震怒，飭各省窮治。久不得主名，又令尹繼善來京，隨同各大臣訊辦，訊出千總盧魯生、劉時達等，會商捏造實情。

上諭：

各省傳抄偽稿一案，屢經降旨，宣示中外。此等奸徒，傳播亂言，其誣謗朕躬者，有無虛實，人所共見，不足深辨，而譸張為幻，關係風俗人心甚大。乃各省督撫僅視為尋常案件，惟令屬員取供詳解，過堂一訊，即為歸案了結，致展轉蔓延，久迷正線。各省就案完結情形，大略如此，而江西尤甚。即如施廷翰案之張三、張奕度，承審官草率錯謬。及到江南，又不能訊出實情，幾認為捏造正犯，經朕命軍機大臣審訊昭雪。而盧魯生在江西兩次到案，均被狡脫，又經軍機大臣從解京之書吏段樹武、彭楚白等，供詞互異之處，細加研詰，始將盧魯生、劉時達傳稿情節，逐層究出。

比魯生、時達先後到京，朕督令諸臣虛心研鞫，反復推求。始則借端狡飾，繼則混同亂指，詰問再四，又各委之伊子。忍心害理，莫此為甚！迨情竭詞窮，始得其會同捏造各奸偽，幷將偽稿逐條默寫，及其造謀起意，破案後借線掩飾，一一吐出，矢口不移。當此化日光天之下，乃有此魑魅魍魎，潛行逞偽，實出情理之外。今不待大刑，供情即已確據，殆由奸徒罪大惡極，無所逃耳！

此案查辦之始，各督撫即行竭力跟究，自可早得真犯，乃粗率苟且，江西舛謬於前，江南迷誤於後，均無所辭咎。江西近在同城，衛弁騰口嘵嘵，毫無忌憚，串供漏線，幾於漏網吞舟，厥罪較重於南省。解任巡撫鄂昌、按察使丁廷讓、知府戚振鷺，俱革職拏問。總督尹繼善，及派往江西同問之高麐勛、周承勃，俱交部嚴加議處。錢度、朱奎揚等，尚與專委承辦者有間，仍交部處議。至衛弁為總漕專責，瑚寶亦不能辭咎，亦交部嚴處。

此案株累多人，江南、江西尤甚，而孫嘉淦竟始終不一問。先是御史書成，恐被累無辜，奏請罷查辦。清廷以書成身為言官，未能備悉原委，遠方傳說，更難保必無浮議，褫書職。

兩淮鹽引案

乾隆戊子，德州盧見曾，以告病在籍，因前在淮運司任，提引事發，政府亦有中傷之者，遂革職下獄死，此乾隆間三大案之一。

是案由尤拔世任兩淮鹽政，風聞鹽商積弊，居奇索賄，未遂，乃奏稱上年普福奏請，預提戊子綱引，仍令各商每引繳銀三兩，以備公用，共繳貯運庫銀二十七萬八千有奇。普福任內，所辦玉器、古玩等項，共動支過銀八萬五千餘兩，其餘見存十九萬餘兩，請交內府查收。

清廷以此項銀兩，歷任鹽政，並未奏聞，私行支用，檢查戶部檔案，亦無造報派用文冊。且自乾隆十一年提引後，二十年來，銀數已過千餘萬，顯有蒙混欺蝕情弊，密派江蘇巡撫彰寶，會同尤拔世詳悉清查。旋據彰寶等查復，節年預行提引，商人交納，餘息銀兩，共有一千九十餘萬兩，均未歸公；前任鹽政高恒任內，查出收受商人所繳銀至一十三萬之多；普福任內收受丁亥綱銀私行開消者，又八萬餘兩；其歷次代購物件，借端開用者，尚未逐一查出。奉旨，褫奉宸院卿銜黃源德、徐尚志、王履泰、布政使銜江廣運、按察使銜程謙德、汪啟源職；解現任運使趙之壁任；前任運使盧見曾、鹽政高恒、普福，并褫職。押見曾下揚州獄審訊。

嗣大學士傅恒等復奏云：

查兩淮商人，疊荷皇上恩賞卿銜，受渥隆重，乃於歷年提引一案，將官帑視為己貲。除自行侵用銀六百二十餘萬兩外，或代購器物，結納餽送，或借名差務，浪費浮開，又冒侵銀至數百萬兩。於法於情，均屬難宥。今既敗露，又蒙格外天恩，免其治罪，所有查出各欵銀數，自應盡數追繳，以清國帑。查歷年提引，應行歸公，銀共一千九十二萬二千八百九十七兩六錢。內除奉旨撥解江寧協濟差案，及解交內府抵換金銀牌錁，與一切奏明支用，并因公支取，例得開消銀四十六萬一千七百六十九兩九錢二分五釐，又現貯在庫歸欵銀二十六萬二百六十五兩六錢六分六釐，兩共銀七十二萬二千零三十五兩五錢六分一釐，應如該撫等所請，免其追繳外，所有各商節年領引，未完納銀六百二十五萬三千五百八十四兩一錢六分六釐，又總商藉稱辛工膏火銀七十萬三千六百二兩，又楚商濫支膏火銀二千兩，又總商代鹽政購辦器物，浮開銀十六萬六百八十七兩，又各商借差支用銀一百四十八萬二千六百九十八兩八錢，及辦差浮開銀六十六萬七千九百七十六兩八錢。

以上商人名下，共應完納銀九百二十七萬五百四十八兩七錢七分九釐，其各商代吉慶、高恒、普福購辦器物，作價銀五十七萬六千七百九十二兩八錢二分一釐，又各商交付高恒僕人張文學、顧蓼懷經收各項銀二十萬七千八百八十七兩八錢五分二釐，各商代高恒辦檀梨器物，銀八萬六千五百四十兩一錢四分四釐，均該商等有心結納，於中取利，亦應照該撫等所請，高恒、普福名下，無可追抵之欵，著落該商名下賠完，通共計應追繳銀一千零十四萬一千七百六十九兩六錢。至普福自向運庫支用，并無檔冊可查之丁亥綱銀四萬二千八百五十一兩四錢三分九釐，該撫既稱非各商經手，但正項欠缺，未便無著，如普福不能追繳，在通河眾商名下均攤賠補，亦如所請辦理。其盧見曾婪得商人代辦古玩銀一萬六千二百四十一兩，例應於見曾家屬名下勒追。但查此項代辦古玩銀兩，亦係各商有心結納運使，濫行支用，如見曾家屬名下不能全完，仍應在各商名下分賠。

再查十一年提引後，歷任運司如朱續晫、舒隆安、郭一裕、何煟、吳嗣爵、盧見曾、趙之壁，除見曾業已議定治罪外，其餘各員，既經該撫等訊無餽遺染指，與各商結納情弊。除已故之朱續晫、舒隆安、郭一裕三員，無庸置議外，其現任河南布政使何煟，江蘇淮徐道吳嗣爵，不能詳請早定章程，革除積弊，均屬不合，應將該二員，照私罪降三級調用。已經解任之運使趙之壁，在任五年之久，目擊鹽政腐敗，庫內收貯銀兩，任聽普福提用，不能阻止，及護鹽政時，又不據實具奏，殊屬有心徇隱，應照溺職例革職。現任總督高晉，前署鹽政四十餘日，前任總督尹繼善，在任最久，且有統理鹽務之責，乃竟全無覺察，均難辭咎，應一併交部嚴加議處。

是獄也，鹽政高恒、普福，運使盧見曾均伏法。刑部郎中王昶，內閣中書趙文哲、徐步雲，因私行送信與見曾，獲嚴譴。大學士紀昀，亦牽連責戍焉。

（按：以盧雅雨之溫文爾雅，犯贓亦萬貫。風氣所趨，朝野上下，恬不為怪也，尚何言哉？）

宰官須用讀書人

乾隆乙丑，錢塘袁枚宰江寧。五月十日，大風，白日晦。城中韓姓女，年十八，被風吹至銅井村，離城九十里，村民詢明姓氏，送還家。女婚東城李秀才子，李疑風無吹人至九十里者，明係奸約借詞，控官退婚。袁曰：「古有風吹女子至六十里外者，汝知之乎？」李不信，袁取元《郝文忠集》示之，詩云：

> 黑風當筵滅紅燭，一朵仙桃落天外。梁家有子是新郎，芊氏負從鍾建背。

又云：

> 自說吳門六千里，彷彿不知來此地。甘心肯作梁家婦，詔起高門榜天賜。幾年夫壻作相公，滿眼兒孫盡朝貴。

李無以應，袁又曉之曰：「文忠一代名臣，豈作誑語？但當時女竟嫁宰相，此女恐無此福耳！」

李大喜，婚配如初。制府尹繼善聞之曰：「可謂宰官需用讀書人矣。」

內監讀書之應革

劉若愚《明宮史》載：內書堂讀書，凡收入宮人，年十歲上下者，二三百人，入內書堂讀書。本監提督總其綱，擇日拜至聖，請詞林老師，每一名各具白蠟、手帕、龍挂香為束脩，每給《千字文》、《四書》。派年長八人為學長，有過，詞林老師批付提督責處。滿廷仍之，於萬善殿派漢教習一員，專課年幼太監。

乾隆己丑諭：「內監職在供給使令，但使教之略知字體，何必選派科目人員與講文義？前明奄豎弄權，司禮秉筆，皆因若輩通文，便其私計，甚而選詞臣課讀，交結營求。此等弊政，急宜痛絕！現今讀清書之內監，在長房一帶，派內府之筆帖式課之，至漢書亦派筆帖式之曾讀漢文者教授。所有萬善殿派用漢教習之例，永遠革除。」

記楊灝

乾隆二十三年諭：「秋審官犯原任湖南布政司楊灝，定擬緩決，甚屬紕繆。楊灝身為藩司，侵肥尅扣至三千餘兩，本立行正法，監候已格外施恩。該撫擬冊，及三法司廷訊，妄以該犯限內完贓，歸入緩決。試思藩司大員，狼籍如此，猶得以限內完贓，予之末減，則封疆大吏，均可視婪贓虧帑為常事，一經敗露，不過限內完贓，仍保首領，其何以飭官方乎？諸臣於此等重案，一味欺罔，施黨庇伎倆，朝臣可謂有權。檢閱之下，朕不禁手為戰栗。原擬之蔣炳，及三法司，交部嚴處，楊灝即行正法。」

（按：當時滿廷諸臣，結黨營私，交相袒護可見，而高宗之太阿倒持，不啻若自其口出矣。）

記蔣洲

蔣洲，大學士蔣廷錫子也。由部曹外放，洊升山西巡撫，以貪贓被劾。清廷派大學士劉統勳、尚書塔永寧訊辦。蔣自認不諱。

旨：「蔣洲為原任大學士蔣廷錫之子，不思潔己奉公，乃肆意侵蝕，數盈巨萬，又勒派屬員，以為彌補。其貪婪穢著，玷辱家門，實出法外。楊龍文身為監司，曲意逢迎，七賚以知府迎合上司，明德收受蔣洲古玩金銀，均屬奸貪無恥，革職，拏解來京治罪。山西一省，巡撫藩臬，朋比為奸，吏治之壞，至於此極。朕將何以用人？何以信人？蔣洲、楊龍文即行正法。」

（按：犯贓自巡撫藩臬知府，上下通同作奸，是壞全省吏治也。山西近在京師如是，他省可知。此怪象千古所無，乃見於乾隆全盛之時也，哀哉！）

長春居士

皇帝之神聖不可侵犯，誰敢以號加之？故皇帝之有號，未之聞也。有之，其清高宗乎。且其取義託名居士，殆亦歆羨生王之頭，不如死士之塚乎。

乾隆三十一年，諭：「昨見十五阿哥所執扇頭，題畫詩句，欵款落『兄鏡泉』三字，詢知為十一阿哥手筆。此非皇子所宜。皇子讀書，惟當講求大義，有益立身行己。至尋常琢句，已為末務，況可效書生習氣，以虛名相尚乎？十一阿哥方在童年，正宜涵養德性，尊聞行知，豈可以此浮偽淆其識見乎？

朕在藩邸，未嘗私取別號。猶記朕二十二歲時，皇考因辦《當今法會》一書，垂詢有號否，朕敬以『未有』對，皇考即命朕為『長春居士』、和親王為『旭日居士』。朕之有號，實皇考所賜，未嘗以之署欵，此和親王所知也。我國家世敦淳朴，所重在國書騎射，凡我子孫，自當恪守，烏可效書愚陋習，流入虛謾乎！設相習成風，其流失必至羽林侍衛，以脫劍學書為雅，相率入於無用，甚且改變衣冠，更易舊俗，所關非小，不可不防其漸。著將此諭實貼上書房，俾諸皇子觸目儆心。勿忽！」

記三班九老遊宴香山事

乾隆三十六年，賜三班九老宴香山。命齊赴乾清門內，令畫工艾啟蒙繪圖。文職九老：顯親王衍潢、恒親王弘晊、大學士劉統勳、協辦大學士官保、吏部尚書託庸、刑部尚書楊廷璋、理藩院尚書素爾訥、刑部侍郎吳紹詩、工部侍郎三和。武職九老：都統四格、曹瑞、散秩大臣國多歡、甘都、副都統伊松阿、薩哈岱、李生輝、福僧阿、色端察。致仕九老：刑部尚書錢陳羣、內大臣福祿、禮部尚書陳德華、兵部尚書彭啟豐、禮部侍郎鄒一桂、左都御史呂熾、內閣學士陸宗楷、詹事陳浩、國子監司業王世芳。

記汪承霈捐復事

乾隆三十九年，吏部奏已革廣東龍川縣知縣汪承霈捐復原官一摺。

奉上諭：

> 汪承霈係大學士汪由敦之子。汪由敦為國家宣力大臣，朕每追惜。今汪承霈因衙役徐海詐贓斃命，將白役張五刑求誣服，所犯非但私罪，且以酷被劾，其情尤大。朕之惡酷吏，甚於貪官。貪官既永不敘用，豈酷吏轉可又令登進乎？汪承霈今春在盤山接駕，業已查閱原案，使其尚可棄瑕錄用，彼時即已加恩，何須彼自行捐復？案情具在，酷虐顯然，在內

在外，均難令其再行供職。豈能以汪由敦故，廢公誼而曲徇私情？至汪承霈原擬杖流，論理不應捐贖，彼時尚因念及伊父，又其母年老，特予矜全。朕辦理已失之姑息，此時再欲加恩，祇可令捐職銜，俾頂戴榮身足矣。

吏部堂官，前此為衍聖公孔昭煥奏請開復一案，辦理即屬錯謬，僅予傳旨申飭，今又有此案。汪由敦係舒懷德業師，為汪承霈具奏，顯是周旋世誼，其餘眾堂官，又從而隨同瞻徇。吏部堂官著交都察院嚴加議處，至現在捐復人員，幷著吏、兵二部查核。如有私罪，即奏明扣除，勿任冒濫。

（按：一縣令耳，當時高宗準理衡情，不稍通融如此，以視末季名器之濫，奚翅霄壤。書之見吏治升降，即國運興衰也。）

諭暹羅檄

乾隆四十年秋，廣東船商陳萬勝，帶回暹羅王鄭昭文稟一件，內稱平定打馬部落，人眾投歸。內有滇省人趙成章等十九名，附船送回，幷情願合擊緬甸，乞賞給礦鐵炮位等語。

時李侍堯以大學士督兩廣，據情轉奏。奉上諭：「中國當此全盛之時，果欲征勦緬甸，何必借助於海外小邦？況撫馭外夷，亦自有道。如藉其力翦滅叛蠻，彼必恃功而驕，久且難於駕馭。此一定理，李侍堯蓋見未及此也。現令軍機大臣代擬檄稿發去，李侍堯接到後，即照例繕發。」

文曰：

兩廣總督李為檄諭事。本閣部堂接閱來稟，幷開列名單，送回滇省兵民十九名，具見小心恭順。所請軍火，前經駁飭，今除銃仔一項不准出洋外，其需用硫磺鐵鍋，准照上年請買之數，聽爾買回。至所稱合擊緬匪，所言已悉，但天朝統馭寰宇，中外一家，國富兵強，勢當全盛。前此平定準噶爾回部，西北拓地二萬餘里，德威所布，遐邇震攝。緬酋頑惷負嵎，甘棄生成之外，實為覆載不容。邇來因伸討金川，將滇兵暫撤，今策勛在即，或閱一二年，稍息士卒，再行集兵，將緬人一舉掃平，此時自難預定。如果興師剿伐，以百戰百勝之王師，奮勇直前，視攻搗阿瓦，不啻摧枯拉朽，何藉爾海外彈丸，聚而合擊？或爾欲報故主之仇，糾約青霾、紅沙諸鄰境，悉力陳兵，盡除花肚，亦爾自為之。設爾志得伸，據實稟報，本閣部堂當為代奏。大皇帝為天下共主，亦必鑒爾忠誠，予之嘉許。至中國之欲平緬匪與否，天朝自有權衡，固非我守土之臣所敢料，亦非爾之所當請問也。為此檄諭知之。須至檄者。

書倪宏文賒欠英商貨銀事

乾隆四十一年十一月奉上諭：「刑部奏駁李質穎咨稱革監倪宏文，賒欠英吉利國商人嗡等貨銀萬餘兩，擬杖責未協，議將倪宏文改擬杖流監追一案，已依議行。」并明降諭旨：

將督臣李侍堯申飭，李質穎交部議處。令將倪宏文家產變抵，勒限一年監追，再照部議發遣。如該犯限滿不完，即令該省督撫司道，及承辦此案之府州縣官，於養廉內照數分攤。傳旨令該洋商收領歸國，以示體卹。

此等洋商，冒越重洋，本因覓利而至，自應與之公平交易，方得中華大體。如遇內地奸民，設局賒騙，致本貨兩虧，尤當如法訊究。乃李質潁僅將該犯擬以薄懲，而欠項則令其自行清理。所謂有斷無結，使外洋孤客，負屈無伸，豈封疆大臣懲惡綏遐之道？幸而刑部奏駁，朕始得知其詳，為之更正。如部臣亦依件胡盧，其謬尚可問乎？

中國撫馭遠人，全在秉公持正，令其感而生畏。若平時視同草芥，任聽地棍欺陵，有事鳴官，又復袒護民人，不為清理，彼既不能赴京控訴，徒令蓄怨於心，歸而傳語島夷，豈不輕視督撫，鄙而笑之？

朕此番處置，非祇為此事，蓋有深意。漢、唐、宋、明之末季，多昧柔遠之經。當其弱而不振，則忽而虐侮之，及其強而有事，則又畏而調停之。姑息因循，卒釀大衅。宋之敗、明之亡，皆坐此病，不可不引為殷鑒也。方今國家全盛，諸國懾服威稜，自不稍生異志，然思患豫防，不可不早杜其漸。英吉利洋商一事，該督皆以為錢債細故，輕心掉之，不知其關係甚大，所謂：『涓涓不塞，將成江河。』也。

朕統御中外，一視同仁，如札薩克諸番，恭順誠服，其輩行本小，朕均撫若兒孫，與滿洲、蒙古之執役無異。而新附之準夷回部，年班來京者，朕亦必聯之以情，待之以禮，厚其餼賚而遣之。莫不懷德戴恩，幾與內札薩克相等，皆內外臣工所共知者。即如伊犁與哈薩克易馬一節，辦理亦須妥善。若所給緞疋輕薄，暗減其價，致所得不償所售，哈薩克貿易已非一日，均能悉其底裏，口雖不言，而心豈能允服？即違立法通市之本意，其流弊且無所底止。

朕每以此廑懷，該伊犁將軍不可不實力妥辦，以裕永遠之規。若任其日趨日下，而不知反，朕一有所聞，惟該將軍是問，恐不能任其咎也。又如朝鮮、安南、琉球、日本、南掌及東、西洋各國，凡沿海、沿邊等省分，洋商貿易之事，皆所常有。各該將軍督撫等，幷當體朕此意，實心籌辦。遇有交涉、詞訟之事，斷不可徇民人以抑外夷。即苗、疆、藏地，亦當推廣此意妥行。若仍視為具文，再有此等事件，一經發覺，必將該將軍、督撫治罪。不能如此案之僅予議處也。

（按：觀此章所述，當時國勢之強，而交涉之順也，誰知未數十年，變遷如是乎？可慨矣！）

記武大令事

武大令億，偃師人。乾隆四十五年，以進士令博山。會和珅兼步軍統領，聞妄人言，賊王倫未死，密令役四出偵之。頭目杜成德等，帶凶徒，橫行數州縣，莫誰何。入博山境。飲酣從博，佔民居。武捕之，杜出牌擲堂上，瞋目厲聲曰：「吾奉提督府緝要犯。汝何官也？敢爾！」君詰曰：「牌令汝所在報有司協緝。汝來三日，不吾謁何耶？且牌役二人，外此十一人為誰？」杖之，民大快。

大府大駭，即以杖提督差劾奏，副奏投和處。而番役例不當出京城，和哂曰：「是暴吾差役之不謹，而陰為強項令地也。還其本使易。」於是以任性行杖劾君官，博山民老少數千謁大府，乞留好官。大府知其情，亦悔之，乃携君入都。大學士阿桂亦昌言其枉。而和實總吏部，駁之，遂止。然和自是不敢使番役再出矣。

（按：姚姬傳撰君墓表，獨詳敘此事，且云君行足述者多，而非關天下利害不著。又按此與上文余大令旬之欲杖年羹堯健僕事同。然年於余，雖恨之，尚畏公論，以主事薦使去位，未若和之必修舊怨而後快也。同為權倖，而度量之廣狹，相去又天壤矣。）

甘肅米捐案

甘肅產米少，邊地倉儲，必須充實。故藩庫有收捐監穀之條，藉所收粮石，以資裒益。行之日久，官幕僕人，視為利藪，因緣滋弊。乾隆四十六年，大學士阿桂剿辦回事，李侍堯再起為陝甘總督，有旨飭二人查辦。

阿復奏：「係王亶望任藩司時，慫恿勒爾謹奏請開例。且一面奏立規條，一面即公然折色包捐，王得擁厚貲而去。」清廷大怒，提訊勒爾謹，并將王亶望拏交刑部審訊。又令阿、李將歷任道府何人、如何冒消、如何勒買、如何分肥，逐一查明參奏。

旋據奏稱按察使福寧供：「開捐之始，即屬折色，并無交粮。王亶望將實收總交蘭州府存發各州縣，或多或少，均藩司主政。至折色銀兩，并未見補買歸倉，多放銀抵糧。盤查結報，皆係具文。」

又據知府宋開煌供：「前因敦煌、玉門兩縣冊結，以未經盤查詳請展限，王亶望不准，只得在省出結。」

又據福寧供：「各屬報災分數，俱由藩司議定具奏，又補行取結，並未親往勘驗，放振亦不監視。王亶望若預知被災情重，定發實收多少，其為侵蝕浮消，毫無疑義。再王於每名監生公費四兩外，又加雜費一兩，王廷贊復任，又加一兩。至此事總不過首府、首縣數人經手。請將蘭州府知府蔣全迪，前任皐蘭知縣捐升刑部員外郎程棟革職提訊，並王亶望任內，捏報之歷任道府王廷贊、秦雄飛、福寧等，現任官二十一員革職審辦。又丁憂事故之潘時選等一十三員，由吏、刑二部查明，一併革職解訊。

有旨：

蔣全迪、程棟先拏解蘭州，王廷贊解交行在，俟王亶望等解到，再行會訊。其曾任道府縣者，一體拏解嚴究。王廷贊供出饋送王亶望銀兩之武威縣知縣朱家慶、固原州知州郭昌泰、涇縣知縣邱大英、西寧縣知縣詹耀琳，分別提取訊供。

行在大學士九卿會訊按律定擬，請將勒爾謹、王亶望、王廷贊，即行正法。其侵銀三萬兩以上之程棟、陸瑋、那禮善、楊德言、鄭陳善、蔣重熹、朱學涫、李元椿、王臣、許山斗、詹耀琳、陳鴻文、黎珠、伍葆光、舒攀桂、邱大英、陳澍、伯衡、孟衍泗、萬人鳳等二十犯；侵銀不及二萬，而任內有建倉侵欺之徐澍英、陳韶二犯，改為斬監候，入於本年勾到情實官犯內辦理。

著派刑部侍郎阿揚阿，馳驛前往甘省，會同該督李侍堯，傳旨曉諭，監視行刑。其侵銀一萬兩以上之閔鵷元、林昂霄、舒玉龍、王萬年、杜畊書、楊有澳、李本楠、彭永和、謝桓、周兆熊、福明等十一犯；侵銀九千至一千兩以上之韋瑗、尤永清、萬邦英、丁愈、趙元德、顧汝恒、宋樹穀、黃道矩、蒲蘭馨、章汝楠、侯新、董熙、沈泰、墨爾更額善達、華廷颺、賈若、林龐櫰、覺羅承志、李弼、申寧吉、謝廷庸、葉觀海、麻宸、張毓林等二十六犯，俱依議斬監候，又冒振不及一萬，而任內有建倉侵欺銀兩之錢成均、王旭、陳金宣、宋開煌等四犯，從寬免入本年秋審，仍牢固監禁。四十七年，清帝以蘭州逆回蘇四十三倡亂時，謝桓、宋開煌、萬邦英、董熙、黃道矩著有微勞，免五犯死，發黑龍江充當苦差，遇赦不准援釋，所生親子亦不准應考、出仕。並飭查通案有無似謝桓等情，曾經阿桂摺內聲敘，出力者許自行陳述。又經李侍堯復奏，將舒玉龍等二十四犯，照謝桓等一體免死發遣。

（按：此又一贓案也，犯之者竟至數十人之多，其駭人聽聞乎？其習慣成自然乎？怪事！）

記尹嘉銓事

博野尹少宰會一，少孤貧。篤信程朱，著有《君鑒》、《臣鑒》、《士鑒》、《女鑒》、《洛學》、《北學》諸編。其子嘉銓，由舉人歷官藩司，擢京卿。乾隆四十六年休致，忽遣子賫奏：「為少宰請謚，並從祀孔子廟廷。」高宗震怒，派英廉、袁守侗二大臣，檢查嘉銓所著各書，中有悖謬處。

諭云：

朋黨自古大患，皇考世宗御製是論，為世道人心計，明切訓示。乃尹嘉銓竟有「朋黨之說起，父師之教衰，君亦安能獨尊於上」之語，顛倒是非，顯悖聖諭！且又有「為帝者師」之句，儼然師傅自居。無論君臣大義，不應如此妄語，即以學問論，內外臣工，各有公論，尹嘉銓堪為朕師傅否乎？昔韓愈云：「自度世無孔子，不當在弟子之列。」尹嘉銓將以朕為何如主也？

又所著《名臣言行錄》，將本朝大臣如高士奇、高其位、蔣廷錫、鄂爾泰、張廷玉、史貽直悉行臚列。以本朝之人，標榜當代人物，將來伊子孫恩怨，即由此起。又伊在山東藩司任內，面求賞戴花翎，敢於朕前肖述對伊妻言：『如不得賞，無顏相見』等語。彼時伊毫不知恥，而朕深鄙其人，實自此始也。

至其託言夢中神人告以係孟子後身，當傳孔子之道，又朕製古稀說，而伊乃自號「古稀老人」，且娶年逾五十之處女為妾。所行種種乖謬，正如少正卯言：「偽而辨，行僻而堅。」所必誅者。伊從前經朕保全，休致回籍，本可終其餘年，乃惡積貫盈，自行敗露，此實天道昭彰，可為天下盜竊虛名、妄肆異議者戒。尹嘉銓即即處絞。

記祖孫兩舉千叟宴事

康熙五十二年，以萬壽節，宴各省漢官民，年九十以上者三十三人、八十以上者五百三十八人、七十以上者一千八百二十三人、六十五以上者一千八百四十六人；滿、蒙、漢軍官民，年九十以上者七人、八十以上者一百九十二人、七十以上者一千三百九十四人、六十五以上者一千十二人，於暢春門前。

乾隆五十年，又賜千叟宴。自親王大臣、滿、蒙、漢臣工，及各藩使臣訖商民等，年老者三千人入宴。高宗有句云：「祖孫兩舉千叟宴，史冊饒他莫併肩。」

記楊應琚之死

緬甸之役，總督劉藻、巡撫常鈞束手無策，侵入土司地。清廷以大學士楊應琚督雲貴。楊至，寇已退，得以其間收復各土司所失地。楊遂妄兾機可乘也，密奏緬可取，與已督兵獲勝狀。俄而景線木邦陷，楊憂甚，不知措手，以病告，清廷以粵督楊廷璋赴滇代。廷璋至，見敵勢浩大，乃奏言：「應琚病已痊，臣謹赴粵。」時敵漸掠入關門，應琚匿不聞，但言總兵朱崙殺賊萬人。高宗視其所進地圖，疑之。會傅靈安入奏，極言朱崙失地退守，應琚掩敗為功，恐誤邊事。清廷以應琚始而啟釁，繼而詐病，終而誤機，賜自盡。

記張廣泗、訥親之死

金川用兵，清廷以廣泗征苗有功，調督四川。久無功，又命大學士訥親視師，起故將軍岳鍾琪，提督軍務。訥至，銳意滅賊，謀略未定，遽限三日取噶爾崖。俄總兵任舉戰死（任當時勇將，迫訥令，冒險陣亡）。訥氣餒，將兵事諉卸廣泗。廣泗知訥之無能也，佯為推讓，實困之。兩帥不和，互相疑隙，而軍士解體矣。旋訥先劾奏廣泗，老師糜餉。清廷逮廣泗入京廷訊，抗辯不服，斬之。

廣泗既去，訥愈忙亂，復奏萬言，呶呶無要領。高宗怒，以其祖遏必隆刀寄軍前，賜訥死。

（按：觀此二章，見高宗御將之嚴，武功所以日起也。）

記福康安

柴大紀，臺灣總兵也。乾隆五十一年，林爽文反，連陷彰化、嘉義。大紀以孤軍急守府城，總督常青、將軍恒瑞見賊，甫交綏，即退。大紀兵四千，抗賊十餘萬，計破其炮車。詔大紀紀律嚴明，載入行軍律法，封「義勇伯」。

旋福康安至，圍解。大紀出迎，自以參贊伯爵，不執櫜鞬之禮，福啣之。劾其奏報不實。高宗因言：「大紀困守孤城半載，至以地瓜、野草充食，非得兵民死力，烏能不陷？如云設詞取巧，則當時何不遵旨出城？其言粮食垂盡，原以速援兵。」

大紀屢蒙獎賞，或稍涉自滿。於福康安前，小節不謹，致為所憎，直揭其短，殊失大臣休容之度。然諭旨雖如是云云，而大紀卒為福坐法死，時論冤之。

（按：福康安於乾隆末葉，屢建戰功，有福將名。究其獲有大功，均得海蘭察之力。且貴族性質，庫帑浪擲，用度奢侈，開貪婪風，其可議不獨陷害柴大紀一事也。）

富勒渾

乾隆時，封疆大臣之貪穢昭著，接迹而起，莫甚於富勒渾之肆無忌憚也。

五十二年，上諭：

> 富勒渾督撫中資格最深，故由閩浙調任兩廣。今春舒常來京，即稱富勒渾操守難信。穆騰額行在陛見，亦奏：『富勒渾操守平常，且不能約束家人。』是以令孫士毅據實查奏。

彼時和珅即在朕前奏云：「不如將富勒渾調回。」和珅意存消弭，為回護富勒渾地步。及孫士毅節奏，富勒渾縱容家人殷士俊，招搖索賄，伊漫無覺察，形同木偶。又派阿桂往訊，於先侵後吐之處，仍未切實根究，且於家人擬罪，失之過寬。富勒渾身為大臣，理應靜候質訊，乃敢咆哮肆辯，並有「我若得罪，合省官無一得免者。」此何言耶？

今日富勒渾之綁赴市曹，實阿桂、和珅之回護有以釀之也。朕御極五十年，時時以整飭官方為重，而貪墨玩法，如恒文、蔣洲、良卿、方世儁、王亶望、國泰、陳輝祖、郝碩、浦霖諸奸，接踵敗露。此皆朕水懦民玩，用人不當，未嘗不引以自愧。以後各督撫有仍蹈前轍，朕必執法如山不貸。

（按：貪墨之吏，此時極矣。乃諭飭皇皇，而試玩比比，廉恥盡失，世風愈污。連累大書，不禁擲筆三嘆也。）

滿書

滿書有十二字頭音訓，開章六字，則用直音。如：阿額伊鄂烏諤，餘用二字合音，如：納呢訥阿額伊鄂儺努懦烏諤餘十二字頭，首六字，用二字合音，如裲襔袡裻䙏襗；以下俱用三字合音，如：納阿衣訥額衣呢伊衣努烏衣懦諤衣，以分輕重緩急。

乾隆四十五年，命大學士傅恒同儒臣商定。

書阮元事

阮元以文學侍從，受知清廷，歷乾、嘉兩朝，任封圻，內升大學士。當時著述，蔚為一家，不知其進身之始，亦阿附權門也。當元入史館，適和珅掌院事，元執弟子禮甚恭，和收之門下。未幾，大考翰詹，高宗以「眼鏡」命題，和知上高年不用鏡，先洩信於元，故元詩云：「四目何須此？重瞳不用他。」高宗以押他字，脫空議論，又暗合己意，置高等開坊。

記君臣戲謔

尹繼善在詞林日，未司文柄。乾隆丙戌，奉命為會試同考官。高宗戲之曰：「汝可謂新婦生子矣！」是科監試為劉松臺侍御，亦未嘗分校。自云：「似未字女。」當時傳為笑謔。尹有詩云：

> 杏苑懸弧典故新，每因生子意生身。凌雲老樹枝分後，可念當時手種人。

> 宮花映彩繡衣新，半老依然未字身。自笑殷勤還學養，宜男却是讓他人。

沈德潛之身後

長洲沈德潛，晚年登第。洊歷卿貳，如尚書銜，優游林下，在籍食俸。高宗以沈與錢陳羣為江浙二大老，辛未南巡，賜其孫維熙舉人。詩人遭遇，罕有其匹。

戊戌，徐述夔案發。德潛曾為作傳，稱其品行文章可法。時德潛已死，高宗謂：「其表揚悖逆，且以述夔家饒於財，德潛圖其潤筆，貪小利而忘國法。余不負德潛，而德潛實負余。」下廷議，奪謚、撤祠，仆其墓碑。

德潛無子，嗣子種松不肖。德潛末年所得資財，均被蕩盡。娶妾甚多，養子十四人，皆夭。

記錢侍御事

姚姬傳撰〈昆明錢侍御南園詩序〉云：「侍御既喪，子少，詩散失。法祭酒式善，師司馬君範，為蒐輯得百餘首，成二卷。當乾隆末，和珅秉政，士有恥趨其門，已可貴矣，若夫立朝侃然，訟言其失於章奏者，侍御一人也。」

姚先生於侍御有師生誼，言之能舉其大。按侍御由編修改御史，即疏劾山東巡撫國泰貪贓穢亂事。國和私人也，高宗立召對，曰：「當令和珅同行往查。」君出，不俟和先行。微服止良鄉，見幹僕乘馬過，偵之，則和遣往山東也。記其貌，伺其還，叱止之。搜身畔，得國泰書，具言已挪欵備查，中多隱語，立奏。和至，見君衣敝，贈輕裘，却之。比反命，高宗出示國泰書曰：「朕已知其詳，不必復奏也。」伏國泰法，命君直軍機處。

時和為軍機大臣，與阿桂不相能。君疏曰：「臣伏見近日惟大學士阿桂一人，入直軍機。大學士和珅，則入止內右門內舊直廬，或入止隆宗門外，近造辦處；大學士王杰、尚書董誥，入止南書房；尚書福長安，入止造辦處。每召見時，聯行而入，退即各還所處，屬僚白事，趨走多歧。以皇上乾行之健、離照之明，大小臣工，感德懷刑，決不至啟朋黨之漸，然行之萬世而無弊，實莫如率由舊章。自世宗以來，及皇上御極之久，軍機大臣，萃止無渙，由前律後，不應輕於變更。況內右門切近禁內，大臣入止，司員隨之，為日既久，不能不與內監狎熟。萬一有無知如前之高雲從者，雖立正國典，而所挂已多，杜漸宜早。若隆宗門外及造辦處，則應差人眾，窺探於外，大臣於中辦事，亦屬過褻。請申飭諸臣，仍照舊例。」

疏入，有旨飭責，由是有稽查軍機處之命。

西峯寺案

乾隆五十三年七月，步軍統領綿恩奏：

西山戒台寺之北，有西峯寺一坐，內有戴髮修行婦人，自號西峯老祖活佛，能看病求符藥，服之即愈。京城內外男女，紛紛前往，竟似城市。臣思此處雖非京汛所轄，但附近京畿，似此煽惑人民，風化有關，不可不速加查辦。隨於六月二十日，密派臣衙門司員前往。查得該寺離京六十餘里，此婦人法名了義，俗家張李氏，順義縣人。現住西峯寺，殿宇四層，計五十餘間，俱新蓋之屋。又離此廟二里許石廠地方，有靈應寺一坐，計房六十餘間，亦是新造。張李氏二廟往來，每日午前給人看香、治病。

該員會同宛平縣知縣查辦時，又查出有二十餘歲旗裝女子二名。詢得一名雙慶，年二十四歲，乃原任大學士三寶家使女。係三寶之寡媳烏佳氏，因患血疾，常往彼處醫治，拜張李氏為師，將使女留在廟中使喚。用銀一萬五千餘兩，修西峯寺一座。又一名玉喜，年二十二歲，乃原任山西巡撫圖思德之子，現任戶部銀庫員外郎恒慶家使女。因恒慶之妻宜特莫氏患病，亦拜張李氏為師，隨將使女施捨廟中，並用銀二萬餘兩，修靈應寺一座。

又在該氏屋內，搜查有符咒、藥經、畫像各件。其畫像五軸，係張李氏出身源流，均修廟匠人任五覓人繪畫。又查出金六十四錠，重二百八十兩、銀二千六百兩、金鐲四隻，計八兩重。其餘衣服、器具，間有非該氏應有之物，隨交宛平縣查封。

該員當將張李氏及伊子張明德、三子僧廣月、匠人任五等，於二十一日解到臣署。臣親加逐一研訊，將張李氏供詞另行呈覽外，臣查邪教惑人，有干嚴禁。今張李氏鄉野愚民，乃佔踞大廟，自稱老祖活佛，妄自尊大，以看香、治病為名，搖惑人心，從中漁利。甚而官員命婦，在廟往來，施捨銀至二、三萬兩之多。而現起之金，已有二百八十兩、銀有二千六百兩，並擅用黃緞坐褥。種種情節，實出法外，若不即加懲治，積久恐生不法之事。

至大學士三寶之媳，自宜謹守閨門，乃遠赴山廟，往來住宿，墮其術中，員外郎恒慶，係圖思德之子，縱令伊妻拜師看病，施捨金銀，並各將使女捨入廟中，均屬恣意妄為。且該兩家現有應賠官項銀兩未交，何以不行節儉，先完官欵，反捨廟中？居心實不可解。臣見聞既確，不敢隱諱，理合具奏，請旨定奪。再張李氏詐騙多金，未便留於伊子承受，自應入官，已交宛平縣知縣逐一查封點存。

八月永琅等覆奏：

臣等遵提犯証，逐一研訊。據張李氏供，籍隸順義縣興周營，嫁與本縣民人張國輔為妻。生有三子：長明德，次新德，已故，三即廣月，自幼出家為僧。乾隆三十七年，因夫患痰迷症，聞瓦子街居住民婦李氏，常拉鐵練募化，代人治病，即延為夫醫治。見李氏用手按摩，針扎病處，病即痊愈。從此與李氏往來學習，粗知針扎治病之法。李氏故後，民婦即取其鐵練拴項，出外化緣治病。隨有人延請到家治病，即學李氏按摩、針扎，并假念經咒，應手病愈。自此附近居民，共相傳播，多請看病，往往有驗。

民婦因欲借此修廟賺錢，見所住興周營七聖小廟坍塌，隨將所得治病錢文修理，給子廣月居住。嗣於四十五年，送廣月到戒台寺受戒。民婦亦來京，在總布胡同泰山庵，拜已故尼僧福山為師，取法名了義。適丈夫患病，仍回順義。四十七年丈夫身故，又於四十八年來京。值原任大學士三寶寡媳烏隹氏患血氣凝結病症，延民婦至其家中，民婦為之按摩、念咒。病愈後，烏隹氏感激，向民婦拜謝，並拜為師。民婦令其施捨金、銀修整西峯寺，烏隹氏當令管事家人許祿，招工匠任五，修蓋廟宇，先後給銀一萬七千兩，又置辦供器銀三千兩，共計二萬兩。其餘施捨衣服並金鐲零星銀錢不計，約計亦不下萬餘金。又送使女雙慶至寺，跟隨念佛，烏隹氏亦曾赴寺住宿。

又現任戶部銀庫員外郎恒慶之妻宜特莫氏，素患痰喘病症，亦經民婦祈禱痊愈。宜特莫氏每月給養贍銀寺四、五十兩不等，又聽從民婦，令捨銀一萬七千餘兩，重修石廠地方三教寺，又添湊金子二百八十兩，合計共銀二萬餘兩。民婦即將銀兩交給三子廣月修廟，金子自行收存，宜特莫氏亦令使女玉喜跟隨服侍。廟修成後，改名靈應寺。

嗣因西峯寺塔院工程未完，烏隹氏未再給銀兩，承攬工程之任五，無從藉工圖利。起意畫出圖像，裝點神奇，希圖哄騙眾人，自必爭施銀錢，伊可包工牟利。遂憑空點綴，畫成民婦出身坐雪各圖五軸，並揑稱能入定出神。任五又在外面稱民婦是菩薩轉世，該寺舊有西峯老祖塑像，邨人因治病奇驗，遂亦稱民婦為西峯老祖活佛。

自是遠近人民，到寺燒香治病者，日有數百，俱有布施。每人自三、四兩至十餘兩不等，自此益有蓄積。分給三子廣月銀一千兩，修蓋圓廣寺；長子明德銀一千兩，買房一所，開設木舖一座；次媳崔氏在家，典地一百餘畝；而任五亦得修廟盈餘銀八百兩。此張李氏治病惑眾之前後情形也。

今步軍統領衙門訪獲，奏請訊辦。臣等欽遵諭旨，會同研鞫，並將解任員外郎恒慶，及應訊人等傳案質審，俱各供認前情不諱。臣等以張李氏係鄉愚婦女，胆敢在京畿地方，號稱老祖活佛，致男女紛紛到寺，甚至大臣、官員家屬，爭捨財物，至數萬之多。平日安知無邪術及傳教不法等事，又敢擅用黃緞坐褥靠背，尤為狂妄不法。查律載：凡師巫自號『天公』、『師婆』名目，及妄稱如來彌勒，一應左道，隱藏圖像，煽惑人民，為首者絞監候。又官吏軍民僭用黃、紫二色，比照僭用龍鳳緞律，擬杖一百，徒三年各等語。

此案張李氏本一民婦，出家為尼，胆敢借燒香治病為名，念咒畫符，煽惑遠近居民，及官員家屬，捨銀多至數萬餘兩，並稱活佛老祖，居之不疑。任五本一工匠，乃因修廟牟利，輙敢起意，為張李氏裝點畫像，妄稱該氏菩薩轉世，哄騙眾人。是張李氏斂錢惑眾，固屬為首，而該氏所以哄動遠近，號為活佛老祖，實係任五起意繪畫圖像傳播所致。厥罪惟均，未便分別首從。京畿首善之地，尤當肅清此等惑眾妄為，應請旨即行正法，以昭炯戒。張李氏長子張明德、三子僧廣月，雖訊明無帮同煽惑情事，但分受伊母詐騙銀財，數至盈千，亦未便輕縱。張明德、僧廣月應於該氏絞罪上減一等，杖一百，流三千里，交順天府定地發配。

至恒慶係現任職官，任聽伊妻入寺燒香，布施數萬，並將分賞為奴使女玉喜，給與服役。三寶之媳烏隹氏，以大家孀婦，因張李氏治病，即拜為師，施銀數萬，並給使女雙慶跟同燒香。且兩家均有官項未完，乃恣意濫費，大屬妄為。除兩家應繳修廟銀兩，經該旗遵旨辦理外，仍將解任員外郎恒慶，交部嚴加議處；恒慶之妻宜特莫氏、三寶之媳烏隹氏，應遵旨交該旗族長嚴加管束，不許出門。仍行文各該旗及提督衙門順天府五城，一體嚴飭官員人等，無得縱令婦女入廟燒香，以維風化。

旋奉旨：

此案工匠任五，因修廟圖利起意，為張李氏裝點畫像，妄稱該氏為菩薩佛祖轉世，誘惑遠近人民。是張李氏之種種不法，皆該犯慫惥所致，實為此案罪魁。且騙得修廟工銀八百兩，亦應依〈竊贓滿貫例〉辦理。任五著照留京王大臣等所擬，即行處絞。至張李氏假燒香治病為名，惑眾歛錢，固屬不法，但鄉愚村婦不過為圖利起見，究無悖逆詞語。張李氏著從寬改為絞監候，秋後處決，餘依議。

（按：同罪異罰，清廷之法律，往往如是，豈特西峯寺一案哉。）

十全武功

乾隆五十七年，十全武功成。高宗製記，並有「十全大武揚」詩句。其所謂十功者，平準噶爾為二，定回部為一，掃金川為二，靖臺灣為一，降緬甸、安南各一，又兩次受廓爾喀降，合之為十，其內地之三么麼不與焉。然國帑告匱，元氣夷傷，所謂「功成萬骨枯」歟。

于敏中

滿朝大臣，秉政有權力者，雍正時桐城張廷玉，乾隆時金壇于敏中。然張雖攬權樹黨，當高宗初政，尚未敢肆無忌憚，一傳而至金壇，其派始大。朝局士風，為之大變，後來諸人，皆謹守衣鉢。世謂金壇秉政，為君子小人消長之漸，而國家治亂之分，非苛論也。

金壇之殖貨，視桐城為甚，而其傾陷正人，視桐城尤為竦手。高宗始為所蒙，久而覺之，而根基已固矣。金壇死後，諭謂其結交宮監，與外省官吏夤緣舞弊，實屬負恩溺職，將世職斥革。嗚呼晚矣！

和珅之橫

乾隆末，阿桂與和珅同秉國。阿卒，和愈肆。廷寄前行，專署己銜姓。天下稱伯相，從風盡靡，王杰、董誥，固無敢攖其鋒也。

時苗事未靖，教匪方張，高宗憂之，每午夜視事。一日宣軍機大臣不得，命召章京，適吳熊光當直，入對稱旨。少頃，和至，上曰：「軍機事日煩，吳熊光、傅森均穩練，可在軍機大臣行走以助若。」

和夙不愜於吳，乃對吳官只五品，不合體制，上命加三品卿銜。和又對吳家貧，大臣例乘肩輿，恐力不給，上命戶部賞飯銀千兩。和又對戴衢亨出身狀元，官學士，用吳不如用戴。上曰：「此豈殿試耶？」和語塞，乃承旨出。

（按：和之於吳，害之適以成之。冥冥之中，有默宰焉，和其如天何哉。）

內禪

乾隆六十年九月，高宗御勤政殿，召皇子、皇孫、王公大臣入，宣示恩命，立皇十五子嘉親王為皇太子。以明年丙辰為嘉慶元年，所有冊立典禮，一切虛文，不必舉行。至明年歸政，嗣皇帝儀文，著軍機大臣會同各衙門條議以問。

又諭：「朕歸政後，應用喜字第一號玉寶，鐫刻太上皇帝之寶玉冊，即將御製十全老人之寶說鐫刻，作為太上皇帝寶冊。」

旋軍機大臣奏：

丙辰舉行傳位大典，應行遵辦事宜議定呈覽：

一、丙辰年歸政，嗣皇帝登極，頒發詔書，鈐用太上皇帝之寶，次用皇帝之寶。

一、太上皇帝諭旨，稱為敕旨。

一、太上皇帝仍稱朕字。

一、丙辰年太上皇帝及嗣皇帝起居注，交該衙門敬謹分纂。

一、題奏行文，遇天、祖等字高四格，太上皇帝高三格，嗣皇帝高二格抬寫。

一、恭逢太上皇帝慶節，稱萬萬壽，嗣皇帝慶節，稱萬壽。

一、恭逢太上皇帝萬萬壽慶節，及元旦冬至賀表，嗣皇帝萬壽慶節，及元旦冬至賀表，均由內閣撰擬表式。

一、丙辰年恭進列祖列宗實錄，交內閣照例按期嗣皇帝前恭進。

一、凡大祀由各衙門具題，嗣皇帝親臨行禮。

一、經筵耕耤大典，及大閱傳臚各典，屆期由各衙門奏請嗣皇帝舉行。

一、太上皇帝、嗣皇帝慶節令辰，及掖輦巡幸地方，內外大臣慶賀請安摺，俱繕備二分呈進。

一、外廷筵宴，由各衙門照例奏請嗣皇帝奉太上皇帝親臨宴坐，嗣皇帝侍坐，一切儀注，臨時具奏。

一、御門聽政，嗣皇帝折本示期遵辦。

一、鄉會試朝考散館，及一切考試題目，由該衙門照例奏請嗣皇帝命題。

一、嗣皇帝御極後，應請太上皇帝敕旨冊立皇后。

一、丙辰元旦奉先殿堂子行禮，在未傳位以前，皇太子隨皇上行禮。

一、陛見文武大臣及道府以上，具摺恭請太上皇帝嗣皇帝恩訓。

一、丙辰新正遞丹書克，仍奏太上皇帝詞句，且有賀六十年國慶之事，仍應於太上皇帝前恭遞。

論嘉慶五世

教匪之禍，盛於嘉慶，蔓延五省，七年始清（耗軍費二萬萬兩）。未幾有寧、陝新兵之變，未幾有林清、李文成之變。禍起畿輔，延及輦下，而蔡牽騷擾閩、浙，巾箱賊出沒秦隴，雖么麼小醜，漸就弭平，而兵端疊開，元氣固已凋喪矣。乃所用大臣，如托津、戴均元、盧蔭溥、文孚、禧恩、和世泰等，保守祿位有餘，鞏固邦基不足。讀嘉慶二十五年之史，所差強人意，僅誅和珅一事耳！

記和珅之死

和珅，正紅旗官學生，三等輕車都尉。奏對稱旨，由侍衛都統，洊升侍郎尚書，至大學士軍機大臣。子豐紳殷德尚主，威燄無匹，黷貨弄權，當時疆臣，大半入其門下。

嘉慶四年，奪職下獄，賜自盡。家產查抄，數逾數萬萬，其僕人劉全亦有數十萬資產。和家珍寶，且有內府所無者。張問陶太守有〈己未正月記事〉詩云：金穴銅山意惘然，痴羊入肆尚流連。九泉添個尋常鬼，可惜黃扉十五年。

（按：船山謂和為「尋常鬼」，負屈和矣。和為鬼，豈安於尋常哉？為九泉添此鬼，羣鬼危矣。然則和固多金也，閻羅天子，始而怒，終必喜之矣。）

井西盲左

李元度《先正事略》於黃左君事迹頗不詳，茲從別本摘錄，以補李所不及。

黃名鉞，為諸生即有名。癸巳清高宗南巡，獻賦行在，列二等。和珅思羅致之，不應。庚戌成進士，未朝殿，和又使人招，且餂以鼎甲，笑不答。和恨甚，遂失館選，黃試卷實前十本也。官郎署未久，假歸。有句云：「馳驅九陌逐下風，不肯輕投一人刺。」其孤標如此。

嘉慶己未，和伏法，仁宗召入都。諭曰：「朕在藩邸，即聞汝名。」以主事授贊善，直南齋，洊歷戶部尚書軍機大臣。賜壽謝摺有云：「夕陽無限，敢云已近黃昏。湛露方濃，竊喜長依化雨。」一時傳遍大江南北，以目微眚，故號「井西盲左」。

實錄錯寫

嘉慶五年，修《高宗實錄》，校對官龍汝言、顧英與焉，皆名手也。每稿本成，必送校無訛。未幾，進呈御覽之本，錯誤甚多，且將高宗廟號「純」字亦誤書。仁宗大怒，將以大不敬論。

諸校對官下法司，總裁英和、陳希曾俱革職。未多日，姚伯昂總憲，已開坊，降編修，朱士俊尚書開列在後，忽擢春坊。京中好事者成詩云：

這回提調太荒唐，斷送英陳兩侍郎。出口可憐三校對，碰頭空惱八親王。（某王曾為乞恩）

一封減奏推卿相，五月還官笑伯昂。開列儘先都是夢，詠齋今日竟春坊。（朱士俊號詠齋）

知縣不准加銜

嘉慶八年九月，御史花良阿奏：「外省知縣，身膺民社，時有祭祀典儀。請仿照贊禮郎加銜例，准戴六品職銜，挂用朝珠。」

奉上諭：「所奏殊屬不通。向來恭遇大祀，朕親詣行禮，贊禮郎各官，因在朕前執事，是以准換六品銜，挂用朝珠，并賞穿貂褂，以崇體制。外省知縣，雖有承祭禮儀，究屬尋常祀典，何得援引此例？原摺著擲還。」

（按：咸、同以來，捐例日增，有准捐加銜之條，由是知縣無不捐同知銜，七品冠服，轉絕無僅有矣。末葉，尚有硬派捐銜者。名器之濫，誰之咎哉？）

記馬蹏岡之役

教匪之亂，蔓延楚、豫、川、陝數省。就中以冉天元最為驍悍，合白號、黃號、青號、藍號共數十萬，聽其指揮，橫行川、陝東西，荼毒數十州縣。

天元雄黠，專用伏以誘陷清軍。當德楞泰偕額勒登保抵秦州也，藍號、黃號賊三萬，合白號賊二萬，乘間渡嘉陵江，分擾南部西充。總兵朱射斗戰沒，德由間道追擊。俄都統賽冲阿溫春陷伏中，被圍急，德分兵往援，轉戰深入，連奪要隘。

天元以大隊屯馬蹄岡，而伏兵萬餘於火石埡後。德抵馬蹄岡，已過賊伏數重，始覺。俄伏發，八路來攻，人束竹溼絮以當矢，砲戰三日，賊更番迭進，清軍饑疲，當之皆敗。德與親兵數十下馬據山巔，誓必死。天元督眾登山，直取德，德乘高注矢，滿引而發，恰好對天元馬殪之。馬斃，天元仆，德奮勇擒之。賊瓦解，而山後鄉勇，聞信亦至，逐北二十里，飲羽怒追，擒斬無算。

是役為軍興以來功第一。

山陽冤獄

即墨李毓昌君，以嘉慶十三年進士，分發江南，適山陽辦災振。總督鐵保，委君查勘山陽令王伸漢者，墨吏也，浮冒振欵三萬金。君親行鄉曲，查點戶口，廉得實情，具清冊，將揭諸府。

王令偵知懼，賂巨金，立却之，乃謀竊其冊。使僕包祥，與君僕李祥、顧祥、馬連升合謀，啗以利，不可得。復於王令曰：「將奈何？」李祥曰：「稿冊收行篋，奈鑰挂主人身，當先盜鑰乃可。」包祥曰：「是無庸。吾觀此人，不可以利動，不可以哀求，欲滅口，計惟有死之耳！」

次日，君飲於山陽廨，歸渴甚。李祥以藥投湯中進，君寢苦腹痛起，包祥急從後持其頸，君張目叱之，曰：「若何為？」李祥曰：「吾等不能事君矣！」馬連升解己所系帶縊之。

嘉慶十四年六月七日也，王令尋冊稟稿火之，乃以瘋疾自縊牒淮安府王轂。轂遣役驗，還報曰：「尸口有血也。」轂怒，杖驗者，遂以狀上。君叔李太清與戚李某來迎喪，王令厚賻之。李歸，檢舊書內，有焚餘殘稿半紙曰：「山陽王令冒振，以利啗毓昌，毓昌不敢受，恐上負天子。」蓋稟督稿，王令與諸僕，燬而未盡也。旋君婦感異夢，乃啟棺，面如生。李某以銀針針之，黑。太清走京師，訴督察院。清廷命山東臬司朱錫爵復驗，骨皆黑。

天子震怒，逮王轂、王伸漢及眾僕人，刑部三法司會訊，具得串謀實狀。斬包祥，押馬連升、李祥至君墓，剖心祭。轂、伸漢均伏法，總督以下貶官。封君墓，御製〈愍忠詩〉三十韻，勒墓上。

閩藩司冤獄

嘉定李君賡芸，乾隆時進士，令孝豐，洊升福建汀漳龍道布政使司。方君在漳道任，龍溪縣有械鬬事，令黃某，懦不能治。有朱履中者，內狡而外質。君以其愿也，請上官以朱往，朱蒞任數月，亦不辦，而君升兩司，以朱之無能也，左遷朱校職。朱虧鹽課五千，漳州守畢所譖，昔納朱賄，而今苛繩之。朱憤無所洩，揭兩院，謂虧帑由道府婪索。當君任漳道，以修船事，僕人私貸欵於朱，君不知也。至是朱亦揭之。

總督汪志伊，刻而忮，專以察察為明。解君任，必欲窮其事，促對簿。君不肯誣服，總督謂獄不成，皆問官礙舊上司面，將罪之。會歲暮，問官恐案不結，上峰督責急，詰問厲。君憤為吏挫辱，越日縊死。貧無以殮，士民數千，日號泣於門。

事聞，清廷令大臣出按，抵朱法，督撫均譴斥。天子硃書使者奏中曰：「良吏。」阮元為作傳，遂以良吏署其端焉。

（按：閩諺有「清明時節雨悲悲，路上行人哭布司。借問冤家何處是？人人皆指汪志伊」嗚呼！是可以知輿論矣。）

百齡

滿洲百齡，嘉慶時歇歷重鎮，勛望偉然。賞輕車都尉，尚未有子。吳山尊學士寄詩云：

天子知從無事日，郎君貴在未生時。

百見之甚喜。

（按：百總督兩廣時，治尚威猛，懲刈奸宄，不遺餘力。縛洋商吳阿三，關說者至十萬金，不可，卒致阿三於法，中外肅然。）

記吳熊光奏對事

仁宗反自關東，駐蹕夷齊廟，吳熊光出迎。上問曰：「此行有言道路崎嶇，風景略無可觀者，今則道塗甚平坦，風景絕佳。人言可盡信哉？」吳越次對曰：「此非讀書人語也。皇上此行，將面稽太祖、太宗創造艱難之迹，豈宜問道塗風景耶？」

有頃，上目吳曰：「卿蘇州人，朕少隨蹕到蘇州，風景誠無匹矣。」吳曰：「皇上所見剪綵為花，一望之頃耳。蘇州城外虎邱最名勝，實則一墳堆之大者，城中街皆臨河，河道偪狹，糞船紛集，午後臭不可耐，何風景足言乎？」上曰：「如若言，皇考何為六度至彼耶？」

吳叩頭曰：「臣從前侍皇上謁太上皇帝，蒙諭曰：『朕臨御天下六十年，並無失德，惟六次南巡，勞民傷財，實為作無益，害有益。將來皇帝如南巡，而汝不阻止，汝係朕特簡之人，必無以對朕。』先聖所誨，言猶在耳，皇上當敬佩勿忘。」時同列均撟舌。

記劉巡檢事

陝西劉斌，嘉慶時，為滑縣老安司巡檢。嘗飲聶監生所，酒半，私語曰：「是邑將有變，君急去官，可免。」時十八年八月十五夜也。因微服行村中，久雨初晴，夜氣慘淡，聞治兵仗聲甚厲，劉撫膺歎聶言不妄，偵鐵工，具知李文成與直隸林清首尾謀起事。告守令，均笑置之。

越日，拘鐵工訊，因得李文成、牛亮臣，親致之縣，訊文成折其脛。賊始定謀九月十五舉事，至是不及待，又忿君之擒其魁也。九月七日，奪城門入。君時居典史署，聞變，更短衣持械出，遇賊於街，前擊殺二賊，及子嘉善均死。妻韓氏，先得君與訣書，坐署中，與子炳善、達善，女巧雲自焚死。婢從死者二人，曰春梅，曰夏蓮。先是韓偽怒前妻子寶善，逐之，匿姻家免焉。梅伯言〈守濬記〉後云：「嘉慶十八年，桂林朱鳳森為濬縣令，以守城功，賞同知銜。是役也，滑令強克捷，以九月五日捕李文成。七日滑失，八日攻濬，十七日河北失，十二月大兵復滑。賊首林清於九月十五謀變京中，伏誅。」

（按：是役先知為劉斌，告守令皆目笑。迨拘鐵工訊得實，致文成於縣，而禍成。劉全家殉矣，乃敘功時變為朱、強二令也。清廷之功、罪顛倒，如此類者多，獨劉巡檢也哉？）

阿哥殺賊

愛辛傳嗣，錯亂無紀，不援定立長立賢，惟以當時愛憎為定。然宣宗之立，論次雖是順序，恰好有殺賊之功，故先封智親王，後踐大位。不知天下之多故，歐禍之原胎，均於道光三十年內成之，宣宗驚怖死。

按：嘉慶十八年九月，清帝幸熱河。林清乘機舉事，其黨已散布宮內外及各衙署。宣宗時為阿哥，先期由隨扈回。十四午後，忽喧傳有賊入城，宣宗急傳令閉內城。俄聞東華門一帶鎗聲起，適身上挂有鳥鎗，登城巡視，數賊正越宮牆入。急對準連發二鎗，斃賊兩人，餘賊散，而內監之為賊應者，亦不敢動。

書泰安徐文誥疑獄

徐文誥，泰安徐家樓人。家素封，盜瞰之久，以徐兄弟均善鳥鎗，不敢近。

嘉慶乙亥，徐夜半聞盜警，兄弟持鎗出，驀見黑影裏兩人，自西甬道趨而東，揣為盜，二鎗並發。既察，非盜，一為族人徐士朋、一為佃戶某，均徐氏防夜人也。士朋傷稍輕，佃某立死，則以盜刦殺人控。

泰安令汪汝弼，詣勘。徐宅門左右壁無形迹，其木柵內泥壁上有煙火痕，嵌有鎗子，詰以「盜曾入室否？」則以「砸毀樓窗越入」言。視其樓去地丈餘，勢不能飛而出入，詰以「所失何贓？」則補報失物單二十五件。越數日，文誥忽具呈云：「雇工栢水柱家有三眼鎗，請問之栢。」訊之，栢供：「疑賊擊斃。」月餘，栢妻忽喊訴伊夫無擊賊事，乃主人以五百金令頂認，以賂未全付，故不甘。提訊栢，亦反前供。飭傳徐，徐遁。

會歷城縣捕役獲賊犯楊進中，供有「在徐家樓鎗斃事主」語，徐即以是供上控。委歷城令赴查，與汪原勘同，乃委濟南府胡祖福、候補府錢俊、候補縣周承寬，會訊。訊楊進中，堅不承其前供，謂為歷城役以百金誘之。訊捕役，亦堅不承。

歷城令郭志青，與周同里。謂周曰：「此案情偽灼然，君必欲研訊捕役，將置予何地乎？」周諾，為專訊文誥，具得疑賊擊斃，賂栢頂認狀。獄成，徐兄弟擬徒。臬司程國仁貰文誥弟，文誥獨坐罪。旋奉部駁，謂：「一鎗不能傷兩面，且鳥鎗殺人，例同故殺，何得擬城旦？」復委候補牧李岡訊。文誥語戇，李怒曰：「爾恃事主耶？現奉部將論故殺，决爾首，爾事主安足恃！」文誥大懼，乃以盜斃事主，委員刑求事主走都控。

清帝大怒，下諭嚴斥硃批曰：「大覺可恨！直唐之來俊臣矣。此李委員應正法，斷不可恕！」旨下，人人震慄。

適直隸總督溫承惠降東臬。汪固英相高足，溫亦英門下也，乃屬汪以原勘原訊通稟，撫臣據稟復奏。時溫訊此案頗嚴厲，然初無意與原訊諸員為難也，而胡祖福適已升登萊道，至省不謁溫，遽謁撫軍和舜武曰：「此案均文誥銀錢買出，仍用前之栢永柱頂凶故智耳。」和信之，謂委員趙毓駒曰：「汝訊泰安案乎？」趙唯唯，和曰：「胡不為子孫計？」趙怒，訴之溫，溫亦怒。飭王古漁、高澤履二員復訊，均無異詞，二人胡密友也。

次日溫上院，和曰：「此案聞係徐氏買成者。」溫曰：「有買必有賣，委員得賄乎？本司得賄乎？果有據，盍參辦。」和曰：「案中疑竇甚多。」溫曰：「請指駁，本司能頂復。」俄和病卒。程國仁來撫東，知溫老於吏事，懼弗敵，引兗沂道童槐為助。程以原轉官奏請回避，奉旨無庸。程曲意結溫，溫偃蹇遇之，程無如何。時山左大比，程入闈監臨，藩司提調。適東昌有河工事，程屬溫往勘，溫曰：「此藩司事，本司何能往？」程即以此語入告，且云：「臣與藩司入闈，因河工事緊要，屬臬司往勘。原想地方公件，無分彼此，詎溫某抗不肯往，總以曾做總督，不服差遣。臣又不能分身，焦灼萬狀。」清廷褫溫職，以童司東臬。

從此吳越一家，可以指揮如意矣，而文誥又以撫軍回護原轉，有心苛駁控都。欽差帥承瀛赴東訊辦，據實馳奏，各官均褫職，惟無一擬戍，恐未協。而各官中，汪乃英相高足，錢乃撫軍臻介弟，李亦有奧援，胡與冢宰盧蔭溥世講，且故父尚書高望在日，侍學書房，惟周無憑藉，乃決意以周遣戍。

（按：此案盜與事主之鎗，同時幷發。盜疑二人為事主，事主疑二人為盜，兩不相知，故傷兩面，安得謂無盜？法律為保護人民身命，而清廷之問官均如是，冤哉民乎。又按：包世臣所著《安吳四種》記此事名字顛倒錯誤，且於大小承審司官，隱匿其名。茲從靜海張君《宧海聞見錄》本，視包較詳。）

記楊懌曾召對事

皖楊懌曾，嘉慶翰林，受知仁宗，為大理卿最久。開府楚北，風骨錚然。嘗召對，直暑天，掀簾見清帝搖扇揮汗。入跽，上將扇却坐右，不復用，問事甚詳。良久熱甚，上汗出如雨，卒不用扇，又久乃出，楊亦濕透紗袍矣。

論道光六世

道光六世，為清廷最多事之秋。其甚者，莫如洋務之節生，歐力之東漸。

方其二年，即有回酋張格爾之亂，訖八年始定，乃十一年趙金龍起湖南焉，十二年陳辦起臺灣焉。十八年鴉片之事發，交涉興，沿江、沿海戒嚴。二十一年定海陷矣，虎門砲台失矣，三門口、竹山門、鎮江各處，均被英人佔據矣。未幾和議定，五口開，門戶大放矣，而江豫捻事、湘楚苗事、鎮南回事，尚連帶而起。

此三十年中，固無日不在憂患也，乃所倚擔任國事者，為伊里布、琦善、奕山、耆英之徒，小人誤國，千古同嘆。蓋至是，愛辛氏之社屋，已蕩搖基礎矣。

錢冥官

濰縣陳官俊，嘉慶進士，入詞林，訖道光，洊至大學士。陳同年錢學士林，能預知人禍福，所言頗驗，時號「冥官」。

一日，陳與錢言：「君能先知，知我將來官至何地？」錢應聲曰：「吏部尚書，協辦大學士。」陳以為戲也，目笑置之。

道光已酉，陳果長銓部，拜協揆，終於位。陳入相時，太夫人尚在堂。有人賀啟云：「天官掌六卿，持衡聿班三事；帝命協百揆，作相已遲十年。」又云：「袞衣依日月之光，知遇荷九重天子；萊服煥星辰之采，歡忻有八秩慈親。」

（按：冥官之言，事屬不經，惟作相尚有慈親，為樂事耳。）

書周天爵事

東阿周天爵，以縣令起家，洊至湖廣總督。緣事鐫級，再起漕督，辭皖撫，以兵部侍郎銜專辦團防，積勞卒潁州塗次，予諡文忠。

當周之初任懷遠令也，單車赴任，久之，始迓太夫人、夫人來署。夫人事紡績，官舍蕭然。適度歲，僚屬酬應，而夫人無命服，懷遠地僻不易購，周又不欲假諸縉紳家。典史孔某，平陽世家也，檢笥中舊七品服獻之，始得賀歲成禮焉。

陸遐林之變，省垣失守，全皖搖動。周不動聲色，四面兜圍，未十日，渠魁授首。嘗使主簿包曜升，同游擊劉玉豹，往東南一帶會勦。包卑鄙小人，無知識，妄自尊大，奉委後，不俟劉，領百餘兵先行。甫半塗，猝遇賊伏，胆落，棄輿奔，鄉兵陣亡二十餘人。周聞大怒，立縛包至，命正法。包叩頭乞哀，周怒不解，愛將信長慶跽為緩頰。周意釋，呼輿夫弛包褌，重責五十棍逐出。時侍立文武員弁數十，咸股慄舌撟不下，曰：「真將軍。」

門丁之害

張太岳蒼頭游七，入貲為官。勳戚文武，多與往還，通姻好，七具衣冠報謁，列士大夫。嚴惟中家奴嚴年，與門客羅龍文為奸利，年黠惡，朝士至以　山先生呼之。嘉道以降，外省督撫，最任此輩，吏治之壞，廉恥之牿，半由於此。

道光丙午，清苑王曉林侍郎撫皖。門丁陳七，小有才幹，王信任之，不肖之文武屬官，多走其門逕。有仇恩榮者，任池州守，一日宴僚屬，都司某自省歸，亦在坐。仇問曰：「足下在省，何躭延許久？」某曰：「本欲早回，因王撫台生少爺，須隨同各官叩賀。不意撫台門公陳七爺，亦生少爺，既賀撫台，不得不賀陳七爺，故回署稍遲。仇正色曰：「撫台生子可賀，撫台門丁生子亦賀。不畏人笑罵乎？」某曰：「合城文武，上自藩臬，下至州縣，皆親走賀。其未赴省者，亦專人送禮，豈獨我一人？要笑罵，能人人而罵乎？」仇顧坐客曰：「且食蛤蜊。」

王莅皖久，陳七所入甚厚。咸豐初，混迹京華，冒捐官職。癸亥正月，王侍郎發桂往同鄉慶賀。見同席一人，藍頂貂褂，詢之，告曰：「此陳小山不識耶？」蓋七自號小山，儼以觀察自居矣，後為御史孟傳金劾斥。

（按：自秦晉捐例減成後，輿台市儈，捆貲捐納，而宦塗成買賣市塲。江南道員多至千餘，甚有稱方伯為方翁者。而傅粉大令，沒字司馬，騰笑一時，均余目睹，可勝浩嘆！）

腰輿

腰輿以手挽之，別於肩輿也。《南史》張寶積乘腰輿謁蕭穎胄，此腰輿之見於古者。滿朝大臣，有賜紫禁城騎馬者，或年已衰，許用小椅一，托以平板，兩旁設短木桿，二人舁之，殆即腰輿遺意歟？道咸以後，長齡、曹振鏞、富俊、潘世恩，皆出特恩，肩輿入。直至汪元方總憲，譚廷襄、董恂二尚書，上眷雖隆，亦騎馬入禁城。

同治時，合肥李鴻章，年甫四十六，即賞馬，此馬與輿之別。然直樞廷者，均乘肩輿，無分老少矣。至末葉，則侍郎有貲，亦肩輿矣。

（按：京中大臣坐輿，尚有黃車圍、紅車圍之別。）

二楊之遇合

嘉道時，漢員戰功之偉，推二楊侯。論其起家，遇春為先，芳為其所識拔者。遇春以提督署陝甘總督，為芳所無。然張格爾之亂，芳擒之於鐵蓋山，先遇春封侯。

當遇春之平滑縣也，仁宗錫以二等男爵召見，慰勞有加。命跽膝前，執手問：「卿與朕同歲，年力正壯，將來如有軍務，卿須為我獨當一面。」恩眷之親，視芳有加。

大抵二人機謀迅速，洞中應變，又能同心協力，無分爾我，且得將士死力。蒼溪之役、寧陝新兵之變，其明效也。視前之趙良棟、王進寶互糾爭功，攘臂殿前，迴不侔矣。

論滿人之害滿

道咸時，滿大員之醜類接踵，若天厚其毒焉。朝局日非，國事日壞，而外侮日濫觴焉。推原禍水，朝內則壞於和珅，而端華、肅順、全慶承流瀣焉；海疆則壞於耆英，而琦善、伊里布、奕山、奕經繼武焉。

當沿海戒嚴，戰事將起，應慎選重望嫻軍政外情者，承乏鎮攝之。乃以伊里布為欽差赴浙，而浙事不可問矣；以琦善為欽差赴粵，而粵事不可問矣。洎琦善、伊里布逮問，此君子小人消長之機，亦國事安危所系，乃朝內奸黨盤結，又以奕山為靖逆將軍、奕經為揚威將軍，而軍事不可問矣。至伊里布再起，與耆英為議和大臣，與英人訂通商稅則，而五口開，他人入室矣。

始之終之，左之右之，惟滿人之是倚，一若除此數醜類外，無一漢人足信者，非滿人之自害而何？

書英吉利交涉緣起

粵東准外人通商以來，惟英吉利國生理較大。向經該國設立公司，派令二大班來粵，經理貿易。其公司船每年七、八月間，陸續而來，兑換貨物，及次年二月，出口回國。該大班於出口完事後，請牌前往澳門居住，此為互市之始。

道光十七年，粵督鄧廷楨奏云：「洋人義律領有彼國公書文憑，派令經管商務。雖核與向派大班不同，但不別有干涉，似可稍為變通，查照前例，准其來省照料。」此英領事義律住廣東省城之始。

方義律之在粵也，曾云：「馬化倫係英官目，來粵稽查貿易，令伊晉省，代具呈詞，免寫稟字。」經鄧廷楨轉奏，此洋員致督撫書函不稱稟字之始。

道光十九年，林則徐奏：「躉船鴉片，消除淨盡。為杜絕病源，臣已撰諭帖，責令各洋人，將烟土盡行繳官。」即於二月十三日，據領事義律復稱，向各洋人名下追究呈明，共二萬二百八十三箱。以後再令陸續呈繳，并嚴定夾帶罪名。此鴉片開衅之始。

（按：禁烟之舉，發於黃爵滋。其奏請嚴禁，引余文儀《臺灣志》云：「交留巴本輕捷善鬥，紅毛造鴉片誘使食之，遂疲輭受制。」惟禁內地吸烟，吸食無人，外來烟土，何從售賣？乃勒繳烟土，彼商謀利而來，利未得，並其本沒之，激之甚，反而相陵者，勢也。文忠此舉，不無遺憾。郭嵩燾曰：「議欵以後，內地各處任其游歷，載在和約，諸君子嚴拒之義，而先違諭旨。是彼欲入城，其勢順，我之阻其入，其勢已處於逆。洋人通商汕頭，距潮州咫尺，商民喜其餘利，與之交易，工匠夫役受其雇值，而為之奔走。徒恃一二學者，持不准入城之議，以求爭勝，其言雖正，其氣已孤矣。」）

書三總兵同日死事

道光二十一年，英人以禁鴉片事啟衅，擾海疆，犯浙洋，定海再陷，三總兵同日死。三總兵者，寧河王錫朋、山陰葛雲飛、鳳凰鄭國鴻也。

初欽差大臣裕謙，執諜二人，割剝焉，張其皮城上，英人大恨，攻尤力。王守九安門、葛駐曉峰嶺、鄭則駐竹山門。洋砲傷王一足，援不至，陷焉。英人效裕所為，糜王體，死尤慘。（李元度《先正事略》於王傳不詳，茲從王定甫撰《王公家傳》跋尾錄之。）

至葛死事亦慘。是役也，夷船二十九艘、兵三萬，清兵分四鎮只四千人，飛書大營請救，不應。天大霧，夷全隊迫土城。葛砲沉其舟，夷分道攻曉峰、竹山。曉峰無砲，夷酋安突得執綠旗麾兵進，葛刃斬之，刀折。方仰登，夷刀劈其面，去其半，又砲擊其胸，洞穴如盌，遂戰沒。裕謙投水死。

（按：方事之急，王請益兵，大府不應。戰六七日，勢足以待救，竟不救敗。梅伯言敘此事最詳。噫！誰之咎歟？）

記吳淞陷落

定海既陷，英人乘勢擾吳淞。時同安陳化成，以金門鎮調往。牛制軍鑑在寶山，懼商之。陳曰：「無恐，公第坐鎮，無輕出入也。」率參將周世榮守西砲台，別遣將守東砲台。翌日，英船由乍浦排江進。陳登台執紅旗督戰，卯至巳，壞敵船六艘，敵氣沮。牛鑑聞戰利，趨出，及三里，英人望其幟，架砲狙擊之。牛驚跳走，師潰，世榮請陳同走，陳拔劍叱曰：「庸奴！誤識汝！」世榮逸，敵砲下如雨，中陳，顛復起，創重噴血死。

書廣東水師提督關天培死事

關天培，山陽人，起家行伍，洊升蘇松總兵。道光十四年，英國兵船駛至黃浦河，水師提督李增階，坐疏防落職，以關調補。當是時洋煙流毒遍天下，侍郎黃爵滋發其事，清廷命林則徐為欽差大臣。林威望素著，至，與關尤協力，拘英船頭目，獲煙土二萬二百餘箱，焚之。

二十一年四月，英兵輪突入浙江，陷定海，分溯大洋，上天津，詭投書乞和。直隸總督琦善，馳赴廣東，林則徐以罪去，於是和議興，海防撤矣。廣東邊海門戶，曰香港、虎門。香港去省少遠，虎門海道曲折，近省，外列十臺，最外大角、沙角二臺，屹為東南屏蔽。

是年十二月，英人攻大角、沙角，毀師船，而大帥日以文書與往來，冀得緩。英人不報而急戰，戰方交，又投書議和，書報復，而日夕攻掠不已。時諸軍集廣州者，駐防滿兵、督撫標兵，不下萬人，又調集客兵、團練、鄉勇、民兵數萬，而大帥所遣助守臺者，撫標二百人、提標二百人。由是二臺益孤危，相繼陷。英人又進攻威遠、靖遠諸臺，守者僅弱兵數百。

關遣將痛哭請兵，不應，乃決計往靖遠臺督戰。已而英大艅掩至，關帥遊擊夏廷章，奮勇上臺。卯至未，殺傷過當，而身受數十創，血滿衣甲盡濕，呼僕孫長慶使去。長慶哭曰：「奴事主數十年，今有急，義不使主死而己獨全。」手持關衣不放。

關怒，拔刀逐之，曰：「吾上負天子，下負老母，死猶晚，不去今斬汝矣。」投之印，長慶號而走。及山半，回顧，關已仆於地。急送印大府，又至臺求關尸。英人嚴兵守臺，乃乞通事吳某，以情告，吳為請，英人義許之。入求尸，鈹交於胸，遍索不得。卒詣關所立處，舉他尸數十，乃得之，半體焦焉。

魯一同為關家傳，茲從摘錄。魯傳末論曰：「甚矣，虎門之敗也。悲夫！可為流涕矣。方公之經營十臺，累戰皆捷，而衅發於定海，詐成於天津，夷不為無謀，要豈夷能死公哉？詩曰：『誰生厲堦，至今為梗。』厲有堦矣。長慶義士，誠感犬羊，知感恩為一日之報，異哉！」

辛丑廣州紀事詩

道光辛丑，粵東海氛起。洋兵退後，靖逆將軍奕山，駐雨帽街鄧家祠，參贊大臣駐觀音山蓬萊仙館，日以紙鳶、龍舟為樂，無恥鑽營者，至以美女媚之。是時名器之濫，真羊頭關內侯，羊胃都尉矣。五品軍功，售洋十元；六品售六元。

彭春洲明經，有〈廣州紀事詩〉數首，敘頗詳，錄之以補史家之缺。詩云：

靈峯山是小蓬萊，天上將軍避寇來。戰艦如雲無用處，龍舟聽令奪標回。

千尺風鳶上碧虛，放鳶功賞頂車渠。可憐前日倉黃際，不送圍城一紙書。

珠江月落出雲西，多少人家掩面啼。玉帳寶刀生喜氣，索娥流血餅師妻。

史書災異不無端，物禍人妖一例看。叵奈市兒工狡獪，沿街犬戴晉賢冠。

（按：奕山赴粵，握海疆軍防也，而詩中所紀如是，可為痛恨！）

記州縣陋規

州縣陋規，為滿朝大粃政。道光時，滿尚書英和言：「各省州縣，陋規日盛。不如奏請分別查明，以定限制。」侍郎湯金釗奏：「陋規均出於民，州縣之所以未公然苛索者，恐朝廷知而治罪也。今若明定章程，即為例所應得，勢必明目張胆，求多於額例之外，雖有嚴旨，不能禁矣。況名目煩碎，所在不同，逐一檢查，反滋紛擾，殆非立法所能限制也。」

時各督臣孫玉庭、蔣攸銛及尚書汪廷珍，俱先後奏阻。湯疏入，罷議。

（按：陋規不同，取諸民則一。然規而曰陋，其非正供可知，安所謂取之有道乎？約言之，無形之加賦耳！有形之勒索耳！英和身為大臣，不知政體，乃欲以此形諸奏章，定為限制，是唯恐貪墨吏之不多，而增益其饕，以吸盡吾民之膏血也。滿員識見之卑污也如是。）

紀曉嵐之片語回天

河間紀昀，博極羣書，喜詼諧，每出語妙解人頤。所謂「君房語妙天下」也，在上前尤能片語回天。

實錄館議敘，或云過優。仁宗以問，紀不置可否，但云：「臣服官數十年，無敢以苞苴進者，惟戚友倩臣為其先人題主，或銘墓，雖厚幣必受之。」上輾然曰：「然則朕為先帝推恩，何優之有？」

某科試差考後，有宣布前十名詩句名姓者。台臣以告，上召紀問之，紀曰：「誠然，如臣即漏洩者。」問何故洩，曰：「書生習氣，見佳作必誦。或暗記其句，以為模仿，或訪為何人手筆，以為他山，則不免於洩矣。」上含笑事寢。

論咸豐七世

滿朝宴安之主，首屈咸豐，而亡國之胎，亦成象於咸豐。十一年來，自始至終，一味泄沓。當時天下亂象，十有八九，廟堂之上，恒舞酣歌，日沉酒色。內則端肅一流，蟠結要地；外則東南各省，瓦解土崩。所恃以苟延者，僅近畿一二處耳，乃交涉不善，又發生聯軍入京。烽火郊坰，頤和焦土，倉皇出走，泣下沾衿。卒至身死熱河，藐孤無託，權奸肘腋，神器將傾。

悲夫！悲夫！奴兒哈赤之苦掙，將斷送於其手矣。

侍游御園記

滿洲玉明自道光八年，由侍衞擢厠御前。有〈侍游御園記〉云：

> 咸豐八年七月二十一日奉旨：「本日散朝後，著玉明、肅順，自備鞍馬，午初一刻，晉西南門，在山高水長伺候。」有頃，上從內乘船至，下船，出前門。諭玉明、肅順暨珠勒亨、西拉布、托雲、德勒格爾、伊勒東阿等，脫去外褂。上乘馬，命七臣隨後，自山高水長游藻園，至廠地，過彙芳書院，又由紫碧山房至魚躍鳶飛，少坐。過蕊珠宮門，至黃花磴，晉茶畢，往海宴堂，至轉馬台，過小角門，至獅子林清淑齋，賞飯。
>
> 左右四棹，命七臣坐，并溫諭：「可飽食，非外廷宴比。」又命膳房先給七臣麵各一器，上晉粥，又晉飯，頒賞御用菜蔬。七臣叩頭謝，上又賞粥畢，隨駕起行。由寶相寺、法慧寺過明春門，至雷峯夕照馬頭，坐如在天上船，游福海。上命筆硯作詩畢，至淵渟鏡澈馬頭，下船。晉麗春門，騎馬，由東牆根過敷春堂，游西大隄，至含輝樓下馬，命七臣散歸。

（按：此何以書？見小人親幸之日，即弄權亂政之端也。）

戊午順天鄉試案

自科舉取士，鄉、會試為掄才大典。而通關節，行賄賂，滿朝再見不一見，至咸豐戊午順天鄉試一案，則狼狽甚矣。正主考栢中堂葰、因考官郎中浦安、居間者主事李鶴齡、中式者主事羅鴻繹，均正法，牽累尚數十人。

是科監臨為梁同新，提調為蔣達，入闈即以供給事議不合，互相詆。八月初十頭場門開，蔣貿然出，各官奏參。蔣褫職，梁亦降調，識者已知不祥。榜發，謠諑紛然。

天津焦祐瀛，時以五品京卿充軍機領班章京，為其太夫人稱壽於湖廣會館，大僚半在坐。程楞香庭桂，是科副主考也，談次，述闈中正主考栢葰，有改換試卷取中事，於是載垣、端華、肅順，均不滿於栢，思中傷之。適御史孟傳金奏：「第七名舉人平齡，素優伶，請推治。」（平後瘐死獄中）清廷大怒，飭侍衛至禮部，立提本科中式硃墨卷，派大臣復勘，簽出詩文悖謬之卷甚多。載垣與端、肅乘間聳動，下栢家人靳祥獄，褫栢職，特派載垣、端華、全慶、陳孚恩會訊。又於案外訪出同考官郎中浦安，與新中式之主事羅鴻繹通關節，羅對簿吐供不諱，居間為羅鄉人兵部主事李鶴齡。并逮李時，羅織頗嚴，都中人無敢談是事者。未幾，察出程庭桂子炳采，收受熊元培、李旦華、潘敦儼代謝森墀關說金，程父子亦入獄。

訊程時，程面詰孚恩曰：「君子即曾交關節在我手，君知之乎？」孚恩嗒然。次日急具摺自行檢舉，得旨逮孚恩子，孚恩勿庸回避。孚恩終以兒子事不樂。潘父為侍郎，孚恩稔知其與程交密，乃以危事挾侍郎自首，侍郎恐，如其教，而子亦入獄矣。李清鳳，告病在籍侍郎也，因子旦華事，憂懼病加劇，竟死。餘牽累者，惟彭祖彝查無實據。

己未二月獄成，請先結栢與羅案。清帝御便殿，召王大臣入，皆惴惴。尚書麟魁竟至失儀。旨下，栢、浦、羅、李同日棄市，刑部尚書趙光同肅順監視行刑。是日，栢坐藍呢後檔車，服花鼠皮褂，戴空梁帽，在半截胡同口官廳候旨。浦安二人均坐席棚中，頂大如意頭鎖，番役數人夾視之。肅順自圓明園內閣直廬登車，大言曰：「今日殺人了。」抵菜市口，下車，至官廳，與栢携手，寒暄數語。出會同趙公宣旨，氣飛揚，趙惟俛首而已。

七月庭桂父子案結，載垣等以部擬未平允，奏云：「關節無論已未中，均斬決。孚恩乞憐兩王，乃先開脫陳、潘、李三人，而以庭桂父子擬斬決。」上諭：「決庭桂子，庭桂發軍台。」庭桂出獄，寓彰儀門外華嚴寺中。孚恩來候，一見，伏地哭不起。庭桂曰：「無庸無庸，汝還算好，肯饒我這條老命！」孚恩恧而出。

此案惟朱鳳標僅罷職，旋以侍講學士仍直書房，蓋清名素著也，餘同考官處分殆遍。前數月有星變，此其驗乎。後三年，肅順因事籍沒，亦棄西市。

書李續賓三河死事

咸豐時，湘、楚二軍崛起。楚軍健者為江忠源，湘軍則羅澤南及其弟子李續賓也。李少受學於羅。

咸豐三年，羅募勇出征，李從之。羅將中營，李將右營，解吉安、太和等處圍。五年，信州告警，又與羅自潯馳援，克廣信、府城及弋陽等四縣。東路甫定，遂建西援武昌議，大捷於義寧，下崇陽、通城，抵武昌。巡撫胡林翼大喜，事無巨細，惟羅、李二人是聽。六年，羅中槍不起，李接統全軍，再克武漢，援九江。

九江守將林啟榮者，堅忍得眾。內與小池口、湖口、梅家洲諸處，首尾相救，外與皖廬諸處，互為聲援。李既築長塹以圍潯，又分軍援江左，襲湖口之背，立下兩城，明年卒克九江。於是浙人官京朝者，疏請敕李東兵以紓浙難，而胡林翼以皖中糜爛，請留李軍，圖皖以固鄂，廷議許之。

李乃整旅入皖，連下潛山、太湖、桐城、舒城四縣，師次三河。時李所部僅五千人，洪軍健將陳玉成、李世賢等，共十餘萬，連營數十里。先截清軍粮道，而四面環擊之。李軍銳氣日渫，師半潰。諸將議退守桐城，李曰：「軍有進無退，當死戰。」俄敵揮兵蝟集，李自度事不可為，夜半，怒馬陷陳死之，時八年十月初十日也。諸將堅守營壘，又三日俱敗，又六日桐城守兵亦敗。前後死者，殆六千人。

曾國藩弟曾國華、知府何忠駿、知州王揆一、楊德誾、道員孫守信、丁銳義，均殉焉。

書何桂珍死事

曾國藩〈何君殉難碑記〉云：「軍興十載，士大夫橫死者多，獨我友何君丹畦，尤深痛不忍云。并謂自古以來，未有行善獲禍，如是之烈。」

按：何，師宗人，由翰林出為徽寧道。時皖中糜爛，何當之官，不克南渡。巡撫福濟檄何募勇出征，公私匱乏，最後得二百餘人，帥以西，招降捻股李兆受、馬超江等。

先是大府檄何援廬州，檄未至而廬陷，劾何落職。以孤軍轉戰英、霍間，八閱月僅支餉三百金，不足供一夕炊。又益以李兆受降眾，絕粮久，怪何無以活之也，而各疆臣又恐兆受反復，陰使何圖之。書為兆受得，以何賣己也，戕之，焚其尸。

書呂賢基、趙景賢死事

金田事起，一時膺疆寄軍務鉅任，事亟死者，如江忠源、吳文鎔、羅澤南、陶恩培等，其事皆昭人耳目。然不必紀之者，以其擔負委託，時驅勢迫，力竭而死，所謂不得不死也。若可以死可以無死，以在籍人員，辦本省團練，名為軍務，實際無權（龍翰臣當時辦廣西團練，事權掣肘，訖無成效，見龍〈與唐子實書〉），而尤必死者，吾得兩人焉。一則旌德呂賢基，一則歸安趙景賢。

按：呂，道光時編修，以御史轉給諫，巡視東城。咸豐三年，命赴皖辦理團練。時洪軍由湖北戰敗，入英山，迫太湖，下安慶，克桐城。呂方駐舒城，或勸退守，圖再舉。呂叱曰：「吾奉命治鄉兵，殺賊不濟，命也！退將安往？」率父老登陴力守，城陷死之。

趙，道光時舉人，以父子異籍，被黜，入貲得復官中書。咸豐三年，江浙戒嚴，詔舉行團練。趙輸金出募，經年練有成效，旨以道員用。十年，洪軍下寧郡，趨湖州。趙厲眾力守，三日圍解，並分兵援杭州。省城再圍，又帥師往援，忽湖防告急，馳歸解之。以三次功，授福建粮道，促之任。亡何，杭州失。敵勢浩大，書招降，趙斬其使，以書呈蘇撫轉奏。五月湖州不守，趙歎曰：「死無恨，死我數十萬軍民為恨耳！」

時蘇、常亦失。敵送趙至蘇，囚之，百計誘降，不動，罵且厲，敵舉鎗斃之。

書邵懿辰、劉蕃死事

邵仁和舉人，官內閣中書，刑部員外郎，直軍機處。性戇直，諸要人忌之，不安於位。咸豐四年，坐防河無效，吏議鐫職。十年，杭州再陷。邵麾家人出避，詭詞稱將出，與其子泣別，三日不食，罵不絕口。十一年十二月朔，殉難。在圍城中，著《禮經通論》。

劉湘鄉人，巡撫劉蓉弟也。咸豐二年，清軍戰失利，劉由長沙省兄於軍中，留焉。蒲圻之役，洪軍扼險立柵，槍砲環射，不可近，辰至午，相持不決。蕃從蓉督戰，進曰：「事急矣！賊將乘我，不力，殆矣！」乃下馬轉戰而前，槍斃二卒。忽敵軍一卒伏下田，舉槍擊蕃，傷仆地。蓉舁歸，自麾兵急鬥，火其柵，五壘皆破。蓉還視蕃，創在臍下，氣奄奄，痛甚。蕃張目顧曰：「兄勿爾，命也。」語訖而絕，年二十五。

（按：邵、劉二人，無必死之責也。無必死而必死，其視死也決矣，故其死足記也。）

記美國借欵事

咸豐末，長白恒祺為粵海關監督。直粵氛正急，需用浩繁，南海商人伍崇曜，創議借用美國銀兩，以濟要需。事平，未籌給。

同治四年，美廷繕遞總理衙門照會，索還原欵。總署司官，以天朝之待外國，首貴誠信，此項既歸官用，自應由官給還，安得延宕至今。請於堂官奏聞，一面分咨戶部及廣東督撫，速為籌辦。順德羅惇衍，時領司農，具疏密陳，頗持正論。

（按：此借洋債之權輿也，又誰知後來司空見慣乎？）

記肅順事

內閣多古樹，皆數百年物也。每遇會試年，有鵲占巢其上。是科閣員，必得鼎甲。

咸豐辛酉夏，滿票簽房外大樹一株，忽無故倒。圍牆盡塌，屋瓦如虀粉。次日，命工伐薪，枝葉堆積，高與檐齊，識者已知不祥。

時長機務者，大學士宗室肅順，頗張權勢。未幾，緣事伏法。

（按：此與明末薛國觀開內閣窻檻事絕相似，雖讕言不足深信，亦逆氛所感，妖由人興歟？）

葉名琛之朽骨

咸豐已未七月，廣東藩司畢承昭奏稱：「本年四月，省城喧傳已革督臣葉名琛，在五印度病故，正在飭查。」即於九年四月十三日，據英國官巴夏禮，送來照會，內云：「本年三月初八日，貴國前任兩廣總督葉名琛，在印度城內病故，當經裝殮妥協，派向來陪侍之英官阿查利，一路護送，於四月十二日到粵。已將棺木及所遺銀物，交南海縣收領等因。又據南海縣知縣朱燮，親往洋船，將葉名琛棺柩驗收，移至大東門外斗姥宮安置。

訊據家人許慶、胡福同供：「咸豐八年正月初三日，小的們與武巡捕藍鑌，跟隨主人，由省坐洋船至香港，並廚子劉喜、薙頭匠劉四，一同攜帶食物行。初七日由香港開船，十六日到新加坡，十八日由新加坡到噶喀喇，即五印度。二月初二日，移上砲臺居住，三月二十五日，又移往相去十五里之大里恩寺樓上居住。自到寺後，洋人日備車馬，請主人遊玩，主人不允。至九年二月二十日，帶去食物已盡，小的請在彼添買，主人不允。且云：『我之不死而來者，聞洋人欲送我英國，其國王應明理，故欲見該國王，問其既經和好，何以無故啟衅？誰是誰非，折服其心，以存國體。不料日復一日，總不能到他國，淹留此處，要生何為？食物既完，何面目食外國之物？』經繙譯官將食物送來，主人一概拒絕。於二月十九日得病，不食。至三月初七日，戌時病故。臨死並無別話，只說辜負皇上天恩，死不瞑目。當時有洋官阿查利在場料理，於初八日裝殮，二十四日洋人將棺上大船，開回廣東，四月十三日到省。藍鑌已於九年正月二十二日，在印度病故，寄埋客地。謹奏，奉批覽。」

（按：葉漢陽人，道光進士，由翰林外任知府，洊升廣東巡撫。己酉與鹿邑徐制軍廣縉，辦理英人入城事，得旨嘉獎。徐封子爵、葉封男爵。未幾，徐去位，葉督兩廣，晉大學士。粵城變作，竟為囚虜，貪戀餘生，朽骨螻蟻，可鄙也。）

勝保之醜史

胡林翼〈致曾國藩書〉云：「勝帥以招降為得計，亦今之熊文燦耳。」

勝帥者，勝克齋也。以庚子舉人，外班翰林，洊至內閣學士。文宗登極，上書論南北形勢，上嘉之，委以軍務，豐縣之役，頗著戰功。迨督師數省，漸露跋扈。在皖招降捻股張瀧，瀧妻有姿色，出入轅門，達旦不出，醜聲四播。四眼狗擒後，餘黨不多，勝不擊，安坐潁州。致賊勢蔓延，擾及關內。苗沛霖橫行江淮，勝一味從容，養癰貽患。由皖而豫而秦，貪劣不可勝數。

同治十年，奉旨革職拏問，供詞狡展。給事中趙樹吉、御史劉其年，連疏糾劾。清帝動容，賜勝自盡。其繯首也，大學士周祖培，奉派傳旨獄中。勝直前牽衣哭曰：「中堂許某臨刑呼冤乎？」周窘甚，退門外曰：「我不管！我不管！」

初，內外諸臣，交章劾勝，而首先舉發者，光祿卿潘祖蔭也。

附〈捻亂統兵大臣表〉

名姓	官爵	年份	駐紮地
周天爵	欽差大臣	咸豐十年	宿州
呂賢基	工部左侍郎	同治二年	安徽原籍
陸應穀	河南巡撫	同治二年	開封
舒興阿	陜甘總督	同治三年	陳州
袁甲三	欽差大臣	同治三年	宿州（周天爵卒代之）
曾國藩	欽差大臣	同治三年	江寧
英桂	河南巡撫	同治四年	開封
武隆額	安徽提督	同治五年	亳州
勝保	欽差大臣	同治七年	督江北軍
史榮春	提督	同治八年	曹州
田在田	總兵	同治八年	兗州
邱聯恩	總兵	同治八年	兗州
伊興額	督統	同治九年	宿州
關保	協領	同治九年	河南
德愣額	協領	同治九年	曹州
毛昶熙	團練大臣	同治十年	河南原籍
僧格林沁	蒙古親王	同治十年	山東

論同治八世

同治初元，滿祚絕續，滿漢消長之交也。時滿人知釀禍由己，又無能力以弭之也，於是始委任漢人，而曾、左、胡、李之徒，得乘時而起，以發展其才。（賽尚阿、琦善，始以大學士為欽差大臣，遷延失機，於是滿廷悟滿人之不足用，而信用漢人。然曾、胡起於湘、鄂，為平江南之中堅，猶以官文大學士領欽差大臣。滿廷雖不得不用漢人，終未能推心置腹。故曾、胡以全力結歡官文，每奏事必推為首署，報捷之疏，待官而發。）

方嗣位之初，年僅五齡，端、肅諸奸，睥睨神器，將不利孺子，賴奕訢勤治。三年，太平天國洪王崩，主少國亂，曾國藩等遂利用其機，收奠定之效。故同治者，滿朝中興之主也。論聰明福慧，亦足有為，惜受制母后。中興以後，無所表見，悠悠忽忽，旦夕苟安，雖謂十三年中，為母后臨朝之日可也。

詩譏魯莊公不能防閑其母，然文姜不賢，尚未把持朝政也。同治所處，視莊公尤難矣。

節錄吳廷棟疏

同治甲子七月，江寧復歸清。捷至京，刑部侍郎霍山吳廷棟，有〈請加敬慎持以恒永〉一疏，旨嘉獎，並發交弘德殿，俾資省覽。一時督門傳抄，幾於洛陽紙貴。其原文中最至切者，曰：

> 治亂決於敬肆，敬肆根於喜懼。從古功成志滿，人主喜心一生，而驕心已伏。奄寺即有乘此喜而貢其諂諛矣，左右即有因此喜而肆其蒙蔽矣；容悅之臣，即有迎此喜而工其諛佞

矣；屏逐之奸，即有窺此喜而巧其夤緣矣。諂媚貢，則柄暗竊；蒙蔽肆，則權下移；諛佞工，則主志惑；夤緣巧，則宵小升。於是受蠱惑、塞聰明、惡忠諫、遠老成。從前戒懼之念，一喜敗之；後此侈肆之行，一喜開之。方且衿予知，樂莫違，一人肆於上，羣小煽於下，流毒蒼生，貽禍社稷，皆因一念之由喜而驕已。

軍興以來，十餘省億萬生靈，慘遭烽火，大兵所過，又被誅夷。皇上體上天好生之心，必有哀矜而不忍喜者矣。使萬幾之餘，或有一念之肆，雖綸音告戒，而臣下第奉為具文，積習相沿，徒為粉飾，將仍安於怠玩侈縱矣。

夫上行下必效，內治則外安，其道莫大於敬，其機必始於懼。懼天道無常，則不敢恃天；懼民情可畏，則不敢玩民；懼柄暗竊，則諂媚必斥；懼權下移，則蒙蔽必祛；懼邪易侵，則夤緣必絕。凡此皆本於一心之敬。蓋懼在敬之始，敬在懼之實，一人恪恭於上，盈廷交儆於下。羣帥知懼，必協力以掃餘氛；大吏知懼，必盡心以圖善後。而宵旰勤勞，更與二三大臣，開誠布公，集思廣益，庶至誠無息，久道化成。

剴切敷陳，言人所不敢言，當時倭相國仁，謂為陸宣公以來，有數文字，誠然。

英人威妥瑪長友詩

後漢時，莋都夷作慕化歸義三章，揵為郡掾田恭訊風俗、譯詞語，梁州刺史朱輔上之，《東觀漢記》載其歌，并譯訓詁為華言，范史所載是也。

同治時，英吉利使臣威妥瑪，嘗譯歐羅巴人〈長友詩〉九首，句法或多或少，大抵古人長短句之意。然譯以漢字，有章無韻，惟中多見道之言，終難割愛。董醞卿尚書屬總署司員，就其底本，裁以七絕。以〈長友詩〉作分注句下，仿注范書式也。錄之見海外好文，或可備他日史乘之採。詩曰：

莫將煩惱著詩編，（原作：「勿以憂時言。」）

百歲原如一覺眠。（原作：「人生若虛夢。」）

夢短夢長同是夢，（原作：「性靈睡與死無異。」）

獨留真氣滿坤乾。（原作：「不僅形骸，尚有靈在。」）

天地生才總不虛，（原作：「人生世上行走，非虛生也，總期有用。」）

由來豹死尚留皮。（原作：「何謂死埋方到極處。」）

縱然出土仍歸土，（原作：「聖書所云：『人身原土，終當歸土。』」）

靈性長存無絕期。（原作：「此言人身非謂靈也。」）

無端憂樂日相循，（原作：「其憂其樂，均不可專務。」）

天命斯人自有真。（原作：「天之生人，別有所命。」）

人法天行強不息，（原作：「所命者作為，專圖日日長進。」）

一時功業一時新。（原作：「明日尤要更有進步。」）

無術揮戈學魯陽，（原作：「作事需時，惜時飛去。」）

枉談肝胆異尋常。（原作：「人心縱有壯胆定志。」）

一從〈薤露〉歌聲起，（原作：「仍如喪鼓之敲。」）

邱壠無人宿草荒。（原作：「皆係向墓道去。」）

擾攘江塵聽鼓鼙，（原作：「人世如大戰場。」）

風吹大漠草萋萋。（原作：「如眾軍林下野盤。」）

駑駘甘待鞭笞下，（原作：「莫如牛羊，待人驅策。」）

騏驥誰能轡勒羈。（原作：「爭宜勉力作英雄。」）

休道將來樂有時，（原作：「勿言他日有可樂之時。」）

可憐往事不堪思。（原作：「既往日亦由已埋已。」）

只今有力均須努，（原作：「目下努力切切。」）

人力殫時天祐之。（原作：「中盡己心，上賴天祐。」）

千秋萬代遠蜚聲，（原作：「著名人傳看則係念。」）

學步金鰲頂上行。（原作：「想我們在世，亦可置身高處。」）

已去冥鴻猶有迹，（原作：「去世時尚有痕迹。」）

雪泥爪印認分明。（原作：「勢如留在海邊沙面。」）

茫茫塵世海中漚，（原作：「蓋人世如同大海。」）

纔過來舟又去舟。（原作：「果有他人過海。」）

欲問失風誰挽救？（原作：「船隻閣淺，最難挽救。」）

沙洲遺迹可探求。（原作：「見海邊有迹，纔知有可解免。」）

一鞭從此躍征鞍，（原作：「顧此即應奮起動身。」）

不到峯頭心不甘。（原作：「心中預定無論如何，總期有濟。」）

日進日高還日上，（原作：「日有成功，愈求進功。」）

肯教中道偶停驂。（原作：「習其用功堅忍，不可中止。」）

（按：道光時英國人馬里遜善書漢字，西洋人汗得能漢語，略解《魯論》文義，與威妥瑪之能詩，同為徼外同文佳話。近日吾國人，好學英、法文字，轉拋荒本國文，得勿為外人齒冷乎？）

薛福成書官、胡交驩事

遼陽文恭公官文，總督湖廣時，益陽文忠公胡林翼，巡撫湖北。胡才氣卓犖，以一行省之力，經營天下事。官拱手以聽，遂成大功。然二人離合之始末，人或之知也。

咸豐五六年間，洪軍踞武漢，時官由荊州將軍改總督，凡上游荊、宜、襄、鄖各郡兵粮悉主之。胡駐軍金口，晉規武昌，凡下游武漢、黃德各郡兵粮悉主之。然督撫相隔遠，往往以徵兵調粮，互有違言，而官於鉅細事，不甚究心，多假手幕友、家丁，諸所措置，胡尤不謂然。

既克武昌，威望日大，官亦欲倚胡為重。三往拜，而胡謝不見。或謂胡曰：「天下未有督撫不和，而能辦大事者，且官為人易良坦中，公善與之交，必能左右之。是公不啻兼總督也。」胡喜，急往見。官推誠相結。官有寵妾，拜胡太夫人為義母，兩家往來愈密，兩公之交亦愈固。胡得以察吏、籌餉、選將、練兵，官畫諾仰成而已，未嘗有異議。每收城克敵，及保薦賢才，胡陰主其政，而推官首尸其名。官心感胡之力，而胡愈得發舒。

俄胡遭太夫人喪，賞假營葬，省中大政，歸官主持。官聽已革總兵樊之訴，奏劾左公宗棠。左為胡同學友，胡曾薦其才可大用，既被劾，胡慍不言，貽書曾國藩解其獄，且薦左襄辦江南軍務。官有門丁，頗為奸利，無恥者多緣以奔競。胡所欲參劾者，至此均薦居要地，府中用財奢侈，不足則提用軍餉。胡積不能平，會戶部員外郎閻公敬銘，時總理粮台，胡以督府事告之，且云：「籌餉如此為難，而彼用如泥沙，若不舉實糾參，恐誤大事。」閻曰：「公誤矣。本朝二百年來，不輕以漢人司兵。今督府與統兵大臣，滿漢並用，固由氣運轉移，亦不分畛域之效也。湖北居天下衝，勁兵良將所萃，朝廷烏肯不以親信大臣臨之？夫劾一人使去，能保後來者必勝前人耶，而公能再劾之也？倘繼之者不明遠略，專己自是，則掣肘更甚。詎若今用事者，中無成見，依人而行，既以使相握兵符，又隸旗籍，為朝廷倚仗，每有大事，可借其言以得請。今彼於事之大者，惟公言是聽，其失祇在私費豪侈耳。然誠於事有濟，即歲捐十萬金供給之，未為失計。此等共事人，求之不可得，公顧欲去之何耶？」胡拍案大喜曰：「吾子真經世才也。非子言，吾幾誤矣。」遂仍與官交驩，官亦敬之終身。迨胡薨，官劾巡撫嚴樹森，去之，曾國荃巡撫湖北，又劾官去之。湖北從此多事。

記清廷謚法

清廷滿漢大臣予謚者，內閣侍讀酌擬十六字，呈大學士，閱定八字，繕單請旨，已近少數人私見。曲阜孔憲彝侍讀，最喜擬謚，又獨出心裁，力求新頴，如華亭張祥河司空，奉旨圈出「溫和」二字，亦孔擬也。

同治丁卯，大學士商城周祖培卒於位。周生平於謚法，喜敏字，自云：「將來得附趙吳興、董華亭之稱足矣。」予謚命下，司其事者，遂以文、敏列第一。適黃縣相國，與商城兒女姻親，滿侍讀錦成亦感商城知遇，催速繕奏，送黃縣閱。詎黃縣忽變異，以為必須另擬。錦爭再四，執不可，意以文、勤作首奏上，旨允准。是少數人私見，且能藉報知遇也，謂為公允得乎？

日本人安積信論詩

日本刊有《梅村詩鈔》，其國人安積信序云：

> 清朝詩文，作者蔚起，王阮亭為一代冠冕。先阮亭而鳴者，有吳梅村，後阮亭而鳴者，有袁子才，皆卓然成家也。近人鈔王、袁二家集刊行，而梅村不與。柳田仲靜惜之，就吳詩集覽錄數百首，將與二家並行，而為學者準也。命余序，乃漫叙所見曰：

梅村溯源風騷，陶冶六朝三唐。其高者直入李、杜之室，次亦可參長慶一席。鏤金錯采，變化從橫，不拘常格，皆從胸臆流出，而風極高超，法律整齊，悉具其中，誰謂非大家耶？

若阮亭專以神韻為主，詩品固已無上，而才學又足以振之，是以風骨道上，當與王、孟、韋、柳並駕齊驅焉。至鯨魚碧海，牢籠千古，恐未能摩少陵之壘。子才天分極高，學問極博，才華雋逸，頗有青蓮之風，有時不免纖巧奇僻，均不如梅村之具眾美也。

故趙耘松詩話推梅村為大家，不取漁洋，實為卓見，然則後學不當於梅村取法乎？第梅村受知莊烈帝，南宮首策，蓮炬賜婚，不十年至宮詹學士。當都城失守，帝殉社稷，不能與陳臥子、黃蘊生諸賢改命遂志，又不能與顧亭林、紀伯紫諸子自放山水之間，委蛇優柔，竟事二姓。是則不及尚書之峻謹，隨園之清高矣。

向使梅村能取義成仁，或隱身岩穴，其節操文章，均足為後學標準，而世所推一代冠冕者，將不在阮亭而在梅村矣。豈不惜哉！

（按：東鄰之於梅村，其傾倒固已極點，獨嘆惜其品節。士其可不立志哉！）

書僧格林沁死事

同治科爾沁親王僧格林沁，視師山東，戰頗利。曹南一役，乘勝窮追，遇伏死焉，大局為震動。方王之削平教黨及諸土寇也，乘勢南征，擒張行洛於宿州，殲苗沛霖於下蔡，淮潁以北，揭竿烏合者，掃刮無留，威聲赫然。既追捻寇於光、黃、汝、鄧之間，山谷沮洳，騎不得騁，累中賊伏，喪良將恒齡、舒通額、蘇克金等。王益憤，日夕逴一二百里，宿不入館，衣不解帶，席地寢。天未明，傳爨畢，士皆橐糗粮，王手一鞭，上馬猋馳。賊十餘萬，與清軍夾水而陣，王帥親兵數千薄之，賊駭，迸入山東境，王追愈疾。當是時清軍與捻均重趼羸餓，勢且俱踣。賊揚言王少寬，我即降。

同治四年四月已丑，王督陳國瑞、郭寶昌、何健鰲等軍，與戰於曹南。敗退入空堡，賊圍數重，且欲掘長濠困之。清軍粮草俱乏，逮夜洶洶欲潰，諸將啟王，請突圍出，不許，固請許之。王部分諸將，自與成保馬隊俱，使降者桂三帥騎數百為先驅。王飲酒醉上馬，馬踶逸不肯行，乃易以他馬。時夜二鼓，天星昏黑。桂三有異志，既出堡，即反走，突冲清軍，賊乘之，陳國瑞所領步隊四千，覆潰幾盡。國瑞以身免，餘軍與賊不相辨，長驅並駕於昏黑中。遲明，見道旁小圩，遂收隊入，不知王所在。俄有賊首戴三眼花翎紅頂，揚揚過圩去。清軍望見哭曰：「嘻！吾王死矣！」急迹至麥塍中，見已遇害，身受數傷，旁一僮同死。乃騎載王尸，告有司殮之。總兵何建鰲，內閣學士全順，皆死於陣。

自恒齡、舒通額戰沒，王常懷必死。性友愛，王弟至營，與同寢處，將別，引上坐拜之，告無生還意，戒善事太妃，無他語。王子來省，途中有司館之，王子固辭，未能却。王聞大怒，將殺之，僚屬為請，乃罰跪良久，且役以賤事困苦之。每戰，安營定，展馬鞍帳外，獨坐飲酒。一卒奏炙肉於前，諸騎卒環以乞肉，王遍啖以片脯，乞者踵至，至盡一蒸肫，日為常。

（按：此從薛福成〈科爾沁親王死事略〉摘錄。）

胡林翼名言

兵事以氣為主。解孺子之戲猪脬，縛以繩而吹其氣，閉其外以實其中。方其氣之盛滿，千錘不破，一針之隙，全脬薾然。

兵事以攻城為下策。得一堅城，破數十巨壘，殺賊不多，賊氛仍熾，而士卒傷殘，元氣不復，非用兵至計。又當逼城攻壘時，如雀之伺蟬，志在蟬而不知弋人之伺其後。攻堅不克，志懈力疲，他賊旁援，往往誤事。

求才如相馬。得千里馬而人不識，識矣而不能用，方且喜駑駘之便安，而斥騏驥之英俊。使韓、彭、英、鄂，不遇沛公、秦王，亦奚自展？使韓、彭、英、鄂，更易姓名，即日在人前，而人亦不識，人才奚以振拔哉？

光武於兄齊武王之慘死，枕邊時有涕泣，而平時言笑如恒。英雄作事，以大志為尚，不可作兒女子涕泣。

西域、臺灣、達州起事，皆因官吏貪污，會匪得以藉口。川省之惡戴如煌，而譽劉青天。近年新寧因貪吏李博平糶勒價二千文一石，次年，差役訛詐雷再浩之妻黨，致李沅發倡亂。桂平韋正因懸登仕郎匾額，疊次詐錢，激而倡亂，前此羡慕登仕郎而不得，挺而走險，遑恤後來。是會匪極多之地，果得廉吏主持，必不致釀事；即無會匪之地，以貪吏混迹，則平民亦可致亂。明末張、李之亂，豈盡拜會乎？

富鄭公言：「兇險之徒，讀書應試無路，心常怏怏，因此遂生權謀，密相煽結。此輩散在民間，實足嫁禍，要在得人而縻之。」蘇子瞻云：「窮其黨而去之，不如因其才而用之。」明邱濬亦云：「紛紛擾擾之徒，從無定志，所患者粗知文義、識古今耳。平時宜有以收拾之。」觀三公所論，實切今日之務。蓋駕馭人才，即以消弭隱患，先為安置，使得生養，授以羈勒，範我馳驅。故用士用民，乃今日先務（苗沛霖鳳台諸生，頗具胆識。賊氛急時，請於壽州知州金光筯，求入團練局。金不許，又輕侮之，苗憤，乃起事，卒釀大患。）

操之太急，是鼂錯峭直之病；委心任運，是胡廣中庸之誚。

勢處危迫，不能不資成案，秉舊例。條侯之乞憐於牘背，魏尚之見屈於刀筆吏，古今同嘆。必至決裂，不可收拾。

軍旅之事，以一以成，以二三而敗。唐九節度之潰於相州，其時名將如郭子儀、李光弼，亦不能免。故謀議可資於眾人，而決斷須歸於一將。

用人之法，總須用苦人。心思才力，多出於磨練，故臨事能知其艱苦曲折，亦能耐勞。膏粱紈袴，均下材也。

軍事必有所忍，乃有所成；地方必有所舍，乃有所全。

昔年從政，見各省督撫，一差一缺，無一不照例而行，即無一不挾私以徇。其瘠苦煩難，人所棄者，尚有輪補輪委之人，而肥美優區，則皆捷足先得。懸一例而預謀於例先，更變一說以圓通於例外，適足以快其私。昔在黔湘，見藩臬某某，動則言例，無一事不照例，實無一事能照例，京官所囑託，如鼓答桴，其應如響。故循例徒快其私，而某願破例，以一人執咎也。

時事艱難，吾輩所做之事，均是與氣數相爭。然成敗之數，盈虛之效，有天命焉，非憂思所能減。

時事艱難，宵小滿天下。所望仁人君子，廣大宅心，敬賢包荒，以扶持元氣。如先同事猜疑，則讒人之口，即乘隙而來。昔年滌帥治兵長沙，專銜參中協清德，而不會撫銜，駱帥容忍之。至今湘人賢者，不多滌帥之抗直，而多駱帥之有容。

吾輩既忝居民上，便不當謀利。如欲謀利，天下謀利之途甚多，何必借官而謀私？又大亂之後，必須明其政刑，姑息因循，實足誤事。

王文成龍場之行，于清端羅城之事，一生功勳，皆從苦境磨練而出。故百折不回之氣，萬萬不可稍鬆。

世俗不殺人，以陰騭為說，忍於善人，而不忍於惡人。昌黎亦云：「凡有殃咎，宜加臣身。」我願執其咎矣。且古人姑息養奸，無如吳下老公，終為侯景所制。今日則鄭巡撫祖琛之在粵西，殺一盜必念佛三日，遂以貽禍天下，塗炭生靈。不知其所謂陰騭者安在？

東坡云：「牧馬者，馬瘠則添一人以牧之，添一人而馬愈瘠。」此可悟用人行政之法。

果決人宜兵，柔軟人不宜；爽直人宜兵，修邊幅人不宜。

總理衙門雅集啟

今之外務部，前之總理衙門也。同治時，洋務繁興，特設是署。時筦部者，為恭親王奕訢（咸豐北狩，英法聯軍入京，火圓明園。奕訢以皇太弟監國，與英法訂約）；總部務者，為董醞卿尚書恂；領班章京者，為長樂初卿堂善。各事草創，文移箋奏，均各章京分任之，而各章京則調各部司員，及內閣中書之資深者。

旋長樂初授都統離署。癸亥十月，約同署寅僚雅集四栢軒叙別，有小啟一編。雖友朋酬應之常，而當時總署初創，首出之外交人才，均叙其中焉。啟云：

譯署趨公，寒暄屢易，京旗承乏，韜略未諳，雖儕鴛鷺之班，愧領貔貅之帥。螭蚴侍從，憶陸機入洛之年；馬策追隨，正魏絳和戎之日。緬昔山雲招我，出岫無心，何圖宦海勞人，飛鴻印迹。自維樗散，幸締蘭盟，火急官書，挑燈共草。素餐而句儆風詩，刊譜而數符煙閣。

乃者仕途易轍，塵俗填胸。言念同舟，亟思把袂，則有奪魁佳客，久佐金吾（成竹坪林）；載筆儀曹，將拖銀綬（志克庵剛。時以知府待銓，後充出使歐洲各國換約大臣，以記名道加二品銜）；名傳商嶺，採芝久羨黃公（夏伯音家鎬）；談繼夢溪，搦管常披青簡（沈彥徵敦蘭）；蔡端明擅書中之妙，墨染池魚（蔡又臣世俊）；陳曲逆宰天下之才，刀分社肉（陳子敬欽）；蘇門君子，長嘯干雲（孫稼生家穀）；黔國公孫，雄思晝日（方子嚴濬師）；試邀明月，影成李白之三（李叔彥常華、季邨衢亨、肖良汝弼）；好挹仙風，肩拍洪　之右（洪子緒球）；有豢龍真好，珠許探驪（葉仲方守矩）；開逐鹿先聲，囊看脫穎（毛升甫鴻圖）；部司武庫，雙璧堪珍（齊慎齋克慎、成子鶴孚，均官駕部）；閣近文淵，七賢並美（錦繡谷成、瑞鰳侯璋、慶景辰雲、舒春舫文、聯星五恩、長久山恒、恩笠農霖）；風流學士，忻叨鸞詔之班，星使皇華，甫晉鴻臚之秩（阿竹坪昌阿、文俶南碩）

爰萃羣僚簪組，式聯異姓塤箎。輸北海之豪情，續東坡之雅集。晚菘霜韭，分付園丁；野鶩家禽，安排廚子。重陽負約，登臨懷萸菊之觴；五夜消寒，歌咏結芝蘭之友。屆時入座，分日開筵，敢憑短札催君，願速高軒過我。

赫德九說

董醞卿尚書恂云：

歲乙丑，總稅務司赫德言：「數之中，惟九最奇。」詳叩其說，曰：「一九自成為九，及十九百九千萬九億九，凡無奇零與一九同者，不必言也。至二九一十八，一八九也；三九二十七，二七九也；四九三十六，三六九也；五九四十五，四五九也；六九五十四，五四九也；

七九六十三，六三九也；八九七十二，七二九也；九九八十一，八一九也。

「又如十一九為九十九，九九即一十八，一八九也；十二九為一百八，一八九也；十三九為一百一十七，一一七九也；十四九為一百二十六，一二六九也；十五九為一百三十五，一三五九也；十六九為一百四十四，一四四九也；十七九為一百五十三，一五三九也；十八九為一百六十二，一六二九也；十九九為一百七十一，一七一九也；二十九為一百八十，一八九也。

「又如二十一九為一百八十九，一八九即一十八，一八九也；二十二九為一百九十八，一九八亦即一十八，一八九也；二十三九為二百七，二七九也；二十四九為二百一十六，二一六九也。

「推而至於二十九九為二百六十一，二六一九也；又推而至於九十九九為八百九十一，八九一即一十八，一八九也；又如一百一九為九百九，九九即一十八，一八九也，一百二九為九百一十八，九一八亦即一十八，一八九也；一百三九為九百二十七，九二七亦即一十八，一八九也。

「推而至於一百九九為九百八十一，九八一亦即一十八，一八九也；又推而至於九百九十九九為八千九百九十一，八九九一即二十七，二七九也；又推而至於九千九百九十九九為八萬九千九百九十一，八九九九一即三十六，三六九也；又推而至於九萬九千九百九十九九為八億九萬九千九百九十一，八九九九九一即四十五，四五九也。

「又如八億九萬九千九百九十一，減一九，餘八億九萬九千九百八十二，八九九九八二即四十五，四五九也；再減十九，餘八億九萬九千八百九十二，八九九八九二亦四十五，四五九也；再減百九，餘八億九萬八千九百九十二，八九八九九二仍四十五，四五九也，再減千九，餘八億八萬九千九百九十二，八八九九九二亦仍四十五，四五九也；又如八億八萬九千九百九十二，減九千九，為八萬一千，餘八億八千九百九十二，八八九九二即三十六，三六九也；再減八千九，為七萬二千，餘七億三萬六千九百九十二，七三六九九二亦三十六，三六九也；再減七千九為六萬三千，餘六億七萬三千九百九十二，六七三九九二仍三十六，三六九也；再減六千九，為五萬四千，餘六億一萬九千九百九十二，六一九九九二亦仍三十六，三六九也；再減五千九，為四萬五千，餘五億七萬四千九百九十二，五七四九九二亦仍三十六，三六九也；再減四千九，為三萬六千，餘五億三萬八千九百九十二，五三八九九二亦仍三十六，三六九也；再減三千九，為二萬七千，餘五億一萬一千九百九十二，五一一九九二即二十七，二七九也；再減二千九，為一萬八千，餘四億九萬三千九百九十二，四九三九九二即三十六，三六九也；再減一千九，為九千，餘四億八萬四千九百九十二，四八四九九二亦即三十六，三六九也；

「推之而再減九十九九，為八百九十一，餘四億八萬四千一百一，四八四一一即一十八，一八九也；再減九百九十九九為八千九百九十一，餘四億七萬五千一百一十，四七五一一亦即一十八，一八九也；再減九千九百九十九九，為八萬九千九百九十一，餘三億八萬五千一百一十九，三八五一一九即二十七，二七九也。

「離之而九，合之而九；益之而九，損之而九；縱之而九，橫之而九，蓋隨意所之，回環往復，而無不然也，由是而兆、而京、而垓、而秭、而壤、而溝、而澗、而正、而載，亦無不然也。此惟九為然，八以下皆不能然也。」復按之信。

恂惟六經言數，莫詳於《易》，而乾元用九，未著此義。疇人書汗牛充棟，號九九術。而目所經見，亦未有此。恂生年五十九矣，今乃以至淺至近者，而聞所未聞，則終身由之而不覺，此外正不知凡幾也。噫！可懼也。

郢中九老

歙鮑雙五先生，督學楚北，按試安陸。

時府縣學校官十人：鍾祥縣教諭蔡理元，蘄州舉人，年七十六；潛江縣教諭徐洲，興國舉人，年七十三；安陸府教授潘恒月，興國舉人，年七十三；天門縣訓導胡學洙，鄖西歲貢，年七十；潛江縣訓導蕭協中，嘉魚歲貢，年六十九；天門縣教諭李如筠，江夏舉人，年六十八；京山縣訓導邱齊益，武昌拔貢，年六十七；京山縣教諭柯光澍，大冶舉人，年六十二；安陸府訓導楊萬炳，松滋歲貢，年九十一。惟鍾祥縣訓導蕭爚，竹谿廩貢，年四十四最少。自楊君以上九人，合六百四十七歲。

先生有〈郢中九老歌〉，亦佳話也。

天津教案紀事詩並序

同治庚午，天津教案起，牽連俄、法二國。法人要挾多端，交涉棘手。曾國藩時為直督，大不理於眾口，薦李鴻章為北洋大臣。李到任，適普法戰爭發生，法人急於自救，此大問題遂烟消雲散焉。嗣和局定，遣崇厚赴法廷道歉。此為李合肥辦理外交第一次。

吳中丞大廷有〈津門紀事詩並序〉，敘事頗詳，急錄之。序云：

> 天主教流行中華，為日雖久，尚未遍布。自咸豐十年與各國通商後，法國逞其兵力，威脅直省，遍立教堂，且以邪術迷拐男女，竟有剜眼、剖心之事。良民申訴，地方官無可如何，積憤已深。
>
> 同治九年五月二十三日，遂有津民糾眾事。戕殺法領事豐大業，及法人十七人、俄人三人，並將津郡教堂、學堂、仁慈堂，一律焚毀。法國駐京夷酋，紛調兵船，停泊紫竹林，藉端恫嚇。當事者欲以求和了局，現奉旨命曾侯相駐津查辦，而國是未定，和戰兩歧。余適督運閩米來津，目擊時艱，憂心如擣，撫時感事，情現乎詞。

詩云：

十年瀛海外，邪教遍中原。狂犬爭紛噬，羝羊敢觸藩。
有誰能禦侮？無地與鳴冤。倏忽波濤起，津沽白晝翻。
燕趙悲歌地，華戎混處場。廿人同趙卒，一炬付咸陽。
他族慣要挾，朝端要主張。須知相司馬，未便任猖狂。
憑仗樓船力，揚帆逼直沽。夷情工反覆，國事漫模糊。
橫海屠鯨手，防軍落雁都。紛紛籌策者，可解火攻無？
世豈無韓岳，其如隱患何？川原三輔壯，忠義兩河多。
投餌捐金帛，丸泥設網羅。願期三島外，早日息鯨波。

論光緒九世

光緒三十四年，惟戊戌變政，為清史上大特色。設當時不受梗於榮祿，安知義和團之禍不生，而國家元氣，不至剗削殆盡。故戊戌一役，愛辛存亡之鍵也。天不祚滿，使奮發有為之主，因改革而遭禁錮，則光緒三十四年，與同治十三年，無以異也。而終其身無安樂之一日，際遇視同治為難，福澤視同治尤遜。

即位三年，琉球失；十年越南失；十二年緬甸、暹羅連失；二十一年朝鮮、臺灣又相繼失，然只削及藩屬也。未幾，三國索謝，德入膠州，俄攘旅大，英攫威海衞，法佔廣州灣。其期或二十四年，或二十五年，或九十九年，要皆視為几上肉，任意宰割也。於是各處志士，慨版章日削，列強日迫也，呼號奔走，亟謀改革，帝亦虛己以聽。乃誤於權奸，六君子殲焉，大阿哥立焉，浸至義和團紅燈照起，教堂燬，使館圍焉。無何，聯軍入，兩宮狩，和議成，賠欵巨。風景不殊，舉目有河山之戚，雖回鑾有日，而清祚與清帝之福命，均奄奄待盡矣。

同光樞臣之消長

同、光之際，當國樞臣，分數時代。

同治初元為文祥、沈桂芬時代。時大亂初平，瘡痍未復，正可改革政體，以固國本。文祥雖不學無術，猶知引沈桂芬自助，實為漢人掌握政權嚆矢，故李鴻章、翁同龢亦聯袂而起。時封疆大吏，漢人居半，即樞要之地，實力亦漸加增。同治中葉，宇內得以少安者，職是故也。

光緒初，變為孫毓汶、徐用儀時代。然孫名為漢人，實仰滿人鼻息，尤與李蓮英狼狽為奸。徐用儀則唯唯諾諾，聽孫指揮。

十年至二十年，高陽、常熟又携手入。然高陽守有餘而才不足，常熟極思振作而掣於西后之肘，亦不能大展其長，且觸滿人之忌，故收場尤落寞。

二十年後，則剛毅、榮祿時代，純為滿洲人猿臂伸張之日。繼之者奕劻、世續、那桐，沆瀣一氣，固守藩籬。如瞿鴻機、徐世昌、林紹年皆在奕劻肘下，如張之洞等，雖權力稍增而為日無多，不能發展矣。

郭嵩燾使英

光緒元年，英人馬嘉理、栢樂文為滇民半途戕害，清廷派侍郎郭嵩燾赴英道歉。國書云：「去年正月，貴國繙議官馬嘉理携帶護照由緬甸至滇省邊境被戕，並將同行副將栢樂文擊殂。朕特派湖廣總督李瀚章查明奏請，將都司李珍國等分別治罪。二年六月，又特派文華殿大學士一等肅毅伯李鴻章為便宜行事大臣，前赴烟台，會同貴國欽差大臣威妥瑪，將前案籌結。經李鴻章復奏，貴欽差大臣威妥瑪以為懲其既往，不如保其將來。朕特降旨，著照所請，將李珍國應得罪名加恩寬免，仍諭各省督撫恪遵上年諭旨，照約保護，並著總理各國事務衙門，擬定告示，咨行各省遵辦，以期中外相安。

昨馬嘉理持照入滇，慘遭戕害，不但有關生命，且傷兩國和好，朕深為惋惜。茲特派欽差大臣禮部左侍郎總理各國事務大臣郭嵩燾前赴貴國，代達衷曲，以為真心和好之據。朕知郭嵩燾幹練忠誠，和平通達，辦理中外事務甚為熟悉，望推誠相信，得以永臻友睦，共享昇平，諒必深為嘉悅也。」

（按：同治時遣美國使臣蒲安臣通使各國，副以志剛、孫家穀。至遣使駐劄各國，則創議於光緒元年。次年十月，郭侍郎始成行。若崇厚使法、載澧使德、那桐使日，吾不欲述之矣。）

孫毓汶之負恩

光緒十六年歸政詔下，清德宗始親政。然據內廷人言，皇上徒有親政之名，並無其實。一切用人行政仍操太后之手，內則太監李蓮英，外則軍機大臣孫毓汶，均太后最得意信任之人。孫毓汶且與李蓮英結蘭譜，得以偵探內宮消息，視皇上如虛器焉。

當中日事急，鳳凰、九連城相繼失陷，浸及登萊，毓汶日召梨園，府中演劇，宴俄使薩道義，結聯俄約。前門未退虎，後門又進狼，毓汶之謀國如是，其無心肝也可想。

（按：當時尚有文廷式諸人造毓汶府，令其繳還門生帖。）

論近代閩督

吾閩諺語云：「福建無制台，有撫台。」以制台皆民害，不如無之也。自王熙德鬧鐵錢票，轅門被燬後，以余所見，一為何璟一事無能，日誦《感應篇》，人多病之。乃中法之役，適當其衝，於是船廠夷、兵輪燬。何璟去，而楊昌濬來矣，疲玩顢頇。繼之以譚鍾麟，而貪婪穢著；繼之以卞寶第，而兇惡奸巧；繼之以邊寶泉，而老悖胡塗；繼之以許應騤，則愈趨愈下矣。

論許之貪，一如餓鬼投生，飢腸奪食，無論何事，非孔方不可。甚而海關善舉，撈獲流尸費，水災振卹，僑商捐助費，均入貪囊。至其對人言：「太后天恩，知吾官京僚久，兩袖清風，故擇閩、浙清閒地，便吾養老，且可蓄贏餘。」每年壽旦，許必興高采烈，收受財物，不足，又益之其祖父母陰壽開賀。大約閩中地皮刮而見骨，尚未厭許之欲也。旋為御史李灼華、梁文燦連劾，微服出走。（按：當日疆臣，如李瀚章之在粵，貪穢與許相埒，然究不若許之海納百川也。許於光緒乙亥恩科典閩試，閩京僚如尚書陳璧、侍郎郭曾炘、御史葉芾棠，均許門下士，故尤肆無忌憚云。）

王之春使俄

自聯俄之說，濫觴於朝內，於是疆臣希指，一唱百和。適俄皇呵咧克桑德爾第三卒，而湖北布政使王之春，乃有使俄通慶弔之行。其〈致唁國書〉云：

> 大清國大皇帝，聞大俄國大皇帝呵咧克桑德爾第三薨逝，甚為悼惜。因念中國與貴國訂交最先，前大皇帝在位多年，尤

> 敦睦誼，凡二國交涉事宜，無不推誠相與。茲特派頭品頂戴湖北布政使王之春前往貴國，專齎國書，特致唁忱，以表格外和好之據。惟望嗣位大皇帝承克先志，永固邦交。從此二國聘問往來，情誼加厚，共享昇平之福，朕實有厚望焉。

又〈致賀國書〉云：

> 大清國皇帝，忻悉大俄國大皇帝克紹丕基，嗣登寶位，篤親隣之至誼，洽修好之歡心。因念中國與貴國立約最早，訂交最深，茲特派頭品頂戴湖北布政使王之春前往貴國，呈遞國書，特申賀悃，較前規而加密，期永好以無愆。惟願寶祚益隆，邦交益固，二國共享昇平之福，朕實有厚望焉。

（按：聯俄之說，胚胎於孫毓汶，而李蓮英亦其附屬品。蓋俄人包藏禍心久矣，此回之春使俄，即借之交歡強鄰，而不恤賣國。此上海金谷春所以有萬福華之炸彈案歟？然以李合肥之眼光，尚惑於喀希尼甘言，而鑄此大錯，又何責於知識卑下之王之春哉。）

戊戌變政

中日戰後，中國腐敗情形，和盤托出，於是志士憤起，咸知非變法無以圖存，而南海康有為出焉。直清帝亦有志改革，召對稱旨，譚嗣同、楊銳、林旭、劉光第、梁啟超，次第擢用。廢八股，開學堂，汰冗員，廣言路，凡百設施，同時並舉。

守舊黨不悅，滿大員尤深恨之，而清帝愈加信用，因是恨改政黨，移而恨帝，榮祿輩日夕謀諸太后。軍機大臣翁同龢，帝所親任也，贊成改革，乃帝與翁一面謀改革，太后與榮一面謀廢立。

四月二十三日，帝下詔誓改革，二十五日康有為召見，二十七日太后忽出一諭，令帝將翁同龢開缺。工部侍郎汪鳴鑾，翁之黨也；兵部侍郎長麟，滿人忠於帝也；翰林院侍讀學士文廷式，帝所擢用也，均斥革。

榮又諷太后臨朝訓政，急捕改政黨。康有為、梁啟超急脫，譚嗣同等六人殲焉。餘漢大臣李端棻等數十人，禁錮謫戍，而改政黨所設施，一切成泡影焉。

榮與太后定計，幽帝，以病解說人心。

（按：滿朝亡國要點也，故記之。）

溥儁之立

德宗幽後，非甚頑固無恥，不得入政府，而徐桐、剛毅、趙舒翹、懷塔布、楊崇伊、李盛鐸，羣小彙升。

然帝雖幽，榮祿輩猶以為計未萬全也，又諷太后以廢立事。於是以端郡王載漪子溥儁為穆宗嗣，載漪參預朝政。未幾，釀義和團之變。

東南半壁

方清廷與各國開衅也，疆臣毓賢、裕祿輩，煽動於北數省。洎聯軍入，天津陷，畿輔一帶，兵民流血。

東南各省所恃以乂安者，賴劉坤一及張之洞等，與各國互訂保約，各國僅置兵於上海，是為東南半壁之保障。

懲辦禍首

聯軍入京，清廷派李合肥為議約大臣，遂於光緒二十七年七月，定約十二欵，首欵即懲辦首禍內外諸大臣。

端郡王載漪、輔國公載瀾，均定斬監候罪名，如皇上以為應加恩貸其一死，即發新疆永遠監禁。莊親王載勛、左都御史英年、刑部尚書趙舒翹，均定賜自盡。山西巡撫毓賢、禮部尚書啟秀、刑部左侍郎徐承煜，均定即行正法。協辦大學士吏部尚書剛毅、大學士徐桐、前四川總督李秉衡，均已故，追奪原官，即行革職。

至兵部尚書徐用儀、戶部尚書立山、吏部左侍郎許景澄、內閣學士禮部侍郎衛聯元、太常寺卿袁昶，應開復原官，以示昭雪。甘肅提督董福祥，革職候辦。

其德國欽差男爵克林德被害，派醇親王載灃為頭等專使大臣，赴德國大皇帝前，代表清國大皇帝惋惜之意。日本使館書記杉山被害，派戶部侍郎那桐為專使大臣赴日本大皇帝前，代表清國大皇帝惋惜之意。又賠償各國兵費海關銀四百五十兆兩。

徐、許、袁三君子奏稿

拳匪大肆之際，因力主剿辦，為端剛冤害者，有三君子焉，則徐用儀、許景澄、袁昶也。徐在總理久，許充出使大臣，袁任蕪湖關道，皆諳洋務，悉外情者。乃因忠遭毒手，中外冤之。當時三君子疏，敘義和團源流甚晰，節錄之，見國之尚有人也。奏云：

密陳局勢危迫，急圖補救，以弭巨患，披瀝直陳事。

竊義和團名目，實白蓮教餘孽，去年吳橋縣知縣勞乃宣說帖，考之最詳。前月東撫袁世凱遵旨復陳，言萬無招撫之理，亦言之切實。前東撫毓賢，辦理平原一案，稱匪首朱紅燈，自稱明裔，妖言煽亂，幸被官軍掩捕，並無能避槍砲之術，此其明証。上年臣詢提督程文炳，該提督乙未年駐軍近畿，有山東義和團自稱金鐘罩、紅燈照名目，四十五人投効，以槍刃試其技，立見血斃，是妖術全不可信。而其廣招黨羽，久蓄逆謀，妄稱明裔，為邪教，為亂民，又確無疑義。

臣上年十一月十三日，蒙恩召見。其時東省拳匪，借仇教為滋事，臣曾面奏係邪教倡亂，應早為撲滅。旋經袁世凱實力撲除，東省安然。不意東省肅清，流入直隸，督臣觀望遷延，聽其滋蔓。及淶水戕官，督臣裕祿尚爾遲延。涿州據城不已，延及永清霸州，焚燬蘆保鐵路，又毀張家口電桿，又焚殺教堂教民數百處。

本月十六日，該匪胆敢潛入京師，盜兵輦轂之下，焚教堂，攻各使館，縱橫恣肆，放火殺人，震動宮闕，實為罪大惡極，萬不可赦。二十日焚燒前門外千餘家，京城精華，剝削殆盡。各國因其仇教，畏其凶鋒，情急自衛。十六日樞臣啟秀傳旨慰問各使，並及公使之妻。該公使等感激聖慈，口稱調兵為保護生命，絕不干預中國國家公事，其詞决非虛偽。為今之計，唯有先清內城之匪，以定民心，以慰洋情，乃可阻其續調之兵。必中國自剿，乃可免洋兵助剿。

現在歷奉嚴旨，飭令步軍統領武衛中軍嚴拏首犯，將城內外壇棚盡行拆去。乃官兵觀望，而拳匪橫行如故。步軍順天府五城遵旨所擬十條章程，何曾實力辦到？久且煽惑愈多，致成巨變。

伏乞皇太后、皇上恭行天討，責成大學士榮祿，且撫且剿，便宜行事，先清內城地面，懸賞縛購匪首老祖師、大師兄者。該大學士為國大臣，應扼要坐鎮，不宜勞以細事，須得人襄助，乃可分理。伏見武衛軍幕僚記名道府樊增祥、內閣學士桂春、編修王廷相、御史黃桂鋆、府丞陳夔龍，均有謀略，堪以任事。請旨交榮祿參贊謀略，遴派得力將弁，挑選勁兵，分十餘隊，更請旨暫閉前三門，嚴禁出入，分路搜捕。所獲匪徒，略訊口供，即行正法，庶足以儆人心而申國法。若因循不剿，各國勢大怨深，並舉報復，禍患不可勝言。與其外人干預，代行剿辦，將至拳匪洋兵，互相戰鬥，喋血京師，玉石不分，殺害良民，大局糜爛，不可收拾，不如自行剿滅，尚可杜彼族之口，以維持大局。社稷幸甚！萬民幸甚！

徐承煜殺父駭聞

義和團之亂，頑固黨魁端王，外則有大學士徐桐。及聯軍索懲辦罪首，桐子刑部侍郎承煜，恐禍及己，思死其父以說之也，迫桐自裁。桐曰：「我即死，爾烏能免？」以承煜亦在懲辦之內。承煜曰：「無論能免不能免，汝七十老翁，行將就木，尚何求？我關係一家，浸假汝死解免，豈非以一人而救一家乎？」

桐不得已，就縊。承煜唯恐其不即死也，自下手，縮短其繩而緊扣之。俄桐氣絕，家人報承煜，承煜撫桐尸身氷冷，半時，乃放下。未幾，仍舊與毓賢、啟秀同斬決。余時在刑部，書吏聞徐之僕人言，頗確。

李鴻章之發軔

李初以優貢客都中，以文字受知於曾國藩，師事焉，日與講求經世學。平生所養，實基於此。

及入翰林，未三年，而洪軍起。李適在籍，佐巡撫福濟幕。時廬州已失，福欲復之，不得手，李乃建議先取含山巢縣，以絕其援。福授以兵，克之，由是有知兵名。福疏薦，道員鄭魁士沮之，遂不得志，而謗言四起。後授福建延建邵道，擁虛名，無官守。

咸豐八年，曾國藩移師建昌，李往謁，留焉。旋國藩派湘軍新、舊九營，使弟國荃統之，赴景德鎮助剿，以李同往。江西告捷，又隨國藩大營，兩年有奇。

十年，國藩議興淮陽水師，薦李補兩淮運使，疏上，清文宗北狩，不省。李時年三十八，自歎半生數奇，無復鼎鐘望矣。詎知天所以磨厲之者，固別有所在乎。

李鴻章之殺降

同光時，漢臣中最重要者，有一人焉，曰李鴻章。

當洪軍大挫蘇州也，李秀成大舉圖恢復，使部將合無錫、宜興各處兵八萬，船千餘，屯運河口，而自領精銳據金匱援蘇，與清兵連戰，互有勝敗。李鴻章親督大軍，程學啟、戈登為先鋒，進迫吳門，破其外郭。秀成與譚紹洸入內城死守。

既清軍水陸合圍，城中粮盡，秀成稗將部雲官、汪有為等八人，潛通款於學啟。學啟與戈登乘輕舸，造城北湖濱，與八人面訂降約，使殺秀成，許以二品賞，戈登為保人。然雲官等終不忍害秀成，乃斬紹洸，開門降，秀成夜出城去。時八人所部尚十餘萬，學啟既許以總兵等職，求如約。學啟與鴻章謀，終以此等狼子野心，久後難制，乃設宴坐艦邀之，號砲一起，伏兵殪之，並殺其黨千餘。

蘇州定，戈登聞李之食言也，大怒，欲殺之，携短砲伺，李知而避之。數日，怒漸解，乃止。

按李於此事，有慙德矣。後之辦交涉也，卒以機巧敗，宜哉。

（按：八王，一為納王部雲官，二為比王五貴文，三為康王汪安均，四為寧王周文佳，五為天將軍范起發，六為天將軍張大洲，七為天將軍汪環武，八為天將軍汪有為。）

李鴻章之極盛

咸豐十一年，有旨詢蘇帥於曾國藩。曾以李薦，且請酌撥數千軍，使赴下游助剿。於是李歸廬州募淮勇，合肥張樹聲、樹珊，周盛波、盛傳兄弟，及潘鼎新、劉銘傳從之。國藩為定營制，悉仿楚軍規法，以訓練之。又於楚軍中選一健將，為其統帥，即郭松林是也。

同治元年，淮軍成，八千人溯江而下，解松江圍，克川沙奉賢南匯各處，進克蘇常，實戡定江南第一關鍵。補江蘇巡撫，又克嘉興，孤杭州之勢。金陵底定，而東西捻起。山東、畿輔、河南一帶，風雨飄忽，僧格林沁陣亡，蔓延楚北。朝命國藩視師，國藩以湘軍暮氣，不可用，且欲持盈保泰，以疾辭薦李代。李拜命，不辭勞瘁，馳逐數省，用合圍法，漸次肅清。

捻事方了，北洋教案起，法人藉端要索。國藩時回直督，大不理眾口，又薦李為北洋大臣。李一到，竟化雲霧為青天。自是以後，凡交涉事，李又為專門名家，李之勳名威望，至此幾與國藩抗矣。

（按：此役適普法戰事起，法人自救不暇，歐美各國，亦注目於此大問題，而此小問題，乃消沉於無何有。）

李鴻章之末路

中興以後，交涉日繁，而北洋大臣適當其衝，非李莫屬矣。李在任內，運其全副精神，經營海陸二軍，自謂確有把握。光緒八年，法越衅起，朝議籌防，李復奏有「臣練軍十餘年，以經費支絀，不能盡行素志，然臨陣策應，尚不至以孤注貽君父憂」等語，其自信可想。詎中日一役，艨艟樓艦，或創或夷，淮軍練勇，屢戰屢北，歸然威名，掃地以盡。所餘敗鱗殘甲，再經聯軍津沽一洗，隨羅榮光、聶士成同成灰燼。於是直隸總督北洋大臣三十年所蓄養，所布置，一旦烟消雲散，殆如幻影焉。

究其所以失敗之由，羣議之掣肘者半，用人之失當者亦半。李當大功既立，自視太高，覺天下事甚易。又其故吏裨將，昔共患難，今共功名，狥其私情，轉相汲引，布滿津要，委以巨任，不問其才之可用與否，以故臨事貽誤，坐僨大機，其一因也。至其所辦商務，亦無一成效可觀，何也？則「官督商辦」一語誤之耳。

自同治元年訖光緒二十七年，此四十年間，李無日不在要津。其稱為閑散者，則乙未三月至丙申三月，凡一年；戊戌八月至庚子八月，凡兩年；己乙丙之間，入閣辦事；及戊戌八月至十一月，退出總理衙門。其間奉命治河，商務大臣總督兩廣，在他人為之，亦為優差，而按李之一生赫赫炎炎，不得不謂為末路也。洎赴德，見諷於俾士麥；赴日，乞憐於伊籐，尤末路之忍氣矣。

李鴻章之論定

世之訾李者，斥之曰曹操，曰秦檜，此一無知識也。李之病在生平慣用小信、小巧，以取敗也，至其眼光識見，實有遠過尋常者。固知今日中國為三千年以來大變局，狃於目前之不可苟安，非變法維新，則戰守均不可恃；固知畛域不化，故習不除，必一事無成；固知日後之乏才，必有甚於今日者。

觀其同治五年〈議復製造輪船疏〉、光緒元年〈臺灣海防疏〉，放開眼孔，沉痛淋漓，至今讀之，凛凛有生氣。

至馬關議約，突遇彈傷，醫者勸其節勞，李慨然曰：「國步艱難，和局之成，刻不容緩，余焉能延宕以誤國乎？」又曰：「舍余命而有益於國，亦所不辭。」其慷慨忠憤，君子敬之。

臨終，未及家事，惟切齒於毓賢誤國，又長吁曰：「兩宮不肯回鑾。」瞑焉長逝，有犬馬戀主之誠焉。故西人之論李也，有曰：「大手段之外交家。」有曰：「小狡獪之外交家。」夫李之外交家，在清國原為第一流，而置之世界，恐瞠乎其後也。

蓋李之手段，專以聯某國而制某國，而其所謂聯者，又非平時而結之，不過臨時而嗾之，有一種戰國策士思想橫於胸中焉。雖然，李於他役，余未見其能用手段也，獨中俄密約，其對日本手段之結果也。以此手段，造出後此種種之困難，李死而其債未了，自作之而自受之，余又何憐哉。

附〈李在北洋所設海陸軍及商務、學務表〉

設外國語言文字學館於上海	同治二年正月
設江南機器製造局於上海	同治四年八月
設機器局於天津	同治九年十月
籌通商日本派員往駐	同治九年又十二月
擬在大沽設洋式砲台	同治十年四月
挑選學生美國肄業	同治十一年正月
開煤、鐵礦	同治十一年五月
設招商局	同治十一年十一月
辦鐵甲兵輪	同治十一年十一月
請遣使日本	光緒元年十一月
請設洋學局於各省，分格致測算、火輪機器、兵法、砲法、化學、電學諸門，又請於考試功令稍加變通，開洋務一門	光緒元年十二月
派武弁往德學水陸軍械技	同治二年正月
派福建船政生出洋	同治二年十一月
購鐵甲船	同治六年正月
設水師學堂於天津	同治六年七月
設南北洋電報	同治六年八月
請開鐵路	同治六年十二月
請開開平礦務	同治七年四月
設公司船赴英貿易	同治七年六月
招商辦各省電報	同治七年十一月
築旅順船塢	同治八年二月
設商辦織布局於上海	同治八年四月
設武備學堂於天津	同治十一年五月
開漠河金礦	同治十三年十二月

設醫學堂於天津	同治十三年
北洋海軍成軍	同治十三年

記恩壽事

恩壽之貪穢卓著，固已有口皆碑，其獸心亂倫，人尚未知也。

當恩在蘇撫日，其叔景星由福建將軍他調。景有妾某氏，滬上名妓也，恩久垂涎，未得間。適景過滬，恩迓入署，流連數月，景出，恩私焉，二人愛情密，刻不離。久之，漸露消息。景覺偵之，雙雙鴛鴦弋焉，恩跽而受杖，景將妾處死。此事江南官界皆知。

恩恃有奕劻奧援也，自言指顧兩江到手。會江督李興銳出缺，寧藩李有棻就近兼權，而不及恩。恩怒，慫恿奕劻借事罷之。未幾，竟為周馥得，周有項城力，恩無如何也。

時廷議以清江南北要衝，裁漕督而設江淮巡撫。恩藉奕劻力調補，興高氣揚，修理衙署，一班走其門者，連翩赴淮，南京候補，為之一空。未數月，議撤，添江北提督。

臺諫三霖

當奕劻父子之專權也，攖其鋒者立糜碎。時台諫中有三霖焉，均矯矯不阿者，湘趙啟霖、閩江春霖、桂趙炳麟是也。

趙啟霖首揭其奸，革職，江春霖繼之，回原衙門。兩君雖鼓勇直前，捋虎鬚而探虎子，奈負嵎已固，終不能挫其威，而兩君均回籍矣。惟趙炳麟未忤巨奸，幸而得保。

（按：前三君時，有蔣侍御式瑆，劾奕劻貪穢事，回原衙門。）

寇太監述聞

奏事處太監寇連材，侍西太后久，頗得力，太后深倚之。因派令伺候皇上，實則使之監督行止，偵探近事也。詎寇有義烈氣，見皇上之無權也，憤甚。一日長跽后前，極言皇上英明，請太后勿掣其肘，又言國帑空虛，民力凋敝，請太后節省費用，罷頤和園工程。西后大怒，立杖殺之。

據寇云：

> 中國四百兆人，境遇最苦者，無如皇上。自五歲起，無人親愛，雖醇邸福晉，亦不許見面。每日必至西后請安，不命之起，不敢起，少不如意，罰令長跽，一見即疾聲厲色。積威既久，皇上膽為之破，如對獅虎，戰戰兢兢。日三饍，饌雖十餘簋，然離御坐遠者，半臭腐；近御坐之饌，即不臭腐，亦久熟乾冷，不堪下箸。以故皇上每食恒不飽。有時欲令饍房易一適口品，管饍者必面奏西后，西后動以儉德為責。

> 至西后窮奢極欲，揮金如土。頤和園工匠一年不停，陸則鐵路，水則火輪舟。每夕數百盞電燈，照耀達旦，遠望如琉璃世界，即電燈一項，每夕須六百金，燈廠委員、內府人員外，尚派候補道數十人。饍品，北洋大臣時晉海味、南方鮮果，西后身邊使女，反得染指，皇上不能。其伶仃孤苦，醇邸福晉言及，輒暗中流淚。

繼昌醜史

前江寧藩司繼昌，滿洲進士。由部郎外放，洊升湖南按察使、江寧布政使。方其在湘臬任也，適公出，有挑水夫女者，繼見，魂為之奪。挑水夫窮且賤，納其女，恐招外議，乃轉屬當夥吳姓，收該女為義女，繼出金數千，備嫁妝，藏金屋焉。詎是女性淫蕩，在吳家時，與吳子小吳結露水姻緣。

比歸繼，小吳為原主，頻來往。繼又煙癖甚重，日夕沉湎於阿芙蓉，而牀笫酬應，愈形空疏。該氏不安，慫恿繼招小吳入署，襄辦賬房。由是一對野鴛鴦得時常比翼，大吳知之，垂涎勾引，父子聚而麀之。然蕩婦喜翩翩小吳愛情，終跨大吳寵，而醋海波瀾，時起於喬梓。醜聲外播，繼雖知之，縮頸而無如何也。該氏又令繼在湘購置房屋，為菟裘計。無何，繼升調寧藩，小吳隨任，聲勢烜赫。旋繼以戒煙得痢，未數日卒。小吳遽向寶善源匯號，提欵八萬，并携繼所有細軟字畫（值二萬金），與該氏席捲逃。

繼本有兩子兩媳，兩子在湘運喪，遺寡媳二，相對痛哭，訖無策。嗣哭訴於端方，端以欵之巨也，思攫之，為通飭緝拏，在下關獲焉。該氏聲言不願入京，願得在湘購置房屋居之，細軟字畫，願歸兩媳，小吳所携白鏹八萬，繳一半，端因入己囊。一段風流案，胡塗了結。小吳罪名，端則借革命黨，永遠監禁。

（按：悖入悖出，理或然之，故官界之刻剝民脂，多供子孫嫖賭之揮霍。然為子孫牛馬，計已左矣，至倒貼床頭人樂中費，是反出牛馬下矣。吾不哀繼昌，而哀世之如繼昌者何多也。）

論宣統十世

元人謂宋人曰：「汝國得天下於小兒，亦失天下於小兒。」至哉其天道循環之理乎。滿清興亡，前後俱係沖主，其間有兩皇太后焉，有兩攝政王焉。一起一收，遙遙相對，亦天造也。

論宣統三年，為清祚垂亡之日，而紛紜錯亂，政出多門，尤此時為甚。載澧為攝政，軍國一切，主張其半；隆裕為太后，凡事稟命，又主其半。政府則奕劻一派，濤、洵二貝勒一派，張之洞一派，那桐一派，徐世昌一派。東蠻西觸，各樹旗鼓，鬥意見，為問題，而宗旨總不外「權利」二字。屠門大嚼，一飽無時，而清社不臘矣。

載洵壯遊

貝勒載洵，攝政王載澧弟也。年纔二十，翩翩華貴，即管理海軍焉，其實軍事一無知識也。慫恿載澧，出洋遊歷，於是以薩鎮冰為前馬陪之。過滬，適端方督兩江，迓之來寧，遊莫愁湖，一宿去。即此一宿，而鋪墊費已達六萬，酒席、土物又萬餘。各官贐儀，端方十萬，餘亦數萬，聞洵之意尚不滿於端。計其一路所過，虛花之欵，達數十萬，至外國所費，尚不計數。據內府人云，原擬四百萬，不知能敷衍否？

宣統時代之市場

奕劻當國最久，各省督撫，大半出門下，凡官脾之熱心者，莫不以狗竇得入為幸。段芝貴、楊翠喜前事，其汚穢已駭人聽聞矣，而當時疆臣，如陳夔龍、朱家寶、孫寶琦一流，層見疊出。陳妻拜奕為義父，朱子拜奕子載振為義父，報上所載「本來雲貴是鄉親」，即指陳、朱二人也，孫則與奕為姻親。故奕劻之邸，成大市場焉。

光緒末季，變為榮祿、李蓮英，其欲壑與奕為埒。宣統初政，又添出濤、洵二貝勒，及載灃之福晉，凡大買賣均歸之；那桐、載澤、徐世昌，則一小市場耳。各督撫、各關道若干，各鹽政、各監督若干，以缺之肥瘠為定數。載灃如木偶之傀儡，指東則東，指西則西，識者已知愛辛氏之社將屋矣。果也盛宣懷為工程師，載澤副之，瑞澂則下手折毀焉。轟轟烈烈之市場，一變為頹垣敗瓦。

榮祿營窟

自溥儁大阿哥立後，清德宗奄奄待盡，榮祿以為富貴可長保矣。

未幾拳匪亂，大阿哥廢。洎西后再行訓政，榮之信任如故，然榮終恐結怨德宗，一旦西后先德宗宴駕，全家身命可慮，乃哀求哭訴於后前。於是西后為媒，將榮女許配載灃為福晉，兎窟營而榮之目可瞑。

摘錄考察憲政大臣于式枚摺本

自假立憲澎湃於朝野，遂有派往各國考察憲政三大臣一事。侍郎于式枚一摺，敘德國聯邦憲法原流甚悉，節錄之。文曰：

十八世紀之普魯士，弱小國也，然以七年戰爭與奧大利抗，乃成今日德意志大帝國焉。

溯自布郎登堡侯興後，繼兼普魯士公後稱王，又以普王兼德意志聯邦皇帝。建國始於明初，垂六百年，至我朝道光三十年，始為立憲之國。阿布列士始定家法，傳長子，禁分藩。約喜毋第一始建大學，設高等裁判所；約喜毋第二播路德新教等議會特權；約喜毋斐立獎科學及商業；斐立威廉第一定司法獨立權；大斐立改定行政統一權，分行政區域，各部行政局課分治工商業，立咨議官，立青年養育會議官廳；斐立威廉第二廣興學校，使學官獨立自治；斐立威廉第三廢屬農之制。皆今法之所本。

考其建設之世，遠自數百年，近亦百年，而其國民當德意志人移徙普魯士之初，已能互相團結，立地方自治，行政、農、工、商、漁諸業，其強大為有由矣。大庫非司提後，以專制國著聞歐洲，九世相承，並以恭儉慈仁好學書於史冊，盡心民事，力行富強。君於民自比供役，民於君頌之聖賢。上自專制，而下無違言，上下相安，成為強國。

自拿坡侖以伸張民權之說，煽諸國民，法國革命軍再起，各國響應。普為最近，民黨大起，乃有柏林三月之變，立憲之機，不可遏矣。既議立憲，乃謀國會，又以反抗者三，解散者再，政府與國會幾經衝突，至於聚眾興兵，刦奪武庫，迫逐乘輿，請斥相臣。故日本謂普之憲法，由愛國心生，視法之革命購得者不同，合前後以觀，心雖出於愛國，迹亦近於革命矣。幸其君善於駕馭，不至成法之大革命耳。卒以解散國會之日，為宣布憲法之日，用畢士麥議，改定三級選舉之法，出以獨斷，憲政乃成。

普憲法既行，越二十年而德意志聯邦憲法亦議定。畢士麥以聯邦大宰輔，為參議院議長，由各國政府自相商定。人知普憲法有欽定之名，不知聯邦憲法在議會並無確定之權力也。今者以上議院代表等族議會，與下議院並立，互相扶持，張弛輕重，因時制宜。其要在扶弱抑強，利民生、便行政而已。

張之洞身後論

宣統初政，漢大臣邀特眷、柄政權者，張南皮一人耳。其卒也，日本東京各報作論惋惜，而英國葛利夫博士，亦謂張忠廉愛國，性不要錢，所得悉用於公，在中國現時，可謂大臣。此外國人論也。

至中國輿論，據謚法言，滿漢大臣，謚文襄者六人，合之南皮，適符「作者七人」之數。惟考之謚法，闢地有德曰襄，甲冑有勞曰襄。前之李之芳、洪承疇、左宗棠以武功顯，靳輔以治河，黃廷桂為陝甘總督，值準回亂，轉輸粮餉，士飽馬騰。是五人者，均足當此謚矣。獨于敏中以文學侍從，入參機務，未嘗有運籌決勝之勞，而易名偏邀上謚。以視南皮弱冠登第，迴翔方鎮，出入樞廷，際遇相似。

然滿朝政府，風氣之壞，朋黨之習，張桐城創之，于金壇成之，南皮所異金壇，僅不殖貨耳。其城府之深沉，遇事之剛愎，趨避之機巧，與金壇沆瀣一氣，其開各疆臣借外債之風，供一己揮霍，以誤國誤民，則不能為之曲諱矣。

記端方

近十餘年，各疆臣貪墨之法，有直接、間接兩種。直接，純以白鏹交易差缺；間接，則以書畫、古玩、珠寶交易。

端方在兩江，即純用間接手段，攫取贓物也。凡屬員家有存物，端探知面索，久假不歸焉。江南為文獻之邦，薦紳家每存有古蹟，端亦必多方羅致之，書畫外又好金石銅器。

其實端於此道，盲人瞎馬，惟二三幕賓之言是聽。而幕友中如沈幼彥、王孝禹輩，亦非於此道三昧，故其文房所羅列張掛，砂石並下，贗鼎魚目，堆滿眼簾。端但知慕名而已，而某家何者落筆，成何派頭？即如山水一項，某家巒頭如何，水法如何，樹法如何，皴法如何，透法如何？均屬芒然。

又於藩署旁開一古玩鋪，中所列皆端家存物，某價若干，標明物上。熱中無恥之流，朝買以進，夕即懸牌。吳興陸氏，存書大家也。昆季二人，一道員，一太守，均聽鼓江南。兄弟各進古書百餘帙（價值二三十萬金），伯得軍械所總辦，季得寶應釐局（時釐金初改統捐，此處陡變優差）。

計端來江南數年，此項間接贓，不下百餘萬。

請託之盛

滿朝內外大臣，請託之風，牢不可破，有「大八行大帽」之稱，而八行中又別親筆、代筆；大帽中又有合式、不合式。大約樞垣與臺諫，未有不靈通者，以樞桓則督撫之靠山，臺諫則督撫之畏友也。

觀康熙時，徐元文因子嘉穀鄉試，請託獲雋；乾隆時，史貽直因子奕昂欲署甘肅藩司，請託撫臣鄂昌，則此風已久矣。

（按：立齋、鐵崖，尚是滿廷中表出者，而尚如此，他何責焉。猶憶余出都時，同歲友人在外務部者，與藩司黃花農有交，給余一函。余以友人美意，不忍却，受而不用。矯情乎？抑自暴自棄乎？余亦難自解矣。）

沒字碑之多

沒字碑典故，五代即見。唐安重誨薦崔協可為相，任圜爭曰：「天下人皆知崔不識字，號沒字碑，烏可為相？」安叔千狀兒堂堂，而不通文字，時亦稱沒字碑。歷唐、晉、漢，並附契丹。

滿清時代，內而大臣，外而督撫，凡滿員均不識字，至漢員捐納者，亦十有七、八，沒字碑多極矣。以此臨民，曷勝浩嘆！

（按：余在秋曹時，同司中有湍多布者，總憲懷塔布介弟也，官掌印郎中。向有文件，渠不看稿，均託同司友人代看，渠畫諾，搦管如負千斤弩。旋官湖南臬司。）

請安之怪相

《儀禮、鄉射禮》：「西堦上北向，請安於賓。」此「請安」二字之始。

《左傳・昭公二十八年》：「公如齊，齊侯請饗之。子家子曰：『朝夕立於其朝，又何饗焉？其飲酒也。』乃飲酒，使宰獻，而請安。」杜注：「禮君不敵臣，晏大夫，使宰為主獻賓。齊侯此舉，比公於大夫也。請安，齊侯自安，不在位也。」若滿清外省官之請安，果何謂乎？約言之，一奴性耳。

大人之怪稱

「大人」二字，見於《周易》、《孟子》。魏道武登國元年，以長孫嵩為南部大人，叔孫普洛為北部大人，此尚是官名。唐回紇見郭令公，喜曰：「初發本部日，巫師云：『此行大安，見一大人即歸。』」此則近世稱大人所本。

王弇州《觚不觚錄》云：「京中稱謂，極等者曰老先生，自內閣以至九卿皆如之。」又云：「兩司自方伯至僉憲，稱撫臺曰老先生，稱按院曰先生。凡宣大之守巡，與南直之兵備，均以老先生稱按院。」據此似明時無大人之稱。

蒲留仙《志異》云：「康熙四十餘年，稱謂之不古可笑。舉人稱爺，二十年始；進士稱老爺，三十年始；司院稱大老爺，二十五年始。」廣西水月禪林，明崇正時廣督熊文燦創。康熙時廣督石琳增修，有石塑像，前供鐵爐一，鐫「兩廣民造，恭獻總督兩廣部院石大老爺長生座前。康熙庚辰仲冬吉建。」

按庚辰乃康熙三十九年，與蒲所云自二十五年始脗合，則大人之稱，必雍正以後。梅　成曰：「康熙中非欽差中使，即督撫亦不稱大人。」此可証欽差稱大人，在康熙末；督撫稱大人，則雍正初也。嘉道以降，外省風氣，視前又判，府廳以下，稱司道曰大人。至咸同軍興，卿貳督撫總軍務者，營員悉尊之為大帥，是又加大人上矣。

近則督撫非軍務省，亦稱大帥，甚又別為老帥。大人二字，僅司道普通稱呼，而知府加三品銜，無不大人矣，直隸州加四品銜，亦無不大人矣。弇州所謂諂諛闒茸，流穢入目者，非滿清末造之官場乎！

（按：劉永慶任江北提督時，要屬員稱大帥，大人之稱，鄙夷不屑。）

翎辮之醜態

《清會典》載崇德元年，定戴翎制。貝勒、貝子三眼孔雀翎；鎮國公、護國公雙眼孔雀翎；護軍統領、參領單眼孔雀翎，均根綴藍翎。垂辮不足，又益以腦後垂翎。其醜態百出，殆雄雞自顧其尾歟？

至頂戴之別，始於雍正五年，正君權極端之時，故嚴定限制。此用之邊外酋長，或藉以誇示羣酋，施之中國冠裳，悖矣。

鳴鑼之惡聲

外官儀仗，有紅帽、黑帽役，有鳴鑼開道，均《會典》所不載，而用之比比。何哉？

《周禮・鼓人》：「以金鐲節鼓。形如小鐘，軍行鳴之，以為鼓節。鐲，鉦也，即今之銅鑼」。《正字通》：「築銅為之，形如盆，大者聲揚，小者聲殺。」自後魏宣武以後，有銅鈸沙羅，沙羅即鈔鑼。《洛陽伽藍記》：「于闐國王，頭著金冠，頭後垂二尺生絹，廣五寸，為飾。有鼓角金鉦、弓箭一具、戟二枝、槊五張。左右帶刀百人。」《唐・百官志》：「節度使總軍旅，專誅殺。初授，具兵仗謁兵部辭。陛辭日，賜雙旌雙節。行則建樹大纛，中官祖道。入境，縣築節樓，迎以鼓角，衙仗居前，旌幢居中，大將鳴珂，金鉦鼓角居後。」則金聲皆用之軍旅，不知何時併入衙仗中。

於是文武各員，無不開鑼。督撫出則十三擊；司道十一；知府丞倅九；州縣七，各省皆然。武職視文職品級之相當者，至紅黑帽尤書籍不恒見。褚亮詩：「彤騶出禁中。」楊維楨〈銅將軍詩〉：「高紗紅帽鐵篙子，南來開府稱藩臣。」殆唐以來有之歟？

此等陋習，清代盛行，甚而都中各堂官入署，亦有皁役十餘人高聲喝道，惟不似外官之必鳴鑼也。

喝道之淫威

李義山謂：「花間喝道，為殺風景之一。」是喝道唐已有之。隋書令給哄士十五人，左右僕射各十二人，殆今之喝道歟。

（按：外國君主出行，隨身數人；地方行政官，徒步有之。前清時督撫出門，車前馬後，何止數十人；至州縣親民之官每出，亦鳴鉦張繖，前後扶擁。此等淫威，奚止義山所譏殺風景哉。嘗見端方督兩江時，出行，前道一面大帥旗，招搖先過，疾如飛隼，然後轆轤大隊相繼迅走，塵土障空。鐵良在江寧將軍任亦然。）

典禮

第一節：禘祭

康熙時，大學士張玉書〈禘祭議〉曰：

考禮制，言禘不一。有云：「虞、夏禘黃帝，殷、周禘帝嚳」，有云：「祖之所自出，為感生帝，祭之於南郊」，有云：「圜丘方澤宗廟為三禘」者，先儒皆非之。

夫王者既立始祖之廟，直推始祖所自出之帝，而以始祖配之，故名為禘。至三年一祫，五年一禘，經無明文，其說始自漢儒，後之議禮咸宗之。漢、唐、宋所行禘禮，並未考始祖所自出，作於五歲之中，合羣祖行一祫一禘已。大抵夏、商以前，有禘之祭而禮未詳；漢、唐以後，有禘之名，與祫無別。惟周以后稷為始祖，以帝嚳為所自出之帝，而太廟無帝嚳位，故祫祭不及嚳，至禘祭乃設帝嚳位，后稷配之。行於後代，不能盡合，故宋神宗面諭廷臣，罷禘禮。

伏惟我國家受天顯命，世德相承，兆祖原皇帝始基王迹，立廟崇祀，自兆祖始。然太廟之中，以受命之祖為太祖，允宜特尊者也。我太祖高皇帝，功德隆盛，與天無極，自當為太廟萬世之祖，上而推所自出，兆造之業，兆祖為著。

今太廟祭禮，四孟分祭前後殿，以各申其尊，歲暮祫享前殿，以同將其敬。一歲之中，自兆祖以下，屢申裸獻，仁孝誠敬，已無不盡。五年一禘，不必舉行。李時謙請行禘祭，且謂設虛位以祀，不晰古禮，所請應無庸議。

第二節：郊祀

郊祀分合，顧楝高辨之詳；天地合祭，秦蕙田論之當。北郊配位，康熙二十四年，太常卿徐珙奏：「北郊之禮，皇帝祇位北向，祖宗配位，當以西為左、東為右。」上面諭學士徐元文、韓菼撰議。尋議社稷北向，配位當在西方。雖與地壇之制不同，其配位居左，於理則一。

第三節：飲至

大金川平，議政王大臣奏：「出師告捷典禮，分別四欵：曰命將、曰徂征、曰專閫、曰奏凱。」又於四者之中，酌定儀注十二則：

一授敕。大將軍出師，皇上臨軒，文武百官朝服侍班，頒敕印於太和殿，大將軍並隨征參贊大臣跽受。

二祓社。先期祭奉先殿啟行，皇上帥大將軍詣堂子行禮。

三祖道。大將軍啟行，乘輿餞長安門外，文武大臣送郊外，具祖帳晏。

四整旅。隨征參贊均特簡，外護印官二人、記室官二人、刑部理事官一人、戶兵部司官各三人。

五守土官相見。自督撫將軍以下，蟒服迎。武官總兵以下，披執跽迎；提督趨前問安。大將軍升坐，督撫將軍旁坐，餘均行庭參禮。

六封拜。凡封奏，鼓吹聲砲。詔書至，亦如之。

七升帳。營中大幕，惟大將軍及辦理軍機有職者，出入議事。大將軍升坐，參贊大臣及一品官僉坐。提鎮官稟事，由傳宣官轉達。

八閱伍。大將軍起行，鼓吹聲砲，守營大臣及官弁離營里許迎候。

九獻俘。告捷解俘至京，欽天監擇吉，獻俘太廟。皇上御午門樓，王公大臣朝服侍，〈鐃歌〉大樂作。

十受降。大將軍飛章入告，大書露布，築受降壇。大將軍登壇，參贊分旁僉坐，宣諭酌賚。

十一告成。奏凱，祭天地宗廟，釋奠孔子，編輯方略。

十二勞師。凱還，遣廷臣郊勞。大將軍還朝謝恩，上御殿，鴻臚寺官引大將軍從征各官繳勅印，賜晏頒賞。

第四節：議禮

乾隆時，〈孝賢皇后升祔大禮議〉原文宏深肅穆，相傳休寧汪由敦擬進。文曰：

> 臣謹按，《禮》虞而作主，有几筵，言既葬而反，以安神祭也。《禮記》：「殷練而祔，周卒哭而祔，孔子善殷。」卒哭之禮，士三月而葬，是日卒哭；大夫三月而葬，五月卒哭；諸侯五月而葬，七月卒哭。由是以推，天子七月而葬，當以九月卒哭。
>
> 蓋當作主之時，告祔於廟，仍奉主還祭於寢之几筵，至大祥乃入廟。若夫在而妻先祔廟，則祔於祖姑。歷代原廟不足據，唐時皇后祔廟之禮，亦無明文。惟昭宗時，殷盈孫議之：昭成、肅明之崩也，睿宗在位；元獻之崩也，玄宗在位；昭德之崩也，肅宗在位。四后於太廟，未有本室，故創別廟；當為太廟合食之主，故諦祫乃奉以入廟。又其神主但某諡皇后，明其后太廟有本室，即當升祔，帝方在位，故暫立別廟耳。又《宋史》太宗孝明、孝惠二后，乾德二年葬安陵，均祔別廟。真宗章穆皇后，葬永熙陵，祔享於昭憲皇后，享畢，祔別廟。據此唐宋帝在位而后先崩，皆祔別廟，但別廟制史無可考。若几筵殿則虞後練前用之，至大祥祔廟則撤矣。

國朝孝成、孝昭、孝懿三后，均成主時祔奉先殿。又恭查康熙十三年，禮部議大行皇后升祔奉先殿，神主交工部照奉先殿神主例虔造。點主日，應交欽天監，在百日後，擇期。於沙河設梓宮，點訖，奉安輿內，暫設一殿，名為「几筵」。一切祀禮，悉照奉先殿，俟大祥後升祔奉先殿等因。臣等伏思太廟尊嚴，以致崇敬；奉先殿切近，以展孝思。地分而禮則一。 祔廟大典，當祔太廟，以合古制；但告祔後，仍奉安於几筵殿，至二十五月奉安於太廟。

臣等謹議孝賢皇后安奉地室之日，於陵殿恭點神牌，至太廟升祔禮畢，迎還，即以觀德殿為几筵殿。一切典禮，俱照奉先殿禮行，俟大祥後，恭奉神牌，升祔太廟。聖祖仁皇帝，孝成、孝昭、孝懿、孝恭四皇后東次，仍照例敬造神牌一份，敬鐫見上謚冊，題曰：「孝賢皇后神位」，敬點神字上一點。一切儀注，交禮部敬謹詳定，恭候聖裁。謹議。

樂章

第一節：雩祭

乾隆七年，御史徐以升奏請，於京城擇地建雩壇，仿古龍現而雩禮，每年屆時致祭一次。旨依議，御製樂章曰：

瞻役朱鳥，爰居實沈。協紀辨律，羽蟲徵音。萬物芸生，有壬有林。有事南郊，陟降維欽。瞻仰昊天，生物為心。一章

惟國有本，匪民伊何。惟民有天，匪食則那。螻蟈鳴矣，平秩南譌。我祀敢後，我樂惟和。鼉鼓淵淵，舞童傞傞。二章

自古在昔，春郊夏雩。曰惟龍現，田燭朝趨。盛禮既陳，神留以愉。雷師闐闐，飛廉衙衙。曰時雨暘，利我新菑。三章

於穆穹宇，在郊之南。對越嚴恭，上帝是臨。繭栗量幣，相將悃忱。惴惴我躬，肅肅我心。六事自責，仰彼桑林。四章

權輿粒食，實為后稷。百王承之，永奠邦極。惟余小子，臨民無德。敢怠祈年，潔中翼翼。命彼秩宗，古禮是式。五章

古禮是式，直此吉辰。玉磬金鐘，大羹惟醢。元衣八列，舞羽繽紛。既侑上帝，亦侑從神。尚鑒我中，錫我康年。六章

惟天可感，曰惟誠格。惟農可稔，曰惟力作。恃天慢人，弗刈弗穫。尚勤農哉，服田孔樂。咨爾保介，庤乃錢鎛。七章

我禮既畢，我誠孔將。風馬電車，旋駕九閶。山川出雲，為霖降滂。雨公及私，興鋤利甿。億萬斯年，農夫之慶。八章

第二節：謁陵

乾隆八年，謁陵禮成。御製〈世德舞〉十章，章八句。詞曰：

粵昔造清，匪人伊天。天女降生，長白闥門。是生我祖，我弗敢名。乃繼乃承，逮我元孫。一章

元孫累葉，惟祖之思。我西云來，我心東依。歷茲故土，仰溯貽謀。皇澗過澗，締此丕基。二章

於赫太祖，兆命興京。哈達輝發，數渝厥盟。如龍田現，有虎生風。戎甲十三，王業以興。三章

爰度爰遷，拓此瀋陽。方城周池，太室明堂。不寧不靈，匪居匪康。事異放桀，何心底商。四章

丕承太宗，允揚前烈。卓彼松山，明戈耀雪。以寡敵眾，杵漂流血。惜無故老，為余詳說。五章

余來故都，仰覘橋山。慰我追思，夢寐之間。崇政清寧，載啟南軒。華而不侈，鞏哉孔安。六章

惟我祖宗，欽天敬神。執豕酌匏，咸秩無文。帷幔再張，尊俎重陳。弗渝弗替，遵我先民。七章

先民宅斯，載色載笑。今我來思，聖日俛照。爵我周親，藎臣並召。亦有嘉賓，歡言同樂。八章

懿惟東土，允稱天府。土厚水深，周原膴膴。南陽父老，於是道古。有登其歌，有升其舞。九章

我歌既奏，我舞亦陳。故家遺俗，曷敢弗因。渾灝淳休，被於無垠。勿引替之，告我後人。十章

度支

第一節

滿朝財賦，歲入一項，直省地丁，歲征二千九百四十一萬有

奇。鹽課，五百七十四萬五千有奇。關稅，五百四十一萬五千有奇。沿江沿湖蘆課，十二萬二千五百餘兩。魚課，二萬四千五百兩。茶稅，七萬三千一百兩。落地雜稅，八十五萬八千有奇。民間田房契稅，十九萬有奇。雲南銀、銅、錫、鐵各礦課，八萬一千有奇。常例捐輸，三百萬。統共四千餘萬之數。外此尚有江浙、湖廣、江西、山東、河南八省，漕白粮米四百六十萬一千九百餘石，新疆屯田歲收二十四萬石。

第二節

至歲出之數，滿漢兵八千餘萬，實支餉米草荳銀一千七百三萬七千一百兩有奇。王公百官俸，九十三萬八千七百兩。文官養廉銀，三百四十七萬三千兩；武官養廉銀：八十餘萬。滿漢兵賞卹銀，三十餘萬；八旗添設養育兵額缺，四十二萬二千餘兩。各省學校廩粮學租，十四萬兩。驛站錢粮，二百萬兩。漕船五千六百八十八號，十年更造一次，每船開消銀二百八兩，十年需銀一百二十萬。贖回旗丁屯衛田，官佃收租津貼疲丁，歲亦數十萬。贖回旗人舊圈地歸官收租，年終，分賞旗兵一月錢粮，需三十八萬兩。河工歲修，東河八十餘萬，南河三百餘萬。

京官各署公費飯食銀，十四萬三千有奇。外藩王公俸，十二萬八千兩。內府、工部、太常寺、光祿寺、理藩院、祭祀、賓客等備用銀，五十六萬兩。採辦顏料木布等銀，十二萬一千十四兩。織造銀，十四萬五千餘兩。寶泉、寶源二局料銀，十萬七千六百七十兩。京師各署胥役工食銀，八萬三千三百三十兩。京師馬牛象芻秣銀，八萬三千五百六十兩。宮內太監一千四百餘名口粮，自五兩至一兩，統銀五萬餘兩。

出入對抵，盈縮若干，《會典》及《三通》均無明文，則不知所謂豫算决算也可知。

第三節

順治初，東南各省，未入版章，師旅四出，供億浩繁。故八九年間歲入額賦，僅一千四百八十五萬，而各路兵餉，已歲需一千三百餘萬。加以官俸各費，二百餘萬，計歲出一千五百七十三萬四千兩，出浮於入者，八十七萬五千有奇。

至十三年後，增餉至二千萬，後又增至二千四百萬，除存留欵項外，僅入額賦一千九百六十萬，缺餉額至四百萬。及三藩有事，雲貴各處，同時變動，天下財賦又去三分之一。開捐三載，不過二百萬。其見方略者，如裁省冗費，改折漕貢，量增鹽課雜稅，清查隱漏田賦，核減軍需報消，亦所裨無多（當時領兵大臣，如蔡毓榮、穆占，尚有侵冒軍需，輦金置產等事），則入不敷出也可知。

第四節

康熙六十一年，戶部奏庫存八百餘萬。雍正間，漸積至六千餘萬，自西北用兵，動支大半。乾隆初，部庫不過二千四百餘萬（見阿桂疏），開拓新疆，又用三千餘萬，而部庫反積存七千餘萬。後兩金川用兵，又用七千餘萬，是年詔稱庫帑仍存六千餘萬。及四十六年之詔，又增至七千八百萬，且普免天下錢粮四次，普免八省漕粮二次，巡幸江南六次，共計又不下二萬萬兩。而五十一年之詔，仍存七千餘萬，又九年而歸政，數亦如前，則府藏之充實也可知。

第五節

順治時，八旗入關二千餘人，後至三萬餘，歲出數百萬。其民欠地丁，則康熙五十年，至雍正四年，八百一十三萬，計每年只欠六十萬。錢粮奏消，七分以上，得免考成，每年拖欠不下二百萬。是生齒之在八旗者，未嘗不累於國計，而錢粮之逋欠在官民者，十年恩免，亦不在有無之數。而康熙六十一年之休養，何以庫帑止存八百餘萬，不及乾隆七分之一耶？

曰：耗羨未歸公，一也；常例未捐輸，二也；鹽課未足額，三也（順治中各省鹽課，共二百餘萬，至乾隆則五百七十餘萬）；關稅無盈餘，四也（康熙時，官差各員，不但無餘，且不及正額。自雍正十三年，方有餘額）。則財政不整理也可知。

第六節

楚南李希聖部郎，著有《光緒會計錄》。云：「自道光以後，入欵遽增四千餘萬，自日人就欵以來，國債陡增至二百三十一兆六十萬。僅以息計，已歲二百三十四萬一千六百三十兩；本息並計，歲一千二百萬兩。循此日下，其不為破產國也幾希。」茲將李所載各關總數列表，以便閱者今昔比較。就財政以觀，前後之盛衰已可見矣。

光緒十七年各海關總數表

牛庄	五十八萬三千三百四十三兩三錢二分五釐	天津	六十四萬二千八百五十五兩四錢九分七釐
芝罘	三十二萬四千一百四十六兩五錢八分四釐	重慶	九萬九千四百四十四兩五錢五分五釐
宜昌	十萬三千七百三十三兩五錢八分七釐	漢口	一百八十二萬五千七百十一兩二錢六分九釐

九江	一百十五萬六千三百五十四兩四錢六分三釐	蕪湖	七十一萬一千三百三十四兩五錢七分六釐
鎮江	六十一萬二千七百八十八兩五錢五分八釐	上海	六百八十三萬二千八百九十八兩一錢九釐
寧波	一百二十二萬五千三百六十六兩四錢八分七釐	溫州	三萬一千四百十八兩八錢七分八釐
福州	一百六十四萬八千八百九十三兩八錢四分八釐	淡水	六十三萬八千一百三十五兩四錢一分三釐
臺南	四十三萬三千四百三十四兩五錢一釐	廈門	九十九萬一千三百九十五兩四錢一分
汕頭	一百六十四萬四千五百七十三兩二錢七分三釐	廣州	二百四十八萬一百五十九兩七錢二分二釐
九龍	五十九萬七千二十四兩五錢五分一釐	拱北	四十六萬三千五百三十九兩六錢三分
瓊州	十一萬七千五百十六兩四錢二分三釐	北海	二十六萬九十五兩六錢九分四釐
龍州	一千九百十一兩七分四釐	蒙自	九萬九百四十六兩六錢二分九釐

共二千三百五十一萬八千二十一兩五分九釐。十八年，總征關平二千二百六十九萬九千餘兩，與十七年比較，少八十二萬八千餘兩。

光緒十六年各省丁稅釐金表

直隸省	一千二十五萬四千三百七十二兩	江蘇省	六百四萬二千六百七十二兩
湖南省	二百六十九萬一千二百五十二兩	湖北省	三百九十八萬五千九百五十六兩
廣東省	六百七十一萬二千五百三十三兩	廣西省	三百二十八萬七千一百六十二兩

山東省	五百萬九千三百三十八兩	山西省	七百四十三萬六千九百一兩
陝西省	五百八十一萬九百九十七兩	甘肅省	三百四十八萬一千七百八十三兩
四川省	三百五十七萬一千二百五十八兩	江西省	五百九萬三千七百九十五兩
福建省	三百九十二萬一千一百四兩	河南省	五百八十一萬三千二百八十六兩
浙江省	七百六十六萬一千一百三十七兩	安徽省	三百四十四萬六千七十六兩
雲南省	三百七十六萬九千四百九十四兩	貴州省	二百八十七萬六千六百四十一兩
臺灣省	三十六萬五百四十九兩	合計	九千一百二十八萬五千三百九十八兩

宣統三年各海關總數表

埠名	以兩計	埠名	以兩計
滿洲里	四九四一〇四七一	重慶	一〇九〇九七一七八
哈爾濱	一二二七五〇二	宜昌	一〇九二二九二四
安東	六三六五九八六五	長沙	五八〇九一一四九
大同口	七六三三一〇	岳州	八三〇五五一五
大連	一八〇二三四三七五	九江	二六五〇三四六六
牛莊	三二二〇九二三九一	蕪湖	六三四一一〇九七
秦皇島	四三九五九二六七	南京	四〇五〇三五三八
天津	八八三四六七四一〇	鎮江	一八〇〇六一六〇六
芝罘	一七五八三六六二九	上海	二四七〇四〇二七六六
膠州	二七八三九三八九七	杭州	二四二一九五〇四一
寧波	一七六八六八二三九	綏芬河	五一七三三五四三
溫州	一五一八三八四〇	渾城	五六六二三二一
汕頭	四一三八一九〇六	漢口	九一二五〇八五九五
福州	二五六三一四〇二八	蘇州	六一九一三〇八三

埠名	以兩計	埠名	以兩計
廈門	二一九五六六六三五	三都	四一三八一九〇六
廣州	七六四五二三〇九七	南寧	二五七八二九二〇
九龍	七六四五二三〇九七	琼州	四九二三七五二九
愛琿	九七五八九三六	三新	九三〇八八〇五

總計：八六四九三九七一四

按是年八月，為革命軍起義，而海關較前年實增三百八十萬兩。惟滿洲各埠與上海，略形減色。此外天津秦皇島，增十五萬六千兩，漢口增七十七萬一千兩。平均計之，全部收入較前年實增百分之十八；分別記之，長江流域諸部，實增百分之二十五。

各項歲入抵押外債一覽表

項別／類別	歲入欵項	訂約年分	所抵外債名稱	抵押數目
關稅類	崇文門稅收	西一千九百十二年	瑞記第一次洋欵	
	崇文門稅收	西一千九百十二年	瑞記第二次洋欵	
	通商各關關稅	西一千八百九十四年	滙豐銀欵	
	通商各關關稅	西一千八百九十五年	滙豐磅欵	
	通商各關關稅	西一千八百九十五年	克薩洋欵	
	通商各關關稅	西一千八百九十六年	英德洋欵	
	通商各關關稅	西一千八百九十五年	俄法洋欵	

項別 類別	歲入欵項	訂約年分	所抵外債名稱	抵押數目
	通商各關關稅	西一千八百九十八年	贖借英德洋欵	
	各新關進欵	西一千九百一年	庚子賠欵	
	各常關進欵	西一千九百一年	庚子賠欵	三百萬
鹽政類	各省鹽政進欵	西一千九百一年	庚子賠欵	八百萬
	直隸、江蘇、湖北、浙江鹽斤加價	西一千九百八年	贖回京漢鐵路借欵	
	各省鹽斤新加價	西一千九百十一年	幣制實業借欵	
	江南鹽斤加價	西一千九百十年	上海地方維持市面借欵	
	川淮鹽局二文新捐	西一千九百十一年	湘鄂境內、粵漢鄂境、川漢鐵路借欵	三十萬兩
	湘、鄂、贛、皖四處收回復價	西一千九百十年	上海地方維持市面借欵	
釐金類	宜昌鹽釐並加價	西一千八百九十八年	續借英德借欵	一百萬兩
	宜昌鹽釐	西一千九百九年	湖北滙豐行債欵	
	宜昌鹽釐	西一千九百十一年	湖北借銀還銀債欵	
	鄂、皖岸鹽釐	西一千八百九十八年	續借英德借欵	鄂岸五十萬兩 皖岸三十萬兩

項別 類別	歲入欵項	訂約年分	所抵外債名稱	抵押數目
釐金類	湘、鄂、皖、贛八成鹽釐	西一千九百十年	江南維持上海市面借欵	
	兩淮海分司五成鹽釐	西一千九百十年	江南維持上海市面借欵	
	山西全省釐金	西一千九百五年	滙豐新借欵	八十萬兩
	湖北百貨釐金	西一千九百十一年	湘鄂境內、粵漢鄂境、川漢鐵路借欵	二百萬兩
	直隸、山東、江寧、江蘇、安徽稅釐	西一千九百八年及十年	津浦鐵路借欵	
	江蘇稅釐附捐款	西一千八百九十五年	瑞記洋欵	
	蘇州、淞滬、九江、浙東貨釐	西一千八百九十八年	續借英德借欵	蘇州八十萬兩 松滬一百廿萬兩 九江二十萬兩 浙東一百萬兩
	湖南鹽道庫正釐	西一千九百十一年	湘鄂境內、粵漢鐵路借欵	二十五萬兩
	湖南百貨釐金	西一千九百十一年	湘鄂境內、粵漢鄂境、川漢鐵路借欵	二百萬兩
租稅類	東三省煙酒及出產消場稅	西一千九百十一年	幣制實業借欵	
	直隸、江蘇、湖北、浙江各稅	西一千九百八年	贖回京漢鐵路借欵	
	廣東小押稅硝磺稅	西一千九百十一年	廣東周轉市面第二次借欵	

類別＼項別	歲入欵項	訂約年分	所抵外債名稱	抵押數目
雜項類	江蘇漕粮折價	西一千九百十一年	整頓鐵路借欵	
	川淮鹽局江防經費	西一千九百十一年	湘鄂境內、粵漢鄂境、川漢鐵路借欵	三十萬兩
	兩湖振糶鄂欵	西一千九百十一年	湘鄂境內、粵漢鄂境、川漢鐵路借欵	二十五萬兩
	全國歲入	西一千九百十二年	華比借欵	八十萬兩

兵制

第一節：八旗兵

八旗禁旅，始於天命前二年。每三百人編一佐領，五佐領設一參領，五參領設一都統，又設左右副都統，八都統為八旗兵六萬人。滿洲佐領三百有八人，蒙古佐領七十有六人，漢軍佐領十有六人。

天聰元年，又分蒙古為八旗，兵一萬六千八百四十人。崇德七年，又分漢軍為八旗，兵二萬四千五十人。凡降將孔有德、尚可喜、耿仲明之天佑、天助各兵，均入之，後又設索倫、錫伯、察哈爾兵。

順治元年，八旗兵從入關。時英王征陝西之軍、都統準塔征山東之軍、豫王征江南之軍，每路各五六萬，合之宿衛，不下二十萬人。後遂以留京師者為禁旅，分鎮各省者為駐防，定兵額二十萬。故乾隆後《會典》所載：京中佐領六百八十一人、蒙古佐領二百有四人、漢軍佐領二百六十六人、駐防佐領八百四十人，共二千佐領之數。至八旗中如驍騎之馬甲（滿、蒙每佐領下馬甲二十人，漢軍每佐領下馬甲四十二人）、領催（馬甲之優者為領催，司冊籍俸餉，每佐領下五人）、匠役，隸八都統。

其備折衝者曰前鋒，司宿衛者曰親軍，扈警蹕者曰護軍，習遠攻者曰火器，均隸總統。惟親軍隸領侍衛內大臣，餘砲甲籐牌兵、舁鹿角兵，歸漢軍驍騎營內。又五城巡捕營步兵萬人，中有綠營兵隸之。通計京師之兵，滿、蒙、漢軍、綠營四項，共十萬有奇，而餘丁二萬七千四百人不與焉。

第二節：養育兵

滿洲養育兵，有米者一萬二千六百六十四人，無米者五千四百二十八人。蒙古養育兵，有米者三千二百七十九人，無米者一千二百二十四人。漢軍養育兵，四千八百十三人，均不給米。三項養育兵，共二萬七千四百八人。

第三節：駐防兵

各省駐防之兵，無論騎步，皆合滿、蒙、漢以為營。

畿輔駐防二十有五，兵八千七百五十八人；東三省駐防四十有四，兵三萬五千三百六十人；新疆駐防八，兵一萬五千一百四十人；各行省駐防二十，兵四萬五千五百四十人。又守陵兵一千四百十九人，守圍場兵八百五十人，盛京、吉林守邊門兵七百人，統共駐防兵十萬七千七百六十人，均統於將軍、都統、城尉。

惟東三省、新疆駐防，則於滿蒙外，又別出索倫、錫伯、達胡爾、巴爾虎、察哈爾、額魯特各兵，皆打牲游牧臣服較後者。打牲佐領九十二，黑龍江將軍統之；游牧佐領一百七十，察哈爾佐領一百二十，察哈爾都統統之。

第四節：綠營兵

綠營之制，有馬兵，有守兵，有戰兵，而戰守皆步兵。其額外外委，則馬兵也。

直隸督河提鎮四標，共兵四萬二千五百三十二人。山東府鎮河三標，共兵二萬一百七十四人。山西二萬五千五百三十四人，河南一萬三千八百三十四人。江南督撫提鎮河漕六標，共兵五萬一百三十四人。安徽八千七百二十八人，江西一萬三千八百三十二人。福建督撫水陸提鎮六標，共兵六萬三千三百零四人。浙江一萬九千零九人，湖北二萬二千七百四十人。湖南標兵並屯兵練勇，共兵三萬五千五百九十人，陝西四萬二千九百六十人。甘肅督提鎮，及巴里坤、烏魯木齊、伊犁三鎮，共兵五萬五千六百十九人。四川三萬四千一百八十八人，廣東水陸六萬九千五十二人，廣西二萬三千四百零八人，雲南四萬二千五百四十九人，貴州四萬八千四百九十人（內屯軍九千二百三十九人）。

統計綠營兵，六十六萬一千六百五十六人。

第五節：虛粮

雍正中定制：直省綠營官親丁名粮，提督八十分、總兵六十分、參將二十分，均馬步各半。游擊十五分、都司十分、守備八分、千總五分、把總四分，均馬一步四。此為武官應得之虛粮。

第六節：湘楚軍

嘉慶初，川、楚教匪起，旗兵與綠營，內容腐敗，勢成弩末，於是乃以鄉勇輔官兵之不足，然十裁二三耳。

金田事發，而楚軍湘勇名天下，綠營愈為世詬病，此二百餘年兵制之一變。楚軍剏於江忠源，初僅募五百人，隸欽差賽尚阿麾下，其弟江忠濬帥之，是為楚軍出境討敵之嚆矢。始至，黴衣槁項，諸軍多匿笑。

時洪軍正盛，清兵數萬無敢攖。江築壘逼敵營，敵以其少，且新集易與也，急擊之。江堅壁如不敢戰，敵近塹，開壁馳突，斬首數百。都統烏蘭泰拊掌語人曰：「君等蔑視楚勇，今果何如？」

咸豐元年，長沙戒嚴。羅澤南應縣令請，練丁設防，號湘勇。初僅二營，其門人邑諸生謝邦翰將右營，羅自將中營。明年，曾國藩督治團防，適江西上游土匪竄桂東，檄羅進剿，平之。南昌圍急，羅與劉長佑赴援，下安福，以三百人破敵數千。旋邦翰戰死，又以其門人李續賓分帶中、右二營，增長千人，從克武昌。

五年，武漢又失，曾國藩入南昌，檄往援。又分所部為三營，李續賓將右營、蔣益澧將左營，羅將中營，唐訓方、劉希洛各帥勇隸之，而彭三元、普承堯所部為寶勇，李原濬、何忠駿所部為平江勇，亦相率來會。由是所向克捷，迭下堅城，一時名將，如劉松山、郭松林、彭毓麐、王鑫、鮑超、劉騰鴻、張運蘭、蕭啟江、朱南桂聯袂而起，皆楚材也。

第七節：淮軍

繼湘楚軍起者，又有淮軍焉。

咸豐十年，有旨詢蘇撫於曾國藩，國藩以李鴻章對，且請酌撥數千軍，以資援剿，李於是回廬州招募。先是淮南糜爛，合肥志士張樹聲、樹珊，周盛波、盛傳兄弟，及潘鼎新、劉銘傳等，練民團以衞鄉里，築壘堡以備救助，故安徽全省蹂躪，合肥獨完。李之始募淮軍也，二張、二周、潘、劉咸從焉。皖人程學啟向在曾國荃部，智勇絕倫，國藩使從李。又為之定營伍法，悉仿湘軍章程，用楚軍規練之。又以湘軍若干營，為之聲援，又於湘將中擇一健者統之，受指揮於李，即郭松林是也。

同治元年，淮軍成。凡八千人，溯江而下，傍敵壘冲過，以援鎮江。計未决，上海官紳集銀十八萬，雇輪船七艘迎，乃分三次到滬。松江府者，地錯浙界，提督駐劄，蘇要衝也。敵圍急，李乃合常勝軍，及英國防兵，攻松之金山衞，並奉賢縣，程學啟、劉銘傳、郭松林、潘鼎新攻松之南匯縣，大破之。南匯敵將吳建瀛、劉玉林開門降，乘勢下川沙廳，然敵軍仍雄勁不屈，以一隊圍青浦，一隊屯廣福橋，集泗濱以窺新橋。程學啟孤軍屯新橋，當敵衝，連日圍急。李聞，自提兵往援，與洪軍遇於徐家匯，奮鬬破之。學啟自營中望李帥旗，遽出夾擊，斬首三千，松圍解，滬防亦解嚴。

方淮軍之初至上海也，西人見其衣帽粗陋，目笑之。李語左右曰：「軍之良窳，豈在服飾耶？彼須見吾大將旗鼓，方有定論耳。」至是歐、美人亦欽服，而常勝軍之在部者，愈帖然歸李節制。

第八節：常勝軍

當咸豐末，洪軍之盛，達於極點，而清軍凌夷益甚。廟算動搖無定，各方面大帥，互相嫌忌。加以軍需缺乏，惟恃各省各自籌餉，支支節節，彌東補西，暫救一時之急。丁此時局，雖有雄才大略，其不能奏功，勢也。於是萬不得已，而採用歐美之人以起。

華爾者，美國紐約人也，充該國武弁。咸豐十年來華，經上海道吳煦，雇令管帶印度兵。十一年，洪軍撲松江，窺上海。英、法文武各員，欲會剿，合清兵攻。華爾請於吳煦，願入中國籍伍。許之，帶洋鎗隊。同治元年，清軍攻天馬山、辰山各處。華爾首先陷陳，毀洪營十一座，巡撫薛煥奏聞，得旨賞四品花翎。嗣是洋鎗隊甚得力，號常勝軍。又約同英國提督何伯、法國提督卜羅德，各領砲船來滬，排列浦江。華爾督隊冲入高橋，英、法二國軍隊繼之，同時分攻，大捷奏聞，賞三品銜。解泗涇圍，又與英法兵及俄國新到兵，合防局砲勇，由上海馳至七寶，直攻王家寺洪營。六座同時火起，軍大亂，落水死不計其數，七寶路通，松滬之嚴解。五月，華爾上書總理衙門，叙戰功，幷求給兵權，得隨時調遣。經總理衙門以中國定制，員弁禀陳，必須由專閫大員，代為申呈。該副將率行具禀，不合體制，應令恪遵中國法度，不得逕行越禀。七月，隨同清軍攻下餘姚。八月，又失。華憤，僅帥一百四十二人往攻，正督隊上城，突砲彈穿胸過，仆地殞焉。

李鴻章令吳煦為改中國裝，殮而成禮，葬之松江城外，奏請優卹，建碑立塚。而常勝一軍，允華爾遺囑，以白齊文管帶。白猾黠，見清軍窮蹙，竊通欵於李秀成，謀舉松江內應。脅上海道楊坊，索軍貲巨萬，不許，毆傷楊，掠銀四萬去。李鴻章大怒，與英領事交涉，黜之，以戈登將軍管帶焉。

宗教

第一節

世運之轉變也，由混沌而文明；聖人之立教也，由椎魯而聰明。人類生則羣合，羣合而才慧出，歷時而教毓作。

上古時，中國有三代之盛，印度有婆羅門之道，巴勒斯坦有摩西之教，波斯有造樂阿士堆之賢。洎中古人智愈開，文教愈盛，周穆王元年，佛教立於印度矣；周靈王二十一年，孔教立於中國矣；

漢平帝元始元年，耶教立於猶太矣；唐高祖武德五年，回教立於麥加矣。

大抵周、秦之世，地運頓變，動力大作。婆羅門九十六外道之盛，而佛氏集其大成；希臘七賢之學著，而耶氏集其大成；諸子九流行，而孔氏集其大成。

第二節

孔氏以匹夫為萬世師表，歷代君主，備極尊崇。即如滿朝康熙二十三年，駕幸曲阜，詣先師廟行禮。雍正元年，加封孔子先世五代王爵。乾隆十三年，東巡，躬詣闕里，致祭先師；五十年，辟雍落成，又詣文廟行釋奠禮。

孔氏之為宗教家，固已如日月行天，江河行地矣，世竟謂孔子為政治家，非宗教家，悖矣。

第三節

釋老空虛之旨，二教同源；墨子兼愛，與西方耶教同；申韓言名法，韓與李斯俱事荀卿，為後世君相尚權任法之鼻祖。其教均有偏，惟孔氏完全無缺。故尊孔教者，一當知孔子為萬世教主。二當知六經皆孔子述以傳道。三當知孔子之前有舊教。四當知七十子三千人，均以傳教為任。五當知孟子為奉教傳教之嫡派。六當知老、莊、楊、墨、申、韓、荀、楊為孔教之孽派。七當知孔子口說均傳記。八當知偽經出學者，始不以教主待孔子。九當知宋學末流，束身自好，乖孔子兼善之旨。十當知孔教之獨行，由漢武之表章六藝，罷黜百家。十一當知太史公亦孔教嫡派。十二當知三千年政治沿革，何者合孔子之制，何者非孔子之制。十三當知歷代法度，皆保主者一家而設，與孔子教悖。十四當知「敬事而信，節用愛人」，即此二語，治天下而有餘，何必如趙普所云半部《論語》？

第四節

自康熙八年，許西人在京自行其教，不得於各直省開堂，雍正、乾、嘉，迭申厲禁。

道光二十二年，耆英與英訂江寧條約，有保護傳教一欵，禁遂弛。然止保護傳教，非保護習教也。二十五年，耆英督兩廣，為法人請，在海口設天主堂，准華人入教，是為入教朕兆。然只在海口，未入內地也。咸豐八年，約法第十三欵，凡內地傳教西人，地方官宜厚加保護，中國民入教，循規矩者，不禁，是為習教護符。然止不禁入教規矩者，未嘗幷入教不規矩者亦不禁也。同治九年，刑部刪去傳教治罪例，而新例大書曰：「奉天主教之民，悉從其便」，於是提防大潰矣。入教之民，藉此橫行，與平民沖突無已，而地方官或震於牧師之恫愒，或訴訟之不持平，從此多事矣。

吾教不昌，他教乘機而入，嗚呼！誰之咎乎！

食貨

第一節：錢法

清朝錢法，錢一文，重一錢四分，與一錢二分五釐不等。康熙二十三年，筦錢法堂侍郎佛倫奏請，將一文錢改鑄重一錢，至四十一年，又改鑄一文錢重一錢四分。

後現行錢文，如順治、康熙之青銅錢，重一錢四分者，每百文中，僅七八文。康雍之青銅錢，重一錢者，每百文亦不過十餘文。

蓋順、康多青銅，雍正則青銅、赤銅各半。乾、嘉則赤銅為多。道、咸以降，司錢局者，攘利之心熾，遂雜以錫鐵矣。福建竟有咸豐之錢，純鐵所鑄者。於是奸民私鑄，錢質重者，燬之以為輕，而錢法壞矣。

至光緒末，各省鼓鑄當十之銅元，零錢絕迹。民間買賣，因以為難，而錢法乃不可救矣。

第二節：鈔幣

鄭司農釋「抱布貿絲」云：「周人以布長二尺，官印其上，以為民間貿易。」此用鈔之始。漢曰皮幣（以白鹿皮為之，直四十萬，只用於王侯之家），唐曰飛錢，宋曰會子，金、元曰交鈔。

順治八年，行鈔貫。是年造鈔一十二萬八千一百七十二貫，自後歲以為常。十八年，國用充裕停止。至中葉，國家出鈔，開閉自由，而民間開銀舖出鈔者，所出恒逾基本金，或六七倍，或十餘倍。一時支取，動輒倒閉，因此鈔幣信用遂失。

光緒末葉，民間至於喜存用外國所開之滙豐、正金、道勝銀行票，而不喜存用國家銀行、交通銀行之票者。

附世界各國行用金幣表

一千八百七十一年	德國行用金幣
一千八百七十三年	瑙威、瑞典及丹國行用金幣 德國廢銀圓 比利時、荷蘭二國停鑄銀圓
一千八百七十四年	法、比、意大利、瑞士四國限鑄銀圓之數
一千八百七十五年	意大利停鑄銀圓 荷蘭國各屬地停鑄銀圓

一千八百七十六年	法國停鑄銀圓 瑞士國停鑄銀圓
一千八百七十七年	芬蘭行用金幣
一千八百七十八年	法、比、意、瑞士四國祇鑄小銀圓 西班牙暫行鼓鑄銀圓
一千八百七十九年	奧斯馬加恒利國停鑄銀圓
一千八百八十五年	埃及行用金幣
一千八百九十年	羅馬尼亞國專用金幣
一千八百九十一年	土尼須行用金幣
一千八百九十二年	奧斯馬加恒利行用金幣
一千八百九十三年	俄國鼓鑄金盧布一百兆圓 印度停鑄銀圓
一千八百九十五年	智利國行用金幣
一千八百九十六年	考須他立楷國行用金幣
一千八百九十七年	日本行用金幣

第三節：沙蓬米

沙蓬米又名楚拉啟勒，東西厄魯特產此甚多。遇旱年亦有，誠可為備荒之用，亦留心農學者，所當研究也。

乾隆五十六年，察哈爾都統烏爾圖納遜奏：「蘇尼特二旗，連年荒旱，幸野外滋生楚拉啟勒甚豐，比戶俱收存禦冬。臣所管戈壁十餘站，亦廣生此物，謹囊封進呈。」清高宗製詩紀之，序曰：

> 恭閱皇祖《幾暇格物編》，內載沙蓬米枝葉叢生，其米似胡麻而小，可為餅餌之需。沙漠地皆產之，鄂爾多斯尤多。鮮有滋味，而荒年賴以全活者甚眾。覽奏為之心惻，因成是詩云：
>
> 東西蘇尼特，前歲遭洊饑。由冬至夏秋，雨雪總未滋。

所賴沙蓬米，沙地自生斯。然亦竟因旱，粒食遜往時。
聞之心惻然，急振銀米施。天恩幸轉旋，膏澍沛自茲。
嗟嗟蒙古眾，乃得免流離。蓬米亦稔熟，戶戶饘粥炊。
呈來一試嘗，例草根樹皮。北堂心雖慰，調燮愧自知。

第四節：鹽

出鹽之地，有海，有池，有井，有竈。資民食裕國課，其利溥哉。場則設官，運則招商，總其成於運司鹽道，以督撫兼管（清初有巡鹽御史）。松江李雯曰：「鹽產於場，猶五穀產於地也，宜就場定額。一稅之後，不問其所之，國與民兩利。」又曰：「天下皆私鹽，天下皆官鹽。」顧炎武深韙其言。

最近鹽斤加價表

銷鹽地	每斤原征稅銀	每斤所加錢	銷鹽斤數	應收錢數
奉天	自一釐零至六釐零不等	錢十二文	三萬六千萬斤	四百三十二萬千
長蘆	自六釐零至九釐零不等	錢十文	二萬七千六百二十萬斤	二百七十六萬一千六百千
福建	約七釐六毫零	錢十文	五千三百四十四萬斤	五十三萬四千四百千
兩浙	除肩往各地外，自一分二釐至一分六釐零不等	錢八文	一萬四千八百八十二萬斤	一百十九萬零五百六十千
山東	除民運外，自一分二釐零至一分八釐零不等	錢八文	二萬五千八百四十四萬斤	二百零四萬三千五百二十千
河東	自一分二釐零至二分八釐零不等	錢六文	一萬五千八百九十四萬斤	九十五萬三千六百四十千
四川	自七釐零至一分零不等	錢六文	五萬五千零八十七萬斤	三百三十萬零五千二百二十千

銷鹽地	每斤原征稅銀	每斤所加錢	銷鹽斤數	應收錢數
廣東	約二分四釐零	錢六文	一萬六千二百九十萬斤	九十七萬七千四百千
兩淮	除食岸及十銷外，自一分九釐零至三分零不等	錢四文	四萬八千九百六十六萬斤	一百九十五萬八千六百四十千
雲南	自一分零至三分零不等	錢四文	五千一百二十三萬斤	二十萬零四千九百二十千

第五節：絲

絲為出洋大宗，杭、嘉、湖所產為最，蘇州無錫次之，廣東四川又次之，各省所產少數又次之。然近來此項貿易，一落千丈，推原其故，雖天時地利不同，亦栽植飼畜之工未究也。

據日本視察絲業情形云，歐洲蠶業之興，首推法、意二國。聞其種傳自亞細亞，亞細亞之起原，則在支那。其生絲之優良，固由器械工業上之智識，而繭質之佳，則氣候風土使然。其飼蠶兒之方法及技術，比之日本，甚為簡易。

自一千八百五十六年至一千八百六十五年，歐洲盛行微粒子病，法、意蠶業家，大起恐慌，急求改良之法。向各方面切實研究，政府又有獎勵金鼓舞之，由是奧地利、匈牙利各國，亦於十八九世紀兆興蠶業。奧地利笤里的地方，為蠶業之中心點。該地開蠶業會議，除男子外，更教女子從事斯業，開設女子蠶事傳習所。據此則吾國之絲業，恐不免江河日下也，願商界急起而圖之。

歐洲及小亞細亞絲產出數表　（表內基字，法國量名。一基當日本二百六十六目七分。日本一目，合中國一錢五毛二絲又十二絲之一）

法蘭西	七十八萬基 又云二千六百萬啟羅	伯爾加里及東部老屋利	三萬五千基
意大利	三百二十萬八千基	希臘	三萬五千基
西班牙	十萬基	西里亞	三十七萬基
奧大利匈牙利	二十八萬基	高加索	十七萬五千基
鴉那多里普勞土	三十萬基	波斯土耳爾斯坦	二十萬基
查羅爾括顏多言羅布露	十八萬基		

東方諸國輸出數

上海	四百四十三萬五千基	廣東	一百七十萬基
日本	三百八十七萬五千基	印度	三十五萬基

第六節：茶

我國出洋物品，茶亦大宗。近十餘年，竟大形減色者，則日本、印度、錫蘭茶奪之也。

自光緒五年，我國茶在英國暢消，占英國輸入額之八成餘，印茶占一成六七分。乃至近時，則印茶占五成八分，我國茶僅占二成六分，錫蘭茶則增為三成四分。至綠茶之輸入於加拿大者，以二十三年與三十二年相較，我國茶減三分之一，而印、錫茶則由十二萬磅增至百九十萬磅。紅茶我國由三百三十萬磅減至七十七萬磅，而印錫茶則增千三百十餘萬磅也。

故印度非但紅茶見長，即綠茶必不居我國之後。若合眾國輸入之茶，以二十三年與三十二年相較，我國由五千六百四十八萬磅降至三千七百四十六萬磅，而東印度則由二百十二萬磅增至七百三十四萬磅，且由英輸入者，日漸加增，其輸入亦均以印錫茶為主。

要之印、錫茶既凌駕中茶於英國，又驅斥中茶於北美，我國當其業者，應設法以挽回之也。

第七節：紡織

鼂錯有言：「一婦不織，或受之寒。」我國自古迄今，素講耕織。近山各省，多植木棉，摘棉以紡紗，因紗以織布，利源流轉一國。

詎十數年洋紗盛行，利已外溢，又益之以洋布，而我國土布遂絕迹矣。雖挽此利源，非人人皆穿國貨不可。

第八節：礦

我國礦產，甲於五洲。礦稅載在《會典》列為正供，未嘗不許民開採，然國初所開者，惟雲南銅礦。康熙五十二年，有「天地自然之利，當與民共之，不當以無用棄之」之諭。乾隆三年，諭兩廣總督鄂彌達，四年，諭兩廣督臣馬爾泰，礦地無庸封禁。

四十二年，旨：大小金川地產金砂，可採為設汛安營之用。故陳宏謀撫江右，請開廣信銅山，誠富國利民也（西報稱德人遊歷中國，遍行直隸、山東、河南、湖南北各省，探悉礦產極富，煤礦尤多。奧國博物院有中國煤產，如江西樂平、山東萊州、浙江江山等處。比利時議院謂中國金、銀、錫、鐵四金之礦，所在皆有，通國煤產，十倍於英。英人李提摩太云，山西礦產至三十萬餘英方里。）

他如金礦盛於關外，硝礦出於關中。滇黔有五金，川楚有煤硫，熱河、三山有銀礦，徐州、興國有煤礦。漠河之金、萍鄉之煤、平泉之銅；廉州之金坑、辰州之金砂，僂指難盡。惟風氣未開，貲本與經驗，二者均缺。貨棄於地，國徒困窮，大堪惋惜，無怪外人虎視眈眈也。（嘉慶十六年，戶部議覆雲南銀場十六處，抽收課稅二萬六千五百五十兩。永北廳之東昇廠，東川府之硔山廠，挖出金砂，土人淘之，一人之力，得金一分至五六分不等。見林則徐奏。）

光緒三十二年，奏定《礦務章程》，其第五章第十一欵，分礦質為三類，足供辨礦者眼界，錄之為實業家貲料。

甲　凡土性之礦質，如：矽石、青石、沙石、礬石、土灰、白石（即灰石）、雲石、元精石（即石膏）、羅美石、沙類含鈣養土、韌泥、火泥，及一切有關建設應用材料各種礦質，由開坑而取者。

乙　所有散礦、流積礦、鐵養礦、錳養礦、寶砂、可倫都末、不灰木、千層石、紅黃土類、紅土礬石波格歲得、雪形石、含淡養、燐養灰、鋇養鈣、弗石、肥皂石、石指（即漂白家泥）、貝里底亞司、鎂養土、開所加爾、梯來波勒特、燒瓷泥筆鉛礦水類、琥珀美耳山末石、硼砂比得浮石。

丙　所有金屬礦質，如：銻、鉀、鉍、銅、鉻、鈷、金鈜、鐵、鉛、錳、永鉬、鑷、銖、鉑（即白金）、銀、錫（流積不計）、鈾、鋅（無論原質或搆質，皆包在內）、輭石油、礦油、阿司佛辣得、柏油、硬煤、烟煤、木煤、硫磺、寶石。

滿洲金礦表　（俄人伯希的布撰《滿洲志》載）

呼爾哈河	據伯務地尼公司記錄此河多金礦
池察持喀河	產金甚多
大別拉雅河	沿河有布拉郭威什臣須克省，附近有一金礦，俄國有五百人欲開，為中國兵丁所逐
寬城子	前為富家所開，產金七十二伯得
寧古塔	封禁有兵守
綏芬河	有三坑
圖們江	有三金礦
松花江	始興礦業
達窩給尼河	產金六十伯得
長白山	此處金礦為滿洲第一，現開二礦
遼東	有三金坑
黑龍江	在西北隅，其金量可稱無盡藏。俄人謂之喬爾托迦金礦

第九節：牧畜

與農業相輔而成者，牧畜是也。熱河口外七廳，蒙古內外，均饒畜產，即南方淮徐一帶，水草光澤，地氣溫煦，儘可發達畜類。

日本大阪新聞載牧畜之地，北滿最多。如齊齊哈爾、哈拉爾以西，伯都訥、三姓以東之高原均可。

法律

漢以後刑律代更（九章律成於漢初），隋開皇中，定笞、杖、流、徒、死為五刑。唐律編目仍隋舊（《唐律疏義》成於貞觀），宋與明攟而損益之。康熙四年，定律例，大學士陳廷敬、張玉書總修，乾隆五年，重輯，凡四十七卷，四百三十六門。四十六年，又刊《駁案新編》，嘉慶二十一年，續之。光緒八年，復訂《秋審實緩比較》，均咸、同、光三朝成案。

海通以來，外國人居留吾國者，不守中律。設領事署於通商馬頭，凡外人歸其裁判。又設公堂，以判斷華洋訴訟，中西官並坐。嗣華洋訟案日多，外人以中律審判，與彼不同，時存歧視，官民又不諳外國法制，疑為偏袒，積不能平。每因尋常細故，釀成交涉問題。三十二年，清廷特派侍郎沈家本、伍廷芳，編訂新律，拆為民事、刑事二項。凡關於錢債、房屋、田畝、契約，及索取賠償者，屬諸民事裁判；關於叛逆，偽造貨幣、官印、謀殺、故殺、強劫、竊盜、欺詐、恐嚇取財者，屬諸刑事裁判。

綜計全編，分五章，凡二百六十條：

第一章總綱。曰刑事、民事之別，曰訴訟時限，曰公堂，曰各類懲罰。

第二章刑事規則。曰逮捕，曰拘票、搜查票及傳票，曰關提，曰拘留及取保，曰審訊，曰裁判，曰執行各刑及開釋。

第三章民事規則。曰傳票，曰訟件之值未逾五百元者，曰訟件之值逾五百元者，曰審訊，曰拘提圖匿被告，曰判斷後查封財產物件，曰判斷後監禁被告，曰查封在逃被告產物，曰減成償債及破產，曰和解，曰各票及訟費。

第四章刑事、民事通用規則。曰律師，曰陪審員，曰証人，曰上控。

第五章中外交涉案件十條，又附頒行例三條。其最關鍵，參以西律，為舊律所未及者，摘列於下：

訴訟時限節，第四條云：「凡刑事案控訴之期限如下逾期不得復控。」

一、違警罪六月。

二、輕罪三年（徒罪及監禁三年以下者）。

三、重罪十年（軍流以上者）。

公堂節，第九條云：「凡公堂訊案，堂上設立坐位，區分處所位置下列各人。」

一、承審官及會審官之坐。

二、陪審員之坐。

三、書記之坐。

四、原被告所立之處。

五、証人供証所立之處。

六、律師之位。

七、案外人觀審所立之處。

各類懲罰節，第十六條云：「凡舊例緣坐、刺字、笞杖等刑，永遠廢之。」

第十七條云：「凡審訊一切案件，不准用杖責、掌責及他項刑具，或語言威嚇，或迫令供証。」

拘票、搜查票、傳票節，第二十九條云：「凡票分三類，俱由有權審判該案公堂之官員簽發。」

一、拘票：將犯人即時拘提。

二、搜查票：直入房屋搜查犯人及贓物。

三、傳票：傳令被告於所限時日到堂。

拘留及取保節，第四十五條云：「凡人無論何罪，被拏後立送公堂審訊。自被拏至審時，拘留不得逾二十四小時。」

第四十六條云：「凡被拿因人証未齊，不能審訊，准由承審官展限，至多不過七日。

判案後查封產物節，第一百三十條云：「凡下列各項，不在查封備抵之列。」

一、本人妻所有之物。

二、本人父母兄弟姊妹及各戚屬家之物。

三、本人子孫所自得之物。

判案後監禁被告節，第一百三十九條云：「監禁日期，按照下列，以被告應繳之欵，定其長短期釋放。」

一、逾一百元者，其期三月以下。

二、逾一百元至五百元以下者，其期自三月至六月。

三、逾五百元者，其期自六月至三年。

減成償債及破產節，第一百七十一條云：「凡債主均可呈控公堂，請將欠戶判為破產人，惟必須如下列之數。」

一、債主索欵數在三百元或四百元以上者。

二、兩債主欵合計數在四百元或四百元以上者。

三、債主三人索欵，合計數在五百元或五百元以上者。

第一百八十一條云：「如公堂查明破產人有犯下列各項之一，除將財產貨物變賣備抵外，仍以有心倒騙論。將破產人處監禁二十日以上三年以下，或罰金五十元以上一千元以下，或監禁與罰金幷科。」

一、關於契約帳簿字據等項，隱匿燒毀，或塗改偽造虛捏者。

二、預將財產貨物寄頓他處，或詭託他人名下，或虛立債主戶名，或先向外戶折扣收帳，或串通他人冒認者。

三、為損害債主起見，於呈報破產前一月，將貨物賤售，或重利圖借，或濫出期票使用。

四、平日用度奢侈，或買空賣空，以圖僥倖，致折虧者。

五、借債之時，並無的欵可望償還，或經營商業，並無切實貲本者。

六、既經判為破產人後，故為延宕，不將財產貨物一切權利，及放出之債項，在公堂或代理人處，悉數呈出。或不將財產貨物，除本人及家屬須用衣服外，悉行交出者。

七、判破產後，私自清還一二債主，至各債主所得未能平均者。

律師節，第二百二條云：「如公堂允准後，該律師應照下列各項矢誓。」

一、不在公堂作偽，或許人作偽。

二、不故意唆訟，或助人誣控。

三、不因私利私怨，傾害他人。

四、盡分內之責務，代受託人辯護，仍應恪守法律。

第二百四條云：「律師在公堂，應盡之責務如下。」

如為原告律師：

一、代原告繕具控詞，及各項須呈之件，以備呈上公堂。

二、同原告上堂辦理所控事件。

三、於審訊時，將原告所控事，代為上陳，然後當堂質問原告及其証人。如被告對詰原告及其証人，該律師隨後亦可覆問。（凡人到堂作証，皇悚之下，多茫然不能措詞。應言不言，不應言而言，徒費時日，無補案情。該律師宜導之使言實情，此之謂「質問」。凡人到堂供証，多存袒於各該造之心，致言過其實。被告律師，須詳細推求，必使水落石出，以免被告為供詞所害，此之謂「對詰」。被告律師對詰時，如該証人答詞與質問時所供，稍有不符，原告律師，可再問該証人，為其解說，此之謂「覆問」。）

四、被告或其律師向堂上申辨後，原告律師，可將被告及其律師所申辨之理由，詳細向堂上解釋辯駁。

如為被告律師：

一、代被告繕具覆詞訴辯，並檢齊有益於被告各證據，以備呈堂。

二、同被告上堂辯護，及留心料理，使審訊該案悉合證據，依律師裁判。

三、代被告對詰原告及其証人。

四、原告及其証人供詞已畢，該律師將被告訴詞，陳其大略，然後喚被告證人上堂供証。

五、供証畢，該律師將被告辯詞，盡情援據例案伸論，勿使屈抑。

陪審員節，第二百八條云：「凡陪審員有助於公堂秉公行法，於刑事使無屈抑，於民事使判斷公直之責任。

第二百三十條云：「堪為及應為陪審員之人如下。」

一、年在二十五歲以上六十五歲以下之人。

二、休退之文武官員、商人，或公司行商之經理人、士人、教習、學校卒業人，地主及房主。

第二百十四條云：「不應為陪審員之人如下。」

一、在該處或他處任官吏差使受薪俸之人。

二、公堂人員。

三、在該公堂境內辯案之律師。

四、在該公堂境內之醫士，或藥商。

五、瞽聾及有廢疾者。

六、曾因犯罪處監禁以上之刑，或聲名惡劣者。

第二百十九條云：「凡原告及被告，不願其人為陪審員者，必須因下列各事。」

一、其人年歲過老，或過少，或不符定章。

二、其人與原被告有親屬相關。

三、其人先存成見，與人評論該案時，言其欲該案如何結果。

証人節，第二百三十五條云：「凡刑事民事各案之原被告，均可帶同証人，到堂供証，並可呈請公堂知會某人到堂作証。」

第二百四十一條云：「凡下列各色人等，不得為証人。」

一、不能辨別是非之未成年者。

二、有心疾者。

三、有瘋疾者。

第二百四十三條云：「凡証人供証，須以自己目睹，或自知之實情，不得以傳聞無稽之言，妄行陳述。」

上控節，第二百四十四條云：「無論刑事、民事案經公堂判後，原告或被告，因訊斷不公，或不合供証，或違律，心不甘者，准其赴高等公堂，聲明申請覆訊。但須先向原審公堂呈明。」

第二百四十五條云：「凡上控期，以裁判後一月為限，逾限不准。如因天災，或意外之變，不在此限，但須於呈內詳明。」

附民事案件訟費表

公堂簽發蓋印傳被告到堂之傳票

訟件值在一百元以下者 另派票差費銀	每票費銀一元 五錢
訟件值逾一百元至五百元者 另派票差費銀	每票費銀二元 七錢五分
訟件值逾五百元至一千元者 另派票差費銀	每票費銀三元 一元
訟件值逾一千元者 另派票差費銀	每票費銀四元 一元

知會証人到堂之知單

訟欵值在一百元以下者 另派票差費銀	每單費銀五錢 二錢五分
訟件值逾一百元至一千元者 另派票差費銀	每單費銀一元 五錢

訟件值逾一千元者 另派票差費銀	每單費銀一元五錢 五錢

拘拿被告之拘票或查封票或查封在逃被告財產票

債欵在一百元以下者 另差費銀	每票費銀一元五錢 五錢
債欵逾一百元至五百元者	每票費銀一元
債欵逾五百元至一千元者 另差費銀	每票費銀三元 一元
債欵逾一千元者 另差費銀	每票費五元 一元

兩造爭訟請公正人決斷劵約存案	每張費銀一元
公正人決詞存案	每張費銀三元
到公堂查閱案卷者	每次費銀五錢
抄錄案卷	每百字費銀一錢
知照陪審人員 另差費銀	每次費銀八元 二元

陪審員到堂陪審，每員一日或不足一日所得酬勞費

訟件逾三百元至一千元者	五錢
訟件逾一千元者	一元

凡請公堂用印於文件為表內所未載明者	每張費銀一元

公堂頒發表內未載之票 另差費銀	每張費銀二元 一元

各省高等公堂允准律師接辦案件注冊費銀五十元
會審公堂允准外國律師接辦案件注冊費銀二十五元

河渠

黃河泛溢，無代無之。蓋至元以前，河自為河，治之尚易；至元以後，河即兼運，治之較難。前明二百餘年，治河名臣，僅得徐有貞、劉大夏、潘季馴三公。滿朝數百萬京儲，仰給東南，故凡籌河必兼籌運。河臣之能治河者，順治時，朱尚書之錫，特開先路，靳輔創蓄清敵黃、束水攻沙之法，其言曰：「治河之要，無過於挑清江浦以下，歷雲梯關至海口一帶河身之土，以築兩岸之堤。寓濬於築，一舉兩得。」（見輔〈防河事宜疏〉中）繼輔起者，如張鵬翮、陳鵬年、齊蘇勒、嵇曾筠、裘日修諸人，宗其遺法，蕭規曹隨，均盡力河務也。爰舉其成績如下：

朱之錫

順治十五年，河決山陽；康熙元年，河決原武、祥符。總河朱之錫上緩急十事：一、歲修夫役應存舊額；二、淮工宜行民修舊例；三、隄閘應擇要先治；四、柳料應早備；五、誤工應嚴剔；六、曠銀應釐核；七、職守宜重；八、河官不應別差；九、賢否宜分別舉劾；十、黃運毗連各省，宜疆臣共襄。

靳輔

康熙十六年，黃水四溢。總河靳輔請濬清江浦至雲梯關外河身，築東水堤萬八千丈；塞王家岡、武家墩、高家堰諸決口，堤外加築縷堤、格堤；於徐州、宿遷築減水壩十三坐；築清水潭西堤九百二十餘丈，東堤六百餘丈；挑新河八百四十丈。又添建毛家鋪減水閘一，王家山減水閘三，大谷山減水閘二，保徐州上流；於歸仁堤建石壩二，攔馬河及清河運口各石閘一。又添築儀封、陽武、考城河堤七千八百丈，封邱縣荊隆口月堤三百三十丈，滎澤掃工二百一十丈，防上流異漲。

張鵬翮

康熙三十八年，河督張鵬翮，請將攔黃壩上流河面急挑，堵馬家港，使水不旁洩。又請於張福口開引河，引清流水入運，芒稻河兩岸，疏使暢流。上河工十九事。

陳鵬年

康熙六十年，河決武陟馬營口。總河陳鵬年，請從決口上流對岸廣武山下，別開引河，殺水勢。明年，馬營再決，又請於王家溝再開引河，力疾往來工次。雍正元年卒於工。

齊蘇勒

雍正元年，總河陳鵬年卒。授齊河道總督，築祥符商邱子堤九千二百八十丈，隔堤七百八十丈。奏言：「淮揚運河，上接洪澤，下通江口，迫臨高寶諸湖。如改挑新河，東岸閘壩涵洞，均須另建。」詔同總督田文鏡察視，尋種柳八十九萬二千株，葦八頃應用。

嵇曾筠

雍正元年，河決中牟。詔侍郎嵇曾筠往督築，勘修最險處十二萬三千七百九十六丈，又於鄭州石家橋、中牟拉牌寨，加工建壩。乾隆元年，總理浙江海塘工程，築海寧翁家埠，及嚴州湻河石堤八十五丈。

裘日修

乾隆二十二年，命侍郎裘日修馳往各處周視河工。裘銜命，自山東至河南，自河南至上江，築亳州之兩河口、三道河、淝河、宋陽河，霍邱之高唐河，宿州之澮河，旋至河南，開支河三十餘處，如商邱之兩沙河、虞城之苑家堤、遂平之石洋河，新蔡之三汊河。二十六年，河決楊橋，赴南河勘辦。塞決口三百餘丈。三十六年，勘滄州一帶運河，明年，又督辦永定河各處工程。

（按：河務關係水利，非僅漕事已也。雍正三年，怡賢親王督理直隸水利營田，大著成效。乾隆九年，鉅鹿縣建閘引水鹹地四萬餘畝，十年，阜平縣得稻田十餘頃，均見《畿輔安瀾志》。咸豐時，僧王督師大沽口，在葛沽、泥沽等處，營田四千三百餘畝。光緒初，統領周盛傳，於京東營成稻田六萬畝。宣統時，南中有導淮之議，不果，此議若成，兩淮農事受益不淺也。）

朝鮮之役

朝鮮為〈禹貢〉青州逾海地，箕子所封，與盛京隔鴨綠江。天命四年，明入四路出師，朝助明，為清軍敗。朝將以兵降，清太祖歸之，以書諭朝王，不報。

崇德改元，清廷以朝鮮兄弟國，與議和，諸貝勒以書往，仍不報，乃議出師。多爾袞、豪格統左翼及蒙古兵，從寬甸入長山口；多鐸統先鋒，擣國都；岳託繼後，清太宗帥代善進發。

朝王李倧徙妻子於江華島，自帥師保南漢城。清軍渡江圍之，倧告急於明，明方禦流寇，自顧不暇，城中食且盡，倧乃遵示出城，納明所給冊印歸命。

至光緒二十一年，朝有東學黨亂。日本遣師定之，與清軍戰，清軍艦殲焉。清廷命李鴻章赴日議和，遂割讓朝鮮及臺灣。

靖海之役

順治三年，清人定浙東。明監國魯王航海，明石浦守將安西侯張名振，以舟師奉入舟山；鄭芝龍降後，其子成功，亦擁眾海上，是為閩浙義旗之舉。旋浙師盡併名振，閩師盡併成功，東南義旅，悉聽指揮。溫、台、寧、紹諸遺民，乘間爭結寨，四明大蘭山王翊之軍，上虞東山李長祥，平岡張煌言之軍，並約舟山，窺寧、紹。

七年，名振殺王朝先。朝先部來降，盡洩虛實，又得降官謝三賓告變言。於是清總督陳錦奏：「舟山海寇及各山寨，皆以故國為名，狼狽相倚，交通閩、廣，窺伺蘇、松，東南大患，請尅期進剿。」

明年，錦與都統金礪、提督田雄會師，乘霧抵螺頭門。明臣張肯堂、張名揚背城力戰，死之。名振奉魯王先期赴廈門，俄名振死，遺言煌言領其軍。十六年，成功與煌言會師，由崇明入江。時蘇松提督駐松江，江寧提督駐福山，圌山、譚家洲均設大砲，金山、焦山，鐵鎖横江。

煌言令泅水者斷鐵索，乘風潮以十七舟進，破瓜洲，圍鎮江。清兵退入城，成功軍逐而入，遂下鎮江，屬邑亦望風下。成功將甘煇，請取揚州，阻山東之師，據京口，斷兩浙之漕，控扼咽喉，號召各處，南都可不戰定。成功不從，迫金陵，謁孝陵。煌言領所部，由蕪湖進取徽、寧各郡，太平、寧國、池州、廣德、無為、和州等四府三州二十四縣，紛紛納欵，淮、揚、蘇、松，旦夕待變。

清世祖幸南苑，議親征。兩江總督郎廷佐佯通欵，以緩攻。成功信之，按兵儀鳳門外。崇明總兵梁化鳳赴援，登高見敵營不整，樵蘇四出，軍士浮後湖而嬉，乃帥勁騎五百，夜出神策門，破其一營，次日由儀鳳、鍾阜二門出，三路夾擊。成功令甘煇守營，而自出調水師，諸營見山上麾蓋不動，不敢退，遂大潰。甘煇死之，成功遁還島，煌言亦敗走徽寧山中。

俄成功入臺灣，煌言崎嶇海上。成功旋卒於臺，煌言知不可為，乃結茆懸山嶴。清提督張杰，募得煌言故校，偵獲之。煌言畜雙猿，覘動靜，船十里外，猿輒鳴樹杪，得為備。故校夜半攀蘿入，暗中執之，並其參軍羅子木、門生王居敬，送寧波。杰舉酒屬曰：「遲公久矣！」煌言曰：「父死不能葬，國亡不能救，死有餘罪，求速死而已。」杰送入省，出寧波城，再拜曰：「某不肖，孤故鄉父老二十年之望。」登舟危坐。夜半篷下唱蘇武〈牧羊曲〉者，煌言起，扣舷和之，酌酒勞曰：「爾亦有心人也。吾志已定，爾無慮。」叩姓名，則防卒史丙也。

渡錢塘，舟中拾一箋云：「此行莫作黃冠想，靜聽先生〈正氣歌〉。」煌言笑曰：「此王炎午後身也。」至杭，供張如上賓。九月七日，赴市，見鳳凰山，曰：「大好山色。」賦〈絕命詞〉三首，挺立受刃，子木等從焉。遺民萬斯大葬之南屏山麓。

（按：《明史》不為先生立傳，豈信史哉！又按：清祚傾覆，內外大臣，如先生者何人？可愿！）

臺灣之役

臺灣亘閩海中，袤二千八百里，衡五百里。隋大業中，虎賁將陳棱至澎湖，望洋而返，元設巡司於澎湖，明廢之。嘉靖中，海賊林道乾逃據，旋為琉球逐。天啟中，日本逐琉球據之，荷蘭又逐日本。成功自江南敗歸，思得一立足地，適荷蘭主會計者，負帑二十萬，走謁之。成功覽其地圖，嘆曰：「此亦海外之扶餘也。」乃進兵，克之。

成功既得臺灣，與金、廈兩島犄角，修戰械，定法律，興學校，起池館，以待明宗室遺老，招徠泉、漳、惠、潮之民，汙萊日闢。俄成功疾，冠帶請太祖祖訓出，坐胡牀進酒。讀至第三帙，嘆曰：「吾有何面目見先帝於地下乎？」兩手掩面逝。

子經嗣，清靖南王耿繼茂、總督李率泰，貽書招經。經許如琉球、朝鮮例，不薙髮，易衣冠，不報。康熙二年，降將施琅、黃梧克金、廈兩島。經遁歸臺灣，復耿書曰：「東寧僻遠海外，與版圖渺不相屬，正如張仲堅遠絕扶餘，以中土讓太原公子，閣下亦知其意乎？所云貴朝仁厚，遠者不問，以近事言之，如方國安、孫可望，豈非竭誠貴朝者，今皆何在？往事可鑒，足為寒心。若夫疆埸之事，一彼一此，勝負之數，自有在天，得失難易，閣下自知，無庸贅也。」

二十年，經卒，子克塽嗣（臺人所稱永歷三十五年也）。清總督姚啟聖、學士李光地奏：「鄭經死，子少國亂，時不可失，水師提督施琅習海道可用。」乃於二十二年發師。時經將劉國軒守澎湖，會颶風起，怒濤山立，清舟師簸蕩飄忽，國軒環攻，矢集施目幾殆。施更申號令，分三路進，國軒敗，由吼門逸。清軍乘勝至鹿耳門，膠淺不入，忽大霧，潮高丈餘，師浮入。臺人駭曰：「先王得臺灣，鹿耳門漲，今復爾，天也。」琅由海道奏捷，七日抵京，詔封克塽公爵，歸漢軍。自成功訖克塽，傳三世，奉永歷朔三十七年，至是始亡。光緒二十一年，與朝鮮同割讓日本。

（按：臺灣於康熙六十年，朱一貴起事；乾隆五十一年，林爽文又起，事雖不集，其不服清廷可想。今歸東洋矣。眷念延平開闢功勳，不知涕之交睫也。）

準部之役

西域準噶爾有三害焉。在康熙曰噶爾丹，在雍正曰策妄拉布坦，及子策零，在乾隆曰阿睦爾撒納。

噶爾丹者，綽羅斯渾台吉子，殺兄子索諾木阿拉布坦，自立為汗（厄魯特四衞拉：曰綽羅斯、曰都爾伯特、曰土爾扈特、曰和碩特）。襲殺車臣汗，南摧回部，北併喀爾喀，自伊犁徙帳阿爾泰山。康熙二十九年，以追喀爾喀為名，乘勢趨內札薩克蒙古地。時清廷已平三藩，和俄羅斯，天下無事。下詔親征，裕親王福全為大將軍，與恭王常寧同行，遇賊於烏蘭布通。賊數萬陣山下，以萬駝縛足臥地，背加箱垛，蒙濕毡，環柵，士卒於　隙發矢砲，謂之「駝城」。清兵以火器為前列，專攻中堅。晡至暮，駝斃仆，陣斷為二，賊急乘夜走保高險。會清聖祖不豫，班師。

明年，出多倫泊（在熱河西北三百里），受喀爾喀朝，約噶爾丹來會盟，不報。三十五年，復親征，大將軍費揚古、將軍孫思克、薩布素，三路深入，上統禁旅繼之，疾趨克魯倫河。噶爾丹登山，望御營黃幄，軍容山立，大驚，宵遁。清前鋒邀擊之於昭莫多（蒙古語大樹林，明成祖破阿魯台處），據高俯擊，弩銃迭發，每進以拒馬木列前自固（拒馬木所以制敵騎冲突，即衞青武剛車自環意）。賊大潰，殪其可敦阿奴汗妃也。噶爾丹以十餘騎遁，清聖祖勒碑拖諾山、昭莫多而還。於是阿爾泰以東，皆隸版圖，拓喀爾喀西千餘里，復勒銘狼居胥山，朔漠平。

自噶爾丹後，一傳為策妄那布坦，再傳為策零，三世均梟雄，以窮兵稱（策零事見青海章）。策妄有外孫曰阿睦爾撒納，欲搆準內亂，乘機謀事。會有達瓦齊亂，遂與納默庫、班朱爾二台吉，帥所部內附，時乾隆十九年也。清廷以天時人事輻輳，宜大舉，雪兩朝恨。命班第、永常分二路進，約會於博羅塔拉河（在伊犁東北三百里）。達瓦齊走保格登山，清軍夜突其營，賊瓦解，達瓦齊走回疆。天山南北路，皆不血刃定。

封阿睦雙親王，而阿必欲為四部總台吉。時班第、鄂容安留伊犁籌善後，阿儼以總汗自處，擅調兵，與其黨曉夜謀，四面煽動，伊犁喇嘛宰乘羣起應之。適大兵已撤，留者止五百，班第、鄂容安歸路斷，力戰死之。永常擁兵不援，高宗怒，逮永常，以策楞代，久無功。上以諸臣非任事才，命大學士傅恒馳視師。會厄魯特痘疫盛行，死亡相望，清軍長驅至，逆黨先後授首，阿帥二十人走俄羅斯。

青海之役

厄魯特四部，準噶爾最強，青海、和碩特次之。其裔分二支，在藏者曰拉藏汗，在青海河套者曰鄂齊圖汗。羅卜藏丹津者，和碩特固始汗孫也。聖祖出塞，固始汗子達什巴圖入覲，封親王，羅卜藏丹津襲，陰覬復先人業。雍正元年，自號達賴渾台吉，煽番子喇嘛二十餘萬，寇西寧。詔川陝總督年羹堯為大將軍，四川提督岳鍾琪贊軍務。年分兵永昌布隆吉河，防其內犯；南守巴裡塘，扼其入藏路。丹津始懼。

二年，岳鍾琪以青海寥遠，乘春草未生，以精兵五千，兼程擣不備。世宗壯之，詔使出師。岳先襲其守哈達河之喇嘛，銜枚宵進百六十里，天明抵帳，敵尚臥，馬無勒，倉皇潰。丹津衣番婦衣遁，窮追三百里，至桑駱海，江柳蔽天，目望無極，乃返。

丹津越戈壁投準噶爾，煽策零犯邊，廷議進討。大學士朱軾、都御史沈近思，均以天時人事未可，惟大學士張廷玉，力請用兵，薦傅爾丹為大將軍。策零佯言厄魯特大隊未至，前隊千餘在博客託嶺，傅信之，以兵往。賊以少兵誘，而伏兵二萬谷中。俄胡笳作，毡帳四合，圍清軍於和通泊，潰參贊師，直犯大營，副將軍巴賽查納弼戰死。賊獲清兵，皆穿脛，盛以皮囊，繫馬後，唱胡歌返。

策零親領大兵，繞察罕庾大營，潛至杭愛山，偵知額駙策陵遠出，突襲其帳。策陵由中塗返旆疾馳（策陵部下有脫克渾者，能日夕行千里。每升高，以兩手張其衣，如皀雕鼓翼上。賊遠見不清，盡得虛實歸報），繞間道自天而下。賊夢中起，人不及甲，馬不及鞍，戰二日，賊三萬斬其半，餘均燒荒走。清廷旋以鄂爾泰經略軍務。十一年，又以查郎阿署大將軍，張廣泗佐之。明年，破賊於布隆吉，準噶爾乞和，旨班師。

乾隆中，戡定伊犁，羅卜藏丹渾亦就俘。

西南夷之役

雍乾時，有一事可以一勞永逸者，則西南夷改流也。

明洪武中，未下滇，先平蜀。烏蒙、烏撒、東川、芒部四處，舊屬雲南者，改歸四川。諸土司去川遠，去滇黔近，滇黔有可制之勢，而無其權；四川有可制之權，而無其勢。苗蠻不事耕作，打刦為生，數省邊民，受其荼毒。疆吏屢請改隸，樞臣動諉勘報，頻年無成。

雍正四年，以鄂爾泰督雲南。鄂奏雲貴大患無如苗，欲安民必先治苗；欲治苗必先改流。而苗地多連隣省，尤必事權專一，始可一勞永逸。改流之法，擒為上，兵次之；令其自首為上，勒獻次之。惟制夷必練兵，練兵必選將，誠能賞罰嚴明，將士用命，必可奏功，實邊地百世之利。

世宗以鄂才，即鑄三省總督印，令兼領廣西。自四年至九年，苗悉改流歸化。其治川苗也，先革東川土目，晉圖烏蒙；其治滇苗也，先革土司，後剿猓夷；其治黔苗也，終於古州，始於廣順之寨；其治粵夷也，先改土司，次治土目。餘湖廣接黔邊者，永順、保靖、桑植、容美四土司，亦先後改州縣，四川酉陽繼之。三省邊防定，西南民得息肩焉。

十三年，疆吏征粮不善，各寨又起，巡撫元展成輕視之，倉卒調兵，半途坐困。苗乘間陷黃平等處，焚掠及鎮遠。清廷令張照為撫定苗地大臣，密奏改流非計，倡棄地，而中外畏事者，亦爭咎苗地之不當闢，與闢後之不可守。全局垂成，勢將中變。

旋世宗崩，高宗即位，召張照還，授張廣泗七省經略。集兵鎮遠，先後掃蕩千二百二十四寨，設九衞屯田，養兵戍之，至是而西南夷不反矣。鄂以開闢西南功，配享太廟。

大小兩金川之役

金川，漢冉驪外徼，唐維州地，明隸雜谷安撫司，與綽斯甲布等九土司壤相接。

康熙五年，土司加勒巴內附，給演化禪師印。其庶孫莎羅奔，從岳鍾琪征藏有功，雍正元年，授金川安撫司。莎自號大金川，以舊土司澤旺為小金川。乾隆十一年，莎刦澤旺，攻革布什扎及明正兩土司，巡撫紀山遣兵治，不奉約。清廷以張廣泗督川，久之無成，命大學士訥親視師，起故將軍岳鍾琪，以提督效力。

訥銳意滅賊，令晉兵。俄總兵任舉戰死，氣餒，仍倚廣泗辦賊。廣泗輕訥，以軍事推讓，實困之。二將不和，士均解體。廣泗所用良爾吉者，與阿扣（莎女，嫁澤旺為妻）通，為莎耳目；又信漢奸王秋言。岳奏廣泗信降番漢奸，必生變，訥亦奏廣泗老師糜餉。上怒，逮廣泗入京，廷訊不服，斬之。以訥祖遏必隆刀寄軍前，賜訥死，命大學士傅恒督師。

傅至，斬良爾吉、王秋，尅期晉剿，連下碉卡，軍大振，莎遣人乞降。初岳鍾琪為川陝總督，以勘界事，土司德之，而莎又曾隸麾下。至是岳輕騎減從入其巢，賊羅拜聽約束，頂經立誓。次日，莎父子從岳出降，大金川平。未幾，莎兄子郎卡逐澤旺侵入隣界。總督阿爾泰姑息，但諭其退還士侵地，給安撫司印，許其與綽斯甲連姻，以女妻澤旺子僧格桑。由是兩金川狼狽為奸，邊衅愈急。

清廷以阿爾泰養禍賜死，詔大學士溫福、尚書桂林共討賊。時澤旺老病，郎卡死，其子索諾木與僧格桑侵鄂什土司地，又誘殺革布什扎土官。桂林失機被劾，以阿桂代。阿連克險隘，軍抵美諾，俘澤旺，而溫福剛愎自用，不廣咨方略，惟襲訥親、張廣泗以碉破碉故事。賊見大軍久頓不進也，遂傾巢進迫。先攻陷提督董天弼之營，刦粮台，薄大營，奪砲局，斷汲道，四面蹂入。溫倉卒中鎗死，小金川復失。

乃授阿桂定西將軍，佐以明亮、豐伸額。阿由鄂什轉戰五日，明亮由瑪爾里入，次第復小金川地。阿又令海蘭泰、福康安、成德分三路晉攻，連下堅壘。索諾木懼，酖僧格桑，獻其尸，乞赦罪。

阿不許，攻愈急，先後破朗葛寨，下科布曲山，抵其巢穴之噶爾厓，用火攻四面霆擊之。索諾木窘迫，挈妻子及頭目奉印軍門降，金川平。時乾隆四十一年。

回部之役

天山為葱嶺正幹，而回部在其南。東西六千餘里，南北千餘里。唐以前皆佛教，其以回教著者，萌芽於隋唐，盛於元。由謨罕驀德傳二十六世，有瑪墨特者，明末自墨德逾葱嶺，東遷喀什噶爾，是為新疆回酋之始，即霍集占兄弟之高祖也。

旋厄魯特強大，回部及哈薩克均臣屬焉。康熙三十五年，噶爾丹敗，回酋阿布都實特自拔來歸，清聖祖優卹之，使歸葉爾羌，即霍集占兄弟之祖。其子瑪罕木特，生二子，長曰布那敦，次曰霍集占，即大小和卓木。

乾隆二十年，清人定伊犁。釋大和卓木歸，留小和卓木伊犁。阿睦之變，小和卓木以兵助之。清人再定伊犁，小和卓木以前事疑懼，兄弟集議，傳檄遠近，回戶數十萬均被煽，備士馬，持糗粮待。事聞，清廷命雅爾哈善為將軍，二十三年出師，由吐魯番進攻，和卓木兄弟據庫車迎敵。雅輕敵不為備，終日奕棋，敗賊得乘間遁，清廷怒誅之。

適兆惠奉命來京，自請竣西事。上壯之，命移師進剿。兆領步騎四千先行，留富德俟大軍繼進。時賊已堅壁清野，歛兵入城，大和卓木據喀什噶爾為犄角。兆惠以兵少，欲伺間出奇，先營葉爾羌東城外隔河有水草處。葱嶺北河，經喀什噶爾城外，南河經葉爾羌城外，土人稱北為赤水河，南為黑水河。結營處即黑水也。

兆惠既分兵八百，令愛隆阿扼喀什噶爾援路，又偵知賊牧羣在城南，謀取充軍實，領千騎，由東而南。甫渡，橋忽斷，城中賊騎冲出，清兵方奮突，步賊萬餘繼之。清隔河軍不能救，又地沮洳，難馳騁，且戰且退。兆惠左右冲突，馬中槍，再斃再易，總兵高天喜戰沒。賊又逾河來攻，且於上游決水灌營，清軍於下游溝泄之。營依樹，賊砲如雨，清人伐樹，反得鉛丸數萬，即以擊賊。兆惠檄愛隆阿，急催援軍，會巴里坤大臣阿里袞解駝馬來，合愛隆阿兵。遙望火光十餘里，知官軍與賊相持，横張兩翼，大呼馳薄，直壓賊陣。俄而富德軍亦至，三路奮促，賊宵遁。兆惠在圍城中，忽聞槍砲聲由東來，知援軍至，勒兵潰圍，振旅還阿克蘇。

明年，兆惠由烏什取喀什噶爾，富德由和闐取葉爾羌。二酋兄弟敗逃巴達克山，明瑞以前鋒追之，戰於霍斯庫嶺。大和卓木先以家屬保河西嶺，小和卓木據北山決死戰。會巴達克山酋亦拒之於阿爾渾楚嶺，擒其兄弟，函首軍門，回部平。

（出敦煌為古玉門、陽關，西行至哈密，為古伊吾避白龍堆大戈壁險徑，今闢展，古鄯善（亦名樓蘭），至吐魯番，即車師前部，漢戊己校尉所治，唐交河火明州在焉（車師後庭，即今烏魯木齊）。又西南行，逕古危須焉耆地，至車爾楚軍台，漢烏壘城都護治。又西至布古爾，漢輪台地，又西南至庫車，為古龜茲，唐安西都護治。又北逕賽里木城、拜城，至阿克蘇，漢溫宿國。分三道：一北行至烏什，即漢尉頭；一西南行至葉爾羌，即漢莎軍，南渡玉河，至于闐；一沿烏蘭河岸，西抵喀什噶爾，即古疏勒，漢唐西域建庭所，清朝參贊大臣，亦於此建牙焉。

西四城：曰喀什噶爾、曰葉爾羌、曰英吉沙、曰和闐；東四城：曰烏什、曰阿克蘇、曰庫車、曰闢展；合哈密、土魯番、哈喇沙拉三城，共十有一城，各設阿奇木伯克理回務。錢曰「普爾」，形橢首銳，中小孔方，一當制錢十文。每互市錢謂之一騰格，米一石謂之一帕特瑪。

龔自珍云：「回部風俗，亦佛教支流，祖曰阿旦，教主曰默黑爾默，師曰阿渾，學問曰二令，其字頭始愛里普。其曆元不拘正朔，同日分秒，無餘之法，不置閏，大約西洋新法曆書之所祖。」）

西域之役

《漢書》自玉門、陽關出西域，有兩道。南道西逾葱嶺，出大月氏、安息；北道西逾葱嶺，出大宛、康居、焉耆。大抵土著有城郭宮室，與匈奴、烏孫異俗。蓋新疆內地，以天山為綱，南回北準；外地以葱嶺為綱，東新疆，西屬國。由天山而西北，為左右哈薩克；由天山南路而西南，為左右布魯特。逾葱嶺而再西北，為安集延；西南為巴達克山，為愛烏罕。

哈薩克分左右三部。左一部在準西北，右二部，在準西，皆北界俄羅斯。東去塔爾巴哈台，南去伊犁。東西千里，南北六百里，風俗文字，略同準部。乾隆二十三年，阿睦爾撒納敗走哈薩克，其汗阿布賚帥兵迎之。清軍破其伏，明年，兆惠、富德又以兵深入，阿布賚遣使請罪，朝貢歲如例。

布魯特分東西部，東部五，西部十有五。東部在天山，北距伊江千四百里。乾隆二十四年，兆惠追厄魯特至其界，其頭目薩雅克部，薩拉巴噶什部，獻牛羊千頭，嗣清軍追回番又經其地，其渠長奉將軍書曰：「額德格納布魯特部小臣阿濟畢，恭呈如天普覆無外乾隆大皇帝欽命將軍之前，僅帥所部，自布哈爾以東二十萬眾，盡為臣僕。」兆惠表聞。

敖罕者，葱嶺西回國也，有四城，與布魯特毗連，去喀什噶爾五百里。從安集延西百有八十里，為瑪爾噶朗城；又西八十里，為納木干城；又西八十里，為敖罕城；又有塔什干等城，風俗鷙勇，過於諸回。乾隆二十四年，清軍追霍集占至其地，其酋饋羊酒良馬，詢中國風土形勢，侍衞廣宣威德，遂入貢。

巴達克山者，葱嶺西南回國也，去葉爾羌千有餘里，戶口十餘萬。乾隆二十四年，霍集占敗奔巴達克山，巴酋素爾坦沙拘之於柴扎市。富德檄索，素爾坦沙乃遷霍集占兄弟密室，殪之，馳獻其馘，帥所部十萬戶，及隣部博羅爾三萬戶，納欵。（《漢書》：「皮山國在于闐西，西南至烏秅國，千有三百餘里。」今由和闐至巴達克山，亦千三百餘里，意者巴達克山，其即古之烏秅乎？志以俟考。）

愛烏罕在巴達克山西，亦大回國也。有三城：曰喀賓、曰堪達哈、曰默沙特。地廣數千里，勝兵十有五萬。乾隆二十七年，遣使入貢，是為回部最西之國。

（按：哈薩克諸部，昔之納欵入貢者，繼皆劃於強隣焉。書之寄今昔之感。）

安南之役

順治十六年，清人定雲南，安南國王黎維禔遣使至軍。康熙五年，詔封為安南王。乾隆五十四年，阮惠亂，國王維祁出亡。事聞，清廷命兩廣總督孫士毅檄示順逆，不報。孫遂帥提督許世亨由諒山分路進，賊望風遁，黎氏宗族出迎，維祁復位。孫貪俘阮為功，懸軍黎城。阮諜之，正月朔，軍中飲酒張樂，阮兵大至，維祁挈家先走，孫急渡富良江，提督許世亨、總兵張朝龍死焉。孫褫職，以福康安代。

阮知大兵至，懼，叩關謝罪。清廷以維祁再棄其國，不足存立，允阮世守。五十五年，黎氏甥農耐王阮福映滅之。備陳為黎復仇，其舊封農耐本越裳地，今併安南，乞以越南名國，詔封越南國王。光緒十年，為法人佔領。

緬甸之役

緬界滇邊，國都曰阿瓦。明桂王兵敗入緬，吳三桂檄索，緬人執以獻，並殺從亡諸臣，所謂「咒水之役」也。

乾隆十八年，桂家、木邦二土司相攻，緬乘隙內犯。總督常鈞、巡撫劉藻束手無策，詔大學士楊應琚督雲南。楊至，賊漸退，得以其間收復各土司地，以為機可乘也，密奏緬可取狀。俄木邦、景線又陷，楊不以聞，清帝視楊所進地圖，疑之。會傅靈安入奏：「朱崙失地退守，應琚掩敗為捷。」清廷怒，賜應琚死。以明瑞代。

明由木邦攻東路。參贊額爾登額，提督譚五格由孟密出水路，九月啟行，雨潦連旬，十一月，至木邦，賊遁，獲其粮，留按察使楊重英守之。渡錫箔江，出蠻結，境益險，馬乏草，牛踣塗，賊燒積粟，無粮可掠。至象孔，迷失道，乃議向孟籠。至歲除，深入，而北路尚無消息。賊偵知，悉眾來追，又分襲木邦，斷餉道，執楊重英、額爾登額，頓兵老官屯不援。清軍行抵小猛育，賊數萬蝟集，明瑞令兵士乘夜出，自與領隊大臣斷後。俄領隊扎拉豐阿中槍死，侍衛均散，明瑞、觀音保死之。

事聞，以大學士傅恒經略，佐以阿桂、阿里衮。次年，經略至永昌，由金沙江上流之戛鳩江，經孟拱直擣阿瓦，而偏師進取孟密，敗賊水陸之師。賊帥以其酋孟駁書來，諸將亦憚各土，許罷兵。奏聞，清廷以大軍再舉再破敵，已足張國威，諭經略班師，留阿桂雲南。

五十三年，緬人齎金葉表、金塔、馴象叩關貢，並遣使賀八旬萬壽，詔封為緬甸國王。光緒十三年，為英佔。

（按：緬甸貢象，成為故事，併英後，此貢遂無有。閱鄭孝胥〈洗象詩〉云：「留汝南天遺老在，可知有齒已先寒。」其感嘅深矣。）

新疆之役

當西域之戡定也，與前事波瀾首尾者，南路有土爾扈特之歸，安西路有烏什、昌吉之變。

土爾扈特者，厄魯特四部之一也。在伊犁北，科布多西，南接俄羅斯，其通中國自阿玉奇汗始。初阿玉奇之祖和勒鄂，帥其子書岱青投俄羅斯。康熙五十二年，阿玉奇假道俄羅斯入貢，清聖祖欲悉其要領，遣郎中圖禮琛報之。再傳至渥巴錫，苦俄征役。適其族合楞叛清廷，自伊犁往投，極言伊犁空虛可據。渥惑之，與其台吉喇嘛集議，帥十萬口啟行，沿塗破俄羅斯邊城四，俄兵追之，乃改道布魯特。布魯特掠其輜隊，土爾扈特進退無路，於乾隆三十六年，改道戈壁。絕水草，自十一月至六月，始及伊犁卡倫，存者七萬。將軍舒赫德詰之，則以歸附為詞，高宗受之，召入覲，賜哈拉沙地為其游牧。

烏什者，庫車西北，戶口數萬，回部大都會也。準之役，其阿木奇伯克霍吉斯俘達瓦齊以獻。和卓木之亂，頗持兩端，清廷以其反覆，以哈密伯克阿布都拉代之。阿乖戾，辦事大臣蘇成，又憒不治事，民無所訴，回戶二百餘人，相聚謀變，阿及蘇殲焉。時乾隆二十九年二月也。

阿克蘇辦事大臣卞塔海聞變，領兵馳往，烏什開城迎，卞遽令發砲，城又閉。時叛者無多，至是羣起，卞敗走，參贊大臣納世通，伊犁將軍明瑞，各以兵赴。事聞，卞塔海、納世通伏誅。賊乞援於布魯特、敖罕，又潛煽各回，遠近洶沸。會葉爾羌伯克鄂對之妻，隨其子鄂斯海在庫車，聞變，急馳至葉，召諸阿渾愛曼，曉以大義，醉以酒，陰收其兵器，鄂斯海自引兵赴烏什，乃不敢動。而賊所遣赴敖罕之巴敦布，又為布魯特執獻，外援絕，遂潰。

昌吉者，清人定準部後，興屯田處也。兵民回屯外，又有內地謫戍流屯。乾隆三十二年，屯官中秋犒流人酒，迫流婦使謳，流人故悍，又使酒，頃刻激變，都統溫福帥守備劉德追至瑪納斯河，殲之。

西藏之役 附三藏防務表

西藏古吐番也，明為烏斯藏（亦曰唐古特），在雲南、四川徼外。東西六千四百餘里，南北六千五百餘里，東至四川打箭爐，東南至雲南麗江，西至雪嶺，北至青海。離京師一萬四千餘里。分四部：曰衛（自拉薩至盆多，為三十一城）、曰藏（自扎什倫布至埒阿木陵，為十九城）、曰喀木（自達爾至努爾布，為十城）、曰阿里（自布朗達克喀爾至畢底，為十二城），統計所轄七十二城（魏源止六十九城，此從姚姬傳說）。衛與喀木，屬達賴喇嘛；藏與阿里，屬班禪喇嘛。

清太宗崇德七年，西藏奉書及方物並卦驗，知必統一。明年，遣使存問，是為清朝通藏之始。順治初，達賴至京，上賓之太和殿，建西黃寺居之，封為西天大善自在佛。

康熙二十一年，第五世達賴卒，第巴欲專國事，秘不發喪。唆準噶爾叛中國，招之寇藏，嗣拉藏汗集眾誅之，廢其所立假達賴。未幾，策妄帥兵入藏，敗唐古特兵，禁新達賴。

清廷以西藏屏蔽青海、滇、蜀邊地要害，命皇十四子允禵為大將軍，帥將軍傅爾丹、富寧安等，分路進擣，各蒙古帥兵隨後。盡誅厄魯特喇嘛之助逆者，以拉藏舊臣康濟鼐掌前藏，台吉頗羅鼐掌後藏。雍正元年，青海喇嘛助羅卜藏丹津亂，上以玷辱宗門，莫此為甚，收各國師印，留正副大臣駐之，是為清官駐藏之始。

廓爾喀者，巴勒布國也。與後藏隣，東西數千里，南北千餘里，都曰陽布。乾隆四十六年，高宗七旬萬壽，班禪來祝，中外積舍山積。及卒京師，貲送回藏，均為其兄仲巴胡土克圖所有，以其弟舍瑪爾巴紅教也，不使分。舍憤，愬之廓爾喀，煽入藏。

五十五年，廓爾喀以加稅為詞，興兵擾邊。侍衞巴忠、將軍鄂輝、成德調停，令西藏私許歲萬五千金。達賴不可，巴忠擅以賊降飾奏。次年，藏中歲幣不與，廓爾喀再舉深入。駐藏大臣保泰聞信，即奏移達賴西寧，班禪泰寧，全藏大震，大喇嘛飛章入告。巴忠畏罪沉水死，鄂輝、成德盡以罪委之，及奉命赴藏，按程緩進。上知二人不可恃，乃以福康安為將軍，海蘭察參贊，調索倫兵進討，枷保泰軍前。明年，清軍由青海長驅，盡復藏地。

時廓鄰境印度，久為英吉利屬地，與廓積衅，亦同時進攻。廓兩支強兵，計無所出，乞降。班師，留滿漢兵三千戍，是為清軍駐藏之始。

由中國至藏，南北二道。北道，自甘肅西寧出口西南行，由青海至前藏，四千一百餘里。南道，自成都西九百二十里，至打箭爐出口，西六百八十里，至裡塘，西五百餘里，至巴塘，西一千四百里，至察木多，四千五百里，至拉里，西一千里，至扎什城，即前藏也。

其別道自打箭爐稍北行，由草地至察木多，由察木多又稍北，由草地至扎什城。路近於裡塘、拉里，然與北道均苦寒，行者多由南道。昔漢欲求大夏，四道並出，其北方閉氐笮，南方閉巂昆明，計今通藏南道，漢氐笮所閉道也。自扎什城行九百里，至扎什倫布，即後藏。

自扎什倫布又南行，至怒江，接雲南邊境。然雲南中甸路險，行軍不便，如由四川、青海兩路，人馬可不費力。而青海出河源西，必經蒙古草地千五百里，不如打箭爐內腹地而外土司，故清朝駐藏大臣往反，均以四川為正驛。

（按：自英將赫斯奔入藏，西藏又成交涉重要問題矣。危哉岌岌。）

附三藏防務表

門戶之險十六處

昂喇山	乍雅西北第一門戶	作喇山	乍雅西北第二門戶
察木多	層巒疊嶂，藏中門戶，由打箭爐出口，至此地二千五百八十餘里	協噶爾	後藏天然門戶
絨轄		喀達	
宗喀	三處在定日左首，均天然門戶	琼噶爾	
鞏塘拉大山	二處在定結西	定日	後藏極西南藩籬門戶

巴貢	去王卡三十里，南北二山對峙，形勢險阻，前藏門戶	中渡	東為裏塘界，西為明正土司界，控扼之要津也
羅哩		果琼拉	二峽在定日南
達克拉平山	去扎什倫布六十餘里，後藏門戶保障	朗拉山	後藏之重門保障

咽喉之險六處

拉里	在達隆宗西北，二山危峻，三水會同，實乂木多與藏中通咽喉	乂木多	通六詔，接三巴，羣番要險，漢夷雜處
扎什倫布	峭壁連岡，天成要隘，左有薩伽溝內之曲多江聳，右有彭錯嶺	玉樹	在拉里系咽喉地
中渡	控扼要津、蜀、藏咽喉	打箭爐	川邊、藏衛咽喉

通衢之險三十二處

江卡	藏爐大道巴塘、乍雅中塗、大拉宗各處捷逕，在寧靜山西一百九十里	昂喇山	乍雅西北入藏要道，險甚
察木多	通川、滇二省	裡角大山	二山環繞，東走川，南通滇，北界青海，四達扼要之區，在扎木多
類伍齊	草地入藏要道，在扎木多西北	洛隆宗	藏爐通津，在類巫其西南
碩班多	四山環抱，二水合流，入藏必由也	林拉山	為哈喇烏蘇大道，直通青海，在拉里
大河橋	入藏通道，在工布江達之碟巴宅後十里	墨竹工卡	東接喀葛，西連得慶，南通桑野，北距番多所轄氷巴，與潘多接界，西海要隘

江孜	前藏西南後藏東北二山背水藏衛交通為布魯克巴各處入藏孔道	定日	通拉岡里山西，後藏極西南屏障門戶
薩伽嶺		春堆	二處在葛爾達，通廓爾喀
擢拉山	通廓爾喀、哲孟雄，在定結	哲孟山	通布魯克巴，在帕克里
哈爾山	同哲孟山	宗木山	同上
勝格爾淖爾	準部入藏要路，在布達拉西北百里	協噶爾	在後藏地，連廓爾喀
三桑	扎什倫布、阿里之要隘	噶爾渡	通三桑岡得寨，在阿里
聶拉木	內通桑墨爾拉，外通廓爾喀	平川	南通羊八井口，西通後藏，東界葛爾鞀，北行草地，交青海界
古樹邊卡		春奔色擦	通沙鑾塘草地、竹貢寺、類伍齊各處
增頂工	通西甯大道達雲南	阿布拉	內通咱義、桑阿却宗各處，外通南登大道
納克產	通葉爾羌、新疆大道	堆葛爾	邊商總會之區，即阿里宗城
薩伽廟	番人往來通道，在協噶爾東南	拉固隆固	東連洋阿拉，西接鞏塘，一天險也，在協各爾之甲錯大山，西毗連薩喀

天成之險十九處

曲多江鞏	扎什倫布西南，後藏要地	彭錯嶺	扎什倫布西南，峭壁連岡
協噶爾	在後藏	絨轄	
喀達	二地在定日左	宗喀	
琼噶爾		鞏塘拉大山	三處在定結西，均後藏天然門戶

曲水		巴則	
江孜	三處為前藏天然要險	帕克里	
甘壩	二處界連藏曲大河，前藏第一天險	甲錯大山	在協噶爾
通拉大山	在定日、聶拉木之中	靈瓦昌峽	
莽各布堆官砦		察木卡山	
洋河拉山	三處均由定日通濟、隴		

人設之險二十處

新橋	在乍雅，無別逕，設橋以濟	木烏魯蘇河口	藏東北二千九百里，與西寧交界
葛爾達	扎什倫布西南設卡二處，一通薩伽嶺，一通春堆，亦與廓爾喀通	定結	後藏卡隘，與廓爾喀、哲孟雄通
帕克里	後藏與布魯克巴通，設卡三	莽葛布蔑	定日洋河拉山中設層碉
宗喀	設有層碉，定日之邊隘也	察木卡	定日之邊卡也
中渡	設浮橋，以兵守在鴉龍江	東葛爾山	高四百餘丈，山上設關，在布達拉山之西
岡得寨	設有防碉，後藏三桑西北	古樹邊卡	通竹貢草地，設卡為防
羅羅塘汛	協葛爾內大山中	彭錯嶺	後藏四隘之一，嶺東設卡守
朱鄂龍山峽	格登山上通拉孜捷逕，僅通一騎，設有卡	定日	設防汛守備
朗拉山	後藏重門保障，在岡堅寺西南	白朗寨	
堆琼寨	二處定結扼要，在扎什倫布東	江孜	設守兵稽查往來

水防之險二十二處

新橋	詳上	達言崇古爾渡	金沙江岸往西海要津，多用皮船，在扎木多、衮竹克宗城北三百八十里
搭章橋	通西海要道，在類伍齊之北	加玉橋	藏爐通津，在洛隆宗
三星橋	東西要津，二水會合在拉里西南	甲桑橋	在江達，與三星橋為二水會合地
多倫鄂羅穆渡	在木魯烏蘇，其水至此分為七歧	伊克苦苦賽爾渡	在巴母布勒渡南百餘里
鐵索橋	藏衞要津，在楚舒爾城西南四十里	蘇木佳石橋	在前藏，長七十丈，藏地橋梁之冠
哈剌烏蘇河口	藏東北一千四百里	木魯烏蘇河口	藏東北二千九百里，與西寧交界
湯家古索	藏東一百八十里	曲暑關	前後藏往來地，在布達拉山西一百五十里
八木	有二河，一自末戎分流，一自潘多分流，在墨竹工卡北	鐵索橋	
亢薩橋		木薩橋	
熱索橋		業魯橋	上五橋均通廓爾喀要津
老龍溝	水石縱横，人馬行絕壁，上下架偏橋極險地	騰格里海	準入藏要塗，在布達之西北百里
葛爾渡	阿里通後藏之第一要津		

陸防之險三十處

江達	憑山依谷，守險要區，在拉里西南	東葛爾關	藏西三十里，南倚大河，北依峻嶺
曲暑關	布達拉西百五十里，前、後藏往來地		

捷逕之險七處

江卡	為達拉宗希、桑昂、邦春堆捷逕	惡說	在碩班多與春奔交界，通西海捷逕
朱鄂龍山峽	詳上	巴則山陽	
仁本山溝	二處前、後藏捷逕	陽八井	為扎什倫布通前藏別道，由扎什倫布東北渡江，十站至羊巴井
在貢	唐古特轄地，乍雅塗阻，即由此行，至石板溝，合大道		

金田之役

國家盛極必衰，剝復理也，故安不忘危，古人所戒。滿朝自乾隆時，民物豐阜，闢地數千里，武功洋溢，在位六十年，傳位太子，自為太上皇帝。月圓三五，正此時矣，不知大禍隱伏，亦正在此時。

嘉慶嗣位，教匪蔓延，七年始奠，降及道光，國脈已傷，歐禍又起。加以連年荒歉，民無以生，人心思亂，如火之然，如泉之達，紆回曲折，而洪氏秀全以起。

廣東互市最早，接歐人也亦最近。方傳教之來，民心亦懷疑懼，繼見地方官保教也，由是逐漸趨之。時黃恩桐為巡撫，余溥淳知廣州，不理民事，且容縱屬員，剝民脂膏，致盜賊四起，鄉民乃設保良會。洪氏固早入耶教，又保良會內之人，而馮雲山則入天主教者，兩人既合，密謀以起。於是糾眾毆差，儼與官兵抗，蓄頭髮，易服色，舉大事。由永安而桂林，而柳州，而道州，而桂陽，而永興，而醴陵、攸縣，駸圍長沙矣。洎岳州一下，聲勢大振，沿漢而入武昌、漢陽，溯江而取安慶、金陵，而火燎原矣。

洪氏既以耶教惑愚民，更羅致羣雄，如楊秀清、韋昌輝、蕭朝貴、林鳳祥等。咸豐元年，洪氏稱太平天國，自為天王，楊秀清東王、蕭朝貴西王、馮雲山南王、韋昌輝北王、石達開翼王、洪大全天德王。分遣其黨，水陸下鎮江、揚州，據金陵，圍南昌，深入腹地。又西控荊楚，東圖青齊，綿延十六省，大小六百餘縣。悍將強兵，星羅棋布，而雄厚之勢以成。

茲將清與洪氏成敗之由，為〈咸、同、太平年表〉。兩者比勘，得失明瞭，至其前後起事及失敗，坊本已詳，不必贅也。

附〈咸、同、太平年表〉

道光二十七年	粵西大饑，羣盜起。
三十年	洪秀全起事於桂平縣之金田村。 清廷以大學士賽尚阿督師廣西。
咸豐元年	洪氏紀元太平天國。
二年（即太平天國元年）	洪軍解長沙圍，浮洞庭而下，克岳州。 十一月洪軍破漢陽，入武昌，清湖北巡撫常大淳死之。 清廷以在籍丁憂吏部侍郎曾國藩，督辦本省團練，治兵於長沙。

三年（即太平天國二年）	洪軍棄武昌，刼眾東下，舳艫蔽江，疊下沿江州縣，破安慶，旋下金陵。清江寧將軍祥厚、兩江總督陸建瀛死之。 清欽差大臣向榮駐師金陵城外，號江南大營。 洪軍攻湖口，湖北按察使江忠源，帥湘軍出境助剿。 七月曾國藩創長江水師，以楊載福、彭玉麟統之。 洪軍克九江，分股入湖北。清湖廣總督張亮基，師潰於田家鎮。 十一月洪軍連下桐城、舒城，進迫廬州。清在籍給事中督辦本省團練呂賢基死之。 十二月洪軍克廬洲，清安徽巡撫江忠源死之。 洪軍下鎮江、揚州，分軍北徇河南、直隸。 洪軍克上海。 清軍克揚州。
四年（即太平天國三年）	正月清湖廣總督吳文鎔戰沒於黃州。 曾國藩帥師克岳州，洪軍棄常澧走。 三月洪軍又克岳州、常德、龍陽等府縣。 四月曾國藩督師追擊洪軍於靖港，大敗，投水，旋遇救。上疏自劾，奉清廷旨革職。 五月洪軍下宜昌、枝江、松滋等處，清湖北巡撫青麐棄城走長沙，洪軍又入武昌。 清誅青麐於荊州。 七月清軍又下岳州，大破洪軍於城陵磯，清廷給曾國藩三品頂戴。 八月曾國藩督水陸軍攻克武昌、漢陽。 十二月清水師捷於湖口。
	清江蘇巡撫吉爾杭阿克上海，進圍鎮江。 洪軍以小艇襲清營，獲曾國藩坐船並文卷。曾馳入羅澤南營，上疏自劾。

五年（即太平天國四年）	洪軍大舉攻湖北，清湖廣總督楊霈退入德安。 二月，洪軍再克武昌，清湖北巡撫陶恩培死之。 洪軍溯漢，直窺荊襄。 九月清援鄂之師潰於羊樓洞，江忠濟死之。 十月石達開由崇通入江西，連下新昌、安福、分宜、萬載等縣，袁州、瑞州、吉安、臨江等府，南昌戒嚴。 清廷以官文為湖廣總督，胡林翼為湖北巡撫。
六年（即太平天國五年）	清軍攻武昌，湘軍統領按察使羅澤南中槍卒，李續賓統其軍。 二月清江西軍潰於樂安。 曾國荃募勇長沙。 北王韋昌輝殺東王楊秀清，昌輝又為洪氏殺，國內亂。 九月清江西官軍、福建援軍，大潰於建昌。 十一月劉長佑克袁州，曾國荃克安福，晉攻吉安。 胡林翼攻克武昌、漢陽，楊載福、李孟羣亦連克黃州、興國、大冶、蘄水、廣濟、黃梅各府縣。 曾國藩勞師九江。 清江蘇巡撫吉爾杭阿戰沒於高資，金陵大營陷，督師向榮退屯丹陽。
七年（即太平天國六年）	二月曾國藩丁父憂，清廷賞假三月，回籍治喪。 三月清廷仍以曾國藩督辦江西軍務。 曾國荃大破石達開於吉水。 清軍克鎮江。

八年（即太平天國七年）	四月劉坤一克撫州府，張運蘭克建昌府。 洪軍入浙江。 五月清廷以曾國藩辦理浙江軍務。 八月曾國荃克吉安，江西防務解。 九月洪軍連下皖南十數府縣，清湘軍統領李續賓迎戰於三河，死之。 曾國荃破敵於景德鎮，三戰皆捷，江西肅清。 曾國藩定四路出師策。 漕督袁甲三奏：「皖中糜爛，請飭曾國藩由河南光固進剿。」 曾國藩由黃梅移駐宿松。 十二月胡林翼進軍英山。 洪軍克江浦、天長、六合、儀徵、揚州。清張國樑援揚州，又克之。
十年（即太平天國九年）	二月洪軍克杭州，清提督張玉良赴援克之。 閏三月清江南大營潰，欽差和春、總統張國樑死之。 四月洪軍克蘇州，清蘇州巡撫徐有壬死之，兩江總督何桂清退走常州。 洪軍乘勝又下常州。 清廷以左宗棠襄辦曾國藩軍務，給四品京堂。 曾國藩補授兩江總督、欽差大臣，督辦江南、江西軍務。 曾國藩設淮揚水師，以黃翼升統之。 清廷以曾國藩兼皖南軍務。 八月洪軍克寧國，清將周天受死之。 洪軍進迫杭州，以地雷轟開外城，清浙江巡撫羅遵殿死之。 左宗棠破敵於貴溪，連克德興、婺源二縣。 李鴻章募軍廬州。

十一年（即太平天國十年）	正月洪軍由石埭分二路趨祁門大營，左宗棠、鮑超破之。 左宗棠大破敵於樂平，洪軍竄入瑞州，祁門路通。 曾國藩移駐東流。 曾國藩設太湖水師，以李朝斌統之。 四月張運蘭克徽州，左宗棠克建德。 八月曾國荃克安慶，時安慶入洪軍九年，至是始克，肅清東南之基以定。 十一月洪軍再圍杭州，清提督張玉良戰沒，洪軍入城，清杭州將軍瑞昌、浙江巡撫王有齡死之。 洪軍克湖州，清在籍道員趙景賢死之。 洪軍撲松江，洋將華爾帥常勝軍助剿。
同治元年（即太平天國十一年）	正月清廷以道員李鴻章署江蘇巡撫。多隆阿克廬州；曾貞幹克和州、繁昌；鮑超克石埭、涇縣；曾國荃克西梁山；彭玉麟克太平府，連下金柱、關東、梁山、蕪湖等處，進迫大勝、秣陵二關，下之，逐圍南京。 清廷以左宗棠署浙江巡撫。 五月都興阿克松江各要隘，進攻雨花台。 洪軍克嘉定，進窺上海，松滬戒嚴。 李鴻章帥程學啟、郭松林及英法兵，攻克南匯、青浦、金山衞各處，松滬圍解。 李秀成帥二十萬援金陵，曾國荃督諸軍禦之。 十一月左宗棠克嚴州府，李鴻章克常熟縣，程學啟、郭松林破敵於太倉。

二年（即太平天國十二年）	正月左宗棠克金華、紹興二府，龍游、蘭溪、永康、武義、桐廬等縣，浙東肅清。 曾國藩自安慶東下視師，周察營壘。 洋將戈登助攻福山，破之，擒敵目朱衣點等。 三月洪軍自江浦圍清營，曾國荃遣彭毓橘禦却之。 清軍悉收內河要隘，毀敵舟淨盡，金柱關防務解。 劉典克休寧、黟縣，李鴻章克太倉州。 清廷以曾國荃為浙江巡撫，左宗棠為閩浙總督。 四月劉連捷、鮑超破敵於六安州，洪軍解圍去。 鮑超克巢縣、含山、和州，皖北防務解。 五月曾國荃帥李臣典攻克雨花台外城，及聚寶門外石壘九坐。 曾國荃會楊載福、彭玉麟，攻克下關、草鞋夾、燕子磯各敵壘。 劉連捷會水師，克九洑洲敵壘，長江上下，一律肅清。 六月鮑超移紮金陵神策門。 李鴻章克吳江。 曾國荃克長干橋、印子山、上方橋各敵壘。 八月李鴻章克江陰。 程學啟破敵於寶帶橋，毀其石壘一、土壘三。 郭松林克無錫。 李鴻章克蘇州，誘殺降將郜雲官八人。 程學啟克滸墅關。 陳湜克江東橋。 蕭孚泗克上方門、高橋門、七甕橋、土山、方山各壘。

三年（即太平天國十三年）	曾國荃克天保城，分兵扼太平神策門，金陵圍合。 二月，李鴻章克溧陽、宜興各縣。 李鴻章克嘉興府，程學啟中槍卒。 左宗棠克杭州。 曾國荃破敵附城月圍，挖地道，安放地雷。 四月李鴻章克常洲。 左宗棠克德清、石門各縣。 六月曾國荃督諸軍，用地雷轟開城垣二十餘丈。清軍蟻附登城，克金陵。太平幼主洪福瑱遁，擒李秀成、洪仁達等，誅之。 左宗棠會李鴻章攻克湖州。 左宗棠克安吉，浙江平。 九月江西、浙江清軍，會破敵於廣信，洪福瑱走石城。 席寶田擒洪福瑱，送南昌，斬之。

義和團之役

義和團，白蓮教之支派也。借邪教以惑眾，又借仇教以糾眾。發源於山東，濫觴於畿輔，而魯撫、直督，恰好為一對胡塗蟲（魯撫為毓賢，直督為裕祿），一則獎助之，一則崇拜之，於是集北京矣。徐桐、剛毅者，頑固之黨魁也，欲擴張權力，聞之，乃同榮祿輩，與太后密謀，且倚之逐外人，宗室滿大臣尤贊成之。后決議以端王載漪主其事，招之於保定。時光緒二十六年也。

義和團既入，焚教堂，戕教士，毀洋行，甚至圍使館，殺日本書記官杉山彬、德國公使克林德。各使函詰，總理衙門支吾以答。各使急電調兵隊來京，於是天津陷，楊村、通州相繼失，直趨北京，而兩宮西幸矣。

時京內外焚掠無虛日，端王等亦大僇朝臣，其深明外事，力主剿辦者，袁昶、徐用儀、許景澄，遭慘殺焉。馴至奕劻、李鴻章議和約，各國亦厭禍，不為已甚，定大綱十三條。清政府際此時，不得不承諾焉。

一、懲辦罪魁。	二、公禁輸入製造軍火之物料。
三、公私損失，一律賠償。	四、使館駐戍兵，界內不准支那人居住。
五、大沽砲台及京津軍備悉撤。	六、各國可任指一地屯軍，為京津之通路。
七、清國當特派專使赴德唁，並立碑北京。	八、清國當特派專使赴日謝罪。
九、改正現行之條約。	十、整理清國財政，以籌措賠款。
十一、改正總理衙門之事權。	十二、地方官保護外人不力者，革職永不敘用。
十三、改公使入覲儀節，務從簡易。	

議粗定，而李鴻章卒，以王文韶代。二十七年，遂定約。清廷對付此約，與所實施者，錄下：

一、除徐桐、剛毅先死外，毓賢、啟秀、徐承煜斬決；莊王載勛、英年、趙舒翹均賜死；端王載漪與其弟載瀾發邊外永禁。餘禁錮革職、永不敘用者，凡百餘人。大阿哥廢。

三、賠款四萬萬五千萬兩，各處焚毀教堂就地籌賠者，不在此數。

七、以醕王為全權專使赴德唁謝。

八、以那桐為全權專使赴日唁謝。

十、以常關歸稅務司辦理，准洋鹽進口，特派大臣與英國改訂商約，裁釐金而加海關稅。

十一、總理衙門改為外務部，設尚書侍郎，位在六部上。

革命之役

革命之事，原因複雜，已有專書，無容縷述。然其事為一姓專制告終，而五族共和告始，中國數千年創局也。故留章名，謹附夏五、郭公之例。

中英之役

鴉片毒酖也，來自印度，消於中國，為一大漏卮，而弱種耗材，尤其大也。

道光十八年，清廷博采羣議，諭各省將軍、督撫，飭屬嚴查烟犯、烟戶，收繳烟具，更定官民吸烟章程三十九條。然英人勾通奸商，百計私售，消路反增，獲利反厚。清廷乃用壓力，捕華商之出洋販買者，沒其船貨。十九年，以林則徐為兩廣總督，定〈洋人携帶烟土入口販賣治罪專條〉，收英商烟土二萬餘箱，焚之，絕其互市。

於是英酋義律帥軍艦五艘、汽船三艘，掠舟山，封揚子江，大破清軍。林則徐削職，以琦善代。義律又攻廣州，索償鴉片賠欵，琦善手足無措，以六百萬賄之。英人窺中國之無能也，以一軍攻鎮江，一軍直趨大沽口，連破清國砲台。二十一年，又陷廈門，又陷竹山口，又陷粵之虎門砲台，又佔三門口。沿江沿海，到處風聲鶴唳。甚而閩防方急，而浙之定海、寧波又失守矣；粵防方急，而蘇之吳淞、上海又失守矣。聲東擊西，忽南忽北，清政府疲於奔命，乃決意與英議和。以耆英為欽差大臣，定三十六條約。其最要之欵，為開廣州、廈門、福州、寧波、上海五口通商，併割香港畀英。

同盟軍之役

咸豐六年，美國軍艦為清國炮台所擊，美各師提督帥軍艦阿姆斯脫郎，直襲炮台，取之。英國正因船稅與入城事無以起衅也，遂聯絡俄、法及合眾國，據〈天津條約〉，共謀基督國公共之利益，一面電印度調兵。於是歐美各派全權公使，前往廣東，帥同盟軍六千人，直攻省城，挾總督葉名琛去（耆英與英人訂〈江寧條約〉，有許英領事官居通商城邑語。及耆督粵，英人以入城請，耆答以粵人悍鷙，當徐圖之。葉到任，英人又請，葉拒，英人常悒悒，欲得葉而甘心焉。故對粵人言，此行惟仇總督，不擾商民）。同盟國公使，同向清廷要索，清廷置不答，各國艦隊遂直迫大沽，共進白河，拔河口，毀砲台。清廷至此，乃派員與各公使開議。

八年，批准〈四國合立條約〉，許外國公使駐劄北京。條約互換，原議在北京，清廷陰令議約大臣赴上海。英公使威妥瑪不許，再進大沽口，與法人議，決意謝議約大臣，帥海陸軍隊進軍於北塘口，略大沽，逕趨天津，下之。

清廷復主議和，又不得要領。英、法二公使乃罷議，進規北京，清廷又以甘言請互換條約。同盟軍遣巴夏禮與訂，清陰備伏兵，虜其屬員。於是各國憤清人之無信也，進軍，大破之，長驅入京，清帝及后俱避熱河，同盟軍火頤和園。清廷恐內患、外患交迫，無以應也，急遣太弟恭王奕訢議和，於禁城內批准條約，以八百萬兩償兵費。時咸豐十年。

（或云：此役因英人入城事，為粵民所抑，兼憾葉名琛摧沮之也，電本國請兵，其意不過裁抑粵民耳。迨砲擊崩城，粵民亦怒不可遏，火洋樓，並焚美利堅、法蘭西居室。巴夏禮喜曰：「二國必與我矣。」已美、法兩國領事官，果以火屋失財，照會葉督，請酌給賠償，且言英已決計攻城，願居間排解。葉不聽，且無備，故致敗。美、法皆不欲戰，謂「我與中國無怨，何必棄舊好？」英人謂曰：「方今中國內亂，又瞢外交之道，助之不知德，病之不知怨。貴國讓步，中國愈自尊，謂小國不敢抗天朝也。貴國如不責償，我將獨進，利益我自得之。」二國乃與約得利均沾。夫以入城小事，上下內外，堅持力爭，無關大計。郭嵩燾所謂內地遊歷，載在約章。彼欲入城，其勢順，我阻其入，其勢已於處逆者，乃屢請屢拒，紛紛十餘年，而大沽之失，天津之約，皆成於此。嗚呼！果何謂乎！）

中俄之役

是役也，清廷外交手段，差強人意焉。何也？則以伊犁既入強俄手，能完璧歸趙也。

光緒元年，伊犁民人突起紛擾，俄國商人，被其損害。俄政府乘隙進兵，使科哈夫士克往鎮，以恩信結其人民，更假保護為名，占據伊城。又唆使喀什噶爾酋長阿古柏，舉兵與清廷抗。

清政府以左宗棠為總督，帥兵討之。逆酋授首，乃乘勢與俄交涉，索還征占之伊犁。兩國各派全權使臣，開議數次，成〈拉哇基條約〉。俄多所要索，清廷決意廢約，下使臣崇厚獄，以曾紀澤為全權專使，往俄京聖彼得堡開議。約成，其要旨俄國交還伊犁，清國出償金，和平結局。時光緒七年。

中法之役

法之入安南，自乾隆五十六年始。咸豐九年，安南失歡於法及西班牙，法、西兩國攻之，陷西貢。越三年，約成，安南割讓西貢與法，法人經營安南之步遂進，漸溯江至雲南。其與安南條約二十二欵，第二欵云：「安南國有自主之權，無論何國，不得統之。法國遇安南有事，當輔助。」清、法開衅之機，早伏於此矣。

光緒八年，法內閣佛雷責安南不守條約，發軍征之，其司令官為利威爾。劉永福者，洪軍餘黨也，洪敗，奔安南，安南王招撫之。永福帥其黨數千，興屯練兵，而黑旗兵遂成勁旅。利威爾至，黑旗兵出禦，利威爾奮戰，克河內，永福憤，悉銳復之，利威爾敗死。法廷以孤拔繼，帥兵拔山西，陷北寧，直擣諒山。清廷以法開衅為非，李鴻章奉命與法使布烈開議，不得要領。法政府召布烈還，代以脫利克，再與李開議於天津。清廷更電清使曾紀澤在法京，與佛雷議。

李鴻章與非爾尼所議六欵，其要旨：不償法軍費，及廢去保護安南之主權；東京地域，依天然為界；開法國貿易場於雲南。而法政府必欲索賠二千萬磅，清廷不允。

十年，法派兵占基隆，攻福州。孤拔帥軍艦五艘，泊馬江軍械局對面，合其餘艦十四艘，而清軍艦僅九艘。時閩督何璟、巡撫張兆棟、欽差張佩綸、船政大臣何如璋，均於軍事無知識，何日誦〈感應篇〉，張撫在署不出。當法軍艦之未入也，有議於長門南北岸砲台攔擊者，張佩綸不許，意俟其入口，在吾掌握，便攻擊。八月十八日，揚武艦長張誠，謁佩綸，請示機宜，且謂敵人將於日內開戰。佩綸云：「渠如魚鱉，已在吾甕中，尚敢先開戰乎！」斥不為意。何璟、張兆棟亦恃有佩綸才幹也，將戰事置腦後。二十三日，午後，孤拔突帥軍艦，轟毀清軍艦揚武，沉之，又擊毀七艘。乘勢擣船政局，閩安、金牌各砲台，皆毀之。張佩綸聞信，急棹小船，由別港，奔鼓山，走省城（相傳張到鼓山時，赤一足，與寺僧借鞋。）孤拔停數日，揚帆出口去。

法海軍既獲勝於福州，法陸軍亦於廣西邊外連戰捷，入鎮南關，踞諒山。清提督馮子材、總兵王孝祺，急返兵西援。子材相地勢，察要隘，築長圍三里，以所部萃軍守之。適法軍封北海，斷廣西軍歸路，子材破之，旋法軍又來，子材又擊却之。法軍駐諒山者，悉馳入關，子材宣言於眾曰：「法軍再入關，吾等有何面目見粵民乎？」孝祺乃帥淮軍擊退之。子材督諸軍，分三路攻諒山，大敗法軍，全境悉復。子材慨然有掃蕩北圻之氣，將帥全軍攻北寧。會清政府有停戰命，遂止。

嗣兩國全權大臣，會議於天津，訂新約十欵，大旨無異前年非爾尼與李鴻章所議之約。

（按：福州海口，天成要隘，自長門至閩安，處處砲台，扼要而設。至口外五虎、烏豬、巴蕉澳，風潮觸礁，時形危險，故洋船無引港，不敢入口。當時若禁止引港，法艦不能飛渡，應亦待其入口攔擊。乃張佩綸身膺巨任，毫無施設，迨事急一走了之，宜閩京僚潘炳年等糾劾之與！又戰敗日，閩中大官惟恐法兵入城，乃於濂浦買大石填之，意謂阻其行船。夫不禦賊於門外，而禦之於門內，可發一笑。）

中東之役

光緒二十年，朝鮮東學黨作亂於全羅、忠清兩道（朝鮮朝野分二派，一為親清、一為親日。親清者守舊黨閔泳駿是；親日者改進黨金玉均、樸泳孝是），焚王妃閔氏族。朝王乞援於清將袁世凱（時袁為辦理朝鮮通商事務全權委員），袁即電李鴻章，李急發軍艦赴朝，日本亦派大鳥圭介帥海軍馳入漢城，而陸軍則由廣島陸續調往。

大鳥圭介以是否獨立國詰朝鮮政府，朝無以答，電詢李鴻章。日人斷其電線，則勉以獨立答。日人促朝政府逐清兵，清廷亦促日本退兵，各執《天津條約》為詞，議久不決，而戰端開矣。

七月二十五日，清國運兵將赴牙山，日本游擊艦隊邀擊之，沉清艦二。其駐牙山之清兵，又為日敗之於成歡，清提督葉志超退保平壤，提督左寶貴、衛汝貴援之。九月十五日，日軍急攻平壤，拔之，乘勝窮追，渡鴨綠江，侵入清地，連陷金、復、海、蓋諸州，而日廷續遣之陸軍大將大山岩，亦統第二軍趨遼東，陷旅順，更闌入山東界，陷威海衛。

清海軍提督丁汝昌帥艦隊十餘，護運兵船入鴨綠江，日本海軍中將伊東祐亭，又帥艦隊半途邀擊。九月十七日，兩軍相遇於大東溝。劇戰二時，清失四艦，日亦傷三艦，清艦自是不復出，屯於劉公島，日海陸又迫之，沉其三。丁汝昌知不能軍，樹白旗，將餘燼九艘降，而自戕艦中。時營口、田莊台相繼失，而臺灣之澎湖，又被日佔領。

清廷大震，介美使求和，不許，命李鴻章為全權大臣赴日議和。日廷派伊籐博文與李開議，其要件如下：

一、公認朝鮮為獨立國。

二、割遼東半島及臺灣、澎湖羣島，讓與日本。

三、賠償兵費二萬萬兩。

四、開沙市、重慶、蘇州、杭州四口，並准內河通航。

（按：或謂朝鮮關係歐亞全局，英、俄二國，窺伺已久。蓋俄雖有海參威，而氣候沍寒，每歲有四月結冰之苦，故覬得朝鮮，以制東洋咽喉。英則恐俄之跋扈東洋，擾亂歐亞，故欲據朝鮮巨文島，為海軍根據地。日本為存亡計，不得不先入為主，破二國之染指。然考其禍機所隱伏，早兆於光緒十年〈天津條約〉也。此約之鑄錯，啟中東之戰、日俄之戰，交涉之不可不慎也如是。哀哉！）

中俄密約之役

俄人東略之志既起，欲先得東亞海權也。於是謀有烏蘇里河以東地，又欲窺伺遼東。不意中遼約成，遼東割，俄人所夢寐不忘者，不知不覺，入他人口中，乃連合法、德以爭，使日本還中國，令中國給償銀三千萬兩。日人以大戰之後，元氣夷傷，雖明知俄之迫已，不得不隱忍從之。而日俄開衅之機，又逼一步。俄乃與清密約，許俄人屯兵築路於東三省，以酬其勞。

德援利益均沾，而佔膠州；法又繼起，而佔廣州灣；英又繼起，而佔威海衛。俄見各國得有實地權利也，亦侵佔旅大。下一子而牽動棋局者，此約是也。李鴻章外交之手段，其失敗亦於是役為甚。將死而尚受俄使之迫脅，梅特涅乎？俾士麥乎？伊籐博文乎？喀希呢乎？李均退讓一步矣。

記蒙古土風二十四事

清高宗有〈蒙古土風詩〉二十四首。序云：

蒙古土俗，有曰乳篘。以皮為之，平底豐下，稍銳其上，將乳盛之，於取携為便。

一曰荒田。蒙人不講耕作，既播種，四出游牧，及秋乃歸。聽其自生自長。俗云：「靠天田。」

一曰鄂博。蒙人不建祠廟，而俗又尚鬼，山川神祇，累石象塚，懸帛致禱，報賽則植木為表，謂之「鄂博」，過者致敬不敢犯。

一曰革囊。以皮為之，代筐筥，食用巨細，無不納，行汲或以貯水，，涉川挾之肘間，亂流以濟。亦曰「皮餛飩」。

一曰柴車。取材於山，不加雕刻，略具輪轅，以牛駕之，行鴉軋有聲，如小舟欸乃。

一曰骨占。炙羊肩骨，視其兆，以占吉凶。

一曰馬竿。生駒，未就銜勒，以長竿繫繩縻致之，蒙人最長此技。

一曰兒版。兒生襁褓，令臥版上，韋束兩臂，以毡廬壁間，嗁則搖之，移居則懸駝裝之後。

一曰灰簡。木削兩簡，編韋聯之，刳其中，塗油為布，以灰作字，畢則拭去，為更布之，有古漆簡風。

一曰竹筆。蒙產穎，而未得縛筆法，削竹木漬墨作書。

一曰口琴。製如鐵鉗，貫銅絲其中，銜齒牙，以指撥絲成聲，宛轉頓挫，有箏琶韻。

一曰轉經。蒙人奉佛惟謹，木輪中貫鐵樞，可轉動，集梵經輪間，大者支木架，以手推之，小者持而搖之，旋轉如風，謂一轉一功德。

一曰威呼。刳巨木為舟，平舷圜底，銳唇修尾，大可容五六人，小亦三四人，剡木兩頭，為槳，一人持之，左右運掉，捷如飛行。

一曰呼蘭。因木之中空者，刳使直達，截成孤柱，樹檐外引坑烟出之，上覆荊席，虛旁竅以出烟，雨雪不能入，比戶皆然。

一曰法喇。似車無輪，似榻無足，覆席似龕，引繩如御，利行氷雪中。俗呼「扒犂」。

一曰斐闌。弧矢之屬，童而習之，以榆柳為弓，刳荊蒿為矢，雉翟為羽，名之曰「鈕勘」。

一曰賽斐。食必以匕，羹則以勺，蒙俗用木匕長四寸許，曲柄豐末，猶古制也。

一曰額林。度橫板眉棟間，以貯匳筐諸器，兼几案用。

一曰施函。斲木為筩，因其自然，虛中以受物，貯水釀酒均用之。

一曰拉哈。土壁堵間，綴麻草下垂，緣以施圬墁，此滿洲過澗故俗也。

一曰霞綳。蓬梗為幹，糓糠和膏傅之，以代燭，燃之青光熒熒，烟浩如雲。

一曰谿山。夏秋間擣敗絮，入水漚之成毳，瀝勻為紙，堅韌如革。

一曰羅丹。鹿蹄捥骨，隨手擲為戲，視偃仰横側為勝負，兒童婦女圍坐以為樂。

一曰周斐。樺木皮厚盈寸，取以為室，上覆瓦，旁為戶牖，體輕而工省，逐獸而頻移，山中所產，不可勝用也。

記漠南北事二則

漠外風氣勁磯，生其間者，具有精悍之概。

康熙時，西陲用兵，超勇親王策淩帳下有綽克渾者，從最久，頗得力。事定，策予以千金，飲之酒。綽曰：「請王侍妃為奴舞劍，奴為王歌之。」歌曰：「朔風高，天馬號，追兵夜至天驕逃。雪山旁，黑水道，狹塗殺賊如殺草。安得北斗為長弓？射隕欃槍入酒鍾。」策大喜，以妃賜之。

又清聖祖親征噶爾丹，凱旋。有老胡工笳，口辯，饒胆氣，上賜之酒，使奏技，音調悲壯。詞曰：「雪花如血撲戰袍，奪取黃河為馬槽。滅我賢王兮虜我使歟？我欲走兮無駱駝。嗚呼！黃河以北兮奈若何？嗚呼！北斗以南兮奈若何？」

清外史終

附錄一
張元奇會試硃卷

制義題目：

此之謂自謙，故君子必慎其獨也（覆試一等第一名）

答卷：

求謙以戒欺，君子所以有慎獨之功也。

夫非自謙，則好惡不誠矣。知夫此，然後可以語慎獨之功，而勉為君子耳。

且自修之道必返之，已而愜然無憾者，然後課諸身而懍然無私，此非可驟期也。

不容偽者，是非之心，存誠足徵全量；不容忽者，隱微之處，思誠乃有實功。

理足於中而私不雜，性復其始而物不移，然後知意念偶動之時，有如是兢兢以持之者已。惡惡好善所以必戒其自欺者，蓋以好惡之出於顯者可知，好惡之出於獨者難知也。如是則非自謙，不足以誠其意也。

事莫患出之於強，而修為偶懈，徒成苟且之圖，自謙則持之必堅，而好與惡之釐然不淆者，獨葆秉彝之美，是何其快足若此也。事莫患涉之於虛，而客感紛乘，漸弛閑存之力，自謙則操之必固，而好與惡之決然難緩者，不虞物欲之紛，是何其渾全若此也。

此謙之謂也，此自謙之謂也。

且夫察之不精，則欺之中於無形者，有猝不及防矣。閑之不力，則欺之乘於不覺者，有迫不及待矣。蓋功修之密，進於自然，苟一念未純，即貽此心之累，惟奮全神以敦實踐，而防情淑性，漸造大成。而詐偽之乘，萌於始念，苟幾微未謹，難期此理之全，惟處暗室如對大廷，而履薄臨深，必嚴無象。

不可以知君子慎獨之故乎？

獨之為時甚暫，而理欲交爭焉，設於此不惕之於心，恐好惡未公，易淆其素守，故知其欺而欺無自至，不知其為欺，而欺即因不知而至也。君子自格致以來，何者可疏其防檢，而不聞不覩，獨戒慎而勵其操，此固所以端其自謙之基也，而何虞其欺之暗長哉！獨之為地甚微，而天人交戰焉。設於此不嚴之於始，恐好惡失實，終昧其本然。故見其欺而欺無自來，不見其為欺，而欺即因不見而來也。君子以治平為量，何者可懈其操存，而曰旦曰明，獨惕勵而端其念，此固所以葆其自謙之心也，而奚慮其欺之潛滋哉！

人欲慎獨，亦先勿欺其好惡矣。

試律詩題目：

〈賦得流水無聲入稻田〉（得聲字五言八韻）

答卷：

澗水長流急，江田早稻生。一畦抽欲活，十畝入無聲。
碧毯舒新漲，紅蓮映晚晴。齊齊催雨綠，汩汩逐波輕。
香襲柴門近，光涵麥隴清。登場占吉兆，倚樹寄閒情。
花逕通彌暗，秧塍浸恰平。倉箱豐盛世，蔀屋慶西成。

附錄二
原任奉天巡按使張君墓誌銘

同邑郭曾炘撰文
天津徐世昌書丹
同邑沈𪊲清篆盖

君諱元奇，字貞午，晚自號薑齋，世居福州侯官縣之厚美堰。曾祖諱世東，祖諱朝言，本生祖諱朝輔，考諱國振，字琯皐，業商。妣氏陳，生丈夫子七人，君其長也。代著長德，家牒詳焉。既承夙緒，篤好儒書，晶白清方，杰出儕輩。總角之年，矜服訓典，里師劉星巖先生，一見矜異，詫為瑰質，卻脯授課，資以卒業。歲路未強，已冠茂秀，乙酉舉孝廉，丙戌成進士，釋褐夷途，進窺中秘。薦擢御史，為國諍臣，節度無雙，不佹榮進。

宅憂家居，歷主鳳池、鼇峰兩書院，埏埴英髦，所居成市。甲辰服闋，巡視中城，奏彈回歘，不恤勢要，王臣匪躬，朝右側目。會相國徐公被命，剏設警部，延管民治，高程扶搖，將膺右職，權軸中傷，左遷外郡。居岳州數年，隱練職位，昭垂頌聲，去官之日，旄倪驤思，雖潁川遮道、浚儀表畐，以云遺愛，方斯蔑如。

時徐公已總督東三省，追甄前勞，以錦州守，奏署奉天民政司使。奉天舊曰陪京，始建行省，華夷雜居，百廢待舉，先幾運功，悉赴周慮，大府交薦，垂領封圻，入貳學部，奄值國變，偃輟杜門，絕意仕進。

會閩亂初平，理治需賢，眾望攸推，歸主省政。煦飢咻寒，民用樂康，剷刈雄鯁，不贏餘寸。凶豎惴惴，聚謀反噬，時君出行，裹彈狙擊，旋危就安，殆有天相。君既遭拂逆，逌然勇退。再起，任都肅政史，巡按奉天，復入為經濟調查局揔裁，終以與時枘鑿，未展其用。

曾炘與君交垂五十年，桑海重逢，各已皓首，盱衡今昔，聯吟鬥章，鋒發葩流，卒造平澹。所著詩曰《知稼軒集》，如干卷行世。

君持身絅絅，篤於內行，事長接幼，思義周密。軀幹高岳，望若天人，洪音琅琅，機符通澈，浩裾佚老，謂宜修齡，載罹凋辰，奄忽長往，得年六十有三。

配王夫人，後君三年卒；妾王氏、黃氏。子八人，長用謙，英國蒲明罕大學商科畢業，實業部僉事；次用寬，保定軍官學校畢業，陸軍部科員。次用程、用翔、用坦、用桓、用炳、用邁，幼穉就學。女八，長適吳毅，次適黃國俊，次適鄭元卓，次適李宣鉞，次適徐傳魁，次適翁敬樺，餘未字。孫七人，孫女二。

用謙等將以戊辰年九月，葬君於會城北關外二鳳山之陽，邢景既遐，淵表莫忘，是用追褒懿行，勒銘幽宮。

銘曰：

吾鄉魁碩，並世見君。乘方履正，有炳其文。岐嶷迭舉，鬱為國珍。翔萃懋列，俾位諫臣。神羊觸邪，有遌靡捨。端笏垂紳，職是健者。光譽馨卓，政事之科。吏畏其威，民欽其和。標高揭己，唾棄夸毗。章甫資越，動與俗違。目營國步，惜抱未施。含真韜異，煥其文詞。百年幾何，歸於真宅。元化窅冥，芳猷簡晊。士失儀宗，朋喪良質。揁揥號風，泉房閉日。幽篆銘徽，昆仍是則。

北京琉璃廠文德齋刻字

附錄三
張元奇生平簡表

西曆	年號	年齡	事蹟
1860	清文宗咸豐10年		農曆3月初3日生，生肖屬猴。福建侯官縣（今閩侯縣上街鎮厚美村）人。父諱國振，母陳氏。胞弟有元圖、元霖、元訓、元超。
1885	光緒11年	25歲	秋闈中舉，列第76名。
1886	光緒12年	26歲	春闈會試貢士，列第105名；複試一等第1名。殿試登丙戌科進士，列二甲第122名；三日後朝考，列一等第25名，賜進士出身，入「館選」，為翰林院庶吉士，學習三年。
1888	光緒14年	28歲	在庶常館學習，待「散館」甄別考試，分發任用。 4月，渡海來台，由台南一路北上台北，至歲暮抵家。
1889	光緒15年	29歲	4月，授為翰林院編修。
1894	光緒20年	34歲	翰詹大考二等。
1895	光緒21年	35歲	連署反對割讓臺灣。考取御史資格，擢至翰林記名御史。

西曆	年號	年齡	事蹟
1898	光緒24年	38歲	擔任《邵武府志》總纂。
1899	光緒25年	39歲	4月，任江南道監察御史。10月，丁父憂回籍服喪。
1900	光緒26年	40歲	刊行與王琛、徐兆豐、張景祁等合編《（光緒）重纂邵武府志》三十卷（及首卷之目錄、輿圖）。擔任鳳池、鼇峰書院山長。
1902	光緒28年	42歲	印行《鼇峰書院課藝》。
1903	光緒29年	43歲	與劉鴻壽合資購船，成立福州小輪舟公司。2月，離閩返京復職，5月重新擔任江南道監察御史；7月，任巡視南城事務一職；10月，彈劾商部尚書載振。
1905	光緒31年	45歲	4月，兼任巡警隊協辦；9月，兼任巡警部參丞。
1906	光緒32年	46歲	貶為湖南岳州知府。任職期間自3月至隔年4月。任職半年，便由岳陽移調常德。
1907	光緒33年	47歲	4月至12月25日，任奉天錦州知府。之後奉天置民政司，下設民政、疆理、營繕、戶籍、庶務五科，12月25日至宣統3年12月16日，任奉天民政使。創貧民習藝所、同善堂、濟良所、探訪局等機構，並設立粥廠，濟助貧民。題寫《盛京時報》刊名。
1908	光緒34年	48歲	開辦奉天貧民習藝所，招收200餘名貧民習藝，供給伙食服裝，3年畢業後留所或自謀職業。其後安東、遼陽、營口也建立貧民習藝所。新民、遼陽等17府州縣遭大水。沖倒房屋甚多，由省庫撥銀千兩、賑米千石撫恤災民。
1909	清宣統元年	49歲	4月3日，兼任憲政編查館一等諮議官。9月1日，奉天諮議局正式成立，兼任奉天省諮議局局長。

西曆	年號	年齡	事蹟
1910	宣統2年	50歲	9月，東北鼠疫爆發，總司防疫行政庶務，心力交瘁，生命亦屢瀕危險。
1911	宣統3年	51歲	鼠疫撲滅，因防疫有功，諭旨予以嘉獎；日本天皇贈送胸章以示獎勵。總纂《東三省疫事報告書》，隔年由奉天防疫總局印發。11月5日，以奉天民政使暫行代理右參贊。12月16日，任學部副大臣，起草〈清帝退位詔書〉。
1912	民國元年	52歲	4月10日至5月12日，任內務部次長（專管蒙藏事務）。5月9日，加入民社黨、統一黨、國民協進會、民國公會、國民黨、國民先進會合併成的共和黨。5月13日，離京遷滬，撰寫《清外史》，隔年11月出版。11月16日，任福建省第一任省長（時稱民政長）。
1913	民國2年	53歲	1月9日回閩上任；撥欸修築閩江堤岸，固堤栽竹，至今仍發揮作用。2月4日，路經萬壽橋，有人在橋頭引爆炸藥，幸未受傷。春末，6卷本《知稼軒詩》印行。11月20日，正式辭去民政長職務。
1914	民國3年	54歲	2月3日，在京與福建仕紳成立「晉安耆年會」，積極參與同鄉藝文雅集。5月9日至9月27日，任政事堂銓敘局局長。9月27日至隔年9月18日，任奉天巡按使（省長），對於日軍侵擾，致中日武力衝突，多方交涉。
1915	民國4年	55歲	1月9日，授少卿加中卿銜。9月，署內務部次長，兼參政院參政。
1916	民國5年	56歲	2月10日至6月29日，任肅政廳都肅政史。肅政廳於6月裁撤。
1917	民國6年	57歲	5月，京城戰亂，自京攜眷逃亂到天津。

西曆	年號	年齡	事蹟
1918	民國7年	58歲	8月12日，在第二屆國會當選為國會（參議院）議員，任期3年。於福州二鳳山營造生壙。冬末，11卷本《知稼軒詩》印行。
1919	民國8年	59歲	3月，要求教育部取締陳獨秀創辦的《新青年》、《每週評論》等刊物。7月，應毛澤東之邀參與《湘江評論》編纂工作。
1920	民國9年	60歲	5月14日起，任經濟調查局總裁。
1922	民國11年	62歲	溘然長逝，享壽63（虛歲）。
1925	民國14年		元配王善航夫人辭世。
1928	民國17年		長子張用謙等由京扶柩回鄉，安葬於福州北門外二鳳山之陽。

附錄四
我和《知稼軒詩》的二三事

我叫林賢光，我的母親是沈葆楨（沈文肅公）的第五代嫡親孫女。而元奇公嫡孫張亮才先生的夫人沈粲英和繼配夫人沈旭春都是我母親的堂妹。這樣，我和元奇公的張家有了這樣的親戚關係。而且，我又曾拜亮才先生為義父。姨父加義父，關係又上了一層。自小來往甚密，和姨父家的表弟、表妹們親若同胞，十分熟絡。

幼時，我對張家的情況瞭解甚少，只知張家長輩曾經位居顯要。但不知其詳。直至幾年前與在美定居的勝先表妹通了音訊之後，方知道了一些有關元奇公的事蹟，張琳表妹又賜〈張元奇生平〉，得以對元奇公的情況有了比較粗略的瞭解。

我自幼嗜書如命，又經常出入書肆。如今科技發達，上了互聯網即可遨遊於無盡資源訊息之間，我亦樂此不疲。在得悉元奇公的情況之後，便在互聯網上關心了有關資訊。在偶然間查找到國家圖書館藏有〈張元奇墓誌銘〉之後，便到該館擬一窺真跡。但手續至為複雜。經館方啟示，可在官方網站上查閱，於是依法檢索，得見墓誌電子版照片。下載後即寄與勝先表妹。

2017年秋，沈氏族人有返閩會親尋根之行，我亦從京赴榕參與此次盛舉。得與慶先、勝先、德先姐弟相見。並蒙相邀得有機會參謁厚美張氏宗祠。經介紹得悉元奇公在閩擔任民政長時的政績。此行收穫除與張氏姐弟相見之外得對元奇公的經歷有了進一步的瞭解，亦為一大快事。

閩台行返京後，與張氏姐弟聯繫更加密切，慶先寄給我在美覓到的《知稼軒詩》三卷（《南歸集》、《孟莊集》與《試院唱酬集》），並告未能得到全文為憾。於是又有尋覓《知稼軒詩》全文之舉。

我先是試圖在我所供職的北京清華大學圖書館中去查索，在庫存書《晚清四部叢刊》第七編第177卷中查到有張元奇著《知稼軒詩稿》，從而找到另外三卷（即《遼東集》、《洞庭集》和《蘭台集》）。當即複印後寄給在美國的慶先表妹。

從檢索得知，元奇公的詩集，前後印過兩次。第一次為民國二年在福州付印，書名為《知稼軒詩》，六卷。第二次為民國七年在北京由京華印書館印，書名為《知稼軒詩續刻》，五卷。兩冊共有詩十一卷。從我們尋覓所得已有六卷，尚佚五卷，特別是其中重要的《翰林集》、《遼東續集》、《遼東後集》、《榆園集》等未能覓到，實為憾事。

我在北京舊書肆上，以及在國內各大圖書館上查索，查到此書在多處圖書館均有收藏。但先後兩冊藏全之處卻不多。北京清華北大兩大學圖書館也不全。在國家圖書館中亦僅有《續刻》。我們所得六卷又跨在兩冊之間，所以必須覓全兩冊的全文才可能窺到全豹。

在舊書市場上能找到的原書善本，則價值不菲，其中一冊原版即近萬元。我想我們並非版本收藏家，自身財力有限，當以求到原文內容為主。於是沒有在追求原版書善本上著力，而去尋找可代用的複製本。各圖書館雖有藏書，複印一頁亦需7元之資，全書複印亦近萬元。於是反復掂量比較，亦放棄了從圖書館複印的措施，且手續十分繁瑣，極為不便。如此反復直到去歲一個偶然機會，在成都舊書肆上找到了複印的《知稼軒詩》兩冊合刊本，大喜，立即獲得到手。巧的是同時覓到了元奇公的硃卷複印本。此件純屬隨機遇到的。獲得後立即做成電子文檔寄予在美國的慶先、勝先、德先姐弟。於是，元奇公詩的十一卷本總算尋覓完整。

我對古詩詞素無研究，不過在得到元奇公的詩作之後，展閱之餘，並參照了元奇公的經歷，深深感到，元奇公一生橫跨晚清民國之交，其經歷非凡人可比。

及至去歲初（2020年）又獲得厚美村史編輯部張君耀先生惠賜《張元奇傳記》一書，拜讀後對元奇公的一生事蹟得到更加詳細的瞭解。深感對於前輩的經歷十分無知，愧為晚輩，即便亡羊補牢或未為晚。

一個是元奇公的一生，既經歷了晚清的大動盪、大變革。又經歷了民初的大混亂、大建革。尤其是他親手起草了滿清的退位詔書這一劃時代的文獻。在其一生的業績中當屬劃入史冊之作。此外，從元奇公的詩作中歷見對當時重大歷史事件之陳述與議論，如對東北鼠疫之肆虐，日俄戰爭對東北人民之蹂躪，俄人在黑龍江畔對我百姓之虐殺，天津水災，安重根之刺伊藤博文，乃至民初兵亂，在元奇公詩中均有所反映。至於興教育、辦水利、禁匪患等政績亦在詩中有所提及。此外，詩中描述山川之盛、民俗之異則比比皆是。文筆精湛，讀之如身臨其境。既讀史實，又賞美文。

再者，在捧閱元奇公的詩集中，我有興趣於元奇公的交往，在詩集中記載了多位知名人士，初讀時只看到幾位我熟悉的名字，如徐世昌（菊人）、陳寶琛（弢庵）、鄭孝胥（蘇戡）、陳衍（叔伊、石遺）、沈瑜慶（濤園）、朱啟鈐（桂辛）、林紓（琴南、畏廬）、嚴復（又陵、幾道）等。於是，我興之所至便將可以查閱到的名字順便查索，僅僅是很粗淺檢索，就發現元奇公的交誼所至均都是當年公卿名士，尤以學界名宿為主。可謂「談笑有鴻儒，往來皆簪纓」。經查索到的部分知名學者如：

王闓運（湘綺），湖南經學大家，船山學院山長。北洋政府國史館館長。

郭曾炘（春榆、匏庵），福州人，郭柏蔭之孫，郭曉麓之父，清軍機章京，禮部侍郎，清史稿總纂。

陳三立（伯嚴、散原），義甯人，陳衡恪、陳寅恪之父，曾任吏部主事，著名學者，七七事變後不屈絕食五日自戕。

葉在琦（肖韓），福州人，全閩大學堂監督。

周登皞（熙民），福州人，遼瀋道御史，綏遠都督。

何剛德（平齋），福州人，蘇州知府，民國後曾任江西省長。

林啟（迪臣），福州人，杭州知府，為「求是書院」（今浙江大學）、「養正書塾」（後杭州高級中學）、「蠶學館」（後浙江絲綢學院）之創始人。歿于任上，被杭人挽留葬於西湖畔，建「林社」以念其對杭之功績至今尚存，受遊人憑弔。林紓、高嘯桐、沈璿慶、林怡山等均曾為其幕友。

高鳳岐（嘯桐、媿室），福州人，梧州知府，上海商務印書館創始人之一高夢旦之兄，亦為商務館贊助人之一。

陳懋鼎（徵宇），福州人，陳寶琛之侄。一門父子、叔侄、兄弟三進士之一。幼有「神童」之稱。晚清外交重臣。駐英、駐西班牙公使館外交官。北洋政府外交部參事，國務院秘書。

黃懋謙（嘿園、默園），福州人，京師大學堂監督。

林開謩（貽書、放庵），福州人，江西提學使，河南學政，徐州兵備道。民國後隱於京。

陳書（叔玉、木庵），福州人，陳衍之兄。曾任知縣，名醫。

張錫鑾（今頗），浙江杭縣人，奉天將軍，東三省宣撫使，山西巡撫，北洋政府將軍府鎮安上將軍。與元奇公合稱文武「二張」。

惲毓鼎（薇孫、澄齋），河北大興人，國史館總纂，晚清憲政研究所總辦。有名著《澄齋日記》。

金梁（息侯），滿族正白旗人，京師大學堂提調，奉天政務廳廳長，蒙古副都統，北洋政府農商次長，典守瀋陽古物。1949後為國家文物局顧問。

蕭龍友（龍友），四川三台人，北京四大名醫（中醫）之一。曾為袁世凱、孫中山、梁啟超診治。

樊增祥（樊山），湖北恩施人，湖北潛江書院山長，陝西布政使，民國建立後修清史，知名學者。

傅增湘（沅叔），四川江安人，貴州學政，直隸提學使，北洋政府教育部長。

翁斌孫（弢夫、笏齋）翁同書之孫，武英殿纂修，內閣侍講，民國後隱于天津，為著名收藏家。

梁濟（巨川），廣西桂林人，曾任內閣中書、民政主事，民國後於1918年自沉於北京積水潭。為著名學人梁漱溟之父。

柯紹忞（鳳孫、蓼園），山東膠州人，京師大學堂總監督，民國後為清史館總纂，趙爾巽逝世後為館長。

周肇祥（養庵），浙江紹興人，清奉天鹽運使，民國後曾任京師員警總監，代湖南省長，後在京創辦中國畫學研究會，為會長。

張鶴齡（芝圃），江蘇武進人，京師大學堂總教習，湖南按察使，奉天提學使，歿于任。

曾宗彥（幼滄），福州人，四代進士，江南道監察御史，戊戌上書主張興練新式陸軍，有「近代陸軍之父」稱。戊戌後歸閩，執掌鳳池書院。

冒廣生（鶴亭），江蘇如皋人，刑部郎中，後為國史館纂修，民國後任教於中山大學。

此外，元奇公與黃濬（秋月，福州人）和王揖唐（合肥人）亦有文字交，此二人後均以漢奸罪論處。

以上僅為我在閱讀元奇公的詩作中，偶有興致隨機查索之獲，十分膚淺。由於過去文人之間，一般均以字、號、堂名，乃至用地名、職務相稱，以示尊敬。但對查索原名造成很大困難，我也是興之所至查了一些資料，所獲良多，但是仍有更多的名字無從著手，有待進一步仔細研究考察。

如可能如將元奇公的朋友圈進一步逐卷有系統地查索一下，當會有更多的收穫。

至於在詩集之中又有多處提及北京地名，元奇公在京居官多年，摯友遍及北京上層人士。不僅在京寓於榆園（宣武門外老牆根），而且常與摯友遊歷于北京名勝之間。而我也是一生盡在北京，對於元奇公曾經遊歷過的地方較為熟悉。

如：元奇公詩中多次提到的陶然亭，乃是距離老牆根較近的南城風景點。元奇公曾與朋友多次登臨，相關詩作亦較多。如今已經開闢成很有規模的公園了。如今已經無人知曉在元奇公詩中提到的龍樹院，殊不知這是當年比陶然亭更為知名的文人雅集場所，著名的「宣南詩社」的所在地，今天這個地方已經湮沒無聞了。

元奇公的詩中還提到一個「崇效寺觀牡丹」，這在幾十年前是北京的一景。這個崇效寺在北京的外城東南端，地點叫做「白紙坊」，詩中有「白紙坊之南」句。又有「天寧多芍藥，崇效多牡丹」。「天寧」是北京廣安門外的天寧寺，以芍藥花盛開而馳名。崇效寺的牡丹名望更勝。可惜這兩處，崇效寺已被大部拆毀，如今似只剩下山門尚在，牡丹則在50年代全都移植到中山公園去了。天甯寺尚存，以寺內的遼代磚塔而馳名於世，塔尚存，只是旁邊樹立起來一座百米高的大煙筒，大煞風景。而芍藥則蕩然無存了。

再者，還有幾次提到的積水潭，是北京城內北端較大的水域，北京人將該處依銀錠橋和德勝橋分為前海、後海和西海。西海最北。元奇公詩中提到的匯通祠，至今尚在，而且名稱未變，仍叫做匯通祠，已經修葺一新開放供遊人遊覽。而積水潭至今也名稱未變，乃是什剎海的西海俗名。民國初年，耆宿梁巨川即自沉於此。什剎前海有張之洞的故居。

詩中還提到了三貝子花園，這個地名目前的北京人已經知道的人不多了。其實就是北京西直門外的北京動物園的老名字。我小時還有人這樣叫。如今已經沒有人這樣叫它了。園內有暢觀樓，為清末建造的西洋式建築。

卷十一為《榆園集》，為元奇公晚年在北京之作。詩中有提到「承光殿玉佛」處，按承光殿在北京北海前門的團城之上，為北京文人讌集之所。而「雨中過金鼇玉蝀」，的金鼇玉蝀乃是團城下面的著名大橋，橋北為北海公園，橋南為中南海。當年此橋為北京東西城間交通必經之路。橋的東西兩端各有一座牌樓，東名「金鼇」，西名「玉蝀」，在上世紀50年代，大橋展寬，兩座極為精美的牌樓被拆除。

北京的西部山區有甚多的風景勝地。元奇公詩中曾提到「岫雲寺」即北京西南郊深山中的潭柘寺，詩中有寺內景點「妙嚴公主拜磚」、「姚少師淨室」及「銀杏」均為寺內可觀之處，今尚在。「戒壇松歌」，應為在潭柘寺附近之戒台寺，寺中有千佛閣（文革期間被拆），亦有詩作。

《榆園集》中還提到有翠微山之遊。敘及靈光寺、香界寺、三山庵、秘魔崖、寶珠洞、龍泉庵等景點。目前，這些均屬北京「西山八大處」風景區域內。而且地名未變，至今仍與當年名稱一致，仍為一些遊人觀賞之地。清幽淡雅，與城市喧囂大有不同。另外有詩，與菊人相國談「西山紅葉」，徐云，紅葉不如黃葉，確實如此，北京西山每年秋季山上遍栽的黃櫨樹，樹葉盡顯出暗紅色，故此「西山紅葉」成為北京秋季一景。其實，此種暗紅色遠不如楓葉之鮮豔，再入深秋則樹葉轉成暗黃，故此徐東海有不如「黃葉」之感。或是彼時徐東海已從顯要退隱，不免聯想升沉，慨有身世之感。詩中未著名時間，僅是猜測而已。

元奇公詩中還提到「廠甸」。即是北京的宣武門外的琉璃廠。通稱廠甸。每逢春節，攤販大市近一個多月。尤其以舊書肆、古玩肆為最盛。往往王公貴胄、著名學者亦微服徜徉其中，尋珍覓寶。該處距元奇公所居宣南極近，前往流連應是常情。詩中有提防贗品警示，亦是該處的弊端之一。

元奇公又有「中央公園茗談」詩句。按，此中央公園應是如今的中山公園，即清代原社稷壇故址，到民國後經內務總長朱啟鈐倡議，向公眾開放成為北京城內最早的園林遊覽勝地。其中有來今雨軒、春明館、上林春等著名茶座。為當時名人雅士交談品茗之地。「花棚近禁牆」，應指該處緊靠天安門西部的皇城紅牆。

「沅叔肅政史招飲勺園」，此處的「勺園」，不知指的是何處。按，北京西郊海淀區圓明園之南有明太僕寺少卿米萬鐘所築「勺園」，即民國後的燕京大學故址，今屬北京大學校園。但傅增湘所招飲的勺園是否即是今北京大學之處，如果其時在燕京大學購買該地之前，則尚是一處荒蕪廢園，且距離北京城內十分遙遠交通不便，不大可能是該處。但城內何處為「勺園」，則尚需進一步考查。

至於元奇公在北京的住址，僅有在《洞庭集》中有「留別老牆根舊宅」。按：依福州人陳宗蕃（字蓴衷，光緒三十年進士，後任職于刑部、郵傳部。曾赴日留學。民國後曾為北平市參議）的著作《燕都叢考》中記載：老牆根乃是遼代南都之東城牆牆垣故址。該處為北京最古老的三條胡同之一。地處宣武門外大街之西，清末民初之時，該處處於鬧市邊緣，西口已相當荒蕪，塋地連連。又鄰西郊進京路上，故有：「城西類野處，地闊無巷陌。……五更過駝群，鈴響連數百。任嘲墟墓鄰，勝傍王侯宅。」不過，當年的漢人官員在京城置業，不能住在內城，多數購置外城西側的民宅。愈晚愈向週邊邊緣地段發展，如與元奇公至為友好的郭曾炘（郭春榆），依《燕都叢考》中記載，其住宅在外城南端靠近右安門之放牲園，亦是城邊的不毛之地。

元奇公詩集的最後一卷為《榆園集》，未曾記載此「榆園」是否即是《南歸集》中告別之老牆根故宅。同樣，在《津門集》和《孟莊集》中提到的天津住宅亦未能準確判斷地址位於何處，均待考。

以上，僅就我在展讀元奇公詩時，所遇到的人名、地名進行了一點十分膚淺的探討，挂一漏萬。不過，應當感謝這一次慶先姊弟們對我的督促和信任，我原來對於清末民初的文壇毫無研究，所知很少。我只知我的祖父一輩於民國初年曾在北京舉辦過福建文友的詩社，有陳太傅（寶琛）、林琴南等詩壇耆宿參加，後來也僅知道我的舅公郭則濂和他的長兄郭則澐（曉麓）都是民初北京的著名詩人。對於其他則一無所知。還是這一次有幸翻閱了一些和元奇公的相關資料，對那一時代的文壇瞭解到了一點皮毛，十分膚淺，但自覺收穫不小，長了見識。

及至最近，勝先表妹寄給我了元奇公的另一著作《清外史》，以及我又找到了新出版的《《盛京時報》清末詩詞考述》，這兩本書使我對元奇公的瞭解更加深入了一步。儘管十分淺薄。我認識到，元奇公不僅僅是為官清正、嫉惡如仇。而且，他對晚清官場的腐敗、滿員之跋扈無能，對黎民百姓之貧苦，對有為者之無力回天，悲天憫人之情溢於紙外。使我對元奇公又生出一種欽佩之情。

總之，我覺得我仍然在學習和瞭解的過程之中，只是在學習過程中小小地做了一個作業而已。希望識者多加指正。

八九叟林賢光于北京清華之雙清苑

2021年10月

參考文獻：

1. 百度網路查索
2. 何剛德著，《話夢集》。北京古籍出版社，1993。
3. 汪辟疆著，《光宣詩壇點將錄箋證》。中華書局，2008。
4. 沈瑜慶著，《濤園集》。福建人民出版，2010。
5. 邵延淼主編，《辛亥以來人物年里錄》。江蘇教育出版社，1994。
6. 徐友春主編，《民國人物大辭典》。河北人民出版社，1991。
7. 時鐘華編製，《北京分區詳圖》。北京故都輿地學社，1942。
8. 陳宗蕃著，《燕都叢考》。北京古籍出版社，1991。
9. 臧勵龢等編，《中國人名大辭典》。商務印書館1921版，上海書店1980年複印。

國家圖書館出版品預行編目（CIP）資料

張元奇集/張元奇著. -- 初版. -- 新竹市 : 國立清華大學出版社, 2022.12

524面 ; 15×21公分

ISBN 978-626-96325-8-9(平裝)

1.CST: 張元奇 2.CST: 學術思想 3.CST: 文學評論

848.2 111021203

張元奇集

作　　者：張元奇
導　　讀：林伯謙、李卓穎
發 行 人：高為元
出 版 者：國立清華大學出版社
社　　長：巫勇賢
行政編輯：劉立葳
校　　對：沈旻儒、徐菀臨、徐雅茵、張鑫誠、陳冠華（按姓氏筆畫排列）
打　　字：張鑫誠、徐雅茵
美術設計：陳思辰
地　　址：300044 新竹市東區光復路二段 101 號
電　　話：(03)571-4337
傳　　真：(03)574-4691
網　　址：http://thup.site.nthu.edu.tw
電子信箱：thup@my.nthu.edu.tw
其他類型版本：無其他類型版本

展 售 處：水木書苑 (03)571-6800
http://www.nthubook.com.tw
五楠圖書用品股份有限公司 (04)2437-8010
http://www.wunanbooks.com.tw
國家書店松江門市 (02)2517-0207
http://www.govbooks.com.tw
出版日期：2022 年 12 月初版
定　　價：平裝本新臺幣 600 元

ISBN 978-626-96325-8-9　　GPN 1011102291